失物之國

The Land of Lost Things

約翰・康納利 John Connolly ——著

歸也光——譯

目次

致卡麥隆（Cameron）與梅根（Megan），亞禮思德（Alistair）與雅嵐娜（Alannah），以及珍妮（Jennie）——大家的年紀都夠大，可以再次開始讀童話故事了。

書本並不盡然為死物，其中蘊含潛藏的生命力，可與其創造者同等活躍。

——約翰・彌爾頓（John Milton）《論出版自由》（*AREOPAGITICA*）

現在我們醒來，我們無所不在。

——尼克・德雷克（Nick Drake）〈一日之初〉（From the Morning）

1

Uhtceare（古英語）
破曉前寢不能寐

後來——因為有些故事就該這樣繼續下去——有位母親的女兒被偷走了。噢，她依然見得到那女孩，能夠碰觸她的肌膚、梳她的頭髮，也可以看著她的胸膛緩緩起伏；若是她將手放在孩子的胸口，也感覺得到心臟跳動。但那孩子沉默無聲，雙眼也不曾張開。她靠管子呼吸、進食，但對這位母親而言，感覺就像心肝寶貝的本體在他處，床上的形體只是一個空殼，一具人體模型，等待著離體的靈魂歸來，將其啟動。

剛開始，這位母親相信自己的女兒還在，只是睡著，聽見深情的聲音講述故事、分享新聞，她或許有可能醒來。不過隨著日子過去，一天天化為一週週，一週週又化為一月月，母親愈來愈難對女兒的內隱懷抱信念，於是她愈來愈擔心，害怕構成她孩子的所有、賦予她意義的一切可能都回不來了——包含她的談笑，甚至是哭泣；而身為母親的她束手無策。

母親名叫席瑞絲，女兒的名字則是菲比。以前也有過一個男人——但並非父親，因為席瑞絲拒絕以這個稱謂抬高他的身價；女孩甚至還沒出生，他就拋下母女倆，讓她們自生自滅。就席瑞絲所知，他住在澳洲的某個角落，不曾顯現出想參與女兒人生的丁點欲望。說實在的，席瑞絲對這情況很滿意。她對那男人毫不留戀，他的離去正合她意。她為他協助創造菲比而懷抱些許謝意，偶爾會在女兒的眼睛、微笑中看見一點點他，但稍縱即逝，就好像火車經過時在月台上瞥見、好像記得又不太記得的人影；看見了，但旋即遺忘。菲比對他也只展現出最低限度的好奇；儘管席瑞絲總是向她保證，只要她想，就可以跟他聯絡，但她不曾表達有此希望。他認為社交媒體平台皆出自惡魔之手，因此拒絕碰觸，但他的幾個熟人慣用臉書，席瑞絲知道若有需要，他們可以協助傳遞消息。

但不曾有此需要，直到那場意外。席瑞絲希望他知道發生什麼事，至少有部分是因為她無法單獨承擔那麼大的創傷，就算所有分享的企圖都無法稍減傷痛也沒關係。最終，她只透過共同朋友收到草草回音：簡單的一行字，通知她他為這場「不幸事故」感到遺憾、希望菲比很快康復，彷彿身為他骨肉的這個孩子只是感冒或出麻疹，而非在一場八歲女孩的嬌弱軀體與汽車相撞的重大事故之後重傷未癒。

席瑞絲頭一遭對菲比的父親萌生恨意，而且程度幾乎堪比那個一邊開車一邊傳訊息的白痴——傳訊息的對象還不是他妻子，而是女朋友，因此他不僅是個白痴，還是個騙子。他在車禍後幾天來過醫院，迫使席瑞絲在他有機會開口前就要求將他掃地出門。從那時起，他試過直接和透過他的律師聯絡她，但她不想跟他扯上任何關係，甚至不想告他，剛開始不想，不過旁人勸她非告不可，就算只是為了付女兒的醫藥費也好，因為誰知道菲比可能這樣半死不活地過多久：護士定期為她翻身，以免她脆弱的肌膚生褥瘡，而且她只能靠機器維生。菲比的頭在碰撞後撞地，於是，她身上的其他傷漸漸癒合，腦中的某個地方卻依然受損，沒人說得準她的大腦何時或到底會不會自行修復。

自此，一整套新詞彙呈現在席瑞絲眼前，一種解讀一個人在這世上存續與否的陌生方式：腦水腫、突軸損傷，還有對母親和孩子而言最重要的，格拉斯哥昏迷指數，現在就是以此標準判別菲比的意識——延伸而言，或許還有她活下去的權利。睜眼、語言與運動反應低於五分，死亡或維持植物人狀態的機率就是百分之八十。得分高於十一，預估復原的機率則高達百分之九十。若是像菲比一樣介於這兩個數值之間，那……

菲比並沒有腦幹死亡；這很關鍵。她的大腦仍有忽隱忽現的微弱反應。醫師們相信菲比並不痛苦，但誰說得準呢？（這些話總是說得輕柔，最終還會像後來才想到一樣追加一句：誰說得準呢？我們真的不確定，妳知道的。大腦是個如此複雜的組織。我們不認為她會痛，但……）醫院內有過一場談話，過程中有人提議，若後續菲比沒有改善的跡象，或許放手——說到這裡時改變語氣，露出悲傷的淺淺微笑——才是仁慈的作法。

席瑞絲會在他們的表情之中找尋希望，但只找到同情。她不想要同情。她只想要女兒回到身邊。

十月二十九日：席瑞絲第一次錯過探訪，車禍後第一天沒陪在菲比身邊。席瑞絲的身體就是不願從她坐下休息的那張椅子起來。太累，太疲乏了，於是她閉上眼，再次入睡。之後，當她在曙光中於同一張椅子醒來，她因沉重的罪惡感而哭了起來。她查看手機，確信自己錯過了醫院捎來的消息：她不在的時候——不對，是**因為**她不在——菲比過世了，她的生命之光終於永遠熄滅。但沒有訊息，而當席瑞絲打電話到醫院去，他們告訴她一切如常，多半也會繼續這麼下去：靜止、無聲。

那就是開端。不久之後，她開始一週去醫院五天，有時甚至只去四天，一直持續到現在。

她的罪惡感儘管持續在背景徘徊，但變得沒那麼直接，成了一個灰色的形體，有如鬼魂；在那些早晨與午後，當她留於家中，那鬼魂就在客廳的陰影中出沒；有時，當她在夜裡關上電視，也會看見它映在螢幕上，一抹襯著黑暗的汙跡。鬼魂有多張面孔，偶爾甚至顯露她自己的臉。畢竟，她是個將孩子帶到世上但又無能保護她的母親，竟在過巴勒姆大道時讓菲比蹦蹦跳跳搶先了幾步。菲比掙脫牽手時，她們距離路邊只有幾英尺，路口安靜無聲。那是片刻的疏忽，但幾秒後就一片模糊，然後是沉沉的碰撞聲，席瑞絲所知的女兒就沒了，徒留一個替換兒於原位。

然而，棲居黑暗的那個存在並不只是化為實體的罪惡感，而是某種更古老、更不寬容的東西。那是死神，更精確來說，應該是女死神，因為它以女性的模樣現身。在醫院最不堪的那幾個夜晚，席瑞絲在女兒的病榻邊陷入不安穩的睡眠，她可以感覺到死神在旁邊徘徊、伺機而動。要是菲比落地時的力道更猛烈些，死神在大道上就會取走她的性命，這會兒她逗弄地待在可及範圍之外。席瑞絲察覺死神的不耐，也聽見她的聲音，聽起來如此接近仁慈：「等到妳覺得太難以承受，開口要求，我將解除妳倆的痛苦。」

席瑞絲唯一能做的只有堅不放手。

2

Putherry（斯塔福郡）
暴風雨來襲前深沉而潮溼的寂靜

席瑞絲比平常稍晚抵達醫院，並且因雨而一身溼。她腋下夾著一本童話故事；菲比從很小的時候就喜歡這本書，但不曾自己讀過。對她來說，這本書就是要讓人讀給她聽的，而且通常是在夜裡，因此，她對這本書的所有感情，還有這本書的所有魔力，都與她母親的聲音息息相關。就算年紀稍長，菲比依然樂於聽席瑞絲讀給她聽，但只限這本書，而且只限於她悲傷或焦慮的時候。書本邊緣磨損，因指印和潑灑的茶水而髒汙，但這是**她們的**書，象徵著她們之間的感情。

席瑞絲的父親曾告訴她，書本留有所有讀過之人的痕跡，或許是皮膚碎屑、可見而細小的毛髮、指尖的油，甚至血與淚，因此，正如書本化為讀者的一部分，反之亦然。每本書冊都是曾翻閱者的紀錄，生者與亡者的檔案庫。如果菲比死去，席瑞絲決定這本童話應該與她一起長眠。她可以帶著它前往來世，放在身邊，直到她母親來跟她團聚，因為，若菲比死去，席瑞絲知道自己也將不久於人世。她不想在女兒只成回憶的世界獨活。她想，這或許也是為什麼手機裡存有菲比的影片和錄音，但她從不藉此尋求安慰。這些都只是殘跡，過往的圖騰，就像鬧鬼一樣，而席瑞絲並不想要一個已然逝去的菲比，她要的是仍有未來的她。

醫院大門旁的告示板提醒父母們，為照料病童的家長而設的互助小組每週三晚上聚會，會後備有茶點。席瑞絲只參加過一次，一言不發坐在那兒，其他人則是分享自己的痛苦。有些家長的情況比席瑞絲更嚴峻。她對菲比仍懷抱希望，然而那一夜，身旁那些父母親的孩子永遠不會好轉，也沒指望長大成人。這經驗讓席瑞絲覺得比平常更加沮喪、憤怒。因此，她不曾再去，與小組的其他家長擦肩而過時，她也盡量不與他們打照面。

她也認清菲比的意外對她自身的身分造成某種改變。她現在是「菲比的母親」，不再是她自己了。醫院工作人員常常都如此指稱她——「菲比媽媽來了」，「菲比媽媽想了解一下目前狀況」——就跟菲比同學的父母一樣。席瑞絲不再是獨立的一個人，而是完全由她與她受苦受難的孩子之間的關係來定義。這似乎加重了席瑞絲的斷裂感和不真實感，彷彿她幾乎看得見自己就像她的女兒一樣，正在慢慢消逝。

她走入菲比的病房時，一名護理師跟她打招呼：史蒂芬妮，她從最初那夜就在這裡了，當時菲比和席瑞絲身上滿是同一個人的血。除了名字之外，席瑞絲對史蒂芬妮一無所知，因為她不曾過問。意外發生之後，席瑞絲對周遭他人的興趣大幅削減。

史蒂芬妮指著書。「看起來跟平常一樣呢，」她說：「他們永遠聽不膩，對吧？」

這微小的善意令席瑞絲的雙眼一陣刺痛：史蒂芬妮假設了無論菲比在哪，她都有可能聽得見故事，知道母親持續來看她，而故事還是有可能喚醒她。

「是啊，」席瑞絲說：「但是——」她打住。「別在意，沒什麼大不了的。」

「那可不一定，」史蒂芬妮說：「如果妳改變主意，儘管來找我。」

但她並未繼續去忙她的事，因此席瑞絲知道護理師還有話要說。

「妳離開前，史都華先生想跟妳聊聊，」史蒂芬妮說：「如果妳有空的時候經過護理站，我再帶妳去找他。」

史都華先生是負責照料菲比的主治醫師。他耐心又熱忱，但席瑞絲對他有戒心，因為他相對而言頗為年輕。她認為他歷練不足——或者更精確來說，吃的苦不夠多——不足以妥善處理他人的病痛。而且，護理師的某種表情、某種眼神，也告訴席瑞絲所謂的聊聊並不會帶給她任何安慰。她感覺終點迫近。

「沒問題。」雖然這麼說，席瑞絲卻在腦中幻想自己逃離醫院，女兒抱在懷中，床單有如裹屍布，卻只是被風吹走，像離去的鬼魂一樣高高飄入空中，徒留她發現自己懷中已空無一物。

「如果我不在，直接要他們廣播找我就好。」史蒂芬妮說。

然後又來了，這次是在護理師的微笑中：悲傷、遺憾。

一場活生生的噩夢，席瑞絲心想，而且只有死亡能為其畫下句點。

3
Wann（古英語）
白嘴鴉羽的黑

席瑞絲為菲比讀了一個小時，但若有人問她故事的主旨，她也說不上來，因為她太心不在焉了。最後她放下書，為女兒梳頭，無比輕柔地對付糾結處，菲比的頭在枕頭上不曾被扯動。菲比閉著眼；現在總是閉著。只有在史都華先生或他的某位後輩撥開眼瞼查看菲比的瞳孔反應時，席瑞絲才能稍稍看見其下的藍，有如白雲短暫分開，露出一抹天晴。她放下髮梳，將潤膚膏揉入菲比雙手——桃子口味，因為菲比喜歡桃子的味道——然後拉直她的睡袍，抹掉閉合雙眼角落的小塊眼屎。做完這些小事後，席瑞絲執起菲比的右手，一一親吻十指指尖。

「回到我身邊吧，」她低語，「因為我好想妳。」

窗戶傳來聲音，她抬起頭，發現一隻鳥正隔著窗玻璃盯著她看。鳥左眼失明，兩道疤標記出牠曾受的傷。牠歪頭，呱了一聲，隨即飛走。

「是烏鴉嗎？」

她轉身。史蒂芬妮站在門口。席瑞絲等待著，納悶她在那裡多久了。

「不對，」席瑞絲說：「應該是白嘴鴉才對。牠們以前常在戰場出沒。」

「為什麼？」史蒂芬妮問。

「牠們以亡者為食。」

席瑞絲來不及阻止自己，話便已說出口。

食腐動物。逐腐肉而生。

預兆。

護理師凝視著她，不確定該如何回應。

「欸，」她好不容易擠出話語，「這鳥在這裡可挖不到東西。」

「沒錯，」席瑞絲附和。「這裡沒有，今天沒有。」

「妳怎麼會知道這種事？」史蒂芬妮問：「我是說白嘴鴉這些的。」

「我還小的時候，父親教我的。」

「教小孩這種事還真怪。」

席瑞絲將菲比的手放在床上，起身。

「對他而言不怪。他是大學的圖書館員，也是業餘民俗學者。他可以說巨人、巫婆和龍說到妳兩眼渙散。」

史蒂芬妮又指指席瑞絲腋下的書。

「妳和菲比就是因為那本書才喜歡童話故事嗎？我兒子愛得要命呢。我覺得我家應該也有同一本，或很像的另一本。」

席瑞絲差點笑出來。

「這本嗎？我爸大概很不想看到我讀這種鬼東西給菲比聽吧。」

「為什麼？」

席瑞絲想著那個已經過世五年的老人。菲比只獲准短暫認識他，反之亦然。

「因為，」她說：「它們就是不夠黑暗。」

❖

顧問醫師在醫院主樓這裡沒有自己的辦公室，而是在相鄰建築的私人小室內工作。儘管席瑞絲知道路，史蒂芬妮還是把她一路帶到他門前。這讓她自覺像個被帶往絞刑架的囚犯。除了辦公桌後方牆上一幅色彩明亮的抽象畫，這房間看起來毫無特殊之處。席瑞絲知道史都華先生結了婚，也有小孩，但房內沒有他家人的照片。她向來覺得這件事很怪，醫師們一旦達到一定程度的專業，就會再度變為平凡無奇的先生。[1]如果她受訓多年後成為醫師，她最不想要的就是放棄她這麼努力才獲得的頭銜。她多半會把這兩個字烙印在自己額頭上。

她在史都華**先生**對面坐下，兩人閒聊一番：天氣、裝潢業者剛動工，不好意思油漆味那麼重，只是兩個人都心不在焉，對話於焉逐漸淡去。

「有話直說吧，」席瑞絲說：「真正折磨人的是等待。」

她盡其所能說得婉轉，不過聽起來還是比她預期的刺耳。

「我們認為菲比從現在開始需要不同層級的照護，」史都華先生說：「支持，而非治療。她的情況沒有改變。換言之，並沒有惡化；我們相信她就現階段來說已經處於她最舒適的狀態。」

---

1 在英國以及愛爾蘭，一般都稱外科醫師為「先生」（Mr.），而非醫師（Dr.）。這個傳統源自十八世紀，因為當時的外科醫生最初多為從事手工技藝的理髮師或外科手術助手，並沒有接受大學醫學博士學位的教育。

「但你們只能為她做到這樣嗎？」席瑞絲說：「我的意思是，不是讓她好起來，而是讓她舒適而已？」

「對，我們目前只能做到這個程度。並不是說會一直這樣下去；透過治療方法的發展，或者菲比自身的恢復力，未來還是有可能不一樣。」

他看起來很緊張；席瑞絲覺得她懂他為何不在辦公桌上放妻子和孩子的照片了。天知道他每天得忍受多少像這樣的對話，將孩子最糟糕的消息告知家長。對某些人而言，努力忍受自身悲痛的同時還得看著別人一家健全的照片，他們只會覺得更加沉重。但席瑞絲不會：她只希望，史都華先生每天下班後都能將他的孩子擁入懷中，並對自己擁有的一切心懷感恩。她很高興他有家人，一心只希望他們幸福快樂。這世界要應付的不幸已經夠多了。

「可能性有多高？」她問。

「菲比的大腦活動有限，」史都華先生說：「但確實有活動。我們只能懷抱希望。」

席瑞絲開始哭泣。雖然這並不是她第一次在這男人面前哭，她還是很討厭自己這樣。沒錯，她持續懷抱希望，但這好難，而且好厭倦。史都華先生不發一語，只是給她時間鎮定下來。

「工作怎麼樣？」他問道。

「沒這東西。」

席瑞絲是外包文案寫手，也擴大守備範圍接些審稿的工作，但都是過去的事了。意外發生後，她就一直難以專心，因此也沒辦法工作，這意味著收入歸零。她已幾乎耗盡所有積蓄——身為一個居住於倫敦的單親媽媽，並不是說她原本能有多少存款——而且她真心不知道該何以為繼。這是她同意告肇事駕駛的原因之一，然而，他和他的律師就連適度的過渡金也不願支付，擔心他們可能因而被迫接受更不利的條件。要不是她總是那麼筋疲力竭，這整團爛帳會害她夜不成眠。

「我無意刺探——」史都華先生說。

「儘管刺探吧。我沒什麼好隱瞞的了。」

「妳現在很不好過嗎？」

「非常，就各方面來說都是，包含金錢方面。」

「我可能弄錯，」史都華先生說：「但妳不是說過，妳們家在白金漢郡有房地產？」

「對，」席瑞絲說：「一幢小屋，距離奧爾尼不遠，是我小時候的家。我母親夏天還是會待在那裡，菲比和我偶爾也會去度週末。」

她母親經常建議席瑞絲搬回小屋長住，別再浪費錢於倫敦租屋，但席瑞絲不想回去。回到她開始的地方，感覺會像承認自己的失敗，而且也要考量菲比的學校和朋友圈。現在那些事都不成問題了。「為什麼這麼問？」

「有家照護機構，非常優質的一家，專為年輕人而設，位於布萊切利郊區，頗為專精於腦傷。那地方叫作燈籠之家，最近剛釋出一個空位。我父母住在米爾頓凱恩斯，所以我挺常往來於兩地之間，而且我跟燈籠之家也有工作上的往來。如果妳肯聽我一言，我建議在可行的前提下盡快讓菲比轉院。她會受到妥善照顧，我也會參與其中，而且，燈籠之家是登記在案的慈善機構，這代表不會再有財務壓力懸在妳頭頂——至少負擔不會那麼重。考量目前情況，燈籠之家或許是所有人的最佳選擇。不過我們並沒有要放棄菲比。妳一定要了解這一點。」

她點頭，但並非出自真心。他們**要**放棄菲比了，或者對席瑞絲來說就是如此。而且**慈善**一詞刺痛了她，因為她向來自給自足，現在她和菲比卻落入這番田地。她感覺無力、無用。

「那就轉院吧。」她說。

於是就這麼定了。

❖

那夜氣溫下降：十一月，冬季的勢力日益壯大。跟史都華先生談完才幾分鐘，席瑞絲已經開始制定重新安排生活的計畫。她不會特別想念倫敦，再也不會了。她依然有意識地避開菲比出車禍的那條路，而意外的陰影似乎從那一小片柏油路面蔓延到整個南倫敦，然後進一步染指整座城市。無論她對白金漢郡抱持任何保留態度，搬回去都能幫助她逃離這片陰影，而且，改變環境甚至可能有助於她重新開始工作。

冬王登基，王國天翻地覆。

4

Anhaga（古英語）

獨居之人

搬家共耗時三週。燈籠之家必須做好準備迎接菲比到來，小屋也需為長期居住而打理妥當。席瑞絲的倫敦房東對她的離去感到遺憾——她是個好房客，意思是她不會鬧事，修繕方面也沒讓他太破費——不過一想到接下來就能調高租金測試市場，為她離去而生的所有悲傷便煙消雲散。席瑞絲的朋友——屈指可數，在倫敦很難建立起歷久不衰的友誼，尤其對獨自工作的人來說更是如此——他們為她舉辦了一場告別雞尾酒會，但很低調，她也知道只有幾個人會依約前來。他們已經盡他們所能體貼她，但人能給予的時間、關注有限；就算是我們之中最慷慨的人，他者的痛苦與悲傷還是有可能超出自己所能負荷的限度。

席瑞絲意識到，只要她在場，有關她女兒狀況的消息都會改變現場的氣氛。她也知曉，有些晚餐聚會或聚餐活動之前有可能會找她，現在則是都在她不知情之下悄悄進行，但她並不怪相關人等。畢竟，在意外之後有過幾次，她置身親近的朋友之中，在一兩杯酒推波助瀾之下，她被某個笑話或故事逗得哈哈大笑，並立即懊悔不已；那效果就像被摑了一掌一樣醒腦。當你的孩子懸在生與死之間，你還能笑嗎？或許有那麼一天，因為那個最虛無縹緲的概念，所謂的生活品質，你需要決定為她在這世上的時間畫下句點，你還能笑嗎？

而且，席瑞絲心想，要是她發生什麼事會怎麼樣？要是她病了，或死了呢？到時候誰來為菲比做決定？她想肯定會是某個專業人士；她不能託付給朋友，就算是她母親，或許也不願單獨承擔起這份責任，尤其她都已經快七十歲了。醫院工作人員先前曾勸她將她的想法寫入遺囑，但她到目前為止都拒絕聽從。任何父母都不該被迫為放棄醫療導致自己孩子死亡的可能性制定計畫。似乎不可能思考像這樣的事而不發瘋。她又怎能要親近之人承擔如此重負？

還有那些律師：訪談目擊者，為席瑞絲版的事發經過補強證據、蒐集照片、地圖、圖表。每週都送來另一封信、更多問題、審訊的進度、解決爭議。她的生活變得與女兒密不可分，因此她甚至不確定自己還認不認識自己。時間的流逝失去意義，一整天可能就在毫無意義感、一事無成之中過去。她存在，但就像菲比一樣，她並不真正活著。

❖

菲比被移送到燈籠之家的那一天，席瑞絲開著自己的車緊跟在救護車後，她們最後的財產就放在座椅上。她本可跟為了這趟旅程而裝上移動式呼吸器的女兒一起搭救護車，但她選擇不要。若有可能，她現在寧可獨處，而非被迫交談，尤其昏迷的女兒也在同一輛車上，除此之外她說不出其他理由。對於她的困境一無所知的陌生人較容易應付——甚至比面對某些朋友還輕鬆。開車時，她看見草地仍未完全從夏季的乾旱恢復，大地染上一片乾枯、陰沉的黃，不見她童年時較蒼翠的綠。情況似乎年年惡化，但話又說回來，似乎好多事都這樣。

燈籠之家非常現代化，周遭環境受到妥善照料，森林環繞，從外面的馬路看來，彷彿隱沒於樹木之中。他們告訴她，這裡的每個房間都能眺望草地、樹木，而花朵、夏季開花植物都已換上當季的雪滴花、耶誕玫瑰、十大功勞、月桂、迎春花，以及鐵線蓮。菲比安頓好後，她的房間聞起來有淡淡的忍冬花香味；透過窗戶，席瑞絲也可在幾乎光禿禿的枝條之間看見乳白色的花朵。一對活躍於冬季的熊蜂在花朵間飛掠，看見牠們令人心安。菲比愛熊蜂，牠們是那麼小，同時又以牠們自己的方式巨大得幾乎超乎可能，而菲比愛牠們的速度與優雅。

「但牠們怎麼飛？」菲比會這麼問：「牠們的翅膀那麼小，身體又那麼大。」

「我不知道耶，但牠們就是會飛。」

「等我長大，我想當熊蜂。」

「真的嗎？」

「當幾天就好，只想看看那是什麼感覺。」

「我幫妳加進清單裡。」

她的清單多采多姿，包含翠鳥、蟲、鯨魚、海豚、長頸鹿、（非洲與印度）象、各品種的小型狗、蝴蝶（但蛾不要）、畫眉鳥、狐獴，還有糞金龜——最後這種單純只想惹人厭。這也是一張實體清單，用信封裝著釘在廚房的軟木板上：人生的計畫，無限期暫停了。

一個聲音喊了席瑞絲的名字。

「抱歉，」她說：「我神遊去了。」

這名員工體型高大，口音柔軟，聽不出源自何方。她們抵達時，他立即對席瑞絲自報了姓名，叫作奧立維爾。就跟燈籠之家和倫敦醫院的大多數員工一樣，他也是來自國外的某個遙遠地方，他的話是莫三比克。席瑞絲深思，所有這些人都離鄉背井，來這裡打掃、照護、撫慰他人的孩子，通常做著本國人不想做的工作。

他們將菲比從救護車搬下來之後，奧立維爾就一直在對她說話，解釋著她在哪、她要往何處去、他們將她從擔架搬到床上後會發生什麼事。他對待她的方式並無不同，把她當作有知覺的孩子，聽得見、理解旁人告訴她的一切；而且，就一個如此高大的男人而言，他的溫和顯得異於尋常，因為席瑞絲的身高是五英尺七英寸，他站起來卻足足比席瑞絲高一英尺。

「我才在說我們已經把菲比打理得舒舒服服，」奧立維爾說：「妳想陪她多久都沒問題，想什麼時候來看她也都可以。如果想陪她過夜，那張沙發拉開就是床，不過我們也保留了幾間套房供家長使用。唯一的要求是，除非有急事，否則晚上不要在九點之後過來，以免打擾其他安頓好準備睡覺的孩子。」

「了解——謝謝你對菲比這麼好。」

奧立維爾看似真心困惑不解，彷彿他從未想過還有其他作法，席瑞絲立即知道，她的女兒已來到正確的地方。

「好啦，」奧立維爾說：「我就不打擾妳們母女倆了。菲比，我晚點再過來確認妳是不是一切都好。」他離開前還拍了拍她的手。

「巨人看顧著妳呢，」席瑞絲告訴女兒。「只要他在，就沒人敢傷害妳。」但她說話時看著陰影。

太陽漸漸落下，天很快就要黑了。儘管席瑞絲忙了一天疲累不已，她還是從包包拿出那本童話故事，開始讀故事給毫無反應的孩子聽。

兩位舞者的故事

很久很久以前，有個名叫阿嘉莎的女孩住在現今德國靠近亞琛鎮的地方。附近有不少人都叫這名字，因此大家都稱她為Agathe des Sonnenlichts，就是陽光阿嘉莎的意思，因為她的頭髮金黃如陽光，而阿嘉莎也像太陽一樣開朗美麗、心思純淨。她用心照顧寡母和弟弟妹妹，並在手足的幫忙下耕耘他們家的一小塊田地。她的心思都放在家人身上，因而拒絕成婚，不相信會有哪位丈夫像她一樣，對他們如此深情而體貼——而且，說實在的，他們家並不是那麼富裕，無法為阿嘉莎準備嫁妝，因此她的追求者人數比不上其他沒她美、不比她和善的女人。

不過，她也很會評判人的品格；這項本事盡得她母親真傳，她母親又承襲自她母親，以此類推，代代相傳，因此阿嘉莎是累世女性智慧的繼承者——任何智者都會告訴你，擁有這種智慧非常有用。阿嘉莎能夠直視一個男人的雙眼，看透他的內心，只不過，她只將她的發現與母親分享，因為她不想引發敵意；況且，這種能力說到底主要只是常識與洞察力，她不想為此冒險被冠上女巫的惡名。

若說阿嘉莎除了家人之外還愛著什麼，那就是跳舞了。獨處時，她會發現自己的腳踏起孔雀舞或方塊舞的步伐，行走時在髒地板或草地勾勒出舞步，以腳印的形式留下證據。每逢祭典，只要音樂響起，她總是第一個起身，並在音樂結束時最後一個坐下。她是如此優雅、輕盈，與樂手的旋律如此協調，以至於就連最笨拙的舞伴也變厲害了，就好像她的天賦無比豐沛，甚至滿溢到他人身上。就是因為這樣，村裡有些比較沒教養的女孩偶爾心生嫉妒，就算是較有教養的，有些也免不了眼紅。但是阿嘉莎的性格太過和善、寬厚，少有人能長久怨恨她。

然而少並不等於沒有。山的另一邊住著一個名叫奧薩娜的女孩，她的美貌、智慧與優雅都幾乎可與阿嘉莎匹敵，而對她來說，這些比不上阿嘉莎之處就好像刺在心頭的匕首。有時，她會在樹林裡看阿嘉莎跳舞，用意志力要她失足、以願望要她跌倒，踏錯的一步伴隨著一聲痛喊，以及骨頭斷裂的聲音。不過，阿嘉莎的步履太穩健，只有在奧薩娜的夢中，她的競爭者才有可能跟蹌。然而，奧薩娜的妒意是如此強烈，她的仇恨又是如此惡毒，竟開始改變她的整個人，直到她無論是醒是睡，所有思緒都是阿嘉莎。

但我們必須小心我們的幻想，堤防我們的夢，以免其中最糟的部分被聽見、看見，有些東西可能會選擇採取行動。

◈

依照當地習俗，村民會在卡納瓦史丁斯塔2，或稱懺悔星期二舉辦一場特別的舞會，這是四旬齋開始前享受盛宴、盡情歡樂的最後機會。隨著慶典愈來愈近，阿嘉莎日日跳舞，沉浸於只有她自己聽得見的音樂之中。卡納瓦史丁斯塔前一天早上，她舞過清新的田地時太過忘我，沒注意到自己的足跡旁還出現另外一道腳印，彷彿有個隱形人尾隨著她的動作；一個跟她一樣厲害的隱形舞者，能夠輕易跟上她的步伐；當她像平常一樣哼著旋律，有第二個聲音應和著她，但音量如此低微，她因而誤以為只是昆蟲的嗡嗡振翅，或者音調如此高亢，只有樹上的鳥兒遭驚擾而逃離。

是夜，阿嘉莎入睡後，一個人影在窗外看著她；相形之下，就連黑暗本身也黯然失色。

◈

於是卡納瓦史丁斯塔到來，而一如平常，當樂師開始演奏，第一個起身的人還是阿嘉莎；只要有人來邀舞，無論老少、舞技笨拙或高超，她都來者不拒。就算她不是那麼善舞，她也不會拒絕任何人，唯恐自己可能傷了他們的心，或是害他們遭同伴訕笑。她沒絆到腳，也不覺疲累。火炬點燃，慶典益發吵鬧喧嘩，而阿嘉莎依然舞著，直到鎮上所有能跳舞的男人都與她共舞過。

最後，浮雲一時掩月——儘管是夜晴朗；火炬短暫搖曳——儘管無風吹拂，一名陌生人穿過人群；參加慶祝活動的民眾甚至還沒意識到他的存在，就已紛紛讓路，因為，他們心中某個古老、驚懼、比視覺或聽覺更深層的感官已察覺他的到來，並設法自保。他沒碰觸他們，他們也沒人碰觸他。

他高䠷英俊，髮色深濃，牙齒白亮平整，皮膚無瑕，眼神冷酷。他一身無裝飾但作工精緻的黑服，皮靴像第一次穿一樣閃閃發亮。儘管沒人記得是否曾在此地見過他，他們卻彷彿幾乎認得他——對奧薩娜而言更是如此。她認識他，因為她曾在夢中稍稍瞥見他。

陌生人終於在阿嘉莎面前站定，並朝她伸出一隻手。

「跟我跳支舞吧。」他說。

阿嘉莎深深凝視他的雙眼，並察覺他到底是什麼。看似高䠷實則矮小，看似美麗實則頹敗，看似甜美實則酸臭，看似直挺實則駝背——背非常、非常駝。

「我不跟你跳。」她說。

「妳跟我跳過。」

直到此時，阿嘉莎才想起草地上的足跡、無蟲飛舞之處的嗡嗡聲、不見威脅時仍飛走的鳥兒，也看清自己先前是多麼大意。

2 原文為Karnevalsdienstag，即懺悔星期二之意。

「就算我跟你跳過舞，」她說：「也並非出自我的意願，而且那也完全稱不上跳舞。」

「我想確認妳是配得上我的舞伴，這有那麼不對嗎？」

「我確實這麼認為。」阿嘉莎說。

他那寒冬般的眼，冰冷的灰，變得更加令人發寒。

「再問妳一次，」陌生人說：「跟我跳支舞吧。」

「那我也要再說一次，」阿嘉莎說：「我不跟你跳。」

陌生人對著夜晚的空氣一咬牙，阿嘉莎看見他的牙此時更接近黃色，彷彿氧化的蘋果果肉。

「妳跟所有人都跳過舞了，」他說：「所以妳為什麼不願意答應我的請求？」

「因為你並不是你假扮的這個東西。」

他展開雙手納入人群，因為所有人都安靜了下來，就連樂師也停止演奏。

「有人是嗎？」他說：「妳很高傲，而妳的牧師將會告訴妳，那是最嚴重的原罪，只是犯罪的並不只有妳一人。這個人——」一根手指指向麵包師傅烏佛，「將不新鮮的麵包泡水後加入麵團，用這種方式灌水。」

手指挪移一英寸。

「這個人——」鐵匠阿克錫，「背叛他的妻子，跟隔壁村的一個女人暗通款曲。這個人是小偷，這個人稀釋他的啤酒，至於這個人——」那根手指找到了奧薩娜，「出於對妳的嫉妒而召喚了我。」

奧薩娜看似嚇破了膽。儘管她有些邪惡，但並不是壞人。此時此刻，面對真正的邪惡，也理解了自己在其到來之中可能扮演了什麼角色，她又是害怕又是痛悔——但太遲了，她的反應緊接在被揭發之後，因而顯得沒那麼真誠。

「住手，」阿嘉莎說：「你這樣太傷人了。」

「妳跟那麼多人跳過舞，」陌生人說：「他們都不是他們所假扮的東西。」

「他們都有缺點，」阿嘉莎說：「我也一樣，但我們的缺點並不代表我們的全部。對你來說則不然。你身上並無良善，丁點也沒有。」

陌生人的身體抽搐了一下，在場所有人都聽見骨頭和軟骨折斷、爆裂的聲音。接下來，他站得沒那麼直、那麼高了，他的臉上出現病變，一條馬陸從其中最深之處爬出來，接著竟然鑽進他的頭髮躲了起來。

「我再問妳最後一次，」他對阿嘉莎說：「跟我跳支舞吧。」

「我也再回答你最後一次，」阿嘉莎說：「我不跟你跳。」

聽見這句話，陌生人的偽裝徹底消失，底下是個駝背的男人。

不對，阿嘉莎心想，不是一個駝背的男人，而是那個駝背人。這是他的名字、他的本質，化為實體的所有邪惡。儘管她說不出怎麼會這樣，在那晚之前也不曾見過他，她卻知道他到底是什麼。

「那就別理我，繼續跳下去吧，」駝背人說：「但妳無法再參與，而妳或許將為此感謝我。」

他的右手在空中畫了個符，一把彎刀出現在他掌中。忽然間，他已不在阿嘉莎面前，反倒來到她身後，接著刀一揮，割斷了她的小腿肌腱。阿嘉莎立即癱倒，但沒人來救助她。沒人有辦法，因為所有人都跳起舞來了，只有樂師除外，他們開始演奏一首他們沒聽過也沒學過的曲子；剛開始和緩，然後愈來愈快，舞者們的腳步也隨著音樂加快，想停也停不下來，持續了好幾個小時，然後好幾天，除非舞者筋疲力竭、就連駝背人的魔咒也無法迫使他們繼續，或是他們的四肢折斷、跌倒在地，否則無法停止。

等到魔法耗盡，狂舞結束，只有一位村民不見人影：奧薩娜，以對阿嘉莎的惡意將駝背人引來此地的那個人。麵包師傅烏佛覺得自己先前看見駝背人抓著她的手、拖著她朝林木而去，於是村民在獵犬的帶領下展開搜索。那時已經過了一週，但狗兒們還是成功辨認出奧薩娜的味道，追蹤到了森林的中心。他們在那裡找到奧薩娜的屍體；她不停跳舞直到死去，雙腳都只剩下殘肢。

這就是兩位舞者的故事。

「真是個**不尋常**的故事。我不覺得以前聽過。」

奧立維爾站在門口。席瑞絲不知道他在那裡站了多久。但夠久了，就算沒聽完整個故事，至少也聽了一些。

不過是這樣的，席瑞絲自己也沒聽過這個故事。書本穩穩放在她的膝頭，而這個故事並不在其中。她並不是在朗讀，而是在背誦，彷彿念出記憶中的故事，然而她並不記得早先曾讀過或聽過，就好像她也不記得自己開始讀故事的時候手上有枝筆。更奇怪的是，她低頭看書，發現她剛剛背誦的同時也一邊同步寫出故事，但和書頁中原本的文字形成一個角度，因此，藉由稍微調整書的位置，就能夠選擇閱讀原本的故事，或是她寫下的文字。刮去原文重複書寫的羊皮紙，或至少非常相像；就是這名稱。她父親的工作包含解譯古代手稿；他熱愛遇上像這樣的東西，來自過去的工藝品，在那個時代，紙太珍貴，不能只用一次。

奧立維爾已經來到席瑞絲身旁。他也發現了她寫在書頁上的筆跡；她以剛剛那則故事填滿了其中的五頁。

「我不知道妳是作家耶。」他說。

「我不是，」席瑞絲說：「或至少不是像這樣。我的意思是寫故事。我甚至不知道這故事是打哪來的，肯定是在哪裡聽過，或小時候讀過。」

「很久很久以前，」奧立維爾說：「或是『有一天』，我奶奶以前都用這三個字當故事的開頭。」

「是啊，我想也是。很久很久以前。」

或是「有一天」。有一天，有一個女孩。有一天，她的母親。

然而，自己不知怎麼地孕育出一個故事這件事令席瑞絲困惑。她年輕時喜歡畫畫，不過當她在青春期晚期領悟，她所做的一切都只是在試圖複製世界，她就放棄畫畫了。相對來說，真正的藝術家是重新詮釋世界，而這超出她能力所及。她有知識，但她判定自己欠缺想像力。此時此刻，或許她終究擁有那種能力——安於未知，因而引發創造——只是形式有別：她的想像力在於文字，而非繪畫。

席瑞絲起身，該走了。她親吻菲比道別。

「她看起來好小。」席瑞絲說這話的對象並不是奧立維爾，而是某個看不見的人，因為她的語氣隱含一絲責備。她愈來愈習慣放聲說出自己的想法，尤其是在她跟菲比獨處的時候。這是一種打破寂靜的方法，也可藉此讓女兒知道她就在附近。菲比不曾有反應，但席瑞絲沒理由停止這種行為。等到她真正停止的那天，一切也將不再有意義。「每一週過去，她都變得更加瘦小。從她的臉就看得出來。」

我們有時候就是像這樣失去身邊的人：並不是突然全部消失，而是一點接一點，有如風吹走花的點點花粉。

「我看過她的病歷，」奧立維爾說：「妳的女兒是個鬥士。如果真有人能渡過難關，那肯定是她。」

「你真好心。」席瑞絲說。機械式的回應。她變得很擅長給予機械式回應，但看來奧立維爾並不吃這一套。

「若不是真心就沒有任何意義，」他說：「而我永遠不會欺騙妳，或是欺騙菲比。」

席瑞絲沒回應。無論謊言或實話，現在都沒差了。

「我不覺得我能繼續這樣下去，」她低語。「我沒那種力量。」

某處有位女子聽見這話，隨即靠近了些。

5

Auspice（中古法語）以鳥類飛行為據的占卜

奧立維爾陪席瑞絲走到燈籠之家的大門，並在旁邊等她扣上大衣鈕釦抵禦寒風。天空晴朗，新月低懸於東方一幢老宅上方，你幾乎可以踩上那棟房子的屋頂，伸手便觸及一片死寂的世界。

「那是什麼地方？」席瑞絲問：「也是這裡的一部分嗎？」

「算是，」奧立維爾說：「好幾年前，一位作家住在那裡。他只寫過一本書，那本書很暢銷，是用筆名出版的，他賺了不少，但人生並不快樂。」

「為什麼？」

「他的妻子死於難產，寶寶也沒能活下來，他不曾再婚，就只是待在那棟房子裡寫他的小說，靠版稅節約度日。臨死之前，他用那本書的收益和他父親留給他的遺產成立了一個慈善基金會；他從未動過他爸留下來的錢。他父親在大戰時是布萊切利園的解碼員，後來發明了某個跟電腦和編碼有關的東西，變得相當富裕。他最初用那筆錢買下燈籠之家這片土地和大部分建物。基金的利息到現在還能負擔燈籠之家的維護費用——再加上版稅，因為那本書還在銷售——我們因此才能照顧付不起錢的人。」

「他什麼時候過世的？」席瑞絲問。

她隱約記得這些事。她離家後，她的母親或父親曾不經意提起，但因無足輕重而被她拋諸腦後。

「事實上，他沒死，」奧立維爾說：「我的意思是，他現在當然已經死了，但技術上來說，他消失了，在某些警察文件中甚至可能被列為『失蹤人口』。無論發生什麼事，他突然不見的時候已經是一個行將就木的老人，而那也是將近二十年前的事了。

「一直有在說要把那棟房子併入燈籠之家，或是當作辦公空間，不過房子的有些部分特別古老，哪些地方能改建、哪些不能動，受到各種限制。剛開始，受託管理人想把房子租出去，但沒人想在那地方久待，後來又短暫開放當作博物館，但維持營運又實在太過費事。在那之後，他們把那地方當作檔案庫，現在則是閒置不用，地板腐朽，屋頂也破了好幾個洞，但是基金會的錢在這裡更能發揮作用，沒人想付翻修該花的錢。」

就算只有月光照明，席瑞絲也看得出那曾是一幢宏偉的宅邸，如果有人願意投資，或許還有可能重振雄風。

「為什麼沒人想住在裡面？」她問道。她聽出奧立維爾語帶保留。

「嫌房子老舊之類的吧，」他說：「妳也知道有些人就那樣。」

「我不知道，告訴我吧：有些人就哪樣？」

奧立維爾盯著自己的鞋看，努力說得輕描淡寫。

「他們說房子有髒東西，所以不想住下來。總共有三個租客毀約，之後大家就放棄了。」

「髒東西？你是說鬧鬼嗎？」

「或是受回憶侵擾，或許根本都是一樣的。而且不是好東西。」

「為什麼這麼說？」

「因為如果是好東西，那些人就不會突然跳起來離開，對吧？我最好在有人開始懷疑我是不是跟妖精遠走高飛之前趕快進去。」

「你進去過那棟房子嗎？」

「一兩次吧。」

「然後呢？」

「我沒久留。」他嚴肅起來。「裡面感覺不是那麼空。」

奧立維爾準備回去工作，這時席瑞絲又問了最後一個問題。

「小說的書名是什麼？支付這地方開銷的那本？」

「《失物之書》，」奧立維爾說：「事實上，我覺得妳可能讀過。」

「為什麼這麼說？」

「因為裡面也有個駝背人，就跟妳的故事一樣。」

「不對，我不認為我聽過這本書，或駝背人。」

「嗯，」奧立維爾說：「那妳現在聽過了。」

席瑞絲走向她的車，看見一條不平的小徑從停車場延伸而出，朝東蜿蜒穿過樹林。她納悶著小徑是否通往大宅，但也不是說她打算在這時間前去探訪。她或許不相信有鬼，但她讀過夠多懸疑故事，知道要是有人選擇夜晚在樹林亂逛，壞事就有可能降臨，而米爾頓凱恩斯和鄰近地區可沒有對犯罪免疫。就算是邪惡的女巫，只要走到森林中不該去的地方，還是很有可能被人從背後襲擊搶劫。

一棵橡樹標示出小徑入口，她看見最低矮的樹枝有動靜：一隻獨眼的老白嘴鴉，另一眼被爪子抓瞎了。

「不，」席瑞絲說：「不可能。你不可能跟著我們來到這裡。」鳥兒呱呱呱叫了三聲，牠的回應有如笑聲，令人發毛。席瑞絲保持距離，彎下腰撿拾石子。

「讓你見識見識，要是哪隻白嘴鴉自以為找到好下手的獵物會怎麼樣，」她說：「無論是什麼東西害你失去一隻眼睛，我會讓你希望那東西回來了結未完成的工作。」

然而，當她再度抬起頭，白嘴鴉已然飛走。

6

Eawl-leet（蘭開夏方言）暮光，或貓頭鷹光

席瑞絲隔天早上睡到很晚，而且一夜無夢；或者就算有夢，她也不記得內容。接下來的幾個小時，她都在打開衣服和書本的箱子，女兒的所有物也在其中。菲比在小屋裡有她自己的房間，房內已有她的部分物品，但現在席瑞絲將剩下的也都加進去，甚至把菲比用來妝點倫敦公寓舊家的海報和照片也都張貼起來。她沒辦法丟下未完成的房間不管，因為若是這麼做，就等於承認她或許沒那麼相信女兒有可能復原了。大概也有迷信的元素牽涉其中吧，彷彿就算只是暗示這樣的結果，都有可能導致其確實發生。

小屋面積適中，但後院占地遼闊，此時雜草蔓生，特色是最北端的老紫杉林，以此與一座十九世紀晚期就不再使用的小墓園比鄰，席瑞絲猜想有些人或許會覺得離墳墓那麼近很令人不安或憂鬱，但她從來沒有這種感覺。長大後，她認為墳墓就是地貌的一部分——偶爾令人毛骨悚然，像是在萬聖節的時候，除此之外，就是一個幾乎不會被留意的元素。因為安息其中的人都來自當地最貧困的地區，這個墓園的墓碑屈指可數，不了解其歷史的人甚至可能不會意識到這片土地的用途。樹葉之中浮現一張模糊至極的臉孔，綠面首，在其中一根舊門柱上凝望，這是比基督教更古老的信仰存在的證據。

一條小溪沿墓園的北緣流淌，她父親以前老是聲稱溪裡藏有一匹水馬和一隻水精，若是席瑞絲待得夠久，她也有可能看見牠們。然而，無論馬或妖精，席瑞絲皆無緣得見，她開始疑心牠們棲居此處云云都是父親虛構的故事，以此讓她在他想看書或足球賽時有事忙。小溪在東邊蜿蜒穿過一座小山丘；有些人說這是仙塚，因為以前的人認為小仙子都住在墓園附近，以收取安息者的靈魂。她父親總是對此說法不屑一顧，只因為在他看來，這根本本末倒置：仙塚的歷史比人類埋葬的場所久遠，因此應該是人下意識選擇將墓地設在靠近仙塚之處，而非反過來。另一方面，他也看不起那些出於謹慎而避開蘑菇圈、將其存在歸因於仙子作為的人。他對席瑞絲解釋道，菌絲在地底呈圓形發芽，這是科學，其中毫無神祕之處。若有哪篇文章的目的是刊登於民間傳說刊物，就會以像這樣的奧祕知識為基礎。

不過特別受席瑞絲喜愛的是那些樹。它們被稱為「行走的紫杉」，親代紫杉的樹枝觸及地面，隨即將自身層層堆疊、延展，生長出新的樹根——以及有趣的拱門和樹洞，席瑞絲和菲比都曾先後在其中探索——新樹根則重新生長為手足樹。這些紫杉受到仁慈地忽視，於是繼續茂盛生長：常綠，樹枝爬滿地衣，湊近細看，樹皮不只是褐色而已，還有紅色、綠色，以及紫色。美好但也危險：充斥紫杉鹼，過去常用於箭尖淬毒，就算只是擦傷，最終也有可能致命，於是當地流傳這樣的傳說，麵包師傅的女兒將紫杉鹼塗抹在一束剛採下的玫瑰花莖與棘刺上，再將花束送給情敵，導致對方隨後痛苦死去。

席瑞絲在最糟糕的情況下回到童年時的家，她發現靠近紫杉帶給她一種新的安慰，因為它們還活著。儘管受損、留疤、乾枯，但它們仍屹立不搖，拒絕屈服於死亡。就連她母親深惡痛絕的雨來菇也給予席瑞絲希望。它們目前生長於庭院的長椅，風將這種藍綠色藻類的孢子從墓園吹來，雨後在草地和家具上形成透明、帶黏性的團塊。就某種層面而言，席瑞絲承認這東西真是無可否認地噁心，但就另一層面來說，這種生物又是如此頑強、堅韌。雨來菇能夠維持看似無生命的乾燥狀態長達數年或數十年，只在大自然選擇的時機恢復生機。母親若在這裡，她會用水管把它們沖個一乾二淨，但席瑞絲選擇順其自然。

重新定居的雜活兒做累了，她便開車到超市為食品櫃和冰箱補貨，然後一時興起跑去買書；意外過後她就很少做這件事了。她和菲比熱愛逛書店，不過相較於新書店，她們偏愛比較老舊的二手書店，前提是，在二手書店被慈善商店大量取代的這年頭，你得找得到哪間二手書店還開門營業。不過說回來，就算是在二手書店隨處可見的時代，席瑞絲也常納悶，它們的部分目的是否就是盡可能常常關門休息，以免有人走進去，還真買了一本書，攪擾了它們蓄意的無序。二手書商的手段繁多：「五分鐘後回來」的告示一放好幾個小時，或好幾天；潦草寫下的電話理應能撥打過去請他們開門，卻注定永遠無人接聽，不過還得先假設你真有機會聽見連接時的嘟嘟聲；還有一次是謹慎打字印在橫格卡紙上的六個字：「暫時死亡店休」，引發的問題多過回答的問題，尤其是那個暫時到底是指死亡還是店休。

她在奧爾尼童書店附近的舒納格買下架上唯一的《失物之書》。菲比是該作家慷慨捐獻的受益者，席瑞絲覺得她既然都透過網路深入了解了這位恩人的人生，她也該更加了解他的作品才對。正如奧立維爾的說明，他的人生染上悲傷的色彩，但並不由悲傷定義。這位作者找到方法將他的痛苦轉化為一本小說，而那本小說偶爾也幫助他人舒緩他們的痛苦。故事，或說那些對我們來說重要的故事就是具備如此作用：幫助我們理解他人，同時也讓我們覺得自己獲得理解，在這世上不再那麼孤獨。此時此刻，席瑞絲覺得自己樂見這樣的效果，因為她不曾感覺比現在更孤獨。

但她依然為〈兩位舞者的故事〉而煩惱；這則故事似乎無意識地自行從她的腦傳遞到口，

傳遞到手，再從手傳遞到書頁。若非確實是她的筆跡，她可能根本不相信那是出自她手筆。一般來說，她書寫時常常會畫掉重寫，代表重新思考或修正。當她思索合適的措辭，或是句子的結構，她也習慣用原子筆或鉛筆的筆尖輕點紙張，留下大量的點。相對來說，前一晚的書寫一字不錯，看不出遲疑或思考的痕跡。

回到小屋後，席瑞絲煮了一壺茶，伏案幾個小時。她先前逼自己再次開始工作，眼下已有三個廣告文案的截稿期限即將到來，都涉及她個人不會想買的產品或不會想造訪的網站，這讓說服他人這麼做的這項任務變得加倍艱困。然而，要是她只願意寫她自己喜歡的產品，她和菲比早就流落街頭了。這是童年與成年的其中一個差異：身為孩子，你經常得做你不想做的事——以菲比的情況來說，包含上學、完成作業，以及吃青花菜——因為某個比較大、比較老的人要你做那些事；身為大人，你還是得做你不想做的事，但若你運氣好，有人會付錢讓你去做，而這稍有助益。

工作完成後，這一天也柔化為黑夜，席瑞絲容許自己倒杯紅酒伴她讀《失物之書》。她許久未曾為了自己高興而翻開任何虛構作品；大都是讀給菲比聽，甚至在意外發生前也一樣，而她現在發現難以將這件事與女兒之外的任何人相連結。不用大聲讀出來，席瑞絲覺得好不習慣，以至於她過一會兒才領悟，她聽得見自己正對著空蕩蕩的房間朗誦小說的開頭，有如魔咒或咒文。很久很久以前：到底誰還會用這種方式開始一本書啊？

然後——噢！——又是那股失落的突兀刺痛，因為她發現自己用了女兒最愛的句子結構之一；每當遇到特別令人挫折或困惑的地方，菲比都會求助於這個公式。

到底誰**知道**那首歌啊？

到底**是**什麼時候啊？

到底什麼**是**白花椰菜啊？

天啊，她好想念菲比說話的聲音。最令人難以忍受的是那種寂靜，就好像在循序漸進幫席瑞絲準備好迎接永恆的沉默降臨，屆時甚至不會再有女兒的呼吸聲來安慰她、提醒她菲比一息尚存。然而，她要如何在這樣的心境與絕望之間取得平衡？絕望更常在完全天亮前的灰白天光下最兇猛地來襲，不過也曾在她前一晚從燈籠之家開車返家時找上她：暗中希望著這一切終將畫下句點，獲得解脫，她的解脫——

或是菲比的。

「不！」她對著空蕩蕩的房間喊出這個字，嚇了自己一跳。「我收回。我不是那個意思。」

對著燈光映照下的塵埃。

「我不要跟她分開，不要像這樣。無論要付出什麼代價，我都要她回到我身邊。」

對著盤中碎屑，以及灑在茶托上的茶水。

「她是我的孩子。」

對著盤據角落、獵物的乾枯殘渣環繞四周的蜘蛛。

「妳有在聽嗎？」

對著那個潛伏於陰影、只選擇性聽見席瑞絲說什麼的女子。

7

Ryne（古英語）

謎

良夜深沉，晚間新聞獲得青睞，書本遭放置一旁，不過事實證明這是個錯誤，因為畫面中盡是俄國坦克轟炸村落、科學家預言迫在眉睫的氣候災難。意外發生之前，後者尤其令菲比煩惱，她無法理解政客何以不趕緊拯救地球。逼得席瑞絲只能試著解釋，不像某些小小孩，政客皆受中短期利益驅使，很少思考下次選舉之後的事，而這只證實了席瑞絲的論點：政治不適合大人。她才過十分鐘就放棄了新聞報導；不需要任何事物來讓她覺得自己更加無用。

她輕撫《失物之書》的封面，彷彿掌下是隻沉睡的貓咪。儘管不願對自己承認，席瑞絲發現自己和小說變得疏遠了，以至於不再能將其當作某種逃生出口——而她比大多數人都更有理由拋下現實，就算只是片刻也好。這種疏遠從她的青春期就已經開始，因此她甚至不能歸咎於那場意外。她不再熱愛故事，而菲比的遭遇完全印證了故事有多無用。故事有什麼好？快樂的那些不真實，悲傷的那些又無法告訴你任何你原本不知道的事。

> 我的故事如下：我原本有個女兒，但她被偷走了，一個徒有她外貌的娃娃取而代之。

然而……

桌上的那本書想被閱讀，正在召喚著她。她認為這或許是因為它和燈籠之家有關，也和作者在那塊土地上逐漸腐朽的舊宅有關，還與他的消失之謎有關。這些事物為故事增添了一些肌理，讓它更具意義，因此，比起書本本身，其創作相關的種種事件還更吸引她。她是這麼告訴自己的，儘管她逮到這個謊言悄悄潛伏。這很奇特，不過，本書閱讀經驗相關的一切都令她茫然而不知所措。稍早，她發現自己不知不覺沉浸其中，等到她終於回過神，她震驚地發現已經過了將近兩個小時，她是如此全神貫注於故事，在其中，一個男孩失去了他的母親，獲得他並不想要的繼母和同父異母的弟弟，來到一個由他架上的書本和他愛的童話故事打造、似真似幻（作者不曾言明）的國度。駝背人棲息於書頁之中，正如奧立維爾所說，她為菲比編的故事也有一個相同名字的怪物。席瑞絲唯一想得出來的解釋是，她肯定讀過這本書的書評，或是有關作者的文章，並將相關細節存放腦中。

雖然並不是特別餓，她還是著手準備晚餐。食物帶來的樂趣——一如其他許多事物帶來的樂趣——都已遭剝奪，她現在吃東西只為維繫生命。無論她對菲比而言用處有多低，要是她因為疏於照顧自己而進了醫院，那就真的一點用也沒有了。

用過晚餐後，她又讀了一會兒《失物之書》，進度已經超過一半了。讀累了，席瑞絲便打電話給母親；她現在一年之中大部分時間都在西班牙北部儉樸度日，很少在凌晨兩點之前就寢。席瑞絲的父親過世不久，她便離開英國。她說，沒有他在身邊，她無法面對這裡的無情冬季，結果她也不想面對沒有他的英國春季或秋季，差不多只能忍耐幾週的夏季。他們曾一起探索鄉間，他們夫妻倆，在地圖上標示出古老墓塚，為石圈和仙堡拍照，蒐集民間傳說、神話，甚至還有生動有趣的古老當地文字，以此作為增添肌理的材料，豐富父親發表的艱澀學術論文，或是一些篇章，刊載於注定只有跟他一樣痴迷的怪人才會讀的書中，席瑞絲一直覺得應該是這樣。所有那些泛黃、乾枯的書頁……

席瑞絲花了很長時間才想明白，父親放假時為什麼總是離她那麼遠，而《失物之書》令她想起那原因：她發現他偏愛的故事都很嚇人。她現在看得見他的鬼魂了，坐在他最愛的那張椅子上，挨著空火爐，羊毛衫有泥土香和菸味。

「還有另外一個英國，席瑞絲，一個隱藏的國度，祕密國協，這些故事就是它的回音，它的歷史。」

但她不喜歡聽那些回音。那聲音說的都是殘酷、邪惡之事。就讓它們淡去，就讓它們永遠消逝。彷彿是為了惹惱他，她反倒選擇讀其他東西，她刻意稱之為她的「童話故事」，一個總是令她父親皺眉的詞彙；公主愈美麗、結局愈幸福快樂，那就愈好。神仙教母，神仙幫手，長翅膀、手持魔杖的親切生物，這些她都愛。

「但那些並不是仙子，席瑞絲。」他這麼告訴她。

「他們是**好**仙子。」

「沒有這種東西。」

「因為你只相信壞仙子。」

「也沒有這種東西。」

「但若他們不好又不壞，那他們到底是什麼？」

「他們是他者，席瑞絲，他們就是這東西：他者。」

他的聲音是如此堅定，而且充滿說服力，就好像他相信這生物的客觀現實，因為他**確實**相信。對她父親而言，過去與現在並肩而行，大都位於平行線上，但兩者在古老的地方交會；在像那樣的地方，土地就像墳墓收納屍體一樣承載著記憶。那些記憶潛入泥土與岩石，金屬與木材，將其精髓注入無生命之物。在這種地方附近，神話與傳說匯聚，再從中誕生故事、書本、歷史，於是真實與虛構的界線愈來愈模糊，每個講述者各自擷取層層意義，並加入各自的新意義。現實變得暗影幢幢、汙漬斑斑，世界因而被改變。

因為，她父親會這麼告訴她，若是一本書或一個故事第一次被講述，現實就隨之自行改變。故事化為世界的一部分，無論是誰聽、誰讀，又是在誰心裡生根，那個人都不再一樣。故事是一種良性感染，改造其宿主——或者大致呈現良性，因為有些書會把人變得更糟。在書中倒入夠多的毒液，或是在書頁中充分扭曲事實，就有可能將軟弱的心變得滿懷憎恨。但只要你讀得愈多、愈廣，你的心就會變得愈強壯。就是因為這樣，到最後，無論女兒對哪種書著迷，她父親都心滿意足，就算並不總是他認可的書也沒關係。重要的是她領會文學的價值。當某些白痴政客或好指責、自以為在做好事的人抱怨學校的書單，因為有些書竟敢表現出對青少年的尊重，或是承認他們在大步邁向成人的路途中無法脫離種族、性傾向和性別議題，他總是會發表相同的評論：「需要擔心的不是讀書的人，而是那些不讀書的人才對。」

同時間，等待接通的嘟嘟聲依然在席瑞絲耳中迴盪。無論日夜，母親總是在自己家裡衝來衝去，或是在院子裡閒晃，把手機丟著不管。她也經常將手機關靜音，讀書或看電視的時候才不會受打擾，然後又忘記重新開啟鈴聲，害得席瑞絲擔心她會不會在她們上次通話後就死了，屍體等著被某位憂慮的鄰居或運氣不好的郵差發現。席瑞絲已經來到這個年紀，開始花大量時間擔心孩子**以及**父母。她許久之前就猜測，一般人實在是太過高估長大成人這檔事了。

母親終於接起電話。菲比出車禍後，她曾回英國陪席瑞絲幾天，後來幾天延長為幾週，直到孫女的狀況顯然暫時不太可能出現什麼戲劇性的變化。到那時候，這對母女對彼此已愈來愈乖張易怒，因為席瑞絲的公寓太小，容不下兩個成年人，尤其這兩個人很可能在某些地方太過相像，在其他地方又差異太大，因而難以相處。席瑞絲愛她母親，但她存在感很強，而存在感強的人在空間有限的環境總會出現問題。最後，席瑞絲的母親在雙方同意之下回到西班牙，但至少每隔一天通一次電話；席瑞絲心知，只要臨時通知有任何狀況，母親隨時準備跳上飛機回英國——

不，菲比不會有任何狀況，也不可能更惡化。席瑞絲下定決心。燈籠之家這個新環境有樹，有花，還有鳥兒鳴囀，對菲比只會有好處。如果菲比的靈魂仍在那具軀體之中，她有可能會聽見鳥兒的聲音並有所反應；若是她的靈魂已在他處，牠們的歌聲還是有可能喚回她。席瑞絲只要維持原狀，振作自己的精神，別受愁思或絕望掌控就好。

「她怎麼樣？」母親問道，因為她們的對話無可避免總是以此為開端。

「老樣子，」席瑞絲說：「但新環境很舒服，太舒服了。」

「妳想念倫敦嗎？」

「還沒機會，但我不覺得我會想念。倫敦變得太大又太吵。」

而且少了菲比，也變得空虛。菲比曾填補空白。

「我很不想承認，」席瑞絲接著說：「但妳叫我回來這裡可能一直以來都是對的。這裡永遠都是我的家，我都忘了我有多愛這裡。」

她們討論過賣掉小屋，但其中充斥數十載婚姻生活留下的物品和回憶，而她母親不願與其中的任何一樣分別。而且，也沒有非賣不可的財務壓力，或說在菲比的狀況逼得局面不得不改變之前都沒有。席瑞絲的母親告訴她，只要她開口，小屋就會上市出售，不過感謝燈籠之家，這會兒住進小屋似乎是更好的解決方案。

「好吧，只是小心別讓寂寞找上門。試著交些新朋友吧，席瑞絲。」

席瑞絲年輕時不曾在意孤單，因為寂寞與孤單有其差別。書本當時大有助益，因為擁有一本好書的人永遠不寂寞。後來菲比誕生，席瑞絲就沒時間孤單了，而且只要女兒在身邊，她就永遠不寂寞。然而，隨著菲比進入暫停狀態，席瑞絲也跟著凝滯了。她寂寞又孤單。必須對此採取行動。或許某種行動早已展開。

「我又開始閱讀了，」她說：「我的意思是書本。」

「書跟朋友又不一樣。」

「不一樣嗎？爸可不會認同妳的看法。」

「妳爸對很多事的看法都跟我不一樣，這是我們這麼合拍的原因之一。」

「因為都是些不重要的事？」

「不，因為私底下我們兩個都知道，他是錯的，我才是對的。他不想承認，而我樂於讓他擁有自尊。」

席瑞絲承認這論點有其真實之處。她父親是一個棲居多個世界的男人，真實世界遠非他的最愛，儘管妻子和女兒存在其中。要不是她母親以錨將他固定於地面，他很可能會就這麼飄走，化為一個遁入雲朵的遙遠人影，埋首於巨石圈和地底墓穴的歷史，或是探討森林精靈與樹神差異的論文。

「我擔心妳，妳知道的，」她母親說：「這一切對妳的影響令我不安。要是有人在妳身邊為妳分憂就好——」

這是她母親的另一個常見主題。她弄不懂席瑞絲為何維持單身，而席瑞絲就算有意解釋，也覺得百般困難。菲比的父親令她失望至極，這是原因之一。她因此無法再信任男人，對他們警惕提防，尤其還有個年幼的女兒要考慮。她不想要只是因為她偶爾想念男性的陪伴，或是覺得床太大，就將一個新男人帶入菲比的生命之中，而且截至目前也還沒遇見哪個男人值得她動心、考慮讓他靠近。

不過除此之外，事實上她和菲比也已經自成一個小單位。她們建立起行得通的慣例和模式，兩個人都安於這種狀態。除非百分之百確定是對的人，席瑞絲不想要任何人來打擾；而既然很難，甚至不可能知道到底對不對，她也就接受了沒有伴侶的人生。並不總是好過，但她對自己的決定甘心樂意——原本是這樣，直到那場意外。

「妳是指男朋友嗎？」

「某個人就對了。」她母親說。

「我可能會養條狗。」

「狗是**動物**，又不是**人**。不過既然妳提起，養狗或許也不是什麼壞主意。妳可以對牠說話，牠還不會回嘴。」

「妳的意思是就跟爸一樣？」

「妳爸跟狗天差地別。就算表現好會得到餅乾，妳也想都不用想他會乖乖聽話。要他去商店買東西，他就是永遠也記不住應該要買什麼。我以前都在電話旁等他一到商店就打回來，核對我要他買哪些東西。我想歸咎於他老糊塗了，偏偏他直到最後都精明得要命，無論他再怎麼裝笨也掩飾不了。給他一張清單也沒用，因為他總是沒帶出門，或是不知怎地錯放在某個塞爆的口袋裡。我考慮過寫在他手上，不過說真的，我相信他也有本事在前門和街尾之間的某個地方搞丟那隻手。他是全天下最令人生氣的男人，而我全心全意愛著他。」

席瑞絲讓她的視線在小屋的起居室漫遊。這裡有好多她父親的痕跡：書本、牆上的地圖和木雕、他的扶手椅，壁爐上的架子甚至還有他的幾根菸斗，和一隻放在玻璃盒中的鴨嘴獸填充玩具。（這隻鴨嘴獸在席瑞絲的母親住院取出膽結石時出現在壁爐上，他聲稱自己不記得買過這玩意兒，但在她回家後仍拒絕與其分離，主張玩偶為這空間增添了一些個性。）磚牆的角落依然有一層蠟，來自他以前常點的蠟燭；走廊的層架擺滿他探勘與挖掘時在土裡找到的東西：維京動物石雕、薩克遜箭頭、羅馬陶器的碎片，甚至還有罕見金屬製作的首飾。他對於將貴重或不尋常物品交給有關單位這件事一絲不苟，但也知道它們多半只會落得被存放於博物館地下室的某個蒙塵箱子內。

本該交出去的物品之中，他只留下了一件：一個可追溯至第二或第三世紀的羅馬十二面體。這東西直徑三英寸，包含十二個五邊形的面，中央各有一個圓形的洞，但大小不一；每個面的五個頂點各有一個凸起的圓球。哈德良長城附近有塊地的土被翻開了，而他就是在這裡發現它，並據為己有；這道屏障由羅馬皇帝哈德良興建，目的是強化大不列顛北部的防禦以抵擋北方部族。此物品的迷人之處在於其中的謎，因為至今尚無人能確定十二面體的用途。其中一個理論是用於占卜，然而十二面體表面沒有任何符號或銘文，古人該如何藉其卜算未知？十二面體附凸起的圓球，因此無法輕易拋擲，哪一面落地就會停留在哪一面，這代表其運作方式也不同於骰子。有些挫敗的專家宣稱這東西純粹只是裝飾用途，但她父親從不相信，到最後，無論是誰提出針對十二面體的見解，他乾脆一概忽視。

「知道用途是什麼並不重要，」當席瑞絲坐在他膝上，雙手把玩著十二面體，他會這麼對她說：「知道它**很重要**就夠了。」

這會兒，手機貼著一邊耳朵，席瑞絲走到走廊。十二面體依然在原位，也依然光亮。在所有收藏品之中，只有它不曾沾染灰塵。她用另一隻手緊緊握住它。暖氣壞了，她可以看見自己吐出陣陣白煙，十二面體卻透著一股暖意。她將它放回去。十二面體所在的書架擺放著對她父親而言最重要的書籍，其中有喬凡尼·巴提斯塔·皮拉奈奇[3]、溫徹斯勞斯·霍勒[4]和佩爾·

波雷．卡索[5]的藝術專論，還有羅伯特．科克的《精靈、牧神與仙子祕密國協》，以及S．R．嘉德納的《奧立佛．克倫威爾》[6]，一九〇一年版；他自己的父親把這本書當作在學表現優異的獎品送給他，因為三個男人——席瑞絲的父親、祖父以及克倫威爾——都生於劍橋郡的亨廷頓。此外另有米爾頓《失樂園》的其中兩卷，可追溯至一七一九年；她父親認為這是最偉大的英文詩作。還有五冊小開本拉丁文的李維[7]作品，十九世紀出版於德國，以紅色與金色皮革裝訂。

席瑞絲還記得，他曾為她翻譯後者之中描述雷古魯斯的故事（當然是瞞著她母親）。這位西元前第三世紀的羅馬將軍被迦太基人釋放，好讓他回羅馬議和。然而雷古魯斯回到家後，卻強烈要求羅馬元老院拒絕迦太基人的條件，然後不顧所有同胞的反對，再次前往迦太基履行當初獲釋的條件，也就是回到迦太基。因為他造成的麻煩，一般認為迦太基人割掉了雷古魯斯的眼皮、將他裝入布滿大釘的箱子不停滾動，直到他死去。在格林兄弟的《天鵝公主》中，那位不忠的僕人也有相同的命運——這是她父親非常認可的民間故事之一，因為最後有人痛苦慘

3 喬凡尼．巴提斯塔．皮拉奈奇（Giovanni Battista Piranesi）是十八世紀義大利畫家、建築師、雕刻家。

4 溫徹斯勞斯．霍勒（Wenceslaus Hollar）是十七世紀波希米亞平面藝術家，極具才華且多產。

5 佩爾．波雷．卡索（Pere Borrell del Caso）是十九世紀末至二十世紀初期的加泰隆尼亞畫家、雕刻家，以錯視畫法而聞名。

6 奧立佛．克倫威爾（Oliver Cromwell）是英國圓顱黨政治家，活躍於十七世紀，曾出任英格蘭共和國護國公，亦曾屠殺蘇格蘭與愛爾蘭的舊教信徒，因而成為英國歷史中最具爭議性的人物之一。

7 李維（Livy）是古羅馬歷史學家，有多部哲學與詩歌著作，其中以《羅馬史》最為知名。

死。

「但雷古魯斯為何要回去？」席瑞絲問他。

「因為那是他的承諾，」她父親回道：「所以這麼做是對的。」

「就算他知道自己有可會受傷，或死掉？」

「有時候，我們就是必須做這種抉擇。」

「希望我永遠不用。」

他親吻她的頭。

「我也希望妳不用。」

爸爸，噢爸爸。

「我要掛了，」席瑞絲告訴母親，「累到骨子裡了。」

「那就去睡吧。我愛妳。如果妳養狗，千萬不要養那種吠個不停的小狗，不然我永遠不原諒妳。」

她們對彼此說晚安。席瑞絲關燈，放個東西擋在壁爐的餘燼前，上樓回到她的房間。她沒拉上窗簾，因為她喜歡冬天在月光下入睡，心知自己不會在某個天怒人怨的時間點被日出的陽光吵醒。殊不知，她在睡著前幾乎無暇留意月亮出鞘的光鋒，因此沒聽見翅膀拍打玻璃的聲音，也沒注意到常春藤的第一條藤蔓強行擠過牆壁上逐漸粉碎的磚，無聲、近乎警覺地在角落盤捲起來。

8

Egesung（古英語）
恐懼，或駭人事物

長大成人後，吃過苦頭學到的教訓是，半夜打來的電話準沒好事。這完全就是席瑞絲的寫照：手機在清晨四點響起，立即吵醒她，螢幕顯示兩個字：燈籠。

「你好？」

電話另一頭傳來奧立維爾的聲音。別的不說，光憑這一點，她就已經滿懷感激。

「席瑞絲？」他說：「菲比的情況惡化了。我覺得妳應該來一趟。」

菲比的新房間不太一樣，感覺更像病房。牆上沒有照片，也沒有扶手椅或長沙發。這是加護病房，專為一個目的而設：保住一個小孩的命。

席瑞絲努力聽這位銀髮醫師在說什麼（碧緹嗎？沒錯，她就叫作碧緹），但左耳進右耳出，幾乎沒留下丁點痕跡——「忽然」、「不解之謎」、「呼吸困難」——因為她的注意力一直跑到女兒身上。菲比現在看起來甚至比之前更小、更迷失。席瑞絲好想好想抱她，想把手放在她的胸口、輕撫她的頭髮，告訴她不用害怕，一切都會沒事的——

但若妳非離開我不可，我會理解。如果妳覺得太痛，我要妳放手。但若可以，我希望妳留下來，因為我不想在沒有妳的世界獨活。

「會不會是轉院的壓力所致？」她問道。

「我覺得不太可能，」碧緹醫師說：「負責轉院的同仁經驗豐富，我們從未出過任何事，就連小狀況也沒遇過。我們從頭到尾都在監控菲比，她一到這裡，我們也立刻為她再次檢查。沒有徵兆，也沒有問題。我們只能繼續希望，她的情況改變可能是復原的一種過程。她的身體關閉所有非必要功能，以專注於修復重要的機能，而這工作正在進行中。」

「但如果真是那樣，」席瑞絲說：「妳要怎麼解釋這種突然的惡化？」

「我們相當確定應該只是暫時性的，但我也不會說謊：我們擔心菲比一陣子了，因此才認為最好請妳過來。我們現在已經控制住她的狀況，雖然還沒脫離險境，但至少已經穩定下來。」

透過病房唯一的窗，席瑞絲可以看見樹枝漸漸在清晨的曙光下顯露，有如照片在托盤中慢慢顯影。她覺得這些樹枝彷彿出自妄想，像是來自陌異之境的入侵者。這邊是由塑膠、金屬、玻璃、電器用品構成的世界，那邊則是由林木、樹皮、草與樹液組成的國度。她的女兒以某種方式跨立兩邊，身體凝滯不動地躺在一邊，靈魂則在另一邊漫遊。

「我可以留在這裡陪她嗎？」席瑞絲問道。

「不好意思，妳不能待在病房，不過可以使用家長房。燈籠之家盡可能打造舒服的環境，但這裡終究不是什麼豪華旅館。妳應該還是回家比較舒服，但我們不會干涉妳的決定。如果又有其他變化，我們會第一個通知妳，妳也可以隨時打電話來確認她的情況。總之，如我所說，我們已經阻止了惡化的趨勢，我們對這點抱持謹慎的樂觀態度。」

席瑞絲只能點頭。她想感謝醫師為菲比所做的一切，但想不出該說什麼，真想出來時，醫師已然離去，只剩下奧立維爾還留在這裡。他們一起看著護理師檢查菲比，動作敏捷而有效率，沒浪費丁點時間或力氣。一直要到最後，護理師打算離開了，才停下來摸摸菲比的頭髮，和孩子的母親交換了溫柔與理解的眼神。

應該是我才對，席瑞絲心想，*應該是我來安慰她才對。*

「早跟妳說了，」奧立維爾說：「她是個鬥士。」

「不，」席瑞絲說：「她只是個孩子，孩子不應該戰鬥，不該像這樣。這不公平。」

「沒什麼是公平的，」奧立維爾說：「但這是她的戰役，我們只能從旁協助。她曾經失足，也有可能迷失，但我們總在她身邊陪著她，持續戰鬥下去。」

席瑞絲轉身面對他。

「你是怎麼做到的，奧立維爾？」她問：「你這份工作好難啊。所有這些孩子，他們的所有病痛——」

「因為這並不只是一份工作，」奧立維爾說：「對我，對我們所有人而言都不是。這對我們來說意義更重大，大多了。而我之所以做這份工作，是因為不做比較難，應該可以這麼說吧：**不**在這裡陪著他們，**不**在他們夜裡害怕時坐在他們身邊，**不**對他們解釋發生什麼事或為什麼。我沒辦法去做其他事，現在沒辦法。沒有任何工作比得上這裡意義重大。就算是在最糟糕的時刻，我也不曾後悔決定來燈籠之家。不曾。然而我也知道，相較於妳對菲比的情感，還有妳此時此刻經歷的一切，無論我再怎麼同情這些孩子，我的感覺無論再強烈，實際上也都微不足道。我只能告訴妳，我懂，大概懂千萬分之一吧。」

席瑞絲伸手，緊緊握住他的手片刻。

「我想在這裡待一會兒，」她說：「看著她。我知道你接下來也會做一樣的事。」

「對，我會的。」奧立維爾說完隨即離開，留下她和她的孩子獨處。

9

Urushiol（日文）毒藤的外皮，觸感油膩，會引發皮膚不適

接下來的幾天，新作息攻占了席瑞絲的生活。儘管燈籠之家保證一有任何變化會立即通知她，她在小屋還是無法放鬆。她總是神經緊張，一耳總是在留意電話鈴聲。這也讓她回想起父親過世的時候，醫院當時在午夜過後來電，要她們立即趕過去，因為他幾乎已經走到終點了。那時候，席瑞絲和母親還有不到三歲的菲比一起待在小屋。席瑞絲弄不清楚自己是怎麼成功快速著裝，還把菲比裹得溫暖不透風，而且沒吵醒她，然後跟母親一起開車十五分鐘趕到醫院。她們到的時候，她父親已經過世了。席瑞絲握著他的手，依然感覺得到一絲微溫，而她滿腦子只想著：我們應該待在這裡的。我們應該留下來的。明知道他時日無多的啊，他們說可能還剩一兩天，但不可能拖更久。誰知道才過幾個小時，他就走了，而我們在最後的時刻沒陪在他身邊。他死的時候我們不在，我們甚至沒有說再見。

她強烈希望菲比能有不一樣的結局，希望她的孩子能夠恢復健康，不過同時間，她恐懼著另外一種結局。若真到那時候，她不會讓菲比孤單一人。她終究還是問了護理師能否允許她使用其中一間套房，並得到請隨意的答覆。「套房」二字有點言過其實，這房間只容得下一張床、一套桌椅、一個衣櫥、一只床邊桌，另附迷你浴室，不過距離菲比所在之處只有幾分鐘路

程。房裡還附冰箱、煮水壺、微波爐，以及壁掛式電視，因此席瑞絲可以泡咖啡、加熱食物，甚至，在她累得什麼也做不了的時候，她還可以看用不著動腦的老電影。現在菲比穩定下來了，他們也容許席瑞絲待在菲比身邊陪她，於是她又開始讀書給女兒聽，不過她這次讀的是《失物之書》，而非那些老故事。雖然她自己已經差不多快讀完，她還是回到第一頁，從第一章開始放聲朗讀，這樣菲比才會知道故事在說什麼。

以防萬一她有在聽。以防萬一她聽得見。

不過席瑞絲之所以離開小屋，其實還有另外一個原因，一個她沒對任何人提起過的原因，就連她母親也沒有：常春藤。那天晚上，菲比被送進加護病房後，她在她房間的角落看見這植物最初的蹤跡。她當時踩著椅子用一把陳舊的大剪刀將其剪斷，隔天還去園藝店買了除草劑。那天下午，她用除草劑噴灑外牆，以及屋內被常春藤入侵的角落，並用她在庭院小屋找到的填充料塞住牆上的洞，晚上又回燈籠之家看菲比。

隔天早上醒來後，常春藤突破了填充料，開始蔓延：藤蔓由一根增生為兩根，從牆角分別蜿蜒探向南方和東方，葉片不再是純粹的綠，變成斑駁的黃和白，彷彿她噴灑的毒藥只是改變它的外觀，除此之外沒造成任何傷害。她再次以大剪刀攻擊，但常春藤變得比前一天難剪，而且她有種不安的感覺，好像這株植物正在活躍地抵抗著她，從上次的襲擊記取教訓，莖長出額外的保護層。就算她勉力剪斷了分岔的部分，藤蔓卻彷彿仍繼續抵抗，不讓她扯下來；等到她終於成功扯脫，竟連帶剝下一層油漆和一塊灰泥，把牆壁弄得坑坑疤疤。除此之外，儘管席瑞絲戴著手套，她的手腕和手指依然起了疹子，而且還得挑出肉中的綠色碎片。

更糟的還沒來呢。她下樓才發現，常春藤也已經從窗台和壁櫥後找到破口，入侵了廚房。這裡的葉子也是相同的顏色。席瑞絲甚至沒先吃早餐，反倒是立刻走到屋外，把五公升裝的除草劑噴個一乾二淨。她只希望這招奏效；一想到有可能需要找人來清除常春藤，她就又懼又怕。一來，她向來喜歡常春藤攀附小屋的模樣，再者，從藤蔓是多麼頑強附著於房間牆壁看來，將其從小屋外牆拔除有可能會損壞石料構造。還沒加上為了驅逐冬季嚴寒或預防小屋塌在她頭頂的高昂維修費，她的預算本來就已經很拮据了。天知道她母親會對此發表什麼意見。

席瑞絲回到屋內做早餐，然後工作幾個小時，中午時開車去燈籠之家念書給菲比聽。她在剛過兩點後離開，買了麵包、牛奶和報紙，差不多三點回到家。她在小屋外停好車，下車，從後座拿出裝滿雜貨的袋子。

一直要到這個時候，她才注意到常春藤發生了什麼事。

園藝師姓葛綠茵，如果是在其他時候，席瑞絲可能會覺得他的名字很有趣。

「Hedera helix，」他站在屋前說道：「英國常春藤。很頑強的東西，一旦讓它找到立足點，要挖掉就難如登天了。」

「但為什麼有些地方是紅色的？」席瑞絲問。

小屋牆上的常春藤綠了好多年，然後短暫染上黃色和白色，此時葉片卻可看見紫紅色的內部構造，彷彿流淌其中的是血般的液體，而非水和糖。

「有可能是感染了寄生蟲，」葛綠茵先生說：「或是土壤中的磷不足。一般人有時會誤將波士頓常春藤當作英國常春藤，而波士頓常春藤會在秋季轉為紅色，但波士頓常春藤在這附近並不常見，而這絕對是在地的英國品種。從葉子就看得出來。」

他湊近，戴手套的手抓起一些常春藤。

「不過我沒看過像這樣的紅，」他說：「變色的是中脈和葉脈。看見了嗎？」

席瑞絲看了看，但沒伸手碰。這常春藤令人反感。

「看起來好像血。」她說。

「是啊。不過肯定已經像這樣一陣子了吧。」

「沒有，今天才開始。」

「不可能啊，」葛綠茵先生說：「每片葉子都變色了，那可需要超過一天的時間。」

「但是我剛剛出門的時候還沒變成這樣。有些地方有點變黃，沒錯，但不是紅色。有沒有可能是因為我之前噴過除草劑？」

「妳噴了很多地方嗎？」

「只有前面的部分。還沒噴到後面，除草劑就用完了。」

「但那裡也是紅的，」葛綠茵先生說：「而且根系不一樣。不，看起來不像除草劑造成的。我的意思是，這些常春藤甚至沒死掉。真要說，它還長得更茂盛了。」

「我想除掉它，」席瑞絲說：「牆都快被鑽破了。」

「欸，我是可以除，但這週沒辦法。運氣好的話下週應該可以。」

「下週？不過到那時候這棟房子可能就已經被常春藤占領了耶。」

「很抱歉，不過我沒辦法更早過來。而且我要先警告妳，妳的小屋在那之後會變得很糟喔。妳可能也需要找建築工人來看看，因為我無法保證不對外觀造成傷害——或是更嚴重，像是藤蔓開始找出方法穿過石料構造。」

於是他們將問題擱在這兒，葛綠茵先生保證會盡他所能盡快處理，小屋則被葉脈中有似血物質的常春藤包圍。因此這才是席瑞絲決定在照護中心住一段時日的真正原因，而她這會兒就坐在女兒床邊閱讀、朗誦。

創作。

疏導。

常春藤人的故事

從前從前，在一個距此又遠又近的國度——因為遙遠的地方有時比你所想還近，也更相像——有一個名叫傑可的男人住在那裡。他擁有一小片農田，但夢想擁有更大一片。他娶了一位美麗的妻子，但暗中渴望娶的是更美的女人。他有個博學厚道的兒子，但情願自家兒子強壯、威武些。

傑可將這些渴望藏在心中，因為渴望這些他並不擁有的事物賦予他動力——或他自以為不擁有，因為渴望是種盲目的情緒。他並非壞人，也無意傷害家人。只有當他獨自置身樹林，四周沒人聽得見，他才容許自己的挫折顯露，他會宣泄真實的感受，對著樹皮、枝椏與葉片放聲傾訴。

一個秋日，他滔滔不絕對著大自然說了一個小時，這時他聽見有個聲音在呼喚他的名字。他環顧四周，但林中空地空無一人，空中連隻鳥兒也沒有，也不見最小的昆蟲翻動土壤。

「誰？」傑可說：「不要躲躲藏藏的，出來！」

「看仔細點，」那聲音說：「你就會看見。看看樹木。」

傑可照做，剛開始仰望樹冠，接著朝樹幹後方張望，最後來到一棵樹皮滿覆厚厚常春藤的無枝老橡樹前。而就在那兒，在重重綠葉的中心，他看見一張由葉片構成的臉，僅以一小片黑沉沉的陰影為眼，一個洞為嘴，然而毫無疑問就是一張臉沒錯，只不過，要是你沒仔細找，很可能就這麼錯過了。嘴巴的葉片在傑可眼前動了起來，那聲音再度說話，乾巴巴的低語、窸窸窣窣的，有如被微風吹動的枯葉。

「我沒躲，」那聲音說：「躲是一回事，不讓人注意到又是另外一回事。」

「你是誰？」傑可問：「你是什麼？」

「我想應該可以稱我為妖精，有些人甚至可能說我是神。」

「但到底該怎麼稱呼你？」傑可問道。

「噢，我有許多名字，其中有些不曾被說出口。此時此刻，就稱我為必厄涅吧。」

「那就是必厄涅了。」傑可雖然這麼說，其實心裡覺得這名字還真怪，因為這個詞意指粗劣、彎折的草。不過話說回來，不論這到底是什麼東西，總歸是種奇怪的生物。

「你在這裡多久了？」他問道。

「久到足以聽見你的抱怨，」必厄涅說：「而且不只是今天，是過去的每一天。久到足以同情你的困境。」

「同情？」傑可說。

「你值得更好的，但許多人都一樣。你之所以比較難捱，是因為你心知自己值得更好。更富裕的新人生幾乎就在你掌握中了。若真給你那樣的人生，我確信你會好好愛惜，並更加珍視你在人世的時間。你不會再為自己沒擁有的事物而痛苦，因為你想要的一切都會屬於你。你會心滿意足，不是嗎？」

「我會，」傑可說：「我耕種的那片土地很肥沃，但不該只是這樣而已。我的妻子愛我，但恐怕年歲對她並不仁慈。我的兒子人見人愛，他擁有溫柔的靈魂，但這世界並不溫柔，力量才能帶他走得更遠。」

「所以，如果我有能力為你改變事物，」必厄涅說：「你希望我怎麼做呢？」

「請給我鄰居的土地，」傑可說：「我就可以種植更多作物、養更多牲口，但面積不要大到讓管理工作變成沉重負荷。請讓我的妻子恢復美貌，但若不可能，那就給我換個美麗但和我原本的妻子一樣愛我的新妻子。然而，我也不希望她美過頭，引起其他男人覬覦；以防萬一，我也要請你賦予她忠貞的個性。請你把我的兒子變得沒那麼仁慈，給他強健的體魄和堅強的意志，但也別太過，以免他在我年老後拋棄我。」

「這樣你就會滿足了嗎？」必厄涅問。

「這樣我就會滿足了。」傑可說。

傑可說話時真心相信自己所說的一切，但這只是因為他早就說服自己相信其為真實。因此，一個男人可能成了騙子，同時還相信自己誠實無欺。

「那你的鄰居怎麼辦？」必厄涅問：「他不也很愛惜他的土地嗎？要是我把他的土地給你，他會怎麼樣？」

「這就是你的問題了，」傑可說：「但我希望不至於造成他的損失。」

「那你的妻子呢？要是有人取代她，她該怎麼辦？」

「這就是你的問題了，」傑可說：「但我希望她幸福快樂。」

「那你的兒子呢？我要讓他遺忘原本的自我嗎？要是他安於自己原本的模樣呢？」

「這就是你的問題了，」傑可說：「但我只希望他變得更強大，他才能面對人生的磨難。」

這時，太陽慢慢下山，金色光輝灑落常春藤中的必厄涅，他因此看似在燃燒。傑可若非如此沉溺於自身渴望，為美好未來的前景如此眼花撩亂，他或許就會察覺必厄涅的臉並不慈善，其五官扭曲，其嘴是一道畸形的疤，其眼睛部位的凹陷又是如此黑暗，本該為陰影所致，卻黑過任何陰影。

「我們就開誠布公吧，」必厄涅說：「你渴望的是你並不擁有的人生，因為我發現，若是你能像蛻皮一樣拋下你的舊人生，你應該會再快樂不過。」

「對，」傑可附和時感覺自己不曾比此時更有自信。「我希望能像蛻皮一樣蛻去我的舊人生。」

「我要求你以血確立我們之間的交易，」必厄涅說：「以顯示我並沒有誤判你投入的程度。把血滴入我口中，因為我看不見你在做什麼，唯有透過味覺，我才能確認我們真的已達成協議。」

於是傑可拿出獵刀，用刀尖刺破手指，他的一滴血落入必厄涅口中。就在那一刻，樹上的所有葉子由綠轉粉，然後變成紅色，常春藤化為血肉，一個佝僂、沒有皮膚的人形從死木的樹幹中冒了出來，同時間，血持續從傑可的手指滴落，而且愈來愈快，血滴變成血流，血流變成血潮，直到傑可身上只剩下皮膚和衣服，再無其他。

駝背人伸展痙攣的四肢；血染紅土壤，落地時嘶嘶作響、冒煙。他撿起傑可的皮膚套在自己身上，就此化身為那個死去的農夫。你瞧，駝背人非常古老，而古老的事物可能會試圖讓自己看起來重現青春，因為就連我們之中最惡劣的那些也心懷虛榮。駝背人知道，他自己的本質終究會汙染傑可的本質，他會再次變得像他自己：一個多瘤、變形的東西，只是套上了或許可供他維持數年的人肉皮囊。

儘管他喜歡這個死去的男人，他想他或許還是可以善加利用這一點。於是，駝背人穿上傑可的衣服，準備好好認識他的新妻子。

席瑞絲在椅子上猛然坐直。《失物之書》不知何時已掉落地上，不過她剛剛說給無知覺的女兒聽的故事仍在耳邊迴盪，而她知道那並非出自她先前讀的這本書。但就連這點也不盡然為真，因為，儘管那故事並未寫在書頁中，她感覺它應該來自同樣一個世界。就像小屋的常春藤一樣，書中宇宙將觸手探入她的意識，因為書就是這樣。她不該驚訝或害怕；因為書就是這樣。

「睡吧。」

乾巴巴的低語、窸窸窣窣的，有如被微風吹動的枯葉。

於是席瑞絲睡著了。

10

Lych Way（德文郡方言）屍體路，亡者之路

席瑞絲醒來時，看見有人在她睡著時把躺椅放斜，還幫她蓋上毯子。她走到窗邊。即將破曉，可以聽見鳥兒齊聲啁啾。儘管不知名的好心人努力讓她睡得更舒服些，她還是渾身僵硬。她想過要不要回自己床上好好睡一覺，但一想到常春藤，她就確信自己還是留在這裡比較不會那麼憂慮不安。但她知道，她只是在逃避現實，她終究得回去設法處理那些入侵的植物。

她的帆布背包裡有兩件乾淨T恤、一套換洗內衣褲，還有一個小化妝包。自從菲比出車禍，這是她學會的頭幾件事之一：床邊守夜之後並不總是有機會回家一趟，而兩三天沒換衣服，或是不得不想方設法找或求人施捨一根牙刷，絕對會讓現有的壓力變本加厲。

但衣服和牙刷又有什麼重要？

她低頭凝視菲比。因為插入新針頭的關係，女兒的手臂有些新生的瘀傷，眉間也長出細小的紋路——或疼痛的線條——席瑞絲不記得之前曾看過。

這一切又有什麼重要？

席瑞絲走出病房，昏昏沉沉地朝她的套房走去。回到房間後，她褪下衣服、爬進淋浴間。她雙腿發軟，於是就地坐下，額頭靠在雙臂上。

水流淌她的全身，洗去所有自我的感覺。

◈

心靈和身體只承受得了這麼多——比我們所想像或預期多，不過有時又比我們可能需要的少。我們能夠憑意志力持續前進，沒有養料，沒有喘息的機會，也沒有後援，但就只能支撐那麼久。我們終究必須顫抖著停下來，而我們傷痕累累的可憐自我會趁機休息。

於是席瑞絲繼續癱坐在淋浴間，雙眼睜開但視而不見，持續沖水沖了好久，她終於覺得難受了，才勉力抬手關水，然後用浴巾裹住身子，蹣跚走出浴室，躺在房間的地板上。套房的門關著，外面的人都以為她在椅子上窩一晚後終於好好休息，沒人進來查看。

一直要等到水變冷，她開始發抖，才把自己擦乾。她沒留意包包裡的換洗衣物，機械地穿上已經穿了一日一夜的同一套衣服。穿好後，她套上鞋子，打開套房的門，走向燈籠之家的大門。她隱約遙遠地意識到護理站傳來說話聲，忙亂而紛擾，但這常見得很，因此她也沒多想，就好像她也沒注意到自己一頭溼髮，肩背和腿都在痛。她既是席瑞絲，也是另外一個實體，一個只留下最基本功能、其餘一概省去的生物，這生物的意識已退回內心深處的安全角落。她還能把一隻腳挪動到另一隻腳前方，還能繼續前進，這就夠了；然而，她也說不出是什麼驅使她這麼做。

通往林子的小徑在她面前延展，那隻獨眼白嘴鴉站在一根光禿禿的樹枝上，看著她朝小徑跨出一隻腳，然後是另一隻腳。白嘴鴉有如受過訓練的猛禽跟隨著養鷹人的手套，牠從一棵樹滑翔到下一棵樹，總是稍稍領先女人一步，監視著她前進，只在她顯露猶豫的跡象時才嘎嘎啼叫。鳥兒的叫聲刺耳而不容忽視，穿透了包覆席瑞絲、模糊她周遭世界的迷霧。白嘴鴉用牠的喙暗示她身後的情況：樹木在她走過之後聚攏，樹枝相連，漸漸遮蔽天空，樹根破土而出，扭曲枝條構成屏障，蚯蚓和甲蟲紛紛掉落。

但席瑞絲不害怕。她不想回去，不想回到那個女兒只成空殼的世界。無論菲比的靈魂此時棲居何方，總之不在那裡。席瑞絲若想恢復原本的自我，若想要世界再次完整，那就必須找回菲比被偷走的那個部分；若是找不回來，那席瑞絲也不想再繼續下去了。太難了，而她不能只靠讀書給她的孩子聽來幫助她，期望她有可能聽見、有所反應，因為菲比並不在，沒有辦法回應。儘管故事有種種好處，她卻很可能只是在對一堵空蕩蕩的牆朗讀，或是對著洞穴口呼喊。她需要做更多，因為有東西從她身邊搶走了她女兒。倘若她無法要那東西交出菲比，她也願意奮戰至死，若能那樣，就再好不過了。

席瑞絲站在老宅前，身後的樹林化為樹幹與枝條的銅牆鐵壁。她沿圍籬而行，來到籬笆從木樁脫落之處，往開口鑽了進去。她沿著這座陰鬱花園的外圍走，書中的大衛——誰知道呢，說不定在他的真實人生中，或是人生的盡頭，他就是從這裡進入另外一個國度。告示警告不得毀損石牆，不過席瑞絲看見上頭有塗鴉和刻痕，都是過去讀者還可輕易抵達此處時留下的痕跡。

召喚她的是那幢宅邸。頂樓房間的窗戶後，就是多年前曾為大衛所有的那個房間，她覺得她看見一道影子閃過。她遲疑片刻，但也就只是那麼一刻而已。一部分的她遠遠站在一旁觀察著自己，這個她明白書中的事件和她自身的回憶正在交融，她現在看見的是大衛所見，或是他相信自己曾經所見：駝背人在四周潛伏，正在找尋一個孩子。這並不真實，但也並非全然不真實。那本書汙染了她，改變了她，現在化為她的一部分，而若它是她的一部分，她怎麼可能不也是它的一部分呢？

白嘴鴉在老宅的東側盤旋，等著她跟上。結霜的草在她腳下發出清脆的聲音，她留下一道足跡，彷彿在重現阿嘉莎與駝背人的故事，確定了席瑞絲已經變成既是故事也是說書人，既是舞者也是舞。

前門的另一個告示警告不得擅闖，並指出老宅受二十四小時監控，但她從奧立維爾口中得知這並非實情，警報系統已無人看顧。她來到屋後，設法將手指塞進覆蓋窗戶的膠合板後，撬開了遮板。一片玻璃本已破裂，於是她脫下一隻鞋，鞋跟一敲，讓它破得更徹底，碎玻璃叮叮咚咚落入屋內的廚房水槽。她確定窗框不留任何碎片之後，隨即伸手進去扭開窗閂，接著指尖在底層窗框和窗擋之間推擠，費了不少勁，一根指甲還裂了，痛得很，不過終究硬是推開了窗。她爬上窗台，一隻腳先在另一邊的古老石水槽踩穩了，然後才踩上屋內的地板。白嘴鴉在她身後飛落窗台，但沒有進屋。牠呱了一聲，有可能是在表示認可，隨即展翅飛走。

廚房滿是灰塵和蜘蛛網，除此之外還算整潔。烹調器皿依然懸於掛鉤，椅子整齊排放在桌邊，空蕩蕩的火爐內沒有泥土和煤灰。席瑞絲看見在陰影中急忙跑開的老鼠，還有體型較大的東西：多半是大家鼠。她不怕老鼠，但對其小心翼翼。牠們很聰明——沒白嘴鴉那麼聰明，但無論如何還是很機敏。牠們發出的聲音和斷裂指甲的陣陣疼痛讓她清醒過來。她在某種恍惚狀態下來到這幢老宅，恢復神智後，她意識到自己擅闖了私人產業。她不擔心惹來太大麻煩——她很確定醫院會諒解——但這情況依然令人難為情。因此，她的最初直覺是從來時路離開，但緊接而來的是對探索的強烈欲望，就算只是幾分鐘也好。她父親是怎麼說的？伸頭是一刀，縮頭也是一刀。都這麼大費周章闖入屋內了，她應該好好利用這個機會才是。

但她也透過那本書認識了這棟房子。置身此地，感覺就像走入書頁之中，因此要是幽靈大衛出現在她眼前，一邊手臂下夾著厚厚一本書，或是從樓上傳來新生嬰兒的笑聲，她也不會太過驚訝。席瑞絲從廚房來到走廊，樓梯在她的左手邊。屋內的牆壁大都空無一物，有些地方掛著作為裝飾的畫和照片，其中有部分肯定被收起來了，或甚至遭竊，因為她看得出有幾塊牆面顏色較深，應該就是它們原本所在的位置，不過大部分都還在原位。她頗訝異屋內竟如此光亮：覆蓋窗戶和前門的膠合板遮得不是很密實，而因為方位的關係，早晨的陽光會直射前門，從縫隙透入一絲絲光線。

對面的起居室內有木乃伊狀態的家具，她幻想起形體從扶手椅和長沙發浮現的景象，它們的可怕隱匿在防塵布之下。考慮過後，她決定跳過起居室，將注意力放在樓梯。因為樓上的窗戶沒有封起來，因此上面比下面亮。最底層的階梯旁有一只玻璃蓋的小展示箱，或許來自這棟房子身為博物館的時期，其中裝有大衛小說的不同版本，還有他戰時的童年留下的幾件物品：食品部印製的配給手冊和配給手冊附錄；衣物配給手冊，寫有大衛的名字，內含未使用過的配給券；一本題為《如何在戰時保持健康》的說明書；還有一張通行證，屬於大衛的父親，可進入附近的布萊切利園。最後，則是作者與其妻子的合照。在死亡拆散他們之前，他們共度了多少美好時光？席瑞絲只記得，那段時間實在太過短暫。

她把全身重量踩上第一階時，樓梯發出響亮的嘎吱聲，令她一時停下腳步。一部分的她，理性的那部分，知道這棟屋子無人居住，不過另一部分的她，也就是較原始的席瑞絲，則不吃這套。她可以歸咎於奧立維爾和他說的鬼故事，但這並不光是他的錯。畢竟，書中所描述的事物並非全然虛構：作者確實在還小的時候失去母親，隨後來到這裡，他跟他的繼母對抗，而繼母生下同父異母的弟弟；接下來，神奇的是，一架德國轟炸機在大花園中墜毀，小大衛被飛機燃燒的景象迷惑，最後差點喪命。當真實與虛假之間的界線變得模糊，現實與虛幻之間的分野也不再清晰。一本小說要能發揮作用，就必須對讀者施展魔咒；它無須說服他們相信天方夜譚，或停止分辨虛假與真實，但它確實需要他們降低防備之心，讓自己懸在不同國度之間——甚至暫時徹底遺忘其中一個世界，如此全神貫注，以至於他們已然置身另一個世界。席瑞絲認為，在這棟房子之內，不同世界之間的間隙非常狹窄。

她踏上第一段階梯的頂部。這層樓的每一扇門都關著，一扇透明與彩繪玻璃交錯的拱形窗在老舊的地板灑下多色的光。右手邊有一道狹窄些的階梯，通往大衛的閣樓房，此時一片漆黑，因為頂樓只有那個房間，而房間的門也同樣緊閉。席瑞絲回想自己是怎麼夢遊般來到這幢房子，還有她自以為在閣樓窗戶瞥見的那道影子。理性與不理性再次開始拔河——

我看見了某個東西。

我什麼也沒看見。

——最後達成兩邊都不甚滿意的折衷結論，而她想這完全就是折衷的定義：

無論我看見什麼，那都不是我以為的那個東西。

只能這樣了。

她小心翼翼地走上通往閣樓的階梯，在房門前站定。她不知道要是她發現門上鎖的話她會怎麼做。到目前為止，她只打破了一小片玻璃，而且是一片已經破裂的玻璃。嚴格說起來，她的行為依然算是擅自闖入，但造成的傷害相當有限。她不確定自己是不是想在指控清單中加上毀壞門鎖和砸開門。持平而言，她的所作所為一點道理也沒有。她暫時拋下昏迷的女兒，闖入一間與她無關的房子，而這一切都只是因為一本書。然而，無論那故事對她造成什麼影響，現在要回頭都太遲了，因為一旦讀了一個故事，就無法回復到**未曾**閱讀的狀態。那本書已經將她變成不一樣的人了。

是這樣嗎？兩名舞者和駝背人的故事在她翻開那本書**之前**就找上她了。若非她已經熟悉那本書和其中內容，她怎麼可能做得到？那就是巧合了。作家從尋常人類經驗中汲取靈感，例如戀愛、生病、失去所愛之人，或是從周遭與藝術、政治，甚至戰爭相關的事件獲得啟發，因而總會生出相似的想法。每位作家會利用那些元素寫出不同故事，因為就算他們依據個人經驗創作出來的故事對許多人來說都可以理解，也不會有哪兩位作家以完全相同的方式看待世界。何以席瑞絲不該像《失物之書》的作者一樣，想像出戴扭曲帽子的扭曲人物，跟不夠小心的人玩著扭曲的遊戲？

因為，她心知肚明，這並不只是擁有相似名稱的不同角色：這是同一個人物。若她不知怎麼地可以與大衛對坐，說服他畫下他心中的駝背人，而她也做相同的事，他們的畫會幾乎一模一樣，她對這一點確信無疑。*就像魔鬼一樣，她心想。*若你要兩個人分別畫出魔鬼，他們的筆下都會有角，有山羊的腿，或許還有尖尖的鬍子。不同文化中的惡魔形象通常都有共同的特徵，就好像每一位畫家都在某個時候作了相同的噩夢。

或許是因為菲比遭遇的劫難，以及隨之而來的一切——憤怒與恐懼，悲傷與罪惡感——席瑞絲相信自己可能找到方法觸及某種原始版本的自我，一種共同的記憶。不同文化共同擁有相同故事的不同版本，然而我們並不總是清楚何以致此，因為有些故事早在文明彼此接觸前就已經出現。可能是因為有些故事對我們的存在來說太不可或缺，就我們理解這個世界以及我們在其中的位置而言太事關重大，我們自然而然就創造出它們，然後代代相傳。席瑞絲聽見父親的聲音，有如注定只給她一個人聽的回音：

「這些記憶教導我們該恐懼什麼，好讓我們在降生於世的那一刻起就能察覺那些事物，就好像我們知曉有哪些氣味或聲音代表危險將至。我們認為動物將這種能力傳給下一代，所以為

什麼人類就該是例外呢？」

聲音，氣味。影像。

駝背人。

外面颳起強風，勾出老舊木板的連綿呻吟，廢棄煙囪內的瓦礫被吹動，滾落後撞上爐柵，蒼白的灰塵和剝落的油漆碎片如雪般落在席瑞絲身上。上鎖的門砰砰撞擊門框，窗戶格格作響。樓下的廚房裡，多半是受從破窗吹入的強風慫恿，一只玻璃杯或茶杯掉落地板摔得粉碎。這時，閣樓房間的門在她面前緩緩開啟——並非被風微微吹開，而是在一隻謹慎的手拉動下緩緩打開。

兩個世界開始合而為一，席瑞絲目不轉睛地看著房中顯露的事物。

11

Teasgal（蓋爾語）

唱歌的風

閣樓房滿是常春藤，盤據光禿禿的床架和書架，遮蔽牆，從空燈座垂下泛紅的綠色團塊，並殖民地板。而且它**在動**：一段藤蔓出現在席瑞絲面前凝視她，主莖兩側最頂端的兩片葉子困惑地微微轉而朝下，有如下垂的眉。席瑞絲朝左手邊望，看見另一條藤蔓緊緊抓住內側的門把，因此門才為她而開。

各種顏色的昆蟲在植物之間爬行、跳躍、飛翔。一隻翅膀印有詩句的白蛾朝她飛來，她連忙閃開；這隻蛾是以一張書頁仔細摺成，就像是獲得生命的紙鶴。一隻巨大的蚱蜢落在她腳邊的地板上，身體是由一本書的綠色和金色封面構成。黃黑色條紋的甲蟲匆匆奔過，每隻背上各有一個相異的音符，只要擦過彼此就會發出樂音。對面的右手邊角落有隻黑紙蜘蛛，軀體大如席瑞絲的手，端坐於一張黏性蛛絲構成的網中央，這張網精巧複雜，幾乎都延伸到房間中間了，身上有一個字的蒼蠅散布其中。

房內的窸窣、撲騰、鳴響之中，席瑞絲還聽見說話聲，那是架上那些遭人遺棄、滿是灰塵的書，它們紛紛打起精神來說話。

「誰？」其中一本書問：「是誰在那？」

發問的是第一次世界大戰最後戰役的其中一卷；席瑞絲看見閉合的書頁像嘴脣一樣開合，語氣則一如其書名，簡短而有軍人的味道。

「我想是個女人，或是女孩，」另一本書說：「我聽得見她呼吸。從她走樓梯的腳步判斷，我相信她的體重應該大約一百七十磅。」

「一百四！」席瑞絲反駁道，覺得受到冒犯，甚至沒意識到自己是在跟一本書爭論。很顯然，她以前會跟書中內容辯論，但實際上從未跟一本書吵架，只不過書架上的喋喋不休好大聲，蟲子和常春藤又讓人分心，她實在說不準自己是在跟哪本書對話。

「妳百分之百確定嗎？妳只是在自欺欺人，妳知道吧。」

「一百四十五，」席瑞絲退讓，「但我水腫。」

「她應該在這裡嗎？」軍事書問道。

「如果她在這，」另一本書回道：「那她當然就該在這裡。不然她怎麼會在這裡？」

「不准用那種口氣對我說話，小傢伙！不然我就讓你上法庭。查出她的身分。這就是你分內之事，不是嗎？你調查。不然你的存在還有什麼意義？」

經過一陣嘀咕，其中或許還包含一兩個髒字，第二本書再度發聲。

「不好意思，」它禮貌地說：「妳哪位呀？」

席瑞絲終於循聲找到一本《小偵探愛彌兒》。

「我要發瘋了。」她說。

「噢，犯不著那樣，」《小偵探愛彌兒》說：「沒幫助哪。」

「對，」一本名為《好主人》的書以女性的聲音說道：「重要的是妳找到路了。如果妳聽得見我們，那就代表妳來對地方。用不著害怕。」

「還不用。」

這次說話的是一本被翻爛的《石中劍》，磨損的書封只剩最不牢靠的幾根纖維與書脊相連。它一開口，房內的嘈雜聲隨即平息。

「只能走著瞧嘍，是吧？」《好主人》說：「好了，妳叫什麼名字呀，親愛的？」

「席瑞絲。」

她的名字傳過一本又一本書，房內響起一陣低語聲，不過顯然有些書聾得厲害，席瑞絲聽見各種菲瑞絲、多瑞絲、丹瑞斯被不耐煩地糾正。

「妳是個孩子嗎？」《小偵探愛彌兒》問：「聽起來不像，妳聽起來完全就是個大人。」

「我長大成人了。」說是這麼說，但席瑞絲感覺並非如此，再也不是了。

「嗯，那體重的事就說得通了，不過我還是覺得妳的體重計需要檢查一下。」

更多咕噥，更多交流，有些頗為激動。

「我想應該出了什麼嚴重的錯，」席瑞絲說：「是這樣的，我讀了一本書，但或許我不該讀的。我覺得它進入我腦中，把所有事變得困糊。」

困糊：她父親的用詞之一，就像「糟故」而非「事故」，還有「撲蝶」代替「蝴蝶」。自從他過世後，她就不曾用過這個詞，也不曾聽人說出來。

「沒有什麼『不該讀』的書，」《石中劍》耐著性子說：「只有在**不該讀**的時候讀了**該讀**的書。」

「別欺負她，」《好主人》說：「你看不出她很混亂嗎？妳為什麼來這裡呢，席瑞絲？妳在找什麼？」

席瑞絲思考這個問題。她可能精神崩潰了，導致她看見有意識的常春藤、閃避飛過來的活紙昆蟲，還聽見書本說話，不過奇怪的是——嗯，應該說在所有怪事中最怪的一件事——這些書居然在問合情合理的問題。她為什麼**來**這裡？她**在找**什麼？

「我女兒病了，」席瑞絲說：「不對，其實更嚴重：她不見了。我所珍愛的一切都消失了，只留下她的軀殼。它會呼吸，但它並不是菲比；再也不是了。有人把她從我身邊搶走，而我要她回來。我對她說話，我呼喚她，但她沒有回應，這太難了，難到我有時想放棄，而且愈來愈常那麼想，那種渴望就這麼賴著不走。

「所以那就是我在找的東西：我在找尋能找回我女兒的方法，因為我不能繼續這樣下去。至於我為什麼會來到這裡，那是因為我正在讀的一本書。它讓我不舒服，讓我看見、相信不真實的事物，包括你們全部。」

「但這**是**真的啊，」《好主人》溫和地說：「妳所能想像的一切都是真的。因為妳把它們變成真的了。妳的人生故事開展，而我們就跟妳自己一樣，都是其中的一部分。如果妳來這裡找妳女兒，那——」

「聽。」打岔的是《小偵探愛彌兒》。

《好主人》打住，原本說個不停的其他書也全部閉上嘴。這些書對彼此說話，所有書都這樣，因為沒有哪本書是在孤立中降生，而文學本就是故事間長久而持續不斷的對話。

風又變了，變得比較冷，還帶著惡意，就是那種並不涼爽反倒刺骨的寒冷，發出的聲音不再是不規律的風聲，反倒更接近吸氣與吐氣，而且並非來自外頭，而是發自閣樓房本身，來自牆壁、天花板，以及地板。

「什麼東西？」席瑞絲問。

「現在，」《石中劍》說：「是該害怕的時候了。」

「妳必須出去，席瑞絲，」《好主人》說：「要快，但也要非常、非常安靜。要是妳發出太多聲音，它可是會聽見的。萬萬不可被它聽見哪。」

席瑞絲退出房間，而常春藤安靜無聲地在她身後關上門。她想跑，但她知道若真跑起來，肯定會被它發現，而她可是把《好主人》的警告認認真真聽進去了。於是她站在階梯最頂層，一隻手放在欄杆上，另一隻手貼著牆，盡可能維持靜止。門後，風聲逐漸加強到最高點，然後戛然而止，取而代之的是葉子窸窣的聲音，彷彿某個人或是某個東西正穿過房內的植物。

席瑞絲蹲低，直到視線與空空的鑰匙孔齊高。她透過小孔窺視，看見常春藤在動，慢慢在房間中央聚合成一團，然後出現兩個洞，低一點的位置再一個稍大的洞，三個洞之間冒出看似鼻子的東西。席瑞絲看見的是一張臉，而那張臉現在左顧右盼，陰沉沉地找尋著。一隻紙蛾驚起，從它前方掠過；兩捲常春藤從綠嘴中竄出，將這隻蟲子撕成碎片。蛾的殘骸飄落地板，但藤蔓還是繼續往前，朝席瑞絲可見範圍之外探去。藤蔓再次出現時捲著一本書，席瑞絲認出是《好主人》。

綠嘴開合，歌唱般地說起話來；你只有在意圖嘲弄、滿懷惡意時才會這麼說話。

「我聽見你在說話，書，」它說：「但是對誰說呢？」

「跟平常一樣啊，」《好主人》說：「對我的兄弟姊妹。」

書說話時微乎其微地顫抖著，也唯有這部分洩漏它的恐懼。

「不對喔，跟平常不一樣，」常春藤臉說：「我聽你們閒聊太久了，每一本書的語氣和說話模式我都清清楚楚。剛剛還有另外一個聲音，我沒聽過的聲音。你的意思是有新書加入你們嗎？如果是，告訴我是哪一本，還有，是誰拿來的，又為什麼拿來。」

「你弄錯了，」《好主人》說：「就只有架上你看得見的這些書，這麼多年來都沒變過。」

藤蔓中的眼睛瞇了起來。

「你應該不會笨到想騙我吧。」

「騙你？」《好主人》拗了起來。「但我們連你是誰都不知道。我們常感覺到你在附近打轉，有時聽見你像微風一樣穿過常春藤，但跟你一點都不熟。」

「噢，但我跟你們**很熟**啊，因為我的意念就在你們每一本書之中。你真該多注意的。」

《好主人》沒立即回應，不過當它再度開口時，恐懼又回來了。席瑞絲覺得，儘管它堅持否認，但它終究是認識這個幽靈的，而且不是最近才認識。

「無論你是什麼，我們都不需要你，」《好主人》說：「這裡有數不清的世界，好多人、地方和想法，對我們來說已經夠了，我們不需要更多。」

「又說謊了，」常春藤臉說：「你們需要讀者。如果沒人讀，那書還算什麼？我告訴你吧，什麼也不是。吸引我的不只是說話聲而已，我還感覺到你們的興奮，還有歡樂。無論新書多精采，都不可能引發這些感覺。你們對於被閱讀的渴望害你們洩了底，而只有人類到來才會這樣。好了，我再問一次：你剛剛在對誰說話？」

「太蠢了，」《好主人》說：「別煩我們好嗎。我們不跟鬼魂、不跟一個還得借枝葉當作軀體的孤魂野鬼交談。」

「那就這樣吧，」常春藤臉說。更多藤蔓包圍《好主人》，抓住書頁書封大大翻開。「再見了，書。」

就跟紙蛾一樣，《好主人》被拆毀，常春藤把它撕成碎片。席瑞絲聽見書叫喊，但也只有剛開始而已。書脊一旦折斷，它就完了，之後結束得很快。

常春藤再次展開狩獵，這次帶著《小偵探愛彌兒》回來。無論這東西到底是什麼，它確實認得出每一本書說話的聲音。很快就會輪到軍事歷史書，然後《石中劍》。

「你呢，男孩？」常春藤臉說：「我想你應該會比較講道理吧，不然的話，我這次要一頁一頁慢慢來，我保證你會在我們玩完前一五一十說出來。

「但是我並不想毀掉你。你知道的，我喜歡故事，所以我怎麼會以摧毀故事為樂呢？我來幫你減輕一點負擔吧。我知道來這裡的是個女人。我希望你告訴我她的名字。你願意嗎，男孩？只要名字就好。你知道的，我一直在等一個女人，非常特別的女人。你可以說我一直在呼喚她。她很重要，比你所能想像還重要，但我並不希望她受到傷害。恰恰相反，我想幫助她。」

藤蔓開始一點一點撕下《小偵探愛彌兒》的封面。這本書以孩童的聲音哭號，而席瑞絲再也受不了了。

「住手！」她喊道：「不要傷害它們！」

門被扯開，那張可怕的臉得意洋洋地朝外看。常春藤快速越過地板探向她，同時間，書架上的書異口同聲喊出一個字。

「跑！」

於是席瑞絲轉身就跑。

12

Wathe（中古英語）
追捕獵物

席瑞絲一步兩階衝下閣樓樓梯，來到主梯後才抽空查看追兵。常春藤迅速覆蓋牆和天花板，纏繞欄杆，還長出尖端帶紅的倒鉤，彷彿蘸血的棘刺。閣樓的臉也跟著來了，一再重組，隨著最前端的葉叢前進，帶領這場狩獵。

席瑞絲只是最短暫地稍稍遲疑，腳踝就被一根領先的藤蔓劃傷，不過也被激得繼續往前衝。前面就是前門了，但從那裡逃不出去。就算她打得開門，門外也還有一片鋼板。不，她只能從來時路出去，也就是得去廚房、爬過窗子，但感覺樓下不該這麼暗才對啊。慢慢地，透過遮板射入的陽光暗去，席瑞絲聽見屋頂有動靜。她想像常春藤從閣樓窗戶傾瀉而下，逐漸包覆整棟房子，她最後將和一個滿懷憎恨的綠色東西一起受困屋內，而它會以它剛剛對《好主人》幹的好事對她如法炮製：抓住她、折磨她，將她撕成碎片。

席瑞絲在最後一階急轉彎，打滑了一下，差點跌倒，好不容易才穩住。另一根藤蔓掃過她的右手邊，劃傷虎口的柔嫩肌膚，不過廚房門就在眼前，而席瑞絲依然看得見光。說得通：如果常春藤是從閣樓窗戶出去屋外，那麼廚房會是它最後到達之處。窗外就是戶外了，有需要的話，席瑞絲可以跑得飛快。一旦置身外面，她就能甩掉常春藤和驅動藤蔓的鬼東西。出去之後就是一場終點為燈籠之家與安全的賽跑；若是依然無法穿過森林，她就得設法繞過去，不過這件事到時候再說。

席瑞絲衝進廚房，陽光透過未受遮蔽的玻璃美好地照在她身上，然而，就在她靠近的同時，外面的常春藤也爬過窗戶，陰影霎時籠罩廚房。唯一可見的光來自門下。

「拜託，」席瑞絲低語，「拜託。」

她壓下門把，同時常春藤的第一根捲鬚攀住廚房門的上側。後門鎖著，而且膨脹塞在門框裡，不過席瑞絲看得出木材已腐朽，承受不了多大力量。她左腳蹬牆用力扯，門開了，外面還有一片膠合板，但不像前門一樣以鋼板封起。席瑞絲撞上去，一次，兩次。常春藤完全入侵廚房，不過隔板的螺絲也開始鬆脫。她退後一步，忽略另一根倒鉤劃破小腿肚時的痛楚，全力朝膠合板撞去。隔板破了，席瑞絲在衝力之下繼續往前撲倒在地，腹部擦過泥土地，她又痛又喘不過氣來。她的臉隨後也撞地，她聽見自己的鼻子嘎吱了一聲。她摔得暈頭轉向，但仍勉力站起來，準備不顧疼痛繼續跑，準備將這棟房子永遠拋諸腦後。

然而，當她回頭看，老宅已然消失。

13

Scocker（東盎格利亞語）
橡樹的裂口

席瑞絲站著，但並非置身蔓生的草地，而是一片濃密的森林，樹如此高聳，樹冠已沒入低懸的雲層中；樹幹如此粗壯，就算五個男人展臂相連也無法環抱。最靠近席瑞絲的樹皮有一道從森林地面延伸到她頭部高度的傷口，正泌出黏稠的樹液。然而就在席瑞絲凝視的當下，傷口開始閉合，而她領悟她就是這樣來到這裡的。不知怎麼地，她衝出一棟房子的門，卻是從樹幹出來。好消息是常春藤沒在追她了，後面沒有任何追兵。壞消息是，她完全沒概念自己此時身在何方，但無論這裡是哪裡，總之她都不該在這裡；她該在的地方是燈籠之家附近，是菲比的身邊。

樹洞的寬度只剩下一半了，席瑞絲抓住兩側用力拉扯。要是她任由出入口就這麼消失，她可能會就此遭到放逐，那菲比怎麼辦？然而樹幹打定主意就是要癒合，樹皮、邊材和心材都在慢慢修復，迫使她的雙手愈靠愈近，直到席瑞絲不得不放棄拉扯，不然就要有犧牲指尖的危險。她看著最後的縫隙消失，然後樹就好像不曾受過傷一樣，和所有其他同伴毫無差別地立在那兒。要是席瑞絲稍微走開一點，她不確定自己是否還能再找到同一棵樹。

一直要到現在，她才注意到受傷的鼻子在流血。她小心翼翼地碰了碰。感覺沒有斷，但一碰就痛得要命。她甩掉手指上的血，血滴卻只是在一秒後又彈回她身上。樹下有一叢黃白雙色的花，每朵花中央都有一張孩童的臉。花兒們不開心地看著她，尤其是最靠近她的那一朵，因為它的花瓣這會兒被灑上了血滴。花用力扭動，甩掉了大部分的血，不過就算它努力吹氣，有些血現在還是緩緩朝它的嘴流去。

「真是不好意思。」席瑞絲在口袋找到一張面紙，像所有母親一樣直覺地朝上面吐了口口水，彎下腰想幫花兒擦拭。但她還來不及反應，所有花已整齊畫一啪地合上，葉子形成牢不可破的保護殼。

「欸，隨你吧，」席瑞絲說：「現在不就沾得到處都是了嗎，這可就是你活該了。我正想幫忙呢。」

她試著弄清楚自己置身何方，但眼前所見只有樹木，更多樹，還有叢叢黃白花兒，而且正一叢接著一叢合上；其中一朵花的焦慮傳遞給所有其他花兒，直到整座森林只剩下綠色和棕色。

席瑞絲認真考慮要不要捏自己一下。故事中的人只要懷疑自己在作夢就會這樣，但她自己從沒那麼做過，因為被捏很少能解決任何人的問題。話說回來，鼻子的抽痛已經夠真實了，摔疼的胸口也依然疼著，但她也曾在作夢時有痛覺，或是以為自己感覺到疼痛。她有時會夢見菲比出生的那一夜，那大概是她這輩子最痛的一次了吧，然後她會痛著醒來，分娩的劇痛追著她從睡到醒。

席瑞絲努力打起精神，她緊緊閉上雙眼，希望幾秒後會發現自己已經回到醫院的訪客套房，或是躺在老宅的草地，而附近已不見常春藤，因為那也是夢境的一部分——無可否認的噩夢元素，但總之就是一場夢。結果沒用，當她睜開眼，依然置身森林，她的鼻子和胸口也依然疼痛。

菲比現在就是像這樣體驗她自己的存在嗎？她納悶著，有如置身一場她再怎麼努力也醒不來的夢？

另一種想法隨之而來。

如果我受困於此，她會不會也在這裡？如果是那樣，我可以找到她。我可以跟她團聚。就算這一切只是幻境，也好過沒有她的現實，以及無法幫助她的無力感。

席瑞絲開始試著釐清自己的處境，認真思考後，發現她可能大概知道自己在哪裡。這裡是他方，《失物之書》的世界。邏輯上來說，她讀過這本書後，書就在她的腦中了：也就是她對其結構、事件與角色的記憶。她對書中內容的了解以某種方式化為她的意識，創造出一個世界，供處於邊緣狀態的她棲宿其中。因此她應該失去意識了，有可能只剩一半意識，在她的譫妄之中編造出某個版本的他方。

然而邏輯的作用最多也就只到此為止，尤其當席瑞絲嘗得到脣上的血、感覺得到差點沒摔斷的鼻子一碰就痛；當她聞得到青草的味道，聽得見昆蟲的嗡鳴，看得見落在肌膚上的一粒粒花粉；當她能夠碰觸樹皮和灌木叢中的葉子，手還在碰觸之後染上棕色和綠色，邏輯隨即開始崩解。

附近有水流，席瑞絲循聲而去。她想洗掉臉上的血，也覺得朝她可憐的鼻子潑點清涼的水多半不會造成其他傷害。她走動時得拉著牛仔褲，因為褲頭一直從她臀部滑落，她也發現襯衫好像變得比原本大件。她絆了一下，因為褲腳卡在現在也變得有點太大的鞋子下。

席瑞絲有種可怕的預感。

「不，」她說：「不，不，不……」

她來到流入清澈池塘的小溪旁，隨即跪下凝視自己的倒影。回望她的那張臉血跡斑斑，鼻子嚴重腫脹，但還認得出是她的臉沒錯，只不過——

只不過她看起來像十六歲，而非三十二歲。就連她的髮型也不一樣了。她自從二十五、六歲之後就維持短髮，但現在頭髮長多了，披垂在她的肩膀上。她向來都不算特別高䠷，青春期還沒結束就不再長高，而她此時此刻比原本又矮了幾英寸，也輕了幾磅，所以她的衣服才變得不若原本合身。她的胸部變小，臀部變窄；當然了，因為這具軀體不再屬於一個生過孩子的女人。這副軀體本身就是個孩子，抑或是剛脫離童年不久。這副軀體屬於青少年，而非成人。

「天啊，」席瑞絲說：「不要是青春期，不要再來一次。」

14

Getrymman（古英語）

牢固地建造某建築，並加以強化以抵抗攻擊

石造小屋內，火爐已經半輩子或甚至更久不識火滋味，一個人在簡陋小床上醒來。男人從薄薄的床墊起身，厚毯子扔到一旁。他細看自己的雙手、身上的衣服，彷彿對自己的外表或甚至自己怎麼會在這裡感到訝異。他身穿襯衫和綠色柔軟貼身羊毛褲，一頭短髮，已有綹綹銀絲。他摸摸下巴檢查鬍碴的生長狀況：應該沒超過幾天，不過從身體僵硬的程度判斷，他知道自己應該不只睡幾天而已。

床邊有一把沉重的斧頭，刀鋒陳舊，但依然銳利而毫無瑕疵。男人一手握上斧柄；要是有人在場見證，他們會看見一連串回憶閃過他的臉，無聲顯示出他回想起來的快樂、哀傷與失落，一一被斧頭的觸感喚醒。旁邊的架子上有一把木弓，弓弦已取下以延長其壽命，此外還有一袋箭。附近的層架上有一把劍，收於功能性的劍鞘中，還有一把刀鞘較具裝飾性的匕首，以及塗上薄薄一層保護用油脂的鎖子甲。男人憶起自己將所有這些東西收妥，或是某個版本的他在做那些事。感覺像是好久好久以前的事了，久到可能根本只是他的想像。

然而他現在再次甦醒。改變發生，而且是需要他注意的改變；而若是需要他注意，那就只可能代表衝突。需要確定它化為何種形體，這會是接下來的任務，但他首先需要去除骨子裡的

疲憊感。他拿起斧頭，因為赤手空拳踏入未知世界太過魯莽，然後他來到上閂又上鎖的門前；除了門之外，窗子也關得密密實實，內側還裝有遮板。他解開狹長窺孔的窗鉤，然而小屋外一派平靜祥和。他看見他的院子還不算太雜亂，最初的冬季植物已經探出泥土，但尚未開花。籬笆外就是森林，沉睡的常春藤厚厚包覆最近的樹；這是好兆頭。

他打開門，踏出屋外。這是一幢石造小屋，蓋上以泥和茅草密封的木屋頂，但外觀已和他記憶中有所不同。大鋼釘嵌在各牆面，彷彿由石塊本體生出，有男人前臂那麼長，而屋頂的鋼釘又比牆面多。每根鋼釘皆有致命的尖端，他還注意到釘身滿布較小的突出物，彷彿枝條上的棘刺。鋼釘的作用不只是穿刺，同時也會刮傷、劃傷。這並非出自他或任何人類之手，而是在小屋本身的意念下自行生出，藉此保護屋內之人。他小心翼翼地查看小屋的防禦措施，嗅聞金屬是否有毒藥的味道，但並未聞到。事實證明，鋼鐵本身已然足夠。

小屋附帶馬廄，而一匹棕色牝馬站立其中，隔著僅有一半高度的門凝視他。他走近時，馬兒嘶鳴打招呼，並在他擁抱牠時用鼻子摩擦他頸間。地板鋪有稻草，飲水槽也裝滿水。有人為牝馬的醒來做好了準備，就好像也有人為他做好準備一樣。

「妳看起來幾乎就跟我一樣困惑，」他退離馬兒，「但我很高興有妳陪我。」

他走到井邊，裝滿一桶水，然後脫個精光，用井水沖洗身子。儘管對水的寒意已有心理準備，他還是全身一震，不過為了確保驅走每一絲疲憊，他仍將剩餘的水當頭淋下，接著再裝滿一桶水。他穿上一身乾淨的羊毛、獸皮、毛皮衣物，將一些水拿到火上加熱，加入貯存的燕麥——幸好還很新鮮：又是小屋，不過很可惜，它沒有剛好覺得也該提供肉乾或幾顆蛋——順便做點粥給他當早餐。吃飽後，他將弓重新裝上弦，將匕首塞進腰帶，再次拿起斧頭。他沒帶上劍。他不打算走遠，時候未到。他解開馬廄的門閂，為牝馬上鞍，接著上馬。他只消以鞋跟最微乎其微地一碰，牠便小跑起來，似乎就跟他一樣渴望再次動起來。

來到森林後，常春藤——**他的**常春藤，因為有各式各樣的常春藤，其中有些比其他親切些——它們在此之前原本毫無動靜，這時在樹幹和枝條上騷動起來，有如綠色大蛇睡醒了，起來迎接他。藤蔓撫摸他的臉頰，把玩他的頭髮，玩鬧地拉扯他的衣服。儘管無風吹拂，他四周的枝條卻動了起來，黃白色花朵毫不膽怯地在他經過時凝望他。花朵落下，在他腳下鋪成地毯，葉子窸窣表達敬意。

守林人重回這片大地。

15

Gairneag（蘇格蘭蓋爾語）
吵鬧的小溪

席瑞絲沒離開溪岸，直勾勾盯著那棵樹。她在樹上做了記號，把一枚五便士硬幣塞進樹幹上一個心形的凹處，女王頭像朝外，時間慢慢過去，周遭的草地愈來愈溫暖。

她依然不確定何者真確，何者有待商榷，但她對這件事確信無疑：就算她置身夢境，或經歷某種崩潰，總之這棵樹連結她與原本的她。如果她離開這棵樹，她擔心自己也可能就此放棄神智。她坐在那兒，試著盡可能回想《失物之書》的細節，然而路波、女巫、駭比、齕爾和瘋狂女獵人對她目前的處境毫無助益。儘管小說中偶爾容許出現輕鬆的片刻，這個世界主要仍由威脅構成。唯一的安慰是，她記得的大多數恐怖事物都已在故事中遭消滅，而且手段通常相當暴力。

但這故事是否可信？小說或許含有真相，但那有別於真實。然而她就在這裡，受困於不該為真但感覺又無比真實的某處。這整件事令她頭疼。

「早安。」她的後腰附近傳來男性說話的聲音。

「早——」

席瑞絲從溪岸跳開。一顆頭探出水面，大小如幼兒的頭，但臉上滿是皺紋，頭髮是野草，鬍子則是可見於某些古老岩石的苔蘚。若是湊近看，這東西的皮膚更像閃爍的魚鱗，同時還有清水從頂部的野草下不停湧出，彷彿這個小男人本身至少有部分是由水構成。席瑞絲看不出牠的身體在哪，因為那一段小溪只有大約兩英尺深。或者牠的形體非常特別，或者這顆頭就是牠的全部。

「真好的一天哪，」牠咕嚕咕嚕地說：「呃，我也不知道好在哪裡。」牠不確定地補充道，語氣就像一個剛起床的人，他拉開窗簾對新的一天打招呼，卻發現有個不速之客在自家院子探頭探腦。「新來的，是吧？」

「我新來乍到，」席瑞絲說：「但我不確定這裡到底是哪裡。」

「欸，這裡就是這裡嘍，」那傢伙說：「顯而易見哪。如果這裡不是這裡，那就會是那裡，兩者完全不一樣，差多了呢。」

「當然，你說得對，」席瑞絲說：「不過我必須說，你的說明對我沒什麼幫助。我的意思是，你不算是給我一份地圖。」

「對啊，我想應該不算。對地圖不是很在行，一直以來都用不著嘛。」水淋淋的手從小溪探出——一片指甲上黏著一隻非常小而且有點嚇呆的蝸牛，牠有點困惑地拉扯自己的下唇。

「順帶一提，什麼是地圖？」

「地圖就是——噢，算了，」這時感覺應該要自我介紹才對，於是席瑞絲主動開口，「我是席瑞絲。」

「很高興認識妳。我是水精。請注意，我只管這條小溪喔，並不是所有水體都歸我。當所有水體的水精是重責大任，我沒什麼興趣。問我的話，我會說時間不夠用哪。我是說，像是河流、湖泊、海洋那些，你只能沒完沒了地自我介紹，主要是對魚啦，問牠們過得怎麼樣、都在忙些什麼。話不多哪，那些魚。螃蟹也是。仔細想想，我已經好久沒對會回我話的對象說話了。所以，長話短說，我對自己的身分很滿足啦：水精（南區當地支流），就是我嘍。」

水精又拉拉自己的嘴脣。

「不過有點拗口，對吧？」牠沉思。「水精（南區當地支流）。你可不想納入附屬條款，降低自身的重要性而對自己造成損害。哪天忽然有個人就這麼冒出來，在狡猾的踏腳石腳滑，要求跟你的上級談談。」

「那改名為『小溪小精』怎麼樣？」席瑞絲提議，這似乎是理所當然的解決方法。

小男人咀嚼這四個字。

「小溪小精，」牠說：「我說我怎麼沒想到呢？我喜歡，有押頭什麼什麼的。」

「頭韻。」席瑞絲說。

「對。那就是小溪小精了。總之，如我剛剛所說，我很滿足。有我的魚，蝸牛。」牠輕輕揮手，以免不小心甩掉手上的乘客。「偶爾還會在路上撿到貢品，懂我的意思吧。」

小溪小精的咳嗽潮溼但別具深意，牠還朝席瑞絲眨眨眼。

「貢品？」她說。

「欸，妳確實用了我的水清洗身子，我還看見妳也喝了一點。別誤會我喔，我不介意妳做這些事。我把小溪顧得乾乾淨淨，我。如果妳是魚，妳可以在那個池塘的池底吃晚餐。但小小謝禮永遠不會錯，對吧？自己的努力受到認可是一件很好的事，諸如此類。我的意思是，我感謝妳在命名方面助我一臂之力，我也納入考量了，不過妖精總是得謀生啊。」

席瑞絲翻找口袋。她唯一的硬幣拿去在樹上做記號了，但她確實還找到上週從外套脫落的一枚銀色鈕釦，她原本打算等哪天心情好再把它縫回去。

「我沒錢了，」她說：「只剩這個。」

小溪小精瞪大眼。

「噢噢噢，好可愛，真的好可愛。非常閃亮，非常**特別**。這比草草洗把臉和喝幾口水有價值多了。為了那東西，妳隨時可以去我的其中一個池塘洗澡，我甚至還會請幾條魚幫忙啃掉妳腳上的死皮。要是牠們太熱烈，把牠們甩開就是了，妳不想被牠們啃掉一根腳趾吧。」

席瑞絲禮貌地拒絕牠的好意。她不確定自己是否想在有常駐妖精的池塘沐浴。她甚至不喜歡用她家附近游泳池的更衣間，不想遇到什麼老傢伙探頭進來問是否需要刷背。

「欸，無論妳是否需要，總之一言既出駟馬難追。」小溪小精接下席瑞絲遞過去的鈕釦。「同時間，只要遇上任何跟水有關的麻煩，儘管報我的名號就是了：小溪小精。懂嗎？小、溪、小、精。需要寫下來嗎？」

「我相信我應該記得住。」席瑞絲說。她沒心思告訴牠小溪多得是，因此精靈多半也一樣。然而，小溪小精的水道有涼爽清澈的淺水處，鋪石的池塘，還有魚和蝸牛，她覺得主張自己擁有這段溪流實在是絕佳的選擇。

「得走嘍，」小溪小精再度與水化為一體。「還有事情要做，有岩石要清。」

「不！」席瑞絲說：「等等，你還沒告訴我這裡是哪裡。你**什麼**都沒告訴我。」

不過小溪小精已然消失。

「而且還花了我一顆鈕釦。」席瑞絲乖戾地補了一句。

她提起牛仔褲。她真得做點什麼了，否則，若是她因為任何原因需要跑起來，褲腳可能會纏住她的腳踝。但她希望自己不會需要跑，因為若真需要，多半代表她正在跑走，**逃離**某個東西。她查看牛仔褲褲腳，決定先捲起褲管，才不會絆倒，然後再做條腰帶。她想過利用常春藤，不過回想她在老宅和藤蔓交手的經驗，她覺得還是不要亂砍任何可能會覺得受冒犯的植物比較好。溪岸邊有一叢長蘆葦，她試探地戳了戳，沒人抗議，她費了一番勁，設法扯下一段，長度足以環繞她的腰，還可以打上一個結而不會斷裂。她一時感覺自己就像剛蓋好荒島小屋的魯賓遜：人類戰勝了大自然，在這個情況下，則是個女人。

她回過頭朝樹幹的方向一瞥，硬幣不見了。

16

Wicches（中古英語）

巫婆、女巫

霎時間，席瑞絲確信自己搞錯了。她肯定看錯樹，或是不知怎麼地沿溪岸走得比她所想還遠。她折返，然而非但看不見任何硬幣，就連有心形凹洞的樹幹也找不到了。所有樹木都變得一模一樣。

翅膀在她頭頂拍動。高高的樹枝上，圓形金屬在一隻黑鳥的喙上閃爍：一隻白嘴鴉，而要是鳥兒靠近些，近到席瑞絲能夠看清牠的特徵，她很確定這隻白嘴鴉應該只有一隻眼睛。

「噢，你這卑鄙的小偷！」她吼道：「你現在就給我下來，把硬幣放回原來的地方。」

然而白嘴鴉只是飛過一棵又一棵樹，每次都落在更低一點的樹枝上，嘲弄著她，至少看起來就是這樣。席瑞絲氣昏了頭，追著白嘴鴉愈來愈深入樹林，直到再也看不見小溪。一直要到她徹底迷失方向，白嘴鴉才展翅飛走，消失無蹤。

「我恨你！」席瑞絲尖叫。「我希望你被那枚五便士噎死！」

她發誓她聽見遠方傳來嘎嘎嘎的嘲笑聲，之後再無其他聲響。

席瑞絲停下來看清四周。此處的樹比剛剛更巨大、更古老，形成的樹冠如此濃密陰暗，唯有最細的陽光得以穿透。不過席瑞絲聞到附近傳來燒柴的味道。有火在燒就可能有人。既然她現在已徹底迷路，那朝哪個方向走已沒有差別，於是她跟隨那味道，來到空地的一幢小屋。其中一扇窗開著，傳出女人說話的聲音。若屋內是一群男人，她可能會警惕些，甚至可能因而卻步，但同性之人比較沒那麼令她不安。靠近後，她聽見腳步聲，一名暗色頭髮、身穿黃色斗篷和成套黃色尖頂帽的年輕女子朝小屋奔來，籃子掛在一邊手臂上，露出一條麵包和一塊圓形的乳酪。席瑞絲不記得自己上次進食是什麼時候了，只知道肯定已經太久，一看見食物，她的胃和唾液腺就不自覺產生反應。

那名女子一看見席瑞絲便停下腳步。

「妳好！」她說：「妳是新來的，對吧？嗳，快啊。我們兩個都大遲到了，要說有什麼事會惹娥舒拉不高興，那肯定就是拖拖拉拉了。」

席瑞絲又累又餓，腦中一片空白，於是乖乖聽話。黃衣女子幫她撐開門——「快，快！我們不會咬人。」——隨即在她們身後關上門。

小屋只有一個開放空間，有張床擺在角落，點燃的火爐在另一邊，門對面的牆邊有張桌子，桌上此時有塊派，還有各種冰過的小圓麵包，以及一些切邊三明治，蒸氣從大茶壺的壺嘴裊裊上升，旁邊則是幾組不成對的茶杯和杯托。房間中央有五張椅子，年齡各異的女子已分坐其中四張，最年輕的那位一身秋葉的棕色與紅色，年紀比席瑞絲大不了多少——更精確的說法，是席瑞絲當下看起來的年紀——最年長的那位好老好老，幾乎只看得見皺紋，身體的其他部位，像是手那些的，則全部藏在太大件的黑袍底下，因此她看起來活像一顆正緩緩消氣的氣球。剩下的兩個女人之中，銀色頭髮那位穿著比其他人花稍，一副情願自己置身他處的模樣。最後那位看起來像顆櫻桃，一頭亮紅色頭髮，還有相襯的亮紅色臉頰，從身材看來，她應該從不拒絕多吃一片蛋糕，她那雙眼睛應該也從來不會在多吃一片蛋糕之後流露罪惡感。她穿戴好多項鍊、披巾、手鐲腳環和戒指，被誤認為裝飾品架也不為過。她的長指甲塗上跟臉頰和頭髮同色調的指甲油，其中一根這會兒正意有所指地輕輕敲著沙漏。席瑞絲猜這位應該就是娥舒拉。一頭山羊坐在她身旁，這會兒正朝她們暴躁地咩咩叫。

「我們試著在約好的時間開始，蘿威娜，」娥舒拉說：「而非十砂粒之後。」

「對不起，娥舒拉。我的掃帚啟動不了，只能走過來。」

秋天女孩竊笑，娥舒拉嘖了一聲。

「好了，瑟姬，沒必要這樣。誰都可能遇上這種事。」

瑟姬顯然無法苟同。

「什麼樣的女巫才會啟動不了掃帚？」她嘲弄道：「而且跟妳說過了，我不叫瑟姬，我已經改名為貝樂丹娜。」

娥舒拉左手邊的銀髮女子開口。

「貝樂丹娜不會有點太**明顯**嗎？」她問道。

「她也可以試試歐妮恩，」最年長的與會者提議道：「可能行得通。」

席瑞絲這輩子沒聽過真有人咯咯笑，不過年長女子隨後發出的聲音絕對就是咯咯笑沒錯。歷經數十載的練習而臻至完美，教科書等級的咯咯笑。

瑟姬——抱歉，應該是貝樂丹娜才對——對年長女子吐舌頭，而後者的回應是從斗篷的袖子伸出一根多節瘤的食指，指尖滋的一聲，冒出一閃而逝的白光，有如縮小版的閃電。

「夠了喔，大家，」娥舒拉說：「這樣一點幫助也沒有，而且也不是我們想留給新夥伴的第一印象。幫自己倒杯茶吧，親愛的，拉張椅子過來。妳坐好後我們就來討論名字。」

席瑞絲幫自己和蘿威娜各倒一杯茶。

「我可以拿一個小圓麵包嗎？」席瑞絲問道。

「我們之後才吃小圓麵包。」娥舒拉說。

「妳必須**贏得**妳的小圓麵包。」貝樂丹娜盡她所能給了席瑞絲一個「妳以為妳是誰啊」的怒瞪。小賤貨，席瑞絲心想，她學生時代見多這種貨色了，像這樣的女孩，只要讓她拿到一把圓規，她就會想拿去朝最近的大腿戳。治療師會表示，貝樂丹娜只是被誤解，席瑞絲則會提出反駁，只要送去少年感化院或軍中待上一段時間，她的任何毛病都能不藥而癒。席瑞絲朝食物投以渴望的一瞥，拉了把椅子在蘿威娜和銀髮女子之間放好坐下。

「好，現在大家都坐好了，我們開始吧，」娥舒拉說，接著清清喉嚨。「我的名字是娥舒拉，我是壞女巫。我上次使壞是五年前的事。」

「妳好，娥舒拉。」四個熱忱度高低不一的聲音應道。席瑞絲最後才補上，落後其他人幾拍，引得貝樂丹娜扭動一根食指，對著她無聲地說：「魯蛇。」席瑞絲想揍她一拳。

其他人開始自我介紹。蘿威娜：兩年前最後一次使壞；貝樂丹娜：八個月；銀髮的瑪蒂達：五週，儘管她試圖宣稱一切只是一場誤會，她根本不該出現在那，這時娥舒拉打斷她，禮貌地說明這些都討論過了，而法院命令就是法院命令；最後輪到年長女子，伊娃諾拉：最後一次使壞是二十年前的事了；席瑞絲覺得她很厲害，而貝樂丹娜，一如既往，則不能苟同。

「不使壞是一回事，」她說：「因為年紀太大而**沒辦法**使壞又是另外一回事。」

伊娃諾拉沒回應，不過她的袍子深處又發出滋滋聲了。席瑞絲覺得這次聽起來肯定比上一次大聲。

「而且伊娃諾拉聞起來很噁心，」貝樂丹娜說：「我下次不想坐在她旁邊。她全身都是貓和過期麵包的味道。」

滋滋聲的音調拔高。

「太失禮了吧。」席瑞絲說。

貝樂丹娜一手成杯狀貼著耳朵。

「不好意思，新來的？」她說：「**叭叭**——**叭叭**。我只聽見這個。妳外國人嗎？這裡不能說外國話喔，沒人聽得懂。」

「那妳呢，親愛的？」娥舒拉匆忙問席瑞絲，努力維持文明。「妳叫什麼名字？」

「噢，我叫席瑞絲，但我其實不是壞女巫。只是——」

娥舒拉對席瑞絲拉開最屈尊的微笑。

「第一步，」她說：「是承認我們有問題。」

「但我沒問題，」席瑞絲說：「呃，其實有，但並不是身為——」

娥舒拉得意洋洋地靠向椅背。

「看到了吧？妳已經有所進展。大家為席瑞絲鼓掌。」

現場響起稀稀落落的掌聲，有如一把小卵石落在錫屋頂上。貝樂丹娜假裝配合，但兩手故意拍不準。不過就算真拍準了，也發不出多大聲音，因為兩隻手各只有一根手指伸出來。席瑞絲領悟，某些徵兆到哪裡都一樣，主要是壞的那些。

「所以，」娥舒拉說：「我們這週做了哪些善事？因為……」

她等著所有人依規定接話。確實花了一點時間，但她終究等到了。

「因為，」女巫們咕噥道，「不使壞不等於行善。」席瑞絲覺得聽起來就像某純女性團體不情願地對警察坦承，沒錯，就是她們在清晨四點把空酒瓶滾下山坡。

「我們再試一次，」娥舒拉說：「這次加點熱情。」

女巫們重複那句格言，這次聽起來像同一個純女性團體在對法官說話。

「問題還在喔，」娥舒拉接著說：「善行？有人嗎？誰都好？」

令人意外的是，貝樂丹娜竟舉起了手。就連娥舒拉也有點驚訝。

「貝樂丹娜？真的嗎？」

貝樂丹娜擺出無辜的表情；如果你快速掃過，看起來可能還真有點像。

「我在一個沒朋友的悲慘老太太家外面留下一個蘋果派。」

「嗯，」娥舒拉說：「真是善——」

「真好笑，」伊娃諾拉說：「我剛好今天早上就在我家外面發現一個蘋果派。」

所有人都在等這一刻豁然開朗，屋內一陣尷尬的沉默。

「噢，」伊娃諾拉看起來一時有點沮喪，但隨即放下，轉而燃起怒火。「嘖，妳這個小——」

娥舒拉立刻介入。

「記住，伊娃諾拉：詛咒是沒有愛心的行為。」

「對人惡毒也很沒愛心啊。」席瑞絲指出。

「我留下**派**耶，」貝樂丹娜回道：「而且誰問妳意見了？」

「用不著別人問，」席瑞絲說：「尤其用不著妳問。」

「知道嗎，妳的衣服很好笑。」貝樂丹娜告知席瑞絲。

「知道嗎，妳的臉很好笑。」

「妳媽的臉很好笑。」

「妳媽的臉不好笑，她的臉就只是悲傷而已，」席瑞絲說：「因為她是妳媽。」

貝樂丹娜的雙手探向席瑞絲，藍色閃電在她的指尖憤怒閃爍。

「住手！」娥舒拉吼道：「我們是來互相幫助的，不是來朝彼此丟魔咒。記住，這是一個不使壞空間。」

「是她先開始的。」席瑞絲說。

「才不是，」貝樂丹娜說：「是妳先的，從妳出生就開始了。」

「噢，不，」席瑞絲在椅子上搖搖晃晃，一副被刺中心臟的模樣。「**好**難過噢，我覺得我快哭了。**嗚嗚**，臭樂丹娜說了好傷人的話。」

「事實上，」貝樂丹娜完全沒聽懂席瑞絲的羞辱，「是**貝樂丹娜**才對。妳甚至沒辦法把我的名字說對。」

「事實上，」席瑞絲說：「是瑟姬才對。」

「我可以把妳變成蟾蜍。」

「為什麼呢，妳一直都想要一個雙胞胎姊妹嗎？」

貝樂丹娜的臉換上一種很有意思的紅色調，看起來就像即將爆發的火山。

「妳給我收回去喔。」她嘶聲說。

「對不起，」席瑞絲說：「我收回，**瑟姬**。」

「是貝樂丹娜！」

「或是歐妮恩，」伊娃諾拉幫腔，「或甚至『瑟姬兼歐妮恩』。」她又咯咯笑。伊娃諾拉真心把咯咯笑變成了一種藝術。

「別插手，奶奶，」貝樂丹娜說：「這是我和新來的之間的事。」

「別叫我『奶奶』，」伊娃諾拉的語氣非常平靜，象徵混亂逼近的那種平靜。「要是我跟妳是親戚，我早八百年前就跟妳斷絕關係了。」

「說得好啊，伊娃諾拉，」席瑞絲插嘴。「好好教訓她，不用客氣，她就是欠人罵。」

「我等一下再來對付妳。」貝樂丹娜說。

「妳這是在幫倒忙，」娥舒拉警告席瑞絲。「我希望妳——」

貝樂丹娜幾乎直接把臉貼在伊娃諾拉臉上。

「我不喜歡妳，」她說：「沒人喜歡妳，就連妳的貓也不喜歡妳。牠告訴我的。牠是隻貓，但就連牠身上的貓味也沒妳重。真不知道妳幹嘛還費心來參加這些蠢聚會。我覺得妳就是可悲又孤獨。妳根本沒辦法好好使壞——」

白光不只從伊娃諾拉的兩邊袖子射出，也從她的眼睛、耳朵、嘴巴和鼻孔噴出——伴隨著最響亮的滋滋聲——也無疑是最響亮的咯咯笑聲。強光如此炫目，儘管氣味難聞的煙瀰漫屋內，遮蔽了一半的視線，席瑞絲的眼前仍出現舞動的斑點。席瑞絲聽見煙霧中的某處傳來娥舒拉和她的羊咳嗽的聲音。

過了好一會兒煙霧才散去。而後，席瑞絲看見貝樂丹娜的椅子空了，或幾乎空了。焦黑的坐墊上有個東西，看似在爐子裡放太久的烤馬鈴薯。所有人目瞪口呆，只有伊娃諾拉除外，而她說：「我的名字是伊娃諾拉，我上次使壞是——」她查看沙漏，「兩砂粒前的事……」

席瑞絲站在小屋外，蘿威娜在她身旁。貝樂丹娜有點黏在椅子上，其他人正在裡面努力清掉她的殘跡。蘿威娜給了席瑞絲一塊乳酪、一大片麵包，還有一罐冰可樂，全部用一條乾淨的大手帕包起來。

「我想妳最好還是走吧，」蘿威娜說：「妳也該考慮一下是不是改去參加其他互助會。娥舒拉很不高興，而我們不想又倉卒使壞，對吧？」

「我無處可去，」席瑞絲說：「我迷路了。」

「那妳多半也可以在離這裡遠遠的其他地方迷路，」蘿威娜說：「反正也不會變得更糟。」

討論就此結束。於是席瑞絲一邊小口啃乳酪，一邊走回森林。

17

Crionach（蓋爾語）

腐朽之樹

席瑞絲一直走到再也看不見小屋，也聞不到煙囪的煙味，這會兒倒是有另一種味道汙染她的鼻腔，她猜應該是燒焦的貝樂丹娜吧。她找到一片柔軟乾燥的青苔，還有樹樁可以靠背。她吃掉大部分的食物，只留下一點乳酪，雖然以她飢餓的程度，連手帕一起全部吃掉也不成問題。

就在她把剩下的一點點乳酪包好的時候，瞥見附近的一棵樹旁有動靜，同時，也出現那種被人看著時偶爾會有的刺癢感。她沒動作，不過把乳酪放進口袋時保持那個點在視線範圍內。沒錯！又來了，就好像那棵樹淺淺吐了一口氣，但忘記再吸氣，因為樹皮依然鼓脹，有雙黑沉沉的眼睛埋於其中。席瑞絲跪下，左手假裝調整捲起的褲腳，右手則抓起一塊石頭，這是可及範圍內唯一能夠拿來當作武器的東西。

那棵樹又動了。席瑞絲看清動的並不是樹皮本身，而是一個以保護色完美融入的生物。她分辨得出牠的細手臂和腿，還有窄窄的身形和頭，高度約五英尺，讓她想起沒尾巴的蜥蜴。如果牠跳過來，轉眼就能撲到她身上。感覺此時最好先發制人，於是席瑞絲起身迎向危險，同時高舉石頭示警。

「我看得見你，」她說：「你最好不要再過來了。」

席瑞絲這是假設無論那生物到底是什麼東西，牠應該能夠理解她想表達的意思。就算不懂英語，應該也懂石頭吧。大家都懂石頭，如果不懂，那也很快就能學會。

既然已被發現，那東西便脫離樹幹，動作無比緩慢，但不具威脅性。牠正試著不嚇著她，站好之後隨即安撫地舉起雙手。離開樹皮後，牠的顏色隨之改變，腳配合森林地面的泥土變成深棕色，身體的其他部分則是有點透明的感覺，後來席瑞絲才看出那是在反射周遭的樹和灌木叢，藉此融入其中。只有那雙眼睛鶴立雞群。

「別嚇到哪，」牠說：「我們不會傷害妳。」

小溪小精說話時聽起來咕嚕咕嚕，這東西說話時則讓席瑞絲想起掃帚掃過滿是灰塵的地板。但就算石頭開始變得沉重，她也沒有放下。有個東西說自己不會傷害你是很好沒錯，但這幾乎稱不上什麼保證。

「你是誰？」席瑞絲問，這好像已經變成本日必問問題了。

「我們是卡利歐。」那東西答道。

「我們？」席瑞絲緊張地掃視森林，以免這東西還有更多同伴在旁邊徘徊。

「我們。」卡利歐指了指自己。

車禍前，席瑞絲很常陪在菲比身邊，而她很關注其他人的感受，因此席瑞絲知道若有人想被當作男生、女生、我們，或任何其他事物，那也完全是他們的自由。如果卡利歐當「我們」比較開心，席瑞絲樂於配合。

「那你們是**什麼**？」

「我們是什麼？我們就是我們啊。」

無論卡利歐到底是什麼，席瑞絲一時懷疑牠們是不是太常跟小溪小精混在一起。牠們都好擅長提供沒幫助的回答，根本無人能出其右。

「也就是？」席瑞絲堅持不放棄。

卡利歐仔細思考。

「樹精。」卡利歐好不容易才回答。牠們說得很清楚，但感覺不是很確定，彷彿不太常跟人聊天。「我們是……樹精。」

「那你們想要什麼？」席瑞絲問。

卡利歐朝她嗅了嗅。

「妳不屬於這裡，」卡利歐說：「妳來自另外一個地方。這些樹林很危險，白天夜晚都一樣。各種野獸很快就會開始獵捕妳，找尋機會大啖沒吃過的肉。」

說到最後那五個字的時候，卡利歐細細品味，在舌頭上測試著，看看可能會是什麼滋味，而席瑞絲不喜歡這種感覺。

「我可以照顧自己。」席瑞絲說完立刻覺得羞窘。只有電影裡的人才會這麼說，而且通常說完立刻就會發現自己需要別人照顧。

「一個孩子，武器只有一顆石頭？」

卡利歐笑了，並不令人愉快的笑。席瑞絲再次回想起學校裡霸凌她的那些女孩，她們總是高高在上，而且非常惡劣。貝樂丹娜在被變成燒焦的馬鈴薯之前多半也是那樣笑的。在那一刻，席瑞絲確信她不能相信卡利歐。

「我不是孩子。」聽見席瑞絲話語中的自信，卡利歐隨即重新評估牠們對她的看法，一雙黑眼在牠們眨眼時消失片刻，再次出現時，樹精靠近了些，近到席瑞絲都能聞到牠們的氣息，聞起來像潮溼、剛翻過的泥土。

「妳現在不是嗎？」卡利歐說：「如果不是孩子，那是什麼？」

席瑞絲沒有回答。她已經透露太多，而卡利歐開始繞著她打轉，席瑞絲不得不跟著一起轉，才不會被牠們溜到她背後。

「我們覺得妳應該跟我們走，」卡利歐說：「我們可以保護妳。」

「跟你們去哪裡？」席瑞絲問，但她其實哪裡都不想跟卡利歐一起去。她想讓樹精持續說話，因為一旦牠們停止，麻煩就開始了。

「去我們家。離這裡不遠，涼爽又陰暗。只要去了那裡，任何東西、任何人都找不到妳。」

噢，我相信這絕對是真的，席瑞絲心想，如果我跟你們走，應該就不會有人再看見我了。

「我待在這裡就好，謝謝你們。會有轉機的，通常都會有。」

又一次眨眼，那雙暗色眼睛也又一次消失，卡利歐忽然就來到席瑞絲的左耳邊。

「我們不能讓妳待在這裡，」卡利歐說：「這樣不對。」

席瑞絲退後一步。

「對誰來說不對？」她問道。

不過卡利歐厭倦這些無謂的爭執了。牠們一把抓住席瑞絲的左手臂，牢牢箝握手肘以下的位置，牠們抓得好凶猛，抓得席瑞絲好痛，感覺就像牠們戴著帶刺的手套，而手套的手指部位刺傷了她。卡利歐手腕附近的刺刺入席瑞絲的前臂，她的手臂隨即麻痺，而且快速擴散到肩膀。席瑞絲知道那種麻痺的感覺：十年前，她在全身麻醉之下拔了兩顆智齒；她還記得麻醉針刺入她的手臂，也記得自己看見注射器推動，感覺到麻醉劑隨血液流淌，來到她的腦，隨後世界一片黑暗。卡利歐就像隻正在襲擊蒼蠅的蜘蛛，牠們讓席瑞絲無力抵抗，這樣才能輕輕鬆鬆把她拖回牠們的巢穴；往下，往下，下去那個涼爽、陰暗之地，那個讓牠們的氣息染上泥土味的地方。

只不過，卡利歐犯了一個關鍵錯誤：牠們癱瘓錯手臂了。

席瑞絲使出最後的力氣甩動身子，狠狠擊中卡利歐的頭側。樹精踉蹌後退，放開了席瑞絲的手臂，而席瑞絲隨即再次攻擊牠們，這次有點打歪，因為她的視線已漸漸模糊，她只能掙扎著維持直立。不過在她失去意識之前，她看見卡利歐的真正形貌。攻擊的力道肯定破壞了牠們的偽裝機制，破壞了牠們大腦之中那個容許牠們融入環境、狡詐的區塊。席瑞絲看見綠棕色皮膚的赤裸形體；拉長的手指和腳趾尖端是彎曲的指甲和趾甲，更適合抓握和攀爬；又瘦又長的臉，尖尖的小耳朵，鼻子只是兩個窄縫，上面是一雙憂傷的黑眼，下面則是一口小鈍牙。濃稠如蜂蜜的樹液開始從卡利歐頭側的凹陷處湧出，席瑞絲覺得她可能敲破了樹精的顱骨。

很好，黑暗籠罩的同時，席瑞絲這麼想著，至少我傷了你們。我希望我傷你們傷得夠重，好讓你們——

18

Frith（古英語）

安全、防護

席瑞絲睜開眼。她的全身陣陣抽痛，嘴裡有股討厭的味道，像是酸掉的水果或是不新鮮的酒。四周昏昧，但並不陰暗，而且溫暖，並不涼爽；一個可能是，卡利歐在描述牠們巢穴時說了謊，不然就是她置身此地與牠們無關。

席瑞絲躺在一張又窄又長的床上，床上有毛皮和毯子為她保暖。左手邊有燃燒的火爐，火焰為三盞燈增添光明，照亮了擺放罐子的幾個層架、堆在石水槽旁的鍋碗瓢盆，還有一籃籃蔬菜水果，有些還沾了泥土——除此之外還有武器，包含一把弓、一袋箭、一柄劍，還有席瑞絲生平僅見最巨大的斧頭。她沒聲張，但在不轉動頭的前提下盡可能觀察這地方。此處看似沒其他人，但——

「妳感覺怎麼樣？」

詢問來自房間另一端的陰影，不是卡利歐的聲音，席瑞絲如釋重負，儘管說話者應該擁有那柄用來砍伐巨大樹木的斧頭，可能也砍過一些可大可小的腦袋。

席瑞絲辨識出從陰暗處伸出的一雙靴子，一張椅子嘎吱了一聲，一個男人傾身探入燈光下。他一頭略帶銀絲的深色頭髮，臉上有鬍碴，看不太出年齡，可能五十多歲，但他那雙眼睛，就算在昏暗下，也看得出應該遠不只這個年齡，就好像是從某個死去古人身上移植到這名中年男子的眼眶。他的五官有種熟悉感，但又說不出到底哪裡熟悉，那感覺彷彿遮蔭下的水流過斑駁的陽光，轉瞬即逝。

「我很痛。」席瑞絲說。

「不意外，畢竟妳被下了毒。」

「我會——」說出口要費好大勁，或許是因為她口乾舌燥，也或許是因為她害怕聽見答案。「我會死嗎？」

「我很確定妳終究會死，但不是今天。無論攻擊妳的是什麼東西，它都只想讓妳不能動彈而已。藥效應該不會持續太久，不過無疑到那時對妳而言就太遲了。任何人，任何東西讓一個年輕女性癱瘓，肯定都不會是為了促進她身體健康。」

不過席瑞絲也活得夠久了，知道若陌生男人把不省人事的女性帶回自己的小屋、放上床，他們也並不總是懷抱最高尚的意圖。她檢查毯子和毛皮下，發現原本的衣物都還在身上後鬆了一口氣。

男子起身，走向她。他非常高，而且體格健美，走動時一塊塊肌肉像板塊一樣在襯衫下移動，但又不像席瑞絲在健身房看過的一些年輕男性，練肌肉純粹是為了愛現。這是肢體辛苦勞動養出來的肌肉，純天然、不經雕塑。要是他用他的斧頭砍倒一棵樹，單槍匹馬把樹拖回家可得花上不少力氣。不過當他站在她面前，她隨即看出自己沒理由害怕。他的眼睛——那雙歷經滄桑的眼睛——充斥溫柔而深沉的善意，就跟她父親一樣；她心想，這男人就是因此才感覺不那麼陌生。

「我覺得我還是起來好了，」她說：「床上太暖了。」

「那請小心。」

他伸出一條手臂讓她扶，但她注意到他讓她自己決定要不要接受幫助。就算是要幫忙，若非經過她同意，他也不會碰她。席瑞絲撐起身子，立刻一陣噁心。她頭暈目眩，但又不想躺回去。她靠著男人，而一直到這個時候，他才伸出左手臂攙扶她。他拿給她一杯嘗起來像溫草藥茶的東西，而她坐在床緣喝，一邊等待頭暈退去。花了一點時間，等頭終於不暈了之後，她立刻覺得好轉大半，因為四肢的沉重感以及不舒服的感覺也隨之淡去一些。

「好些了嗎？」男人問道。

「對，謝謝你。還稱不上痊癒，但感覺好多了。順帶一提，我是席瑞絲。不好意思，不過我還不知道你的名字。」

「他們叫我守林人，」好心人回道：「這稱呼跟任何名字一樣好。我有些問題，不過等妳覺得妳能回答時再說就好，妳首先需要吃點東西，包含更多草藥。這種藥應該可以幫助妳抵抗體內的毒。」

有個鍋子在火上保溫，守林人幫自己和她各盛了一碗有草藥和香料味的蔬菜濃湯。他們用手刻木湯匙喝湯；這些湯匙就跟碗，還有守林人用來喝水、席瑞絲用來喝藥的杯子一樣，都打磨得平滑順手。一般人很可能會覺得這些家用品平凡無奇，不過其中透露精緻工藝帶來的優雅清簡。

「這些是你做的嗎？」席瑞絲問。

守林人看著杯、碗和湯匙，然後是整間小屋，彷彿這才注意到周遭的事物。

「對，很久以前的事了。我想這棟小屋也是出自我之手。」

「你想？」

「我記得小屋以前不是這樣，也曾經確實如此。妳瞧，我一直在沉睡，最近才剛甦醒。我在努力重新適應這個世界。」

「你的意思是，」席瑞絲說：「有人趁你休眠的時候偷偷重新裝修了你的小屋嗎？聽起來不太可能吧。」

「照妳這種說法，」守林人說：「我想確實不太可能。」

「而且，你到底睡了多久？」

守林人聳肩。

「噢，我猜應該就一夜吧，卻是非常漫長的一夜，這裡的時間流動不太一樣。好了，席瑞絲，**妳**又是打哪來的呢？因為就一個小女孩而言，我覺得妳實在走得太遠了。」

「聽著，我不是什麼小女孩，」席瑞絲說：「我們需要從頭弄清楚。我是個三十二歲的女人，困在十六歲自我的軀體內，而且我對這情況很不滿意。我當年就已經不太喜歡身為十六歲了，當然更不想在明明已經兩倍大的時候重回十六歲。第一次青春期就已經夠糟了。」確實如此：恐慌，想看起來漂亮、苗條以及想融入、受男孩——或女孩——喜歡的壓力，還有壓迫感，單純只是試圖維持自己在這世上的立足點，就能造成永不消散的壓迫感。

守林人看似沒有懷疑。

「請解釋怎麼會這樣。」他說。

席瑞絲照做。她告訴他樹洞的事，以及燈籠之家所屬土地上的老宅。她告訴他會說話的藏書，以及有知覺的常春藤。她告訴他她在閣樓房看見的那張臉，以及她聽見的聲音。她告訴他《失物之書》，以及她發現出自她自己之手的那些故事，那些可能來自書本本身的故事。她告訴他菲比的事，還有她是怎麼陷入迷失之境。最後，她告訴他小溪小精、女巫和卡利歐的事——掠食者卡利歐。要消化所有這些內容太辛苦了，而她覺得很抱歉，讓守林人承擔如此重負，但，誰叫他要問呢。

「我的想法是，」她下結論，「我可能精神崩潰了，而你也是其中的一部分。我為你感到抱歉，但既然幾乎可以確定你絕對不是真的，你實際上應該就不會感覺那麼討厭吧。因為某些我完全無法理解的原因，我發現自己目前受困於這個奇幻世界，而那本小說，《失物之書》則是這個世界的基礎。但若我能找到出去的路，也就是我精神崩潰的關鍵，我就會在醫院裡一張乾淨又舒服的床上醒來，護理師會給我一杯茶和一片吐司，一切都將安然無恙，或至少恢復正常。我可以接受那樣。」

「但妳為什麼假設這個世界沒有比妳的世界真實？」守林人問：「或至少一樣真實？」

「因為不可能，就是不可能。」

不過就在席瑞絲說話的當下，她又發現自己一方面強烈希望某件事為真，一方面又暗自清楚知道，很不幸地，可能無法如她所願。這裡的一切都**太**真實：毒藥造成的噁心和不適感，手臂被卡利歐刺傷的尖銳痛楚，湯的滋味，火的熱度，動物毛皮和燈油的味道，甚至是守林人呼吸的聲音。任何噩夢、心理或情緒崩潰都不可能那麼巨細靡遺，對吧？

守林人凝望爐火，陷入沉思之中——或者從結果看來，是陷入回憶之中。

「所以他寫了一本書，」守林人對著火焰說：「他當然寫了。」

席瑞絲看見他的表情變得如此柔軟。

「大衛，」她說：「你說的是大衛。」

「對。」

「因為他也來過這裡。你就是他遇見的那個人，同一個守林人。」

她原本就大致推測出來了，但一直不願說出口，在她得知更多資訊之前都不想說。

「我遇見他，」守林人說：「我跟他一起旅行，但他不在這裡，不算真正在。」

「你在打啞謎，」席瑞絲說：「這個世界的很多生物都有這種毛病。」

守林人將全部注意力拉回她身上。

「這並不是大衛來過的那個國度，」他說：「就好像這間小屋也不是我在裡面睡著的同樣那間小屋。這個世界很相像，大衛在這裡的時光、他穿過此國度時所發生的一切，也都會有某些部分保留下來，其他部分則有所不同。已知成為未知，平凡普通的事物也將變得陌生。」

「為什麼？」席瑞絲問。

「因為妳。如果妳在這裡，那就是因為妳注定來到這裡。不會有人不小心誤入此地。因為預期妳的到來，這個世界將會改變，現在妳來了，它也將進一步進化。妳之所以為妳的一切——妳的恐懼、希望、所愛、所恨——都將發揮作用。這已成為妳的故事，這個世界正在塑造場景，故事必將於其中開展，而它也曾為大衛做過相同的事。」

席瑞絲不喜歡這整件事聽起來的感覺。就算是在狀態佳的時候，她對自己的心智穩定度也沒多大信心，不想在依其而定的世界待太久。

「他失蹤了，」席瑞絲說：「你知道這件事嗎？」

「他沒有失蹤，」守林人說：「而是回來了——回到這個國度，重回他所愛的一切。」

「那是他寫的結局，」席瑞絲說：「在他的書裡。」

「那是他夢想的結局，而那結局為他化為真實。這是他的獎賞。」

「什麼的獎賞？」

「從不失去希望。」

「所以他在這裡？」

「這裡的某個角落，」守林人答道：「不過記住了，這並非這個世界的唯一版本，因為還有其他的：無數世界層層疊疊，有些毫無相似之處，有些除了一個差異之外完全相同。空間、門，連結所有世界。」

「樹有可能是連結點嗎？」

「當它想，或它必須的時候，它就可能是。大衛在你們世界裡的舊家也可能是另一個連結點。」

好多資訊要消化，席瑞絲將其全部納入腦中，或說她試著這麼做。

「但我並未選擇來這裡，」她說：「我想逃離常春藤，以及藤蔓中的臉，逃跑的過程中就被傳送過來了。」

「我沒說妳選擇來這裡，」守林人說：「只說妳注定——或受到誘惑，因而來到此地。」

「誘惑？但會是被什麼誘惑？」

守林人朝火爐添加木柴。屋外響起呼嚎的聲音，感覺距離好近，席瑞絲嚇了一跳。

「只是狼而已。」守林人說。

「只是？」

「很久很久以前，有些比狼更糟糕的東西。」

「路波。」席瑞絲說。大衛書中的生物，半人半狼，試圖取代人類為王。

「現在沒有路波了，但狼依然會夢見牠們。」

「在你所說的那些世界之中，路波有沒有在哪個世界獲得勝利？」席瑞絲問。

「就算有，」守林人說：「我也無意造訪。」

或是駝背人贏了的世界，席瑞絲心想，最好也敬而遠之。

「你剛剛在說我是怎麼來到這裡，」席瑞絲說：「還有誘惑。」

「我只能猜，不過妳說那棟房子吸引妳過去。房子裡有什麼呢？閣樓房、圖書室、藏書、**故事**。然後那東西現身，藤蔓中的東西。根據妳所說，它可能一直都在聆聽妳的一舉一動。」

「但它想殺我。」

「有嗎？」

「它追我。它想抓我。」

「同樣地，妳確定嗎？」

「我當然確定。」

「整株常春藤有知覺，卻會被一個更具優勢的意識控制，然後它裡裡外外吞噬了一棟房子，卻無法阻止一個女人逃走？」

「它傷了我。」席瑞絲提起褲腳。「看，還看得到它試圖抓住我時留下的傷痕。」

「抓住妳，還是催促妳走？」守林人問：「常春藤會纏、刺、絞，但並不會抽打。」

席瑞絲不接受她是被騙來這個世界。她以為她逃離了追捕；因為她逃出房子，她原本還慶幸自己跑得快又足智多謀，但若守林人所言為真，那她就既不跑得快也不足智多謀，只是被某個比她更聰明的東西騙了。

「我寫出駝背人的故事，」她說：「他在我腦中。會不會就是他——」

「駝背人消失了，」守林人說：「對**任何**世界來說都一樣。大衛來的時候他就已經命在旦夕，而當他無法稱心如意，他就將自己撕成兩半。他造就他自己的毀滅，而就像路波一樣，他也已經化為回憶。」

席瑞絲沒有辯駁。說起來她對這地方又有什麼了解呢？絕對比不上守林人吧。

但這並不完全是同樣一個世界，他自己說的。已知成為未知。

席瑞絲緘默不語。懷疑幫不了她。她想相信守林人。就像大衛一樣，她也需要信任他的判斷。

「那樹精卡利歐呢？」席瑞絲問：「畢竟就是牠們想毒害我。」

「我找到妳的時候沒看見樹精，」守林人說：「有一道樹液的痕跡，但我沒時間追蹤。不過，已經好多年沒人遇過牠們族類。樹精，還有其他類似的生物，已經全數從這世界消失了。如果攻擊妳的確實是樹精，那牠肯定非常老、非常孤單。然而那麼久以來，牠都在哪裡呢？為什麼又選擇在這個時候再度現身？」

守林人再次檢查席瑞絲手臂上的刺傷。總共有六個洞，來自五個指甲，以及卡利歐手腕上的刺。就是這個，守林人解釋道，注入使席瑞絲癱瘓的毒液。傷痕中央有一道垂直的切口，出自守林人的刀，他試圖藉此排出毒素。

「但這，毫無疑問，是樹精的作為沒錯，」守林人說：「而且我很擔心這傷口。毒液沒有完全排出，不然妳就不會失去意識那麼久。應該找個更專業的人來檢查，但現在這種人不多了。」

「我必須回我自己的世界，」席瑞絲說：「我女兒在那裡，她需要我。如果傷口有問題，也可以讓醫師處理，總之我不能留在這裡。」

「天黑了，」守林人說：「而就連我也不會在夜裡穿越樹林。如果樹精還在外面，牠——或者應該說**牠們**，無論那可能代表什麼意思——就不會單純只有傷口了，牠們還會心懷怨恨。牠們會想報復。」

「我狠狠揍了牠們，」席瑞絲說：「牠們甚至可能死了。」

「不會的，用石頭殺不了牠們。樹精是林木與樹皮的生物。妳可以用石頭打傷牠們，或是用指甲刺傷牠們，但不會造成致命的傷害。只有火做得到，因為所有活物都怕火，而樹精莫此為甚。這個卡利歐可能已經復原了，因為樹精的傷口總是恢復得很快。不，等到明天早上，我們確定外面沒有危險之後，我們才能冒險出去。」

「那要怎麼知道還有沒有危險？」席瑞絲問：「我在擊中卡利歐之前幾乎都看不見牠們。」

「有些方法，」守林人說：「並不是整個自然界都歡迎樹精回歸。」

不過席瑞絲已經沒在聽了。她被一股想再次看見菲比、想握著她的手對她說話的渴望淹沒。原本已經建立起一套常規——探訪、說話、讀故事，而她害怕一旦常規被打破，女兒本質中最精粹之處的脆弱火花也將永遠熄滅。淚水湧出，不過席瑞絲伸手抹掉，對抗著屈服於悲痛的衝動，因為她擔心，要是她開始認真哭泣，可能就不會有停止的一天了。她希望守林人沒發現，但她懷疑他其實根本就都看在眼裡。她猜想，應該少有什麼能逃過他的法眼吧。

「如果妳想聽，」他說：「我有個故事可以分享。」

「有何不可呢？」席瑞絲說：「除非你有撲克牌可以打發時間。」

「事實上，我這小屋裡還真有一副牌，如果妳比較想玩牌，我也可以找出來。」

「不，我比較想聽故事，說不定回去後可以說給菲比聽。等等，是童話故事嗎？」

「噢，」守林人說：「是的。」

「我開始討厭童話故事了。」

「真可惜。」

「怎麼說？」

「因為，」守林人說：「妳剛好也置身童話故事之中。」

守林人的第一個故事

從前從前，有一個名叫摩吉亞娜的年輕女子，她住在一個臨海的偏僻村落。她高挑，但又不會太高，貌美，但也不至於成為他人嫉妒的對象，或是因此而過度虛榮。但就像許多住在偏僻地方、無論那地方是否臨海的人一樣，她總是凝望著遙遠的地平線——儘管許多智者總會提醒你，無論你多努力，地平線永遠都是那麼遙不可及，這本身就是你在人生中應該學會的課題。然而女孩不想在那村子裡虛度一生，嫁給某個胸無大志的農夫，或是某個對大海比對她更入迷的漁夫。

一天，她走在海灘上，這時一名騎馬者策馬小跑到她前方。那人一身白，胯下是匹白馬，就連他的頭髮也是白色，不過並非因為年歲的關係，因為他的肌膚和她一樣年輕。她沒見過比他更美的男性：不是英俊，而是精緻得燦爛奪目，有如一尊以最純粹的大理石雕刻而成的雕像。她沒聽見馬蹄聲，沙上也看不見蹄印，就好像他憑空從大海冒了出來，只不過他和他的坐騎都毫無一絲水氣。

「妳叫什麼名字？」他問道，而這個問題本身就是一段旋律，每個字都是音符。要是有其他人在場見證這場對話，他們可能只會聽見從馬上的這位口中傳出音樂，而若他們謹慎又機靈，他們可能也會察覺其中有些不和諧音，就像沒調好音的樂器。

「我的名字是摩吉亞娜。」她回道。

「我是菲拉。」

那或許是他的名字，但若他所言為真，那可真是個怪名字，因為這個詞彙源自嘲諷，或甚至更糟。摩吉亞娜不懂外地語言，只覺得這兩個字出自他口聽起來真是甜美，儘管無論字詞的意義再怎麼汙穢，只要從他脣間吐出，都會變得像蜂蜜一樣。

「我觀察妳好多天了，」菲拉說：「妳每個早晨和夜晚都來這個海灘散步，總是會停下腳步眺望大海，彷彿在找尋一艘永遠不會來的船。」

「那是因為我不想在同一個村子一天就走得到的範圍內出生、成長、死去，」摩尼亞娜說：「外面有大好世界等著我去探索，而我已經感覺到時間正從我指間溜走。」

「時間很殘酷，」菲拉說：「它給予的比奪走的還多：青春、美貌，甚至夢想。它將它們全部偷走，並在一切結束時把妳丟給黑暗。」

儘管摩吉亞娜已經被迷得暈頭轉向，她還是注意到他只說「妳」，而非「我們」或「有些人」，並察覺他的皮膚在陽光下閃閃發光、他的呼吸為空氣注入一絲芬芳。她這時便知道他到底是什麼了：妖精王，仙靈王子，甚至都顯示在他的名字中了。[8]他是她遇過的第一位仙靈，因為他們通常都與人類保持距離，有些人說是因為憎恨，有些人則說是因為恐懼，更常見的說法是，因為他們很少喜愛自己之外的生物。無論原因為何，人類顯然還是別跟他們扯上關係為妙。

包含女人。尤其是女人。

「時間難道不會也偷走你的東西嗎？」摩吉亞娜問。

「時間無人不偷，不過對某些人比較馬虎隨便。跟我來，妳就不會再像妳的其他同類一樣變老。跟我來，我會帶妳離開這些海岸，見識更遼闊的世界。」

菲拉朝摩吉亞娜伸出一隻手，不過就在他們的手指即將相觸的那一刻，她猶豫了。

「有些我愛的人，」她說：「我不想永遠拋下他們。我之後可以回來探訪我的家人和朋友嗎？」

「妳隨時可以回來，」菲拉說：「來向他們致意，我保證。作為交換，妳必須承諾妳總是會回到我身邊。」

摩吉亞娜答應了，他們以一吻立誓。她牽起仙靈王子的手，而他輕輕鬆鬆將她拉上馬，讓她安坐他後方。他朝向大海，要坐騎打起精神，他和摩吉亞娜隨即被海浪吞噬。

❖

以下是有關仙靈的事實：他們或許恨我們，或許怕我們，但同時也渴望著我們人類。他們對我們的存在之火著迷，那火燒得如此猛烈而快速。他們喜歡拿在近處欣賞——感覺——這火焰消逝，甚至在有需要或有興致的時候一口吞下。仙靈雖然有可能是騙子，但他們不說謊，只是很少許下只有一種意義的承諾。在跟他們交談時，你必須特別留心，而且要對正在交涉的交易本質有絕對的把握。不過摩吉亞娜涉世未深又粗心大意，而且就像一般年輕人，覺得自己比實際上聰明，因此她對這些一無所知。

❖

---

8 菲拉（Faera）中的Fae原文是拉丁文，英語的妖精、仙子（fairy）皆源自於此。

菲拉說到做到。他帶摩吉亞娜到他的家園，而且有一段時間把她當成從遙遠國度來訪的貴族一樣對待，給她絲袍，以及鑽石、紅寶石、翡翠飾品。她吃最精緻的食物，在寧靜的仙靈樹林裡漫步，探索輝煌的仙靈宮殿，但她總是聽見身後有笑聲，轉身總會看見有位仙靈公主掩嘴竊笑，或是有位仙靈王子像狐狸凝視遲緩胖母雞一樣打量著她。

不出幾週，摩吉亞娜便開始焦躁不安，因為儘管有那些綢緞、珠寶、異國佳餚，也儘管林子是如此寧靜，宮殿是如此富麗堂皇，她還是覺得無聊。仙靈過著疲乏而放縱的生活。他們的存在沒有目的，除了享樂之外毫無追求，不過就連這樣的狀態也難以達到，就算達到也難以維繫。這是長壽的詛咒：生命不再有太多驚喜，而唯有沉溺於極端事物，才能打破這樣的單調。

而且摩吉亞娜在改變。與仙靈共處的第一天快結束時，她發現了一根以前沒有的灰髮，隔天又出現一根，然後愈來愈多。她的眼角和額頭浮現細紋，曾經緊緻的肌膚也開始鬆弛。仙靈公主的笑聲愈來愈大聲，也愈來愈常聽見。現在他們不再試著掩飾他們的輕蔑了，也沒幾個仙靈願意對摩吉亞娜說話。同時，菲拉則不知去向，沒有仙靈願意告訴她他可能去了哪裡。

不過最糟糕的是，仙靈一直以魔法偽裝他們的外貌，但摩吉亞娜瞥見了真相，就好像以人臉為模型的面具終究再也隱藏不了底下的醜陋。有時，她也聽見有如嬰兒啼哭的聲音從地底深處傳來，但只在夜裡，而且為時不久。然而她把這一切都藏在心裡。

一個月過去後，菲拉終於回來了，而摩吉亞娜來到他面前。

「我想回去探望我的親友，」她說：「我想念他們，我很確定他們肯定也想念我。」

菲拉試著打消她的念頭，但摩吉亞娜不接受。

「你承諾過我的，」她說：「你承諾我隨時可以回去探望我的族人。」

「妳確實可以，」菲拉說：「不過記住，妳也答應我，妳總是會回到我身邊，而一言既出駟馬難追，違者的懲罰是死。」

儘管摩吉亞娜希望自己不曾答應跟菲拉一起來，也無比渴望能重回原本的人生，但無論是否以死亡為懲罰，她都是個信守承諾的女孩。

「等我回去走訪過我的族人之後，」她說：「我會回來你身邊。」

聽見這話，菲拉警告地伸出一根手指。

「恐怕妳沒有辦法。妳現在跟我們一樣，都屬於我們的國度，而也跟我們一樣，妳自己的家園已變得對妳有致命傷害。只要妳踏上那片土地，就算只是一秒，妳也會化為塵土。」

「但你不曾告訴我這件事。」摩吉亞娜說。

「妳也沒問哪。」

「要是早知道，我絕不會答應跟你走。」

摩吉亞娜哭了起來，但菲拉沒有絲毫同情。在他說話的同時，摩吉亞娜眼中的他似乎改變了，她看見他真正的模樣。他變得乾枯，不再美麗，五官也不再像人類，顯現出惡魔的樣貌。

「那是妳的失誤，與我無關。妳還想去探訪妳的族人嗎？」

「不曾比現在更想。」摩吉亞娜說。

「那麼，妳必須騎在我給妳的馬上，無論妳的手或腳都不得碰觸地面，懂嗎？」

摩吉亞娜沒顯露出她懂得有多透徹。

「離開前，我想問你一個問題。」她說。

「問吧。」

「我才在這裡待了幾週而已，我的頭髮就已經變得花白，皮膚也鬆弛了，還長出跟我母親一樣的皺紋。怎麼會這樣？」

「我說過，妳不會再像妳的其他同類一樣變老，」菲拉說：「而我的承諾實現了。我沒說妳會老得比他們慢。妳應該更仔細聽才對，但妳只聽見妳自己想聽的。」

「噢，你好卑鄙！」摩吉亞娜說。

「那妳就是愚笨了，不過承諾就是承諾，妳不能違背。」菲拉伸出一根手指碰觸摩吉亞娜的頭髮，細細審視那新顏色。「當然了，除非妳選擇死亡。妳可以在妳抵達家園時從馬背一躍而下，一切就會畫下句點。」

他在激她結束自己的生命，而摩吉亞娜心知，若是她真那麼做，他只會覺得稱心如意。她就像一隻不再好玩的寵物，他已經對她厭倦了。她將變得如此可憐，那些漂亮的王子公主很快就會連笑也懶得再笑，直到她最後死去，她的屍體被丟在廚房的廚餘箱裡和沒吃完的食物一起腐爛。

但摩吉亞娜並不愚笨，只是因為涉世未深而太過輕率，也太輕信他人；有些人對他者的殘酷太欠缺經驗，常會出現像這樣的通病。然而她在與仙靈們共度的這段時間以來學了很多，也長了些智慧，都是些吃過苦頭才學到的教訓，只不過最苦的還沒來呢。

◈

一個晴朗的冬日早晨，摩吉亞娜騎著她的馬走入仙靈國度邊界的大海。仙靈們每天都會走上兩次的岩石小徑在她後方延展，他們每天都會來海邊看日出和日落，黎明時喝蜂蜜酒，傍晚時則改喝紅酒。隨死亡而來的解脫是如此誘人，她不知道自己還會不會再看見這地方。海水湧過她的頭，水再次退開時，她已重回自己的世界。她可以看見父母的小屋在遠方俯瞰大海的懸崖邊，還可以看見更遠處村落的片片屋頂，不過當她找尋她過往的家，她發現小屋的茅草屋頂已經不見了，屋內也空無一物，沒有家具，也沒有家人。她繼續策馬朝村落而去，在路上經過一名老翁。

「你知道海邊那戶人家出了什麼事嗎？」她問。

「哎呀，」老翁說：「那間小屋從我還小的時候就沒人住嘍。那家的女兒失蹤，怕是溺死了，而她父母從來沒走出悲痛，不到一年就跟著死嘍，小屋就這樣荒廢，因為那是一個只留下厄運、好運全部逃之夭夭的不幸之地。」

摩吉亞娜繼續往前騎，發現村子也不一樣了，變得更大，充斥陌生的面孔，或是徒留逝去青春殘影的臉。不過所有老人都不記得摩吉亞娜，因為仙靈在她身上留下了印記，讓她的同類認不出她。

太陽慢慢落下，摩吉亞娜騎回海邊，因為憤怒和失落而感覺心情沉重。她的母親和父親相信他們的獨生女溺死，在憂傷之中離世，她認識的人都已死去或即將死去。她在自己的家鄉成了一個陌生人，在仙靈之間也沒有立足之地；對他們而言，她只是一個消遣，在他們眼前逐漸消瘦。在那一刻，馬蹄踏在沙上，海浪在她前方破碎，她幾乎就要遂了菲拉的心願，倒在海灘上就地死去。

然而，就在她要放開韁繩、把腳挪出黃金馬鐙的那瞬間，她看見有個男孩在海岸上。他帶著兩個大布袋，裡面裝滿他抓來的螃蟹和貝類，袋子如此沉重，他只能把它們拖在身後。他在摩吉亞娜前方停了下來，欣賞著她和她身下坐騎的美，馬鞍上的小裝飾品，還有黃金馬鐙和馬勒。男孩鞠躬，摩吉亞娜也回禮，所有關於死去的念頭暫時遭到驅散。

「你看來忙得很呢。」她說。

「海很大方。」男孩說。

「我想跟你買你的布袋，」摩吉亞娜說：「但只買布袋而已。如果你想得出其他方法帶走你的戰利品，你大可留著。」

男孩看著她，彷彿覺得她發瘋了。

「但布袋本身沒什麼價值啊。」他說。

「對我而言，它們的價值等同這個馬勒。」摩吉亞娜取下馬勒交給男孩。她知道她沒這東西也騎得了馬。

「但我這就是在誆妳了。」黃金在男孩手中閃爍，而他這麼說道。

「我被誆過，」摩吉亞娜說：「但這次是我自己提出的交易。」

於是男孩把戰利品全部倒了出來，將兩個布袋交給她。

「我還想請你幫個忙，」摩吉亞娜說：「可不可以幫我把兩個布袋裝滿沙？能裝多少就裝多少。然後幫我找條繩子，把兩袋沙串在一起，好讓我可以掛在我的馬鞍上。」

男孩照做。他將布袋裝滿沙，從停泊在沙丘旁的小船取下一段繩索，串起兩袋沙，掛在摩吉亞娜身後的馬鞍上。摩吉亞娜向他道謝，準備最後一次離開她的家鄉。

「可以告訴我妳是誰嗎？」男孩問：「要是我拿著這副馬勒回去，母親問起打哪來的，我卻一問三不知，她會說是我偷來的。」

「就說我是摩吉亞娜，我多年前住在山丘上的那間小屋。告訴他們，我跟仙靈做了一個糟糕的交易，但我或許找到方法，能讓他們比我更後悔了。」

說完後，她隨即策馬奔向波浪，轉眼便被大海吞噬。

海水分開，摩吉亞娜騎著馬走了出來。前方就是那條從海邊通往仙靈宮殿的小路，即將升起的太陽則在後方。來到小路旁後，她取下一根髮簪刺破她身後的布袋，就這樣，一個世界的沙撒落另一個世界，來自異域的沙與仙靈國度的沙無法區分。她在小路上來來回回走動，直到兩個布袋空空掛在馬背上。

太陽轉紅，她回到海邊，等待著仙靈們到來。

「好可怕的故事。」守林人說完後，席瑞絲這麼說道。

「這種故事通常也最有趣。」

「我父親應該會認同你，我女兒也是。」

提起菲比，她又忍不住淚水盈眶，但她打起精神。

守林人從火爐上方的架子取下一柄菸斗，再從口袋拿出一小包菸草填入槽內。

「你知道吧，抽菸非常不健康。」席瑞絲說。

「真的嗎？那我一點也不會分妳。」

他拿出火引，用火爐的火點著，讓菸斗亮起令他心滿意足的光，他接著吐出濃濃一股煙。

席瑞絲覺得聞起來像爛木頭悶燒襪子的味道。她交抱雙臂，怒瞪著守林人。

「妳確定，」他問：「妳不是十六歲少女嗎？」

「當然。」

「只是問問。」

席瑞絲起身。

「我要睡了。」

「多半是好主意。妳過了很漫長的一天。」

「不過你明天會幫助我回家，對吧？」

守林人戳弄爐火。

「我當然會盡力一試。」他說。

這番話並沒有令席瑞絲全然安心。

19

Ealdor-Bana（古英語）

生命毀滅者

樹精卡利歐打量著小屋；這棟房子的輪廓幾乎與背景的樹皮融為一體，只有從窗遮縫隙透出的星點燈光以及燃燒的煙味暗示著其中有人居住。

卡利歐坐在一顆石頭上，石頭則位於一塊光禿禿、無樹的空地。這是守林人的地盤，而他已腐化其本質，讓這塊土地順從他的意志，因此蝙蝠和夜梟都成了他的耳目，此處的常春藤也保護著他。剛剛靠近這地方時，卡利歐感覺到植物焦躁不安地擾動。如果牠們試圖靠近小屋，藤蔓會設法捆住牠們，直到守林人到來，而卡利歐並不想受守林人制裁。

但是，噢，卡利歐受了多大的苦，牠們好想讓加害者嘗嘗更大的苦頭！那個叫席瑞絲的，不是孩子的孩子，是她傷了卡利歐。牠們的頭好痛，一隻眼睛也看不見了，而且無法再維持長時間偽裝，只能短暫融入周遭，隨即又會現形。若是沒辦法隱身，卡利歐很容易受到傷害，暴露意味著牠們有成為獵物的風險，不用費多大力氣就能逮住牠們。更糟的是，牠們很虛弱，而回歸者不能容忍弱者。料理席瑞絲可以向他們證明卡利歐依然有用。

但這個闖入者現在受守林人保護。若非經過打鬥，他不可能交出她，而卡利歐絕對打不過他。或許只要跟著、監視、和其他人分享牠們的發現就夠了。自從牠們的親族上一次漫遊於這片大地以來，這個世界改變了好多，因此他們需要一些時間才能再度適應，而且他們也不太可能知道席瑞絲的到來。

然而，她為何會在這裡？這世界的萬物各有其存在的目的，所以席瑞絲應該也有才對。並非沒聽過來自他界的旅人，但他們總歸就是兩種：意外到來，或是受他者記憶牽引而至。卡利歐判定席瑞絲屬於前者，因為她看似迷失又困惑。若她從她自己的世界來到這裡，那麼一定是這一邊的某個東西希望如此，而擁有這種力量的東西並不多。

卡利歐還能用的那隻眼睛察覺落葉間有動靜：一隻田鼠，一邊找尋食物，一邊努力躲避夜晚的獵人。而樹精儘管少了偽裝的力量，全然靜止的狀態之下還是誘使田鼠誤以為自己安全無虞。卡利歐的左腳竄出，踩住小動物，一根長長的指甲將其從頸部到尾巴剖開，牠的小命即將休矣。

卡利歐在田鼠旁邊跪下，臉貼著牠的口鼻，在牠死去的同時吸取牠的生命最純粹的本質。

小屋內，守林人將注意力分給蜷縮在小床上睡覺的席瑞絲以及火爐的火。他從火焰看出一張張臉孔：路波的首領勒華——半人半狼，而且各得兩者最差的部分；他看見齕爾和駭比，還有男孩大衛；最後駝背人浮現，他曾在陰影中支配一切，孩子們被從各自世界拉到他的國度，有男孩也有女孩，因為恐懼和軟弱而受他拐騙，成為傀儡國王和女王，受他操弄。

但席瑞絲不是孩子——她的身體是女孩，但她的心靈絕對是女人——而由最高統治者宰制的時代已經過去了。當守林人閉上眼睡去，他方已開始改寫自我，男女小領主的新制度興起，他們擁有各自的領土，劃分的依據則是河流、山脈、峽谷，或他們簽訂合約畫出的國界。然而，大部分的土地依然是無主曠野，容許任何人通過，或甚至居住，只要他們不擅闖戈爾戈[9]、賽克洛斯[10]，或是其他壞脾氣生物的地盤。如果是那樣，他們的旅程就會永久性地驟然縮短，他們的命運成為故事主題，說給孩子聽以當作警告，或是他們的住家化為斷垣殘壁，他們的殘骸則在其中腐朽，提醒著世人，看不見並不代表不存在。

因此，守林人離開這個國度時，它正處於轉變之中，但並非全然不穩定，回來後卻發現它籠罩在未知的雲層下。數百年沒人看過的樹精再度出現，而且還魯莽地攻擊了一名人類；幾乎從未聽過這種事。而同時間，被攻擊的那個人則不屬於這裡。她並非自願來此，而是意外撞了進來，或是受到追捕，別無他法只能進入這個世界。所以是誰想要席瑞絲來？又是為了什麼？除非查明這些謎團，否則守林人不認為她一時半刻走得了。他最後深深抽一口菸，回想他剛剛告訴她的故事，摩吉亞娜與仙靈的故事。

這會兒，守林人反省著，我倒是搞不懂這故事是打哪來的了。

樹精的到來提供了一個可能的答案，但，是一個令他恐懼的答案。

---

9 戈爾戈（Gorgon），希臘神話中的蛇髮女怪，只要看見她就會化為石頭。

10 賽克洛斯（Cyclops），希臘神話中的獨眼巨人。

20

Hleów-feðer（古英語）

庇護之羽，環抱另一人予以保護的手臂

席瑞絲度過了悲慘的一夜。她發燒，一會兒熱得她想扒光身上衣服，還好守林人出手制止，一會兒又冷得要命，小屋裡的所有毛皮都不夠她保暖。她被雙頭、多頭，然後一顆頭也沒有的怪物幻覺侵擾，還確信卡利歐潛伏在屋簷下的陰暗處，守林人看不見，但牠們就是在那兒，伺機把席瑞絲拖入黑暗中。她的左手臂一碰就痛，脖子也好僵硬，只要頭一動就會痛喊出聲。守林人放棄入睡，坐在她身旁，根據發燒的狀況調整她的被子、用溼布打溼她的臉，並餵她喝更多他剛開始用來對付卡利歐刺傷的那種湯藥。

破曉時分，席瑞絲的燒退了，但手臂依然腫脹，而且沒辦法好好轉動頭部。她不覺得自己還能像昨夜那樣度過另一晚。

「我黔驢技窮了，」守林人說：「我壓住樹精的毒，但沒辦法幫妳徹底排毒。」

「送我回家就對了，」席瑞絲說：「求求你。只要回到我自己的世界，就會有能夠治療我的醫師。」

守林人的馬兒在馬廄裡嘶鳴，儘管這個早晨被厚厚的雲層籠罩，有九成的機率會下雨，她仍渴望再次外出。他透過窗遮查看樹林，一切如常，不過為了確認，他要席瑞絲留在小屋裡，

他自己走到最近的樹木旁。他將手探向常春藤，讓藤蔓纏住他的手指，以皮膚解讀它傳遞的訊息：昨晚樹林的邊緣有東西闖入，令人發毛的東西，但現在已經離開。地底也有動靜，就像遠方地震的震顫，或是——

挖掘。

守林人縮手，藤蔓立即鬆開。

錯了，他心想，全盤皆錯。

他回到小屋，腳步聲空洞迴盪，令人聽了不安。一棵乾枯已久的樹木最高的枝椏上，一隻獨眼白嘴鴉在那兒站哨，直到門在守林人的身後關上，鳥兒才展翅朝北飛去。那枚硬幣依然在牠嘴裡閃爍著，那是一個珍寶，一個確認。

那女人在這。

❖

花了些時間才幫席瑞絲準備好上路。她的左手臂太腫了，沒辦法自己綁鞋帶，而且守林人還得攙扶她到馬旁、把她抬上馬。他帶上斧頭，讓席瑞絲坐在他的雙臂之間。一般而言，他應該會讓她坐在他身後，但不希望她萬一虛弱得抓不住時摔下馬。這代表他騎馬時不得不右手握轠繩，左手臂環抱著她，斧頭則是橫放在馬鞍上。要是遭受攻擊，他們將難以抵抗，於是他仰賴常春藤探測前方是否安全。

在席瑞絲的堅持下，他們先來到小溪旁。守林人把她抱下馬，她則是無助地凝望周遭的樹木。

「有可能是任何一棵。」她朝四周的幾十棵巨木比畫。她腳步蹣跚地從一棵樹走到下一棵樹，敲打樹皮，希望找出其中的洞穴，但每棵樹聽起來都令人鬱悶地扎實。她看著守林人，但他只是待在馬上撫摸著馬兒的頸部。

「你不幫忙嗎？」席瑞絲問道。

「沒意義。就算硬幣還在，我也不認為門還會在同樣位置。跟妳說過了：妳並非意外來到這個國度。故事展開，而妳在其中扮演著一個角色。」

「但我不想在任何故事之中扮演任何角色，」席瑞絲說：「我想——我**必須**——回到我女兒身邊。」

「就跟任何其他世界一樣，這個世界不在乎妳想要什麼。無論妳到底幾歲，妳都夠大了，不該犯那種錯誤。」

席瑞絲猜想守林人應該是對的。這個新世界欠她的不會比以前那個世界多，但還是有可能覺得兩個世界都騙了她。

「欸，叫那隻偷走我銅板的鳥去死啦。」席瑞絲朝他走去。

「妳確定是帶妳去老宅的同一隻鳥嗎？」

「我對獨眼白嘴鴉沒研究，」席瑞絲咆哮，「所以我無法打包票。」

她晃了晃，扶著馬穩住。守林人給她一個瓶子，而她喝下一大口湯藥。那味道愈來愈令她作嘔，不過喝下之後感覺稍有好轉。

「所以我們現在怎麼辦？」她問道。

「我們必須處理妳的刺傷，」守林人說：「路上或許可以查出更多資訊，更加了解所發生的事，對於妳為何來到此處也能多些線索，然後才比較有機會弄清楚該怎麼送妳回家。」

「是不是發生了什麼事？」席瑞絲在他把她拉回馬背上時這麼問道。

「妳是說除了妳來到這裡之外嗎？這已經夠麻煩了。對，發生了某件事。」

他讓馬兒用腳跟重重踩在依然因為朝露而潮溼的地上。孩子花朵責難地皺眉。

「我認為，」他說：「有東西要覺醒了。」

❖

他們在小屋準備旅途上要吃穿用的食物、飲水和鋪蓋。席瑞絲昨晚穿著那身衣服流了一身汗，覺得很不舒服，守林人建議她去小衣櫥找些合適的衣服替換。

「一點意義也沒有，」她說：「你的衣服我哪可能合身。」

「那幸好，」他回道：「裡面的東西都不屬於我。」

席瑞絲打開衣櫥，發現有各種尺寸的衣物，有些袖子捲了起來，或是褲腳修改過，她幫自己拼湊出還過得去的一套。她也找到一雙她剛好穿得下的短靴，因為她的網球鞋此時顯然更不合適。

「這些東西打哪來的啊？」她問：「你有孩子嗎？」

「妳並非第一個由此經過。」守林人說。

「並非第一個由此經過的**什麼**？」

「任何事物。」

「你知道嗎，」席瑞絲說：「如果我在這個世界遇到一個能直接回答我問題的人，我會把那個人當作我一輩子的朋友。」

守林人又往箭袋裡多放了幾枝箭，並把劍鞘扣在馬鞍上，斧頭則是綁在他背上。稍稍遲疑後，他將一把劍鞘附腰帶的迷你短劍交給席瑞絲。她握住劍柄拉扯，露出乾淨俐落、銳利的劍鋒。

「我要拿這東西來做什麼？」席瑞絲問道。

「劍尖先進去，」守林人說：「剩下的部分就會順順地跟著進去。」

「我才不要朝人身上刺咧。你以為我是什麼樣的人？」

「妳就不介意用石頭砸樹精。」

「那不一樣。」

「哪裡不一樣？」

「我不知道。」席瑞絲思考片刻。「刀劍感覺比較親密，也更致命。」

「妳用得對才致命，」守林人退了一步。「聽著，想傷害妳的人看見短劍會遲疑，而這多半就夠了。」

他們這會兒置身屋外準備啟程，對席瑞絲來說，小屋代表一個安全的避風港，而她不確定自己真想離開。

「我先前就想問了，」她說：「你為什麼要在牆和屋頂上裝那些鋼釘？」

「不是我裝的，」守林人說：「我醒來時它們就在了。」

「那是誰裝的？」

「不是誰，而是什麼。小屋決定鋼釘有其必要。」

「小屋，」席瑞絲說：「就只是小屋，它不會決定任何事。」

小屋的前門原本開著，這時砰的一聲關上，席瑞絲聽見沉重的門閂從屋內自動滑上。如果一棟房子能夠哼聲抗議，那這就是了。

「我收回我剛剛說的話。」席瑞絲說。

守林人以就他這年紀而言相當令人刮目相看的力量撐起身子上馬，彎下腰伸手要拉她。

「我可以騎在你後面，」席瑞絲說：「我知道你為什麼要我坐前面，但那一點也不實際，而且也不舒服。如果我開始覺得頭昏眼花，我會告訴你。」

他們需要快速重新安置行囊，不過席瑞絲很快便發現自己已經坐在守林人身後，雙手抓著他的腰帶以確保安全。

「我們要去的地方有馬，」守林人說：「我們可以借或是買一匹適合妳的。」

「我並沒有打算在這裡久留，沒必要擁有我自己的馬。」

「容我提醒妳一下，」守林人策馬前行，「妳先前根本沒打算來這裡。」

21

Stræl（古英語）一閃、掠過、箭

儘管席瑞絲依然為無法回家以及守林人提不出替代解決方案而煩惱，她還是忍不住對他們行經的這片大地產生興趣。

剛開始的幾個小時，入眼僅有樹木，除了偶爾可見的廢墟，看不太出人煙：這裡一間被常春藤淹沒的碉堡，那裡一幢漸漸被森林收回的木屋。他們經過鰻魚池，籠子在池畔逐漸腐朽，舊漁夫棚幾乎完全隱沒在矮樹叢中。他們一度經過三間小房子，第一間只有以一捆捆焦黑稻草構成的地基，第二間剩下燒過的柴枝築成的空殼，第三間則是磚屋，但磚塊也燒黑了，小屋滲出不可錯認的烤肉味。

「永遠別低估惡狼的智謀。」守林人說。

不久後，太陽來到天頂，他們聽見右方的林子傳來鞭打的聲音，而且大地在牝馬腳下震動。守林人正要伸手拿斧頭，這時一棵成熟的紫杉辛苦地穿越小徑，根拖過地面，留下一道泥土，而它甚至沒對他們打聲招呼。頃刻後，一棵小紫杉追了上來，想趕上它的父親，稍稍停步看了看馬上的人，然後又繼續追趕。

「當然了，」席瑞絲說：「行走的紫杉。」來到這裡之後的頭一遭，她真心笑了出來。

他們終於來到一座巨塔前。這座塔位於樹齡較新的林子之中，此處的樹木無論樹幹的粗細與高度都比不上森林其他地方的樹。席瑞絲下馬伸伸腿，並藉機繞著塔走走，守林人在一旁密切注意。席瑞絲看見塔的最高處有拱窗，但沒有門。她覺得石牆看來很新——只有幾年歷史，而非百年——但她無法想像建造這麼一座塔得耗費多長時間，也想不通為什麼要把巨塔蓋在一個距離任何地方都如此遙遠的位置。

「呦——呼！」上面傳來嘹亮的聲音，一顆頭從其中一扇窗探了出來。頭屬於一名年輕女子，她的金色頭髮在頭頂堆成高高的蜂巢。她朝他們活潑地揮手。席瑞絲和守林人看了看彼此，後者聳聳肩。無論這是誰，他都不認識。

「噢，妳好啊。」席瑞絲不確定地跟著揮手。

「你們不是來拯救我的，對吧？」女人問道，而席瑞絲無法不注意到她手上拿著十字弓。

席瑞絲又看了看守林人，而他喊道：「妳**想**被拯救嗎？」

席瑞絲心想，真是個蠢問題哪。眼前是一名困在高塔上的女子，這座塔沒有門，窗子的位置又如此之高，就算架上極高的梯子也難以抵達，而若是試圖獨力爬下來，多半只有死路一條，因為石牆打磨得光滑如玻璃，沒有可見的抓握或踩踏點。然而，女人提問的方式聽起來並不全然在尖叫著「救我！」，再加上還有個不算不重要的小細節，那就是她手上拿著十字弓。

她的回答解決了所有疑慮。

「不用喔，我很好，謝謝你，」她說：「只是確認一下，畢竟再小心都不為過，你們知道的。」

「但……妳被困住了，不是嗎？」席瑞絲問：「除非妳幫妳自己蓋了這座塔，但那又為什麼不開扇門呢？」

「啊，」女人放下十字弓，在窗台坐下，一條腿垂在窗外，「那是個有意思的故事。你們瞧，有這麼一個巫婆，你們也知道巫婆都是什麼樣子：不可預料啊，太令人煩惱了，你們的巫婆啊，被惹毛的時候實在很討厭。欸，這個巫婆的院子就在我爸媽的院子隔壁，然後我爸媽對她的院子還有他們是否有權興致一來就自己跑去摘她的生菜和她意見分歧。我媽很愛吃沙拉，根本就是為沙拉而活，除了沙拉什麼都不吃，瘦得要命，要是她側身面對你，你就只看得見她的鼻子。

「總之，多年來，所有事情牽扯不清——你高興的話也可以說沙拉牽扯不清——巫婆受夠我爸媽，套用她的說法：『把方便當隨便』。我的意思是，爸媽總是否認自己偷東西，但是過一段時間後根本紙包不住菜。我們整間房子聞起來都是菜葉的味道，而你可不會因為萵苣就搬家吧。在某些光線下，媽甚至開始看起來一副菜樣。終於，巫婆當場，或說當菜逮到他們，然後就把我關在這座塔上，好給他們一點教訓，讓他們學會尊重他人的所有權。他們甚至把我取名為樂佩，意思就是我媽最愛的生菜萵苣，真是有點自爆的意思耶。他們命名的時候實在沒想清楚。」

「太糟了。」席瑞絲說。

「就是啊！」樂佩說：「哪種父母會以某種半菠菜半蘿蔔的東西幫自己的小孩命名啊？真是殘忍。應該立法禁止這種事才對。」

「我的意思是把人關在高塔上很糟啦，」席瑞絲說：「不過命名這部分也不太妙就是了。」

「噢，我是不認為巫婆打算把我永遠關在這上面啦。多半只是暫時的處置——最多一年吧，只是要嚇嚇我爸媽。不過我接下來只聽說他們已經把房子賣掉，搬到他處種生菜了，只是我想他們應該不會多順利吧，畢竟媽這隻焦慮的兔子只會把所有菜都吃下肚。

「然後，好像這樣還不夠糟似的，某個傢伙莫名其妙跑去把巫婆殺了。我們持平來說，她是有點乖張易怒，而被殺就是身為巫婆的職業風險。你們知道的，一天到晚發生哪。仔細想想，巫婆稱不上什麼好工作。你必須全心投入。我覺得那更像一種天職。你是因為愛才幹那行。」

席瑞絲開始後悔開啟這場對話。無論樂佩有什麼其他問題，她都是一個比賽選手級的話癆，聲音又能傳得很遠。要是他們沒多注意，守林人的馬兒可能會聽她說話聽到耳朵長繭。

「我們可能還是讓妳——」席瑞絲開口，不過十字弓又出現在樂佩手中，而且弩箭對準他們的方向。

「別動，」樂佩無比冷靜地說：「我還沒說完呢，而別人還在說話你就走掉真的很沒禮貌，尤其還是你們請人家說故事的。讓人渾身不對勁耶。」

席瑞絲就是在這個時候發現有個男人躺在矮樹叢中。他身穿輕盔甲，包含胸甲、前臂甲，還有大腿的鎖子甲，以及附窄面罩的頭盔。不過他看起來一時半刻應該不會起來，因為一枝弩箭的箭桿從他的面罩突出來，這代表弩箭行使主要功能的那一端應該插在他的腦袋某處。席瑞絲用手肘輕推守林人的腿一下吸引他注意，然後盡可能不引人注意地偷偷指指屍體。

席瑞絲盤算著是否該跟樂佩提起死人，但又不是說她真有可能不知道那人的存在，畢竟一開始殺人的很有可能就是她的十字弓。除此之外，他也不算藏得很好，而是直接躺在他倒地的位置。朝錯誤的方向走個幾步，席瑞絲就可能被他絆倒。無論如何，最好還是問一下，只是以防萬一。

「不好意思，」她像尋求老師同意的小學生一樣舉起一隻手，「妳應該知道下面這裡有一具屍體，對吧？」

她身旁的守林人翻了個白眼，因為自己竟落得跟某個找死的傢伙同行而嘆了口氣。

「噢，他啊，」樂佩不屑一顧地說：「我沒機會問他姓啥名啥。什麼騎士之類的吧。」

「妳是不是，嗯，用十字弓射他？」席瑞絲問。

「沒有，什麼傻話，我沒射他。我是**朝**他射，就大概他的方向。兩者有所不同喔。我只是想嚇阻他，只是沒想到我的箭法居然那麼準——也或許相反，這取決於妳從哪個角度看。」

如果樂佩的目的是嚇阻該名騎士，席瑞絲反思，她無疑相當成功，因為實在看不出這男人還能怎麼更受嚇阻。

「但妳原本是想阻止他做什麼？」

樂佩尷尬地用左手食指纏起頭髮，不過席瑞絲注意到她的右手依然緊握十字弓。

「你們也知道，」樂佩說：「我在塔上好幾年了，而且說真的，我愈來愈無聊。我開始覺得在林間漫步、感受裸足下的青草很吸引人。於是當那個傢伙過來，說他想救我，我當然百分之百贊成，儘管他腦子裡毫無計畫。又不是說他帶了鷹架，或甚至梯子之類的。考量方方面面，我覺得他應該不太聰明，因為他花了大把時間又是沉吟，又是搔下巴，在救人這部分沒什麼太大進展。他猶豫不定搞了好久，弄得我都喪了氣，開始梳頭髮打發時間，而他就是在這個時候發現我的頭髮有多長，因為好幾年沒剪了嘛，不過我還是都有在注意分叉喔——因為這是必要的啊，對吧？他立即振奮起來，抬頭朝上面喊：

「『樂佩，樂佩，把妳的頭髮垂下來吧。』

「『你確定嗎？』我這麼問，因為這感覺不像什麼特別好的方法。這時候看不出來，不過他來的時候身上還比現在多上幾磅，我說的不只是他的盔甲。他是一個對派餅來者不拒的男人。

「他又說了一次：『樂佩，樂佩，把妳的頭髮垂下來吧。』他真的好堅持，因此我心想，好吧，那就來試試看。我警告他，我不是很相信這行得通，還有，我叫他放手的時候他就必須放手，不過事情進行到那個階段，我也說不準他到底有沒有仔細聽我說話。根據我的經驗，一旦男人的腦子裡冒出一個想法，你就很難把他搖醒，而且想法愈是糟糕，他愈是緊抓不放。要不是結果那麼悲劇，應該會很好笑。

「長話短說，我垂下頭髮，而他兩手各握住一大把，開始往上爬，但你們看得出接下來會怎麼樣：一個大男人，身上還裹著幾塊金屬，靠著女人的頭髮掛在空中？感覺就像我的頭要被從我肩膀扯下來了，而這時他才一腳離地而已呢。等到他兩腳都撐著牆的時候，我已經快被拖出窗外了。我要他別再亂搞，但他不聽，於是我伸手拿十字弓，然後——」她聳聳肩，「他就不再爬了。事實上，他什麼事都不做了。我剛開始覺得很抱歉，尤其當風開始往不對的方向吹，他又開始哼哼唧唧，但那都幾年前的事了。說實在的，直到你們來為止，我算是把他忘了個一乾二淨。」

「所以妳才不想再被救嗎？」席瑞絲問。

「多少吧。他讓我想起男人可以蠢到什麼程度，於是我決定我待在這裡比較好。塔底有一口井，雖然吊上來要花不少時間，但還是可以用水桶取水。我有個茅房——好啦，石牆上有個洞可以排出穢物，這就夠用了。我還有很多書可讀，食物拜大鼠所賜也不虞匱乏。非常友善的動物，撐得起對話，不像家鼠和田鼠。」

到這個時候，席瑞絲已經沒有絲毫懷疑了，就算先把殺人事件擺一邊，樂佩還是瘋得相當徹底。席瑞絲想像她獨自待在塔頂的房間，對著一群大鼠長篇大論，牠們目光呆滯地凝視她，一邊希望自己剛剛經過時沒停下來。

「不好意思，借過一下。」下方傳來說話聲。

席瑞絲低頭，看見一隻穿綠紅雙色背心的灰色大鼠小心翼翼地走到她的雙腿之間。牠頭上頂著一本大開本、皮革裝訂的薄冊，上面又頂著半條麵包和一大塊培根。

席瑞絲凝視大鼠，大鼠也凝視她。

「怎樣？」牠說：「我身上有東西嗎？最討厭發生那種事了。」

大鼠仔細檢查自己身上的背心，然後是牠的毛、尾巴，以及粉紅色的手掌。確定自己沒沾到什麼討厭的東西，心滿意足之後，牠再次凝視席瑞絲。

「好唄。」牠不確定地說。

另一隻大鼠扛著一小籃藍莓從席瑞絲腳邊鑽過。牠頭戴羽毛帽，拋起籃子，以便能對席瑞絲舉帽致意。

「午安，」第二隻大鼠說：「天氣真不錯哪，之類的。」

「對啊，很不錯。」席瑞絲在尷尬的停頓之後回應道。

她繼續目瞪口呆地看著大鼠們。經歷過她所有的遭遇之後，她說不出會說話的大鼠有什麼好大驚小怪，但她就是驚詫不已。或許是因為大鼠在她自己的世界也很常見，而牠們在那裡肯定都不會說話——就算牠們會，也只躲在人類背後說；她現在覺得這種可能性很令人難堪。

兩隻大鼠看了看彼此。第一隻大鼠意有所指地用一根趾頭輕點自己的右太陽穴，一個舉世共通的肢體語言，意指牠們很有可能正在對付一個腦筋不太正常的傢伙。

「噢噢噢噢，」第二隻大鼠慢慢領悟了。「一種米養百種人，對吧？」

「別提了，」第一隻大鼠說；兩隻鼠邊聊邊繼續朝塔底的一個小洞走去。「每戶人家都有一個，若是你覺得你家沒有，那麼你就是那一個。」

「但我沒發瘋。」席瑞絲對著牠們漸漸遠去的背影說。

其中一隻大鼠舉起一隻爪子示意牠們聽到了。

「妳當然沒瘋，」牠說完又補上一句：「他們都那麼說。」

「發瘋的第一個徵兆，」牠的同伴附和。「或是第二個，排在亂發脾氣之後。」

席瑞絲放棄了。

「我們該走了，」她對著樂佩喊道：「跟妳聊天很有趣。」

「我當然也有同感嘍，」樂佩說：「你們不會告訴任何人你們見過我，對吧？很少有人來打擾我，而我希望繼續這樣下去。如果騎士和其他諸如此類的東西開始跑來堅持拯救我，那我就很可能變得，你們知道的——」

「渾身不對勁？」席瑞絲幫忙提詞。

「沒錯。」樂佩深情地撫摸她的十字弓。「渾身不對勁。」

「有人問起的話，我們會說從沒見過妳。」守林人發自內心地說。

「那就太好了。」樂佩說。

他們向她道別。席瑞絲上馬，守林人掉轉馬頭，策馬離去。他們才剛走到空地邊緣，這時一枝弩箭砰的一聲射中樹幹，與守林人的頭僅有毫米之差。

「你們不會忘記忘記，對吧？」樂佩喊道。

「不會，」席瑞絲在馬鞍上凍結。「我很確定我們不會。」

「只是確認一下。掰——」

樂佩揮著白手帕，退回她的塔內，不過在席瑞絲和守林人退出射程範圍之前，他們倆連大氣都不敢喘一口。

22

Völva（古挪威語）
施行女性相關魔法者

高塔退出視線範圍之外，這對所有相關人等而言無疑都是種解脫。林木漸稀，取而代之的是山丘和草地，以及以乾石牆為界的田地，後者看起來就像大地覆上了一張細線編成的網。農舍散落其中，有些靠在一起，不過規模再怎麼樣都不足以稱之為村莊或小鎮。

「除了讓人注意到一起謀殺案之外，」守林人說：「考量所有面向，妳處理得很不錯。」

「你的意思是，考量我們面對的是一個非常、非常重視個人隱私的女人？」

「對，也考量那。」

「謝謝。我注意到你剛剛沒怎麼說話。」

「有鑑於上一個跟她說話的男人最終落得腦袋中箭，我以為我的行為相當明智。」

「不是因為那男人對她說話，」席瑞絲糾正他，「而是因為他不聽別人說話。我發現這是男人共通的毛病。」

「她沒給他多少機會改正。」

「要是他活到這把年紀都還沒學會聆聽，那大概也不會有什麼長進了。」

「妳顯然對他的命運毫不同情呢。」

「不能說不同情，只是不意外。我這輩子都在對付不注意聽我說話，或是無論我說什麼都不當一回事的男人——不是所有男人都這樣，不過數量多到足以形成一種明顯的行為模式。而其中一個男人終究注定會做得太過火。顯而易見啊。我不覺得男人了解女人花多少時間生他們的氣，或是努力不生他們的氣。」

她只用右手抱著守林人。左手抬起來就會痛，脖子的僵硬也擴散到背部了。而且她不習慣騎馬，而待在馬上對她的狀況毫無助益。她不想抱怨，不過守林人太敏銳了，不可能不注意到。

「傷勢怎麼樣？」

席瑞絲看不出有什麼理由說謊。

「不妙，」她坦承。「但還受得了。不過話說回來，所有事在受不了之前都還受得了。」

「把剩下的湯藥喝了。我們會在天黑前抵達目的地，然後妳就用不著喝這藥了。」

席瑞絲喝下小瓶子裡的藥，但儘管守林人說得很有把握，她還是決定先別喝完以防萬一。這是身為母親的習慣：永遠別讓自己和孩子匱乏，永遠都要留些備用。因為藥物的作用，再加上馬兒行走的動態，她變得昏昏欲睡，剩下來的路途大半都在一片模糊中度過。不過她看見——或是夢見她看見——一隻蓋上錫屋頂的大黑靴，煙從彎曲的煙囪滾滾湧出；然後他們必須過河，他們的橋則是一隻鋪上厚木板的巨大玻璃拖鞋。

太陽漸漸下山，他們終於來到眺望一間木屋的山丘頂。下方是兩片相鄰的田地，其中有作物生長，此外還有獸欄，裡頭有動物躺在主屋一側。席瑞絲看見其中一個獸欄裡有雞群在啄土，另一個獸欄有兩頭豬在拱泥。豬欄旁則是馬廄區，一匹小馬從只有一半高度的門上方探出頭，馬廄後方有片牧草地，一頭乳牛在那裡可憐地哞哞叫。然而，除此之外毫無聲響，而且，儘管夜晚將至氣溫下降，小屋裡也沒生火，不僅如此，門還開著。守林人催促馬兒前進，不過在此之前先抽出了背後的斧頭平放在馬鞍上。

「抓緊我的腰帶，」他說：「如果有必要逃，我們會逃得很快。」

他們靠近小屋，不過沒人出來招呼，就連守林人宣告他們到來，也無人聞問。

「布萊絲夫人，」他喊道：「守林人來訪。」

不遠處有隻公雞因為一粒穀子和一隻母雞打了起來，但那是席瑞絲在地上所見的唯一飼料，因為除此之外被吃得丁點不剩。她不禁感到好奇，牲口有多久沒餵了？

小屋內部，或說透過門縫勉強可見的屋內非常暗，但席瑞絲不覺得裡面有人。守林人讓馬兒繼續走到屋前的泥土院子，然後他才拿著斧頭下馬。

「移到鞍上，」他告訴席瑞絲，「握住轡繩。一聽見我吹口哨，這匹牝馬就會全力衝向開闊的地方，跑到累才會停下來。趴低，信任牠，妳就不會受到任何傷害。」

「那你呢？我們不能丟下你啊。」

「我可以照顧自己。妳的話，我樂得託付給這個老女孩照顧。」

他輕拍馬兒的臀部，牠隨即漫步遠離小屋。守林人躲在牆後，將門完全推開。

「你好。」他喊道，但沒人回應，於是他走了進去。

屋內不顯騷亂。餐桌旁擺好兩個人的座位，不過兩個成人座中間還擺了一張兒童用的高椅子。門的右邊有個凹室，一張雙人床擺在裡面，若想有點隱私，或是想遮光，可以拉上簾子。床邊有個空搖籃，嬰兒的母親在夜裡可以輕鬆伸手照料孩子。藥草和植物懸吊在天花板的鉤子風乾，層架上若不是食物，就是一罐罐藥膏和藥水。壁爐內，一鍋燉菜懸在焦黑的冷木柴上方，旁邊還有一壺牛奶。守林人以一根手指蘸牛奶嘗了嘗：他猜應該放至少一天了。他查看床鋪、敞開的衣櫃內的衣物，以及入眼可見四散各處的私人物品。兩個成人住在這裡，一個年長，一個年輕些，還有一個寶寶——從放在搖籃裡的木頭娃娃看來，應該是個女孩。但她們上哪去了？

他聽見身後有聲音，斧頭就位，不過只是席瑞絲而已；她站在門口，短劍已經出鞘。

「我以為我叫妳跟馬待在一起。」他說。

「你實際上並沒這麼說，」席瑞絲觀察屋內。「這裡住了幾個人？」

「兩個。我上次來的時候，是布萊絲夫人和她的女兒歌妲。現在歌妲也有了自己的孩子，那布萊絲夫人肯定已經老了。但我看不出有男人住在這裡的跡象。」

「那她們上哪去了？」

守林人手指壁爐旁的拐杖。旁邊還有一個以皮革拼縫的袋子。

「我不知道，不過任何老婦人都不會沒帶拐杖就出門旅行，旁邊那個是布萊絲夫人的治療袋，她外出總會帶在身上。除此之外，嬰兒的背帶也還掛在搖籃上，鍋裡有食物，還有至少放了一天的牛奶。」

「或許她們不得不倉卒離開。」

「或被逼著離開。」

守林人嗅了嗅空氣。

「怎麼了？」席瑞絲問：「你聞到什麼？」

「焚香，或類似的東西。」

「不意外哪。」

席瑞絲已開始探索擺滿瓶瓶罐罐藥草、香料、樹皮、油膏和樹脂的層架。她深深吸氣，納入混雜的香味。都是些藥草療法的東西。拜她母親所賜，她認得出其中的某些原料：大蒜、紫錐花、小白菊、乳薊；用來治療輕微皮膚症狀的金絲桃，減緩經痛用的白花益母草，對付急性腹痛的冬青。難怪守林人要帶她來布萊絲夫人家。可惜這女人不見蹤影，但她倒是留下了一本筆記本攤開放在桌上，裡頭滿是植物、花與根的手繪圖，還列出各種藥材。旁邊放了一碗爛掉的墨蓋菇，一罐丁香，還有一壺水；原本有人打算將蘑菇腐爛後流出的液體與水和丁香混合，製作墨水供布萊絲夫人的羽毛筆使用，而筆則與筆記本的書脊平行擺在旁邊。

兩個女人的小鏡子鏡面模糊，而席瑞絲這才在小溪之後頭一遭瞥見自己的模樣。她最初的想法是真怪啊，年長女子在此時此刻像這樣看著比較年輕的自己；然而，或許再怪也比不上她內在的那個孩子看著自己年復一年慢慢變老吧。

守林人這會兒站在空搖籃旁，將其中的毯子拿到鼻端嗅聞，放下時，他的表情甚至變得比剛剛還更憂慮。

「我們今晚在這裡過夜，」他說：「我想布萊絲夫人應該不會拒絕讓我們在馬廄借住，不過既然她和她的家人不在，她也不會吝惜讓我們在她的小屋裡住得溫暖些。」

「不用去找她們嗎？」

「如果她們是徒步離開，那在黑暗中很難追蹤她們的足跡。」

「你覺得她們遇上麻煩了，是不是？」

守林人走向門。

「雞還沒餵，」他回道：「牛則是因為需要擠奶才哞哞叫。布萊絲夫人不會丟下她的動物讓牠們受苦或挨餓。我們要照料牠們。妳擠過牛奶嗎？」

席瑞絲搖頭。她連摸都沒摸過牛，更別提擠牛奶了，過去也不曾希望這輩子有必要學會這件事。

「那妳可以去餵雞、查看豬。我先把我的馬牽去馬廄、照料小馬，然後我們一起處理那頭乳牛。在我們確定這裡發生什麼事之前，我不想丟下妳一個人。」

席瑞絲跟著他出去外面的院子，看著他把牝馬牽入馬廄。他確保馬兒舒服妥當，兩匹馬也都有得吃、有得喝，席瑞絲則是晃到雞舍。一根柱子上的鉤子掛著一個有蓋的桶子，裡面有蔬果皮、蘋果核，以及其他各式廚餘，混入玉米和燕麥。她朝雞舍倒了半桶，公雞和母雞立刻一擁而上。依據先前遇見大鼠的經驗，她有點預期其中一隻雞開口道謝，不過看來雞的會話能力並不如齧齒類動物。

她繼續朝以堅固木籬圍起的豬欄前進。裡頭的兩頭動物忙著填飽肚子，沒搭理她。這時席瑞絲看清牠們在吃什麼，忍不住放聲尖叫。

23

Banhus（古英語）
骸骨之屋；一具屍體

守林人抱著席瑞絲，她則是將臉埋在他的胸膛。她停止尖叫了，但仍持續顫抖，而且噁心想吐。多虧她先前食欲不振，她這才免去擴大混亂；除了湯藥和守林人帶的堅果之外，她今天什麼也沒吃。

席瑞絲找回自己的聲音。

「她們……都在這裡嗎？」

「說不準，」守林人回道：「我要妳回小屋，進去之後就把門鎖上。除非聽見我的聲音，否則無論如何別開門。聽懂了嗎？」

但她只是抱得更緊。她不想被他放開，也不想把臉從他胸口抬起，否則她有可能會被迫再次看見泥中的屍體。

「你打算做什麼？」

「我必須把她們弄出來。」

他放開她，同時把她轉過身，讓她背對豬欄、面朝小屋的門。

「把火生起來，」他說：「今天晚上會很冷，有火的溫暖會舒服很多。」

席瑞絲搖搖晃晃回到屋內。看過那些東西後，提起火和溫暖感覺細枝末節，甚至顯得冷酷無情。她在今天之前只見過一具屍體，那是她父親，安詳地躺在醫院的病床上。護理師甚至幫他梳過頭髮，一個貼心之舉，畢竟她父親生前總是衣著講究，就算是已經死去，他應該也不願退讓分毫吧。沒人對布萊絲夫人和她的女兒展現相同溫柔，反倒是把她們丟給豬吃。至於那個嬰兒——

但席瑞絲不想去想那件事。為了轉移注意力，她把壁爐掃乾淨，疊好新鮮的木柴和乾稻草，準備生火。她在石牆的角落找到燧石和一塊鐵。拜她那條沒用的手臂所賜，她失敗了幾次，還擦傷一根手指，不過終究成功打出足夠的火花，點燃了火焰；很快地，小屋不再感覺那麼冷、那麼空虛。她在窗邊等待，但漸濃的暮色中不見守林人蹤影。牛倒是不叫了，席瑞絲也沒再聽見大快朵頤的豬哼哼唧唧的聲音。她本來就不常吃肉，但就算她原本偏肉食主義，她也不會再碰豬肉或培根。

聽見敲門聲的時候，天色已然全黑，守林人喊了她的名字。她抬起門閂讓他進屋。他拿著一桶牛奶，儘管雙手潔淨，衣服上卻有血跡和泥土，於是她知道了他從自己身上洗去了什麼。他背著裝有食物的其中一只鞍袋，除此之外還有他的乾淨衣物。他將鞍袋放在地上，拉上床邊的簾子，他就能換衣服而不至於害席瑞絲尷尬。他出來後，髒衣服已經捲了起來，並以皮帶束起。他放下衣服，來到火爐前，在席瑞絲身旁坐下。

「你怎麼處理屍體？」她問。

「埋了，」他說：「只有布萊絲夫人母女，孩子沒跟她們在一起。」

「她會不會——我的意思是，豬會不會已經——」

她說不出口。

「沒有，」守林人說：「我認為孩子在她母親和外婆遇害後就被帶走了。」

「誰會做那種事？」

「這個世界不缺殘酷啊，不會比其他世界更缺。」

他抬手想碰她的額頭，而她回想起這隻手不久之前都在忙些什麼，本能地退開，但又立即覺得羞愧。

「不好意思，」她說：「請繼續。」

他用手掌貼著她的肌膚。

「妳又發燒了，」他說：「傷口給我看看。」

她拉高袖子，露出受傷的手臂。火光下，她看得出感染變得有多嚴重，不僅腫脹發紅，還有化膿的黃色條紋從手腕朝頸部的方向延伸，而且她要很費勁才動得了手指。

「我們明天繼續走，去其他地方找人醫治妳的傷。」守林人說：「在那之前，我先用布萊絲夫人留下的藥材湊合湊合。」

他從層架取下研缽和杵，用洋蔥、薑、大蒜、薑黃，以及桉樹葉和蒲公英製作糊藥，最後再加入麵包和牛奶。他將糊藥敷在被卡利歐刺傷的地方，席瑞絲隨即感覺一陣清涼從傷口朝外擴散。幾分鐘後，她又能伸展她的手指了，鮮豔的紅也褪為暗粉紅色。

「好多了，」她說：「謝謝你。」

她和守林人聯手在食物儲藏櫃挖掘，找到馬鈴薯、蕪菁、胡蘿蔔，以及更多洋蔥，於是他們便以這些材料煮湯。守林人把鍋裡的燉菜和較不新鮮的牛奶倒掉，以免殺害女人們的凶手動了什麼手腳。他甚至不願意把這些東西拿去餵動物。

他們靜靜吃飯。拜席瑞絲從小屋庫存中找到的藥草和香料所賜，湯意外美味，但她喝不太下剛擠的牛奶。她覺得太奶，而且又好溫熱，害她想吐。她家裡最多只有低脂牛奶，而且那是給菲比的，她自己偏愛脫脂牛奶。她決定別試圖對守林人解釋這些概念；他已經開始喝他的第三杯牛奶，而且看似沒有就此打住的跡象。她相信他會拿著馬克杯從牛的乳房直接擠奶喝，就好像酒館裡的男人趁酒保轉過身的時候自己從啤酒龍頭裝酒。

他們身後的門上了鎖和門。席瑞絲先前看見窗台上的鐵鑰匙，這個象徵家與安全的物品，她看了不禁為布萊絲夫人一家而心碎。置身她們家中，身旁都是她們自製的家具，以及樸素但珍貴的私人物品，就算她們已埋身於曾由她們照料的這片土地，她還是感覺自己已經開始認識她們。

「要是幹下這些壞事的人回來怎麼辦？」她問道，這時守林人剛放下空碗，正照例在口袋裡摸索他的菸斗和菸。這真的是一個很糟糕的習慣，但經歷了他剛剛不得不做的那些事，席瑞絲現在不忍苛責。

「他們不會。」他回道。

「你怎麼知道？」

「因為沒理由回來。女人們死了，孩子也已經到手。還有什麼值得他們拿？甚至還特別為此跑回來？」

「錢？珠寶？」

「布萊絲夫人沒有珠寶，她也用不上，而且，若是殺人者要的是金銀，他們離開前就會把這地方洗劫一空。我會說，殺人多半就是他們唯一的目的，但布萊絲夫人沒有與人結怨，或說沒有人恨她到這種程度，至於歌妲，她的性子就跟她母親完全一個樣。」

「如果他們要的是寶寶呢？」席瑞絲問：「我們不能讓她跟那種人待在一起吧。」

「誰說他們是人了？」

席瑞絲正要問不然還會是什麼，不過考量她自己已經遇過一個水精和一個樹精，還有會說話的大鼠和行動自如的紫杉，問這問題完全是多此一舉。

「無論他們是誰、是什麼，」她說：「我們都不能讓他們抓走一個人類小孩。」

守林人從口袋拿出一個金屬小工具來處理他的菸斗，那東西看似壓平的釘子。他將尖的那端插進菸斗柄，穿過去，然後對著煙道吹，把殘渣吹掉。再用扁平的那端刮斗室，清掉灰燼碎屑和燒過的菸草。完成後，他開始填入新鮮菸草，並用手指壓實。席瑞絲本想說他這麼大費周章卻沒得到什麼好處，不過當她看著守林人，看得出他有多樂在其中，而用這根菸斗抽菸就是其中的最後一步。對他而言，這是一種儀式，透過一連串不複雜但熟悉的慣常程序獲得慰藉。她以前在家裡和菲比一起做事的時候也有相同感覺：剝豆莢（她們兩個都愛新鮮豆子，總拿來當糖果吃）、做麵包、床邊故事。種種小事，種種簡單的快樂，卻讓日常生活變得更能忍受些，而自從菲比出車禍，好多像這樣的小事都被剝奪了。

這會兒，守林人用爐火點燃一根小樹枝，再用樹枝點著菸斗，席瑞絲決定了，如果她要在悲劇降臨她們家之後繼續堅持下去，如果她要真正活著，而非只是行屍走肉，她就必須從儀式中設法再次找到圓滿，而朗讀故事也是其中一種儀式。回到自己的世界後，她會試著在她讀給菲比聽的老故事中注入新生命，不過她也會找到新故事，她們或許可以藉由這些故事攜手展開不一樣的旅程。如果席瑞絲對他人的作品厭倦了，她就編造屬於自己的故事。她知道自己現在做得到。她不確定怎麼會這樣，但她已經成功從無到有創造出兩個故事了。憑空構想出故事是一種鍊金術，而就像所有魔法，最好還是不要太仔細檢驗其過程。她父親會說那是切開雲雀的喉嚨看牠是如何歌唱：抹殺妳恰恰該試著去理解的事物。

不過首先，她必須先找到回家的路，但他們現在跟大森林之間隔著騎馬一天的路程，而且，布萊絲夫人母女遇害的事件之後，他們很有可能不得不繼續前往距離大森林更遙遠之處。守林人再次提醒她，他只能幫她處理傷口，無法治療，他也依然深信，若非席瑞絲查明是什麼把她帶來這個世界，否則她絕不可能回得了家。同時還有失蹤嬰孩要考量。席瑞絲不是很確定她或他們能做些什麼，只知道他們非做些什麼不可。

「妳該休息了。」守林人說。

「我沒那麼累，還睡不著，」席瑞絲回道：「再跟我說個故事吧？不過這次別說仙子的故事了。事實上，為什麼不說說你自己的事呢？我對你所知甚微，只知道你叫作守林人，而就連這稱號也比較像職業，而非名字。」

她回想起《失物之書》。其中有個故事特別令她印象深刻，那就是〈小紅帽〉。從她還小的時候起，這個故事就一直都是她的最愛之一。

「我知道了，」她說：「跟我說你和路波的故事吧。」

守林人遲疑了，只是電光石火的一秒，那遲疑意味著久遠以前的內疚；然後他娓娓道來。

守林人的第二個故事

從前從前，那時的我比較年輕，也沒現在那麼害怕（因為我們愈老愈怕，於是也一點一滴接近孩提時的我們），一位農夫來到我的小屋，請求我幫他找他失蹤多日的女兒。她到樹林裡採漿果，一去不回。農夫和妻子出去找她，但無功而返。他們擔心她遭野生動物攻擊，但又沒看見血跡，若說她可能遭人誘拐，他們也沒找著馬蹄印。而且，她和家人感情和睦，沒理由連再見都沒說一聲就這樣離家出走。老農夫說，她的所有個人物品都仍在家中，他們給她這個女兒的愛也不亞於任何父母。

於是我跟他一起走，因為我無法拒絕如此苦惱的他。對於他人的不幸毫無作為，那就跟造成他們痛苦的始作俑者並無二致，而若想衡量我們是多好的人，判斷的依據就是我們能否正確權衡我們自身的不便與他人的苦難。

我來到村子跟認識那女孩的村民交談，但所有人都證實了那位父親所言：她是個快樂的女孩，人見人愛，他們家也父慈女孝。村民曾協助搜尋，但和女孩的父母一樣無功而返。甚至，他們的努力可能還阻礙了救援，因為他們手腳笨拙，有可能毀掉了女孩下落的線索，像是這裡一根斷掉的樹枝，那裡的苔蘚上一個腳印。女孩的性命可能就仰賴這些細微徵象。

我在破曉時進入林子，而因為我的視力比村民銳利，這也不是我第一次進行如此搜查，無論是什麼帶走她，我都找到了那東西的足跡。我在一處岩石溪床發現一塊鬆脫的岩石，還有泥裡的半個印子——印痕很深，彷彿那一步踩得很重，或是扛著沉重的物品。然而我困惑了，因為儘管那腳印長度與男人的腳相仿，也看得出赤裸腳跟和腳底的形狀，腳趾的位置卻是爪子。如果留下腳印的是人，那肯定是個怪人，如果留下足跡的是動物，那牠竟學會人立，而且還狡猾到知道要利用小溪隱匿蹤跡。

不過，既然我已看出目標的足跡，它就無法再逃出我的法眼。我來到腳印離開溪床之處，那是森林中最古老、最黑暗的一塊，而我從荊棘叢扯下一塊破布：紫色，被帶走的女孩身上的裙子就是這顏色。我繼續前進，就算夜幕降臨也不休息，直到我聽見哭泣的聲音。

有個通往五個洞穴的低窪處，三個女孩躺在低窪處的中心，她們的手和腳都被藤蔓捆住，其中年紀最小的那個就穿著紫色的裙子。三個半人半狼的東西站在她們後方。就在我看著的當下，其中一個怪物彎下腰舔舐紫裙女孩的臉，被另一個狼人，最高大、最強壯的那一個甩了一巴掌，胸口留下血淋淋的爪痕。

「我的！」牠說，而對方回以咆哮，不過還是退下了。

這時，其中一個洞口傳來女性說話的聲音，一個披著破爛紅斗篷的女人走了出來，身旁跟著一頭巨大的灰狼，而她深情地以手指梳過牠的毛。

「不准爭吵，兒子們，」她說：「你們各自可以分到一個，她們都會是很好的妻子——如果不是，那也可以用她們來滿足其他欲望。」

然而，她的語氣隱含警告，若是牠們繼續爭吵，接下來就得面對她了，而牠們吃的苦頭肯定會比她多。

聽到這番話，她的兒子們朝月亮嚎叫表示牠們的認可。

「那我呢，母親？」

另一頭獸走上前，這隻體型稍小，是個雌性。

「妳只能等待，女兒，」那女人說：「因為男人不好抓，但比較容易馴服。我保證總會輪到妳的。」

我待在下風處，盡可能不動，因為野獸的嗅覺非常敏銳，而這些是狼，比狼更糟的生物。我聽過白蘭琪的事，她身穿紅色斗篷，幾年前在森林中走失，從此再無蹤影。從那時起，南方和東方就傳來謠言，說有人瞥見穿紅色斗篷的人影在林木間奔跑，一頭狼與她同行；還說她誘拐其他女人加入她，承諾她們將享受到與狼相伴的不可思議歡娛。現在，看來白蘭琪已經厭倦以甜言蜜語為她的兒子們誘騙配偶，轉而訴諸綁架。

一隻喉嚨已被撕裂的年輕雌鹿躺在近處。白蘭琪和她的同伴大啖鹿肉；就像她的狼丈夫、混種兒子一樣，她也茹毛飲血。我看著他們將雌鹿吃到只剩骨頭，然後再咬碎骨頭，吸吮骨髓。吃完後，他們無比饜足，整群昏昏欲睡，也確實很快就都睡著了。確定他們熟睡之後，我躡手躡腳來到女孩們躺臥之處，為她們如此安靜而心存感激，然後我切斷藤蔓，帶著她們離開空地。她們行動敏捷，粗手粗腳的反倒是我。一根我沒注意到的樹枝在我腳下折斷，白蘭琪的配偶大灰狼立即醒來。我拈弓搭箭朝牠射去，正中牠的心臟。牠吠叫一聲後隨即死去，不過也驚動了牠的孩子們以及白蘭琪。我的第二枝箭射中排行中間的兒子，就是舔女孩後被牠兄弟打的那一個。牠踉蹌，受了致命的重傷，倒入火堆，在火焰之中結束生命。

這時牠們追了上來，但我並非孤軍奮戰。紫裙女孩也來幫忙，向我借用我的弓箭。我把弓箭交給她，轉而仰仗我的斧頭。她畢竟年紀輕，射起箭來技巧不如我，但準頭還不錯，而白蘭琪的女兒立即就要後悔讓自己成為目標。我聽見牠尖吠，看見牠抵著樹幹折斷箭柄，箭頭仍埋在牠的手臂肌肉中。

同時間，剩下的兩個狼人中較年輕的那一個撲上來，想從我們後面攻擊，不過事實證明另一個女孩比牠原本所想還有用，因為她抽出一根髮簪刺入牠的眼睛，迫使半盲的牠撤退。然而我們愈來愈累，而且可以聽見來自四面八方的嚎叫聲愈來愈近：更多狼，牠們受到召喚，來和牠們的混種表親並肩作戰。牠們很快就會追上我們，女孩們將回歸原本的命運，而我將成為狼群的食物。

這時號角聲響起。我瞥見火炬在黑暗中燃燒，還看見男男女女的人影。村民們追隨我的足跡跟上來了，他們將會拯救我們。我讓女孩們先跑，我則是堅守陣地。

三個形體立在我面前：狼兄弟、牠的狼姊妹，還有白蘭琪。牠們半盲的手足在後面哀鳴、失去方向地打轉，不過他們都沒有再靠近。他們知道時機已過。我等著白蘭琪說些什麼——詛咒、威脅，或誓言報復——不過說話的反倒是那個未受傷害的兒子。牠說得有些遲疑，而且帶著濃濃喉音，但聽起來還算清楚。

「我知道你，守林人，」牠說：「你殺了我們的父親和兄弟，但你還沒殺死我們，而我們永遠不會原諒你。為了我今晚在這裡被殺害的每一個家人，我各要一千個人類為牠們償命，你的手將沾滿他們的血。新族類正在興起，狼的族類。我將成為這個族類的首領，我的親族和我；不久的將來，我們將統治整個世界，因為人類太弱小，不足以抵抗我們。看著我，記住我的名字。我是勒華，而我有天將成為王者。」

說完後他們四個隨即離開，留下我獨自一人。

路波一族和由牠們而生的一切就是從這一夜開始。

席瑞絲蜷縮在火爐旁的椅子裡，深陷於故事之中。儘管可怕，她卻不希望故事畫下句點。

「那白蘭琪呢？」她問：「狼姊妹和那個半盲的兄弟呢？」

「姊妹被勒華殺了，」守林人答道：「兄弟也是。」

「但為什麼？」

「狼姊妹——據說受到牠的母親白蘭琪鼓吹——想成為女王。變弱的兄弟與牠並肩反抗勒華，牠們為此付出代價。反叛王者，或是將成為王者之人，只有一條規則：**不要失敗**。」

「那白蘭琪呢？」

守林人取出口中的菸斗。菸斗在他說故事的過程中已然冷去，但他並未重新點著。他起身。該睡了。

「也死了，」他說：「儘管她是他們之中狼性最強的那一個，她依然死在自己兒子之手。」

24

Oncýðig（古英語）

因渴望某物或某人而深受折磨

隔天早上太陽帶來微弱暖意。昨夜，席瑞絲的手臂變成碰到才會疼，而非自主性發痛，因此她睡醒時感覺比前一天神清氣爽，不過皮膚上的條紋還在，頸部和背部的僵硬感也依然未退。守林人睡在火邊，確保火整夜燃燒以維持屋內溫度，他宣告他對自己的手藝還算滿意，準備了新鮮的糊藥準備再次塗抹傷口。不過席瑞絲請他等到她沐浴後再上藥，於是他在金屬盆裝滿水，放在火上加熱，水冒煙後便挪到地板，他隨即走到屋外，讓她獨自梳洗。

席瑞絲找到一塊用來擦洗的布，又找到另一條用來擦乾身子的粗毛巾，還找到一條棒狀物，她猜應該是獸脂皂——以動物脂肪混入鹼液製成。她從布萊絲夫人的庫存中找出薄荷、薰衣草和一點迷迭香加入水中。接著跪在毛巾上洗臉、頭髮和軀幹，然後站進盆子裡清洗身體的其他部位——只不過這具身體不再屬於她，或說不像之前一樣屬於她，就好像她的心神有部分已遊走他處。她感覺得到自己的內在正在改變，回歸較年輕的席瑞絲，就好像她身體的變化實際上反映出她心理的變化。她驚訝於青春期的體驗竟留存於如此接近表面之處，而這些體驗又是如此快速就重新浮出水面；那些尷尬與困惑，忽然激湧的情緒，有如沒來由就爆炸的煙火；還有感覺她的內在正處於騷亂，在對抗著她自己，感覺她甚至無法控制自己的形體存在。曾經平坦之處腫脹起來，平滑之處冒出毛髮，甚至還有血和疼痛，她還想起隨之而來的最初羞辱感，因為繁殖力沒打聲招呼就這麼闖了進來。難怪少女時的她曾短暫迷上恐怖故事，而且愈嚇人愈好。當毛髮在始料未及的地方冒出來，妳自己的身體一心一意要突變——而且這種突變有時還會見血——妳怎麼不會想讀些關於吸血鬼、狼人、怪物的故事，或許還關於有能力變形、改變形貌的生物？畢竟，他們都是妳的同類。

因此席瑞絲滿懷感激地拋下那段歲月——以及那些陰森的故事——就算偶爾回顧也總不帶任何感情。這會兒重回青春期，她不只回想起其艱難之處，也想起其較美好的面向：那些情感的純粹與激烈，如此堅定不讓步，以及由此而生的友誼又是多麼濃烈；或是擁有未被成人生活玷汙的身體是如此快樂，沒有痠痛的關節，也沒有堆積在肋間的討厭脂肪，還有——最、最幸運的是——沒有變扁平的足弓，也沒有因為生孩子而受損的骨盆底。她甚至連腳步都變輕盈了；她想這也不意外，畢竟她的體重比先前減輕許多。

然而，儘管她的身體煥然一新，她的心卻依然保留成年的不滿足：愛人的背叛，尤其包含菲比的父親，那個幼稚、揮霍的男人；父親過世帶來的哀傷，看見他的棺木降入墓穴，聽見泥土落在棺蓋上的聲音；看著母親日益衰老，恐懼著即將發生的必然——另一場葬禮，另一個墳墓；還有菲比，她的靈魂被從她體內取出，放在任何人都無法企及之處。這些都是成年的負荷，但也成就了她。她必須小心，不能讓少女席瑞絲將它們從記憶中掃除一空，就算只是片刻也不可以，以免年輕的她藉此成為主宰。她擁有某些人或許夢寐以求的事物——年長的心靈棲居於年輕的身體中，年歲帶來的智慧經驗與年輕的力量活力結合——但這難以維持。兩者間的張力太過巨大，其中一方必將勝出，而事實已經證明這種拉扯相當累人。

席瑞絲踏出盆子，將自己擦乾。她的內衣褲原本專為成年女性而設計，到後來已不符合其目的，但她還是不願放手，把它們摺好放進守林人給她的包包。她這時把胸罩和內褲拿出來放進盆子裡清洗，然後披在火邊烘乾；相較於把髒內衣褲穿在身上，隨身攜帶也沒好到哪裡去。她搜索兩名死去女子的個人物品，選了兩件稍加調整她應該就能穿的襯衫，搭配一條帥氣的男性馬褲——或許曾屬於失蹤寶寶那缺席的父親——還有一件厚重的牛皮外套。她再度捲起褲管，將一段細繩穿過腰帶環，發現整體結果還不錯。床邊的一個凹處有一把卡了幾根暗色頭髮的梳子。席瑞絲用這把梳子梳開糾結的頭髮，但沒清掉上面的髮絲，讓它們保留原位。年輕的她，那個熟悉的陌生人，在鏡中凝視著她。

「魔鏡啊魔鏡，」她放聲說道：「誰是全天下最美的女人？」

不是十六歲的妳，她判斷，妳該吃胖一點，還要多笑一點。而且妳笨拙又害羞，因為沒人通知妳難堪實際上並不致命。就算有人說了，妳也不會相信。

她放下梳子；她自己的頭髮這時與他人的髮絲親密交纏。她打包好自己的東西，出去外面找守林人。他正在撒穀子餵雞，不過一看見她便停下來。

「妳聞起來……**很乾淨**。」他把話說完，不過她聽得出他原本想找其他形容詞，所以聽起來如此不確定。

「你也該找機會試試，」席瑞絲說：「你身上有馬、油脂和汗水的味道，還有一絲煮包心菜的味道增加了多樣性。」

守林人皺眉，低頭嗅了嗅自己身上，眉間的刻痕加深。

「我聞起來才沒有——」他開口，這時留意到席瑞絲的表情。

「逮到你了吧，」她說：「不過就算你昨天清洗過，現在又是一身汗。」

她抬起左手臂讓他看剛換上的糊藥。

「我覺得我應該包紮得不錯，」她說：「感覺真的挺好，而且也沒那麼腫了。」

守林人檢查席瑞絲敷上的糊藥，確實挑不出毛病。席瑞絲放下袖子，動手摘小屋院子裡的野花。

「你把她們葬在哪？」她問道。

守林人指出墳墓的位置，他把墳挖在距離馬廄不遠之處。席瑞絲走過去，將花朵放在剛翻過的泥土上，垂頭靜立。她的信仰並不虔誠，或說不是常上教堂的那種虔誠，但她相信宇宙中可能存在某種比人類更加宏大的力量或意識。席瑞絲甚至可能說過，她相信現實世界之外還有其他世界，在死去之後——

她抬起頭。守林人站在不遠處，保持一段禮貌距離，讓一個女人跟另外兩個女人的靈魂交流。

「我死了嗎？」席瑞絲問他。「這裡就是這麼一回事嗎？我衝出老宅的時候是不是撞到頭，然後在有人發現我之前就失血致死？」

「妳看起來不像死了，」守林人回道：「妳依然感覺得到疼痛、冷熱，不是嗎？」

「我依然感覺得到一切。」

「那就是嘍。」

她看見他觀察她腦袋運作時嘴角的一抹笑意。席瑞絲將注意力拉回墳墓。花朵為土壤增添了一絲色彩，但它們也將很快死去。

「你說這地方叫他方。」她說。

「有些人這麼稱呼，不過這裡有許多名字。」

「肯定有。」

我想我也知道其中一個。這是介於中間之處。
這裡是靈薄獄。

25
Beorg（古英語）
塚或墓地

樹精卡利歐在一片長草之中看著那女孩穿過小屋前的院子，來到馬廄旁找守林人，一個墓塚標示出兩個女人埋身之處。守林人挖洞，而後將死者殘骸放入墓穴時，卡利歐就潛伏在附近。他用馬廄裡的麻布袋分別裹住兩具屍體；她們的血滲了出來，化為月光下的層層陰影。豬大快朵頤之後，卡利歐不認為兩個女人還能有多重；就算所剩無多，守林人依然得跟那些動物搏鬥才搶得回來。他將兩個女人並排放好之後，隨即覆上一層土，然後壓上石頭，好讓試圖挖出她們骸骨的動物知難而退，最後才將墓穴填滿。

卡利歐很慶幸布萊絲夫人母女都死了。那頭老母羊太沉浸於古老知識，還把自己所知的一切都傳授給她的下一代。所以守林人才來找她，希望她能治癒那女孩；卡利歐猜到他可能會來，但他來得太晚。現在，只剩下少數幾個人擁有治癒席瑞絲所需的知識，而他們很快也會被處理掉。因為試圖幫助那女孩，守林人會帶路找到他們；人類的支配即將結束，這個世界即將回歸更高貴的種族治下，而他將在不知不覺中為此貢獻一份心力，而在後者之中，由於卡利歐的付出，牠們將會獲得榮耀、安全的一席之地。在那之後，牠們就永遠不會再那麼孤單了。

卡利歐不喜歡守林人。他太厲害，尤其就雄性而言更是如此，而且他還很老，遠比外表看起來老，然而卻不會死。暗中流傳的謠言顯示，若非時間本身畫上句點，否則他是殺不死的；不過卡利歐知道有些人或許準備挑戰這個理論。守林人儘管長壽，他依然需要睡覺，而任何需要休息的生物都絕非刀槍不入。

卡利歐離開守林人和那女孩，心知可以稍後再追蹤足跡。牠們現在行動時總是伏低。女孩造成的傷害無法完全復原，卡利歐的偽裝能力因而受到永久性的傷害。牠們依然能融入四周，但只能維持片刻，並且會因此而筋疲力竭。那麼最好還是保留體力，在絕對必要時再善用牠們的天賦。

於是卡利歐飛掠、潛伏，一哩又一哩，直到來到位於荒地的一座孤塚，這地方的四周豎立著無比古老的巨石。牠們繞著孤塚打轉，直到找到最大的岩石後方的一個小缺口，一個不比牠們拳頭大的洞。卡利歐將牠們的嘴湊上去，對著洞開始唱歌。

孤塚深處，有個聲音也回以歌唱。

26

Feorm（古英語）
旅行所需的食糧或補給品

他們啟程前，守林人又幫牛擠了一次奶，也確保有足夠的殘羹剩飯供豬和雞維持飽足一天左右。他知道附近有些農場或許會願意接收這些動物。對牠們而言，這就是最仁慈的安排了。

他將布萊絲夫人的小馬上鞍，好讓席瑞絲騎。這是一隻小花斑馬，性情友善；席瑞絲先花了些時間跟牠相處，把蘋果塊放在手上餵牠吃，讓牠習慣她的聲音和存在，然後她才上馬。她從來就不是那種想擁有一匹小馬的女孩——也不是說她的父母曾給過她，或提出要給她，不過無論她的青春期叛逆再怎麼嚴重，父母拒絕給她小馬都不在起因之列。詭異的是，青春期的憤世嫉俗也跟著回來了：她父親是如何每次回答問題都演變為說教，母親又是如何在他偶爾耍孤僻、陷入憂鬱時如履薄冰；他對音樂和電影的品味保守，母親則是對所有流行文化興趣缺缺，只有遊戲節目和肥皂劇除外；還有，他們是如何頑固地聯手抗拒站在席瑞絲的角度看待這個世界，也拒絕承認他們的諸多立場其實都謬誤百出。她現在感覺那些她早年確信無誤的事又再次浮出水面。就連守林人也開始惹她煩膩。天啊，他好**自以為是**……

「妳感覺還好嗎？」他們準備啟程時，他這麼問道。

「我很好，」她聽見自己語氣中的嚴厲，有如陷阱啪的一聲扣住老鼠頸部。「為什麼這麼問？」

「因為妳的表情顯示妳剛剛舔過蕁麻上的露珠，而建議妳那麼做的人是我。」

情緒居然那麼輕易就被看出來，她覺得好丟臉。難怪她在將近二十歲之前總是藏不住心事，尤其是她父親，每每都能一眼就猜出她在想什麼。孩提時，她確信他擁有魔法，殊不知他只是有在注意而已，而且比她所想還注意。好笑的是，無論老小，很少人真願意費心這麼做。例如聆聽，而非只是聽見；關注他人是一項受人低估、太少實踐的技藝。她對她父親和守林人的態度立即轉為溫和。天啊，這些荷爾蒙！有這些東西在她體內流竄，她竟沒對半數她認識的人徹底宣戰、平安長大成人，這還真是個奇蹟哪，而這會兒她還要被迫經歷第二次。

「我討厭又變回十六歲。」席瑞絲說。

「肯定會過去的，」守林人說：「我真心希望如此。」

「嘿！」

但他已經以腳跟催馬起步，無論她再怎麼伶牙俐齒，都只能對著他的背說。席瑞絲在經過土堆時對這個她剛剛獻上野花的墳墓最後一次致意，意識到自己完全沒概念布萊絲夫人母女長什麼模樣。在她自己的世界，像她們家這樣的房子裡通常會有照片，甚至是居住者的畫像，而且很可能從小時候到老去後都有，不過布萊絲夫人母女沒有如此紀錄，只有她們貯存的藥草、香料、藥物，四散的私人物品，以及各種實穿衣物。席瑞絲從小屋裡每樣拿了一些：製作糊藥的材料、她用來梳頭的梳子，以及她身上穿著的馬褲、襯衫和外套。感覺不像偷竊，甚至不像拿死人的東西，反倒像一種紀念她們的方式，帶著她們的一部分繼續她的旅程。那樣一來，她們就不至於被她遺忘。

同時間，她和守林人也會找尋她們失蹤的孩子。

花斑馬的體型或許比牝馬小，但步伐輕快，因此她輕而易舉就能跟上守林人。他沒有立即前往他提及的那些農場，反倒是先繞布萊絲家走了三圈，每一圈都比前一圈更大，因此他們實際上是以螺旋的路線行進。席瑞絲看見他查看地面，試著看出凶手的足跡，但什麼也找不到，最後只能放棄。

「我們必須繼續走，」他說：「很快就壓不住樹精的毒了，就算是糊藥，也可能在今天結束前就失去作用。這不像被蜘蛛或蛇咬傷。樹精的毒液有魔法。」

「那寶寶怎麼辦？」

「找不到就追不了。我看不出腳印，也沒有馬蹄的痕跡。無論是誰帶走嬰兒，他們可能都不是靠腳行走。」

「你是說他們用飛的嗎？」席瑞絲問。

「妳也讀過大衛對這地方的描述。這裡有些生物是靠翅膀獵捕、殺戮。」

席瑞絲回想書中內容。

「駭比嗎？」

在她讀過的希臘神話中，駭比是鳥身女妖，而大衛遇見的那些則是一半女人、一半蝙蝠，因此顯得更加駭人，感覺就像不怕見光的吸血鬼。

「殺死布萊絲夫人母女的不是駭比，」守林人說：「牠們會自己吃掉屍體，不會留給豬。而且，如果殺人者想要嬰兒死，她應該就會死在她母親和外婆身邊。我們或許還有些時間。」

然而席瑞絲沒那麼有把握。你可以傷害孩子而不殺死她，而無論殺人者是不是人類，任何寶寶都不該跟那種會殺死他們母親的野獸待在一起。不過她看不出她和守林人還有什麼選擇。他們只能繼續前進，一邊希望更重大的線索自行顯露。

27

Eotenas（古英語）
巨人

兩個小時後，席瑞絲和守林人來到一棟茅草頂圓形石屋前。形狀相似但規模較小的房子偎著它，有如小氣泡黏在大氣泡表面。

「我不認得這地方。」守林人說。

不過席瑞絲見過像這樣的建築，只不過是再製品，或是圖案，發現自她父親喜歡去參觀、若獲得邀請也會加入的考古挖掘現場。這是環形堡。大的那一個是原本的住家，等到家族人數增長，或是有存放物品或飼養家畜的需求，便在最初的環形堡旁增建其他環形堡。

一名巨大的年老男子隱隱出現在主屋之中，他的身高約九或十英尺，身寬也有大約一半。他是如此高䠷，得彎腰才不會撞到門框的頂部，他又是如此壯碩，得側身才穿得過門口。席瑞絲可以看見他的額頭有一道癒合中的水平傷口；顯然他進出的時候並不總是記得要低頭。他的灰色長鬍子垂至肚臍，他的肚腩則垂到膝蓋。他看起來不像能跑得多遠或多快，不過手臂上的肌肉之於守林人的手臂，就如同守林人手臂上的肌肉之於席瑞絲的手臂，而且他的手大得足以圈住她的頭。她不會說他眼神親切，但看起來也不殘酷。席瑞絲心想，這是一個嚴厲但公正的人。

他舉起右手，而席瑞絲這才注意到還有兩個較年輕的巨人，以及一個體型較小的女巨人，都還只是青少年而已，他們紛紛從樹叢和牆後的隱蔽處冒出來。他們全都超過七英尺高，但比年長巨人纖細，不過也只是相較之下而已。在身上斗篷顏色的掩護下，他們雖然如此高大，先前卻躲得很好，就連卡利歐可能也得心服口服。他們都帶著巨大的獵弓，儘管接收到吩咐後乖乖放下，箭尾依然搭著半緊繃的弦。

「你們是誰？來此有何目的？」老巨人問道，他的聲音如此低沉，席瑞絲的五臟六腑都隨之震顫。

「我們是旅人，正要前往峽谷另一邊的村子。」守林人答道：「我是一個守林人，這是我的女兒。」

不過在他們走近環形堡的途中，席瑞絲看見他再次抽出斧頭平放在馬鞍上。

「就守林人來說，你太全副武裝了，」巨人指出，「而且，如果你打算胡扯這孩子的來歷，光是讓她洗藥草浴、穿上借來的衣服是不夠的。我看見她之前就聞到她的味道了，知道她並不屬於這個世界。」

一根粗細長度都與黃瓜相仿的手指指向守林人的斧頭。

「至於那個玩意兒，」巨人接著說：「若我們有意殺你，你早就死了，而若我們打算晚點再殺，那東西也幫不了你。」

守林人接受了這套邏輯，將斧頭插回背上。

「我依然是守林人，但我只是這女孩的監護人。她名叫席瑞絲。」他說。

「我是戈格瑪格，」巨人說：「你們腳下踩著我的土地。」

席瑞絲開心地輕喊了一聲：戈格瑪格，古阿爾比昂[11]的巨人，泰坦族中的一支；根據傳說，他們是大不列顛島最初的居民。在父親告訴她的故事之中，布魯圖斯和他的戰士同伴逃離特洛伊戰爭後，在阿爾比昂登陸，為了王國而與巨人戰鬥。最後的泰坦戈格瑪格據說被特洛伊英雄科若紐斯拋下懸崖，隨即死去，其他版本的故事則說他戴著鐐銬被送去倫敦，成為那座城市的守護者。這會兒眼前是一個實實在在、擁有相同名字的巨人；不只如此，席瑞絲確信他就是**那個**戈格瑪格，因為如果樂佩在樹林裡有座高塔，那戈格瑪格為何不能在她這個即將展開的故事之中占有一席之地？

「妳知道我，女孩？」戈格瑪格注意到她的反應。

「我聽說過你，」席瑞絲說：「在我來的地方，你的名字眾所周知。」

戈格瑪格洋洋得意。

「聽見了嗎，孩子們？」他對著他的孩子說：「就跟你們說我很有名。」

不過，就跟所有覺得自己的爸爸很令人尷尬的小孩一樣，他們明顯不為所動。

「你在這裡住多久了？」守林人問道。

「從我有記憶以來，」戈格瑪格說，不過席瑞絲看見他的臉一時蒙上困惑的陰影。「從我們所有人有記憶以來。」他補充，而幾個年輕巨人也露出跟他一樣的神情。這時另一個巨人出現在戈格瑪格身後的門口——巨人妻子，懷裡抱著一個幾乎有席瑞絲那麼大的嬰兒。

「這是我的配偶，英格伯格，」戈格瑪格說：「她懷裡抱的是我們的小戈朗，這兩個是我的兒子布朗達伯和寇莫朗，然後是我的女兒葛莉拉。我的其他子嗣這會兒都出去撿木柴了。」

彷彿在呼應他所說的話，西邊一座小樹林中有棵樹轟然倒地，同伴們的樹冠在餘波中害怕

---

11 古阿爾比昂（Albion）是英國大不列顛島的古稱，也是此島已知最古老的名稱。

地顫抖。英格伯格從頭到尾都對著席瑞絲拉開大大的親切微笑，露出恍如浴室瓷磚的碩大牙齒。

「你聽說過布萊絲夫人嗎？」守林人問。

「她向來很照顧我們，而且還不只如此，」戈格瑪格說：「我妻子生小兒子的時候難產，她還來幫她。作為回報，我們也總是敦親睦鄰。」

席瑞絲立即對英格伯格心生同情。生菲比就已經夠辛苦了，真是多謝噢。她連想都不敢想擠出一個巨人寶寶會痛上多少倍。席瑞絲身旁的守林人稍微沒那麼緊繃了，取而代之的是哀傷，因為不得不傳遞壞消息而生的哀傷。

「布萊絲夫人過世了，」他說：「她的女兒也是。跟她們住在一起的那個孩子消失無蹤。」

「過世？」戈格瑪格說：「但是怎麼會？」

席瑞絲看得出他是真心震驚，他的家人也流露相同情緒，孩子們徹底鬆開了他們的弓。

「謀殺，」守林人說：「屍體被拿去餵豬。我把殘骸下葬了，我們現在在找那個孩子，不過帶走她的人沒留下我找得到的足跡。」

戈格瑪格的妻子碰觸他的手臂，兩巨人以眼神交流片刻，戈格瑪格隨即會意地點頭。

「我妻子的鼻子比我厲害，」他說：「而我的鼻子則比任何獵犬都厲害。若要找尋足跡，我們或許會比你順利。我們去農場看看會不會有什麼發現。」

「她們的牲畜也需要照料，」守林人說：「你們或許可以接收牠們？」

「那倒沒問題。」戈格瑪格說。此時英格伯格首度開口，她的聲音幾乎像她丈夫的聲音一樣低沉。她問他們旅途中是否還有其他需要，但他們已經從布萊絲家的庫存取用了所需的一切。

「跨越峽谷之後要小心，」英格伯格說：「另一邊不平靜，他們是這麼說的。」

「貴族爭執不休，」戈格瑪格解釋道：「謠言說有人的領土被強占，有人的土地遭掠奪。這是人類之道，因為只有人類會覬覦他人之物。」他手指樹林的邊緣，他另外兩個高大的兒子從那裡冒了出來，第一個兒子的一邊肩膀扛著樹幹，另一邊則是一把令守林人的斧頭顯得嬌小的巨斧。「我們拿走一棵橡樹，人類卻垂涎整片森林，自私又粗野。」

「而且，就算人類擁有了那片森林，」英格伯格說：「無論他們是否需要，他們還是會將目光投向兄弟的森林，只因為那並不屬於他們、他們無法稱其為他們所有。」

「因此，」戈格瑪格下結論，「我們有時會吃掉粗野的那些。」

席瑞絲不知道該如何回應這樣的坦白才恰當，於是她明智地選擇乾脆什麼也別說，一邊滿心慶幸還好他們沒有對這些巨人不禮貌。

「席瑞絲，」守林人說：「請見諒，不過我想私下和戈格瑪格談談。」

席瑞絲同意了。她看不出吵吵鬧鬧有什麼意義，而且，無論她需要知道什麼，她到時候自然會知道。不過，如果她是男人，或是她看起來依然是女人，而非少女時期的她，她覺得守林人應該就不會這麼做。如果是樂佩，他肯定連試都不會試，話還沒說完就得閃躲十字弓弩箭了。

他們並沒有談很久，但是談完時，戈格瑪格顯然被勾起了怒火。但就她所見，他的憤怒並非針對席瑞絲或守林人；也就是說，無論是什麼惹他不高興，總之都不是他們。守林人回到她身旁，他們為戈格瑪格和他家人提供的協助向巨人一家道謝，然後繼續上路。

「所以妳知道這個巨人。」一走出巨人聽力範圍，守林人隨即對席瑞絲說道。

「只知道他的名字。在我來的地方，傳說中真有一個大名鼎鼎的巨人就叫作戈格瑪格。」

「那麼就是他了，」守林人說：「妳並沒有把戈格瑪格帶來這裡，但他是因為妳才置身此處。如我先前所說，妳的存在改變這個世界，它一直在準備迎接妳的到來。就連戈格瑪格也意識到了，因為我認為他對自己的記憶產生懷疑，感覺就像向別人借來的。他或許已經在這個版本的他方存在已久，但從未真正理解原因。我猜想，見過妳之後，他可能會發現自己不再那麼困惑。」

「那你的記憶呢？」席瑞絲問：「會不會也是借來的呢？」

「不，我的記憶屬於我。」

「你怎能如此確定？」

「因為，」守林人說：「我記得我的每一次告別。」

28

Weem（蘇格蘭語）有人煙的洞穴或窪地

他們騎馬穩定前進，只在一家旅店停下來吃東西、稍事休息；他們在那裡太引人注目，難以久待，尤其注目來源大都絕非善類，就算要那些人自己說，他們也不會覺得自己是好東西，最後多半會在運氣用罄後落得受法律制裁遭吊死，或是被比他們更危險的狠角色刺死。他們在旅店旁的林間空地遇見一個正用鐵鍬和鐵棒挖毒茄蔘的男人，他的聾子兒子在一旁幫忙，負責在根露出來的時候把根拉出來，因為毒茄蔘被從土裡拔出來時發出的尖叫聲會殺死任何聽見那聲音的活物。不久後，他們經過一圈豎立的岩石，但席瑞絲特別留心別去數算石頭的數量，就算風中有個聲音誘惑她這麼做，她也絕不聽從。

「妳也聽見了，對吧？」守林人問道。

「對，不過我很清楚絕對不能照做。」

萬萬不可數算豎立的岩石，她父親會這麼告訴她。它們抗拒被精確計算，試圖這麼做的人有可能會發瘋；或是耗費太多時間一再計算，等到太陽升起，石圈又會增加一塊岩石。

他們在午後抵達峽谷。此處又寬又深，底部隱沒於霧氣之中。席瑞絲聽見下方傳來淒厲的叫聲，有個東西從原本棲息之處振翅飛起，在半空中攫住一隻魯莽的鴿子。

「駭比，」席瑞絲說：「我說得沒錯，對吧？」

「妳聽起來很興奮，」守林人指出，「甚至還滿心歡喜。若是雛鳥試圖把妳吃下肚，妳就不會那麼想認識牠們了。」

他們沿峽谷邊緣往南走一英里，山壁間的距離隨之收窄，最後他們來到一道橋。橋身以木頭與金屬打造，支柱插入兩邊的岩石，還有一張鐵網保護過橋者免受攻擊。橋的入口處跨立一座高聳的拱門，而一隻駭比的乾屍頭下腳上懸吊其上，軀幹遭魚叉刺穿，叉尖依然突出於屍體的胸口。

「一個警告。」守林人說。

「警告誰？」

「我想應該是其他駭比吧。齕爾以前都用魚叉獵殺駭比，但齕爾似乎離開了。不過顯然有人注意到牠們的作法。」

一張告示掛在駭比的頸子上，上面寫著「奉鮑溫守護者勳爵之令」。

「『勳爵』，不見得吧，」守林人說：「是誰給他這種僭越的想法？」

「你認識他？」

「我以前認識一個叫鮑溫的人，但姑且不論守不守護，總之他不是什麼勳爵。」

席瑞絲瞥見左手邊有看似兩座小石丘的東西。她要她的小馬朝它們走過去，發現那是兩尊平躺在地上的醜陋雕像，臉受風吹雨打而變得奇形怪狀，不過原本就雕塑成齜牙咧嘴的痛苦表情。詭異的是，它們的手臂和腿被用鐵鏈鏈在敲入大地深處的木樁上。

「這兩尊雕像象徵什麼意義？」她問走過來她身旁的守林人。

「牠們是守橋齕爾，」守林人答道：「或說曾經是。至少我們現在知道牠們發生什麼事了。」

「你是說這些原本是活生生的生物？」

「正是如此，不過看來牠們的下場並沒有比鮑溫新律法下的駭比好。他肯定下令將牠們以木樁鏈在外面，清楚知道陽光會收拾牠們。齕爾能夠忍受少許陽光，但受不了長時間曝曬，否則就會像這兩個一樣石化。」

「好可怕的作法。」席瑞絲說。

「不知道這樣說能否給妳一些安慰，不過鮑溫在過程中肯定也有所折損。制服齕爾並不容易。」

「打賭他沒弄髒自己的手。」

「如果是我認識的那個鮑溫，我甚至不覺得他會費心從旁觀看。對他而言，這不過是一件實際至極的事，一個必須盡可能快速而有效解決的問題。」

他們離開石化的齕爾，開始過橋。橋在馬兒的重量之下發出警告的呻吟，席瑞絲有預感木板會塌毀、他們將垂直墜入虛空之中，但他們並不會在谷底摔死，因為駭比早在那之前就會抓住他們，不過這幾乎完全無法使人寬心。席瑞絲努力維持直視前方，專注於對面那座與這邊成對的拱門——她看見對面也掛著死駭比。她已經確定自己不喜歡這位鮑溫勳爵。無論駭比有多危險，牠們就跟齕爾一樣，都是有感知能力的生物。她覺得把其中兩隻的屍體掛在橋上很殘酷——而且不智，因為恐懼與憎恨非常相近。

她很快就獲得近距離觀察駭比的機會，因為其中一隻飛下來快速查看兩名旅人。牠的翅膀像蝙蝠，覆鱗的軀體像爬蟲類，臉上卻是女人的五官，前提是這個女人有雙蛇眼和尖牙。駭比的手腳末端是黑色的爪子，降落在席瑞絲頭頂、以自身影子籠罩席瑞絲時用這雙爪子攀住橋的骨架，銀色長髮隨風飄動。牠聞起來像多年不曾清理的鳥籠。

「牠在幹嘛？」席瑞絲問。

「試圖嚇唬妳，」守林人答道：「當作吃掉妳的前奏。」

「嗯，牠的前半段成功了，但我沒打算讓牠的後半段稱心如意，所以或許你可以叫牠別來煩我們。」

「牠大都只會置之不理吧。」

守林人說得輕鬆，因為被一隻駭比透過不再像過去那般穩固的鐵網怒瞪的人並不是他。而且那生物並非只是飢餓罷了，牠還滿懷惡意；憎恨如潮水般從牠身上湧出。席瑞絲再次想與鮑溫勳爵好好辯論如此冷酷無情威脅駭比是否明智，因為這一隻看似並沒有從姊妹們的遭遇學到教訓，除非把復仇也算進去。

對面的拱門聳立前方，一旦他們從下方經過，他們就再無其他防護。不過隨著他們慢慢靠近橋對岸，緊盯席瑞絲的駭比振翅飛起，回到棲息於懸崖壁的姊妹身旁。席瑞絲看見牠衝進一處開口，遠方隨即響起探詢的尖叫聲。

「牠為何不在我們下橋的那一刻攻擊我們？」席瑞絲問守林人。

「峽谷屬於牠們，在此之外牠們無權過問。」守林人答道：「那是束縛牠們的魔咒。曾經有一段時間必須支付過橋費：一般而言是食物，依據同行過橋人數而定。後來，橋改由齜爾掌控，你就得解答謎語才獲准過橋，不然就有成為雛鳥獵物的危險。現在鮑溫『勳爵』決定為橋增設防護，不再容許駭比獲取牠們應收的過橋費。」

他停下來，回頭凝望來時的方向。

「看。」他說。

此時一打枯瘦的駭比在峽谷邊緣盤旋，靠上升氣流維持位置。跟蹤席瑞絲的銀髮駭比在較高處盤旋，牠刨抓空氣，有如受困的動物在測試籠子的強韌度。

「飽溫打破了古老誓約，」守林人說：「這代表他可能也削弱了將駭比束縛於峽谷的魔咒。牠們的飢餓會是最後一根稻草。」

這一次，當他策馬前行，馬兒邁步疾馳，席瑞絲的小馬得賣力奔跑才跟得上。

29

Venery（中古英語）狩獵，或是受性欲驅使的追尋

席瑞絲和守林人持續走在由峽谷延伸而出的道路上，避免靠近樹林，盡可能避開掠食者。他們偶爾才會看見生物活動的跡象，例如透過林間空隙，席瑞絲看見七個矮小的身影正在爬上一座遙遠的山丘，背上各自背著鏟子或十字鎬。最後一個矮人在山丘頂停下腳步，朝他們的方向望來。他舉起一隻手打招呼，席瑞絲也回以揮手。矮人隨即離去，徒留她獨自陷入無以名狀的悲傷之中。

席瑞絲知道，大衛曾走在同一條路上：剛開始獨自一人，後來與漂泊的騎士羅蘭為伴。她的想法在稍後獲得證實，那時暮色降臨，她看見原野中有一輛廢棄的坦克。大衛在他的故事中描述他發現一輛第一次世界大戰的坦克，但這一輛更現代，上面還以油漆寫了一個Z字，表明這是俄國軍用載具。席瑞絲只花幾秒就猜出原因：兩次世界大戰是大衛的戰爭，一次結束於他出生不到十年前，另一次則構成他青春時期的一部分。席瑞絲的是另外一場戰爭。

「另一個來自我那邊的東西。」她告知守林人。

「妳想靠近點看看嗎？」

「不，」她回道：「我一點也不想。」

一隻鳥從林中飛起、盤旋，不過只是在他們可見範圍內再次降落。席瑞絲有點預期是那隻獨眼白嘴鴉，不過反倒在一棵山毛櫸的樹枝上看見一隻有著男孩頭顱的貓頭鷹。這片林子曾經是女獵人的家，她透過結合小孩和動物的身體為自己創造新獵物，在大衛插手之後落得被她自己的造物殺死；席瑞絲之所以知道這些，同樣要歸功於《失物之書》。這個貓頭鷹男孩要不非常年老，要不就是女獵人實驗的倖存者有了後代。

貓頭鷹男孩離開樹枝，滑翔朝席瑞絲而來，接著從她手中奪走韁繩，試圖將小馬牽離道路。席瑞絲搶回韁繩，一人一半人鳥一陣拉鋸，最後貓頭鷹男孩放棄，回到原本棲息的樹枝，在那兒哀怨地對著她呼呼叫。

「他想要我們跟他走。」席瑞絲告訴守林人，她的小馬這會兒後腿還在道路上，兩條前腿已經踩在林地；只有左右為難的小馬能露出那種無奈的表情。

守林人並不急著照做。

「在這裡狩獵的那個女人或許已經死了，」他說：「不過其邪惡的記憶殘存不去──而且恐怕不只是記憶而已。」

「你相信她還在這裡作祟？」

「有些邪惡會這樣。我覺得還是留在道路上比較妥當，而我沒去的地方妳也別去。」

席瑞絲覺得，別的不說，至少作祟的部分他或許說得沒錯。森林這區塊的樹幹和樹枝色深幾乎如墨，像是被火肅清過的林地，樹葉也是帶些許紅的深沉墨綠色，讓席瑞絲想起開始占領她家小屋的常春藤，而這又讓她回憶起閣樓房中的藤蔓臉。這提醒了她，這裡有其他力量在運作，而這些力量可能很想將她和她的守護者分隔開來；但她其實也不需要更多提醒。

她也意識到自己又對守林人萌生一股洶湧的惱怒。*我沒去的地方妳也別去。我的意思是，*

你認真？她也再次思考，若她是男孩，他還會如此高高在上，對她如此過度保護嗎？沒錯，年輕女性在某些方面比年輕男性脆弱，不過席瑞絲從老早以前就拒絕讓這種差異支配她的人生。接下來他就會要她側坐騎馬，或是有男性在場時不得暴露腳踝以上的腿。

貓頭鷹男孩不再孤單，因為其他生物紛紛從隱蔽處冒了出來：兔頭女孩、狼身男孩；一頭有著老男人臉孔的熊，他身旁是獾女，頭髮跟身上的毛一樣黑白雙色；還有一隻頂著席瑞絲同齡女孩頭顱的山貓，她的臉頰被爪子抓花了，應該是某場陳年戰役的紀念品。就算他們曾經會說話，現在也已全部喪失那種能力，不過熊男舉起一隻巨大的腳掌對著席瑞絲招手，他的意思很明確：**來**。她不覺得有哪隻生物對她懷有敵意，她感覺到的只有哀傷。

「我不認為他們有意傷害我們。」她說。

「我擔心的不是他們。」

「要是他們需要我們幫忙呢？你自己說的：面對他人的不幸卻毫無作為，那就跟造成他們痛苦的始作俑者並無二致。如果我們置之不理，我們要怎麼自稱好人？」

「但要怎麼在我們對他者的責任和自身的安危之間取得平衡？」

「或許不該取得平衡。」席瑞絲思考片刻後如此答道。

「然而有時非得如此不可。這個問題沒有輕鬆的答案，可想而知甚至沒有正確答案。妳是對的：如果幫得上忙，我們就該幫忙。」

於是他們離開道路，在熊男的帶領下跟著獸群一道走，沿路找尋最適合馬兒的路線。席瑞絲察覺森林中的靜謐。她看見樹葉之中有鳥兒，但牠們鴉雀無聲，彷彿害怕引人注意；小型哺乳動物在洞穴和灌木叢裡窺探，沒有逃走也沒有跟隨，只是帶著嚴肅的好奇心打量這一行隊伍，彷彿無意間撞上陌生人葬禮的過路客。

他們來到一個以濃密黑莓叢為界的狹窄谷地，谷底有一頭雄鹿，一身紅銀雙色交雜的毛，頭上頂著有二十五或三十個尖端的鹿角：一個君主。這頭老鹿倒地死去，身下的血泊蔓延甚廣，而且濃厚，不過沒有蒼蠅在四周嗡嗡叫，也沒有食腐動物來侵擾。牠的臀部有幾個圓形傷口，不過牠的後腿肌腱也已遭切斷，藉此避免牠逃走。席瑞絲覺得牠肯定拖了很長時間才失血致死；對於一隻如此令人肅然起敬的動物而言，此種死法太過邪惡。

席瑞絲下馬，伸手碰觸牠的頸項。獸群聚集在雄鹿四周，其中有一般動物，也有混種。他們想讓席瑞絲和守林人見證的就是這個。守林人也下了馬，但並沒有立即來到雄鹿身旁，反倒先去查看林間空地邊緣，檢視地面，用手指碰觸被壓平的草、逐漸腐朽的樹木殘株，以及被咬掉一半的黑莓。

「他們坐在這裡看牠死去。」他說。

「但那肯定要花好幾個鐘頭，」席瑞絲說：「誰會讓動物像那樣受苦？」

「他們就想要牠受苦。那就是重點所在。」

守林人也來到屍體旁，並跪下檢查肌腱上的切痕，以及臀部和脊椎處的傷口。

「沒有獵人，或說沒有真正的獵人會瞄準動物的這個部位。如果他們是為了食物而狩獵，或甚至是想要取頭當作戰利品，他們都會盡可能俐落且有效率地撂倒牠。他們會瞄準心臟和肺，讓牠死得乾脆。

「但這一切——」他示意雄鹿的外傷，「目的都是折磨。無論是誰下的手，他們都不缺食物，否則他們就會把屍體切開；他們也並非戰利品收藏家，因為頭未受損傷。」

他將一隻指尖探入其中一個傷口測量直徑、估量是多大枝的箭造成如此傷口，然後再和旁邊的穿刺傷兩相比較。席瑞絲在此之前沒見識過大型箭頭會對肉體造成什麼傷害，不過就連她也注意到兩者有所不同。

「去灌木叢裡看看，」守林人對席瑞絲說：「凶手可能落了什麼東西，或許可以給我們一些線索查明他們的身分，不過別到處亂走。」

儘管席瑞絲很確定若有像這樣的東西，守林人剛剛查看時肯定早已發現，她還是乖乖聽話。她展開粗略的搜索，同時維持守林人在可見範圍之內，逮到他用他的小刀挖開其中一個箭孔。他用右手手指挖，收回手時，血淋淋的手指間緊捏著一個碎片，他將碎片放在手掌中，接著收入口袋，最後用地上的草抹淨手上的血。

席瑞絲撥開一片灌木叢，將谷地拋在後方。血腥味，活著與死去的動物交雜的氣味，甚至是黑莓的甜美香氣，種種味道混合之後令她作噁。她需要新鮮空氣，也需要片刻獨處。她現在知道守林人決心要對她有所隱瞞。他不想讓她看見他檢查雄鹿，也不想讓她看見他從雄鹿的屍體中取出什麼，就好像他也不想讓她聽見他和戈格瑪格的對話。並不是說她不信任他——若不信任他，她就不會與他同行，或是容他近身——但他不信任她，或說沒信任到對她完全坦白，而這令她心煩意亂。

席瑞絲停下腳步，她聽見有人在叫喊。聲音非常微弱，但她確定那是遭遇危難者的叫喊。她最初的直覺是確認守林人是否也聽到了，然而當她回頭，她已看不見圍繞谷地的灌木叢，或是帶他們來到谷地的任何一隻動物。他們肯定就在附近，因為她知道自己並未走遠。聲音再次響起，這次大聲了些。聽起來像女人，而且肯定是在求救無誤。

席瑞絲繼續往前走，直到來到一間老舊的小屋前。小屋的牆覆蓋滿滿的爬藤植物，窗戶也被刺藤遮蔽，屋況看來長久欠缺照料，就連門也只靠一個鉸鏈歪歪掛在門框上。無論叫喊的女人是誰，她都在屋內，但她的聲音相當微弱，彷彿哭求太久都無人聞問。

席瑞絲緩緩前進，短劍已然出鞘。就算遭受攻擊，她依然不認為自己有辦法使用這把劍，而且一想到將尖銳的劍尖刺入柔軟的肉體，她就更想吐了。她才剛見識過箭和刀刃能對組織和骨頭造成何種毀滅性的破壞。她不想對人類或動物造成任何類似的傷害。

這時她已來到小屋門口。屋內傳來一股苦澀的藥味，席瑞絲不禁回想起陪伴在菲比病榻旁的日日夜夜，這味道也提醒了她，她是多麼猛烈地渴望與女兒團聚。在這裡，在這個國度，她不再是個母親；而若她不是母親，她又是什麼？她過去的所有恐懼再度淹沒她。假設就連菲比殘餘的那一小部分也被搶走，接下來呢？該怎麼稱呼原本有個女兒、曾經身為父母的人？

沒了她，我會是什麼？微不足道，什麼也不是。

「幫、幫、我。」

這聲音如此微弱，竟能在席瑞絲行走於林木間時傳入她耳裡，本身不啻是個奇蹟。幾乎就像那連結是實體的，而非僅透過聽覺，一名憂煩女子的意識探向另一名女子。

席瑞絲踏出暮色，步入夢魘之中。

30

Droxy（科茲窩方言）

腐朽的木頭

樹精卡利歐在橋畔和駭比交流，這些女權同路人。其中一具奉鮑溫勳爵之令而被吊在拱門上的屍體在卡利歐的上方擺盪。卡利歐輕柔地伸長一隻手，手指梳過死去駭比的頭髮。第一道月光照在髮束上，光輝借了一點生氣給那張毫無生命的臉。

「一個男人對妳做了這件事，」卡利歐彷彿面對活物般講述、解釋，「因為妳不屈從於他意志。我們會讓他悔不當初。」

卡利歐前方，銀髮的駭比，雛鳥中最年老的那一個攀在橋的鐵網上。牠們現在剩下好少，而且憔悴衰弱，牠們的身體甚至已無法再產下確保種族延續的蛋。駭比單性生殖——也就是無需雄性來使牠們的蛋受精——然而牠們需要保持蛋健康。若是牠們躲在巢穴中，鮑溫就沒辦法攻擊牠們，魚叉也派不上用場，因此他決定要把牠們餓死，造成的結果就是駭比瀕臨滅絕。

駭比認出卡利歐是血親，不過只是古老的種族記憶了，因為自從樹精上次造訪峽谷，雛鳥已經生生死死好幾世代。卡利歐過橋時，牠也像稍早數小時前跟隨席瑞絲一樣在牠們身上投下陰影，但並非期望找到橋上或可進攻的脆弱之處。牠之所以跟隨卡利歐，是因為牠們唱的歌。雛鳥也是透過遠古的回憶才想起這首歌；當時的世界已年老，但人類依然年輕。自從唱這首歌的生物逃離人類，已經好長一段時間不曾聽聞。

「你們有幾個？」駭比問道。

「我們就是自始至終的所有。」卡利歐回道。

要是席瑞絲在場，就連她也會為樹精掬一把同情淚——卡利歐聽起來是如此哀傷，牠們的表情又是如此淒涼。

「我在你的聲音中聽見了，」駭比說：「牠們在你之內，就像合唱，或是回音。」

「每當一個死去，牠們最純粹的本質便來到我們這裡，」卡利歐說：「我們將牠們的記憶留存於自身。因此我們就是全體，然而也只有我們自己。當我們死去，這世上就再無樹精。」

「牠們是怎麼死的？」

「生病、腐朽，我們看過有些遭獵捕、焚燒。剩下的我們說不準，因為我們沒有見證牠們的終結。」

「你想復仇。」駭比說。

「對。回歸者將會幫助我們，並在之後庇護我們。」

「我們也想要復仇。」

「那就復仇。」卡利歐說。

「但是我們遭束縛於此處。」

「解除束縛。困住你們的是你們自身的恐懼。」

「我們以為我們遭拋棄、遺忘。」

「沒有遭拋棄，永不遭遺忘，」卡利歐說：「但時機不對。」

「那是什麼改變了，把時機變對？」

「那個妨礙我們的陌生人，跟守林人同行的那個人。她也有份。」

「一個孩子。」駭比不屑一顧。

「過去有個孩子扭轉了這個世界。」

駭比指著屍體。「而我們因為這個所以比較厲害？」

「工作尚未完成。惡法被無法無天取代。這必須解決。陌生人是關鍵。有人想要她、需要她。」

「誰？」

「駝背人。」

卡利歐一說出這個名字，駭比立即發出噺聲表達不贊同。駭比就跟所有活物一樣，都曾在駝背人手下遭受折磨。聽說他消逝，雛鳥並不覺得有多遺憾。

「走了，」駭比說：「死了。」

「不，」卡利歐說：「不盡然。」

31

Chaffer（中古英語）
就合約條款討價還價

儘管愈來愈亮的月光從已毀壞的門透入，小屋內依然昏暗，角落和簷下幾乎一片漆黑。窗子那麼小，夜幕逐漸降臨只是增添腐朽的氛圍，就算沒有大自然火上加油，屋內也一片陰鬱。席瑞絲瞥見滿是蜘蛛網的床、久未使用的壁爐，還有書桌和椅子各一張，後者側躺在地上，椅背已然破損。

屋子中央另有兩張大桌，桌面的陳年血漬已在這些年來褪為黯淡的棕色，而兩張桌子的桌面各嵌有刀刃，有如裁切機的刀鋒。桌子旁有個擺滿刀具和手術器械的架子，此外有更多工具散落地上，因生鏽和血跡而泛棕，還有各種玻璃瓶和軟管，全部蒙上經年積累的灰塵。繩索與滑輪垂吊於天花板。層架堆滿裝有發黃防腐劑的玻璃瓶罐，其中裝有各種身體部位：這裡一瓶耳朵，那裡一罐眼球，再過去那個則裝著一顆靜止的心臟。

小孩和動物的頭顱固定在牆上，都是女獵人的受害者，那個女人曾把這個藏骸所稱之為家。儘管都被換上玻璃眼珠，席瑞絲覺得它們似乎依然留有生前最後片刻的部分記憶，曾經的一切以及曾經可能的一切縈繞不去。

「幫、幫、我，」那聲音再次呼喚。「拜託。」

聲音來自壁爐上方的牆。其中一顆頭，位置有別於其他，獨自安在一塊木板上，這個頭正在對席瑞絲說話。她穿過屋內，站立於頭下方。這不是孩子，也不是動物，而是一個成年女性，一頭黑、白、銀色交雜的長髮，眼睛不是玻璃複製品，而是她自己的。她的頭被從頸根齊齊切斷，外露的組織泛血閃爍。

「妳要我怎麼幫妳？」席瑞絲問。

「水，給我水。」

席瑞絲看見壁爐旁有個半滿的水桶。她蘸溼指尖嘗了嘗味道，略帶鹹味但並沒有發臭。她站在破損的椅子上，將長柄杓湊向女人的脣，傾斜。女人嚥下水，卻只是從被切斷的食道流出來，不過已經足以滋潤她乾渴的嘴，她也能較輕鬆地說話了。

「妳是女獵人，對吧？」席瑞絲爬下椅子。

「以前是，」女人回道：「現在我就跟妳一樣，什麼也不是。」

她聽見我了，席瑞絲心想，*她聽見我的思緒。要小心這個人哪*。

「我才剛給妳水喝，妳不該那麼沒禮貌。」

「妳又有什麼損失了？」女獵人回道：「不過幾分鐘時間。但妳說得對：我剛剛那麼說話很不厚道，我道歉。」

「誰把妳弄成這樣？」

「妳覺得呢？外面那些獸：我的孩子，還有他們的孩子。」她的目光閃向左側，一瓶清澈的油膏擱在石造壁爐架上。「他們變得多麼聰明，又是多麼殘酷哪。他們割下我的頭——賦予他們生命的我，讓他們得以兼具人類與動物所有最美好之處的我——然後在傷口塗抹油膏，而全靠那種油膏，我才繼續苟延殘喘。我受到詛咒，因為那瓶子永遠不會空，於是除非他們允許，否則我死不了。然而，」她補充，「他們並沒有選擇那樣做。」

「如果他們殘酷，」席瑞絲說：「那也是跟妳學的。」

「或許如此。說到底，如果有人創造了怪物，那就不該為他們的行為有如怪物而感到意外。但我對他們從來就不像他們對我一樣心懷怨恨，像這樣活著太不像樣了。他們受苦的時間不長，而且當我取他們性命，那都是一瞬間的事，他們對我的迫害卻是如此漫長，看不到終點。當然了，除非妳決定幫我。」

「我為什麼要幫？」

女獵人微笑。

「因為，就跟所有好獵人一樣，我很久以前就學會要留心我的獵場，去聞、去聽、去感受其變化。這棟小屋的地基深而古老。掛我這顆頭的托架嵌在牆上，牆則嵌入泥土中。我知道他者不知道的事物，我也聽見有人提起妳的名字。席瑞絲：對不對呀？」

席瑞絲沒有否認。「是誰提起我的名字？」她問：「把我帶來這裡的人嗎？」

「啊，」女獵人說：「所以我有妳想知道的消息，但妳要拿什麼來交換呢？」

「我沒有要跟妳談交易，」席瑞絲說：「妳不值得信賴。」

「但妳想回家，對吧？妳想再次見到妳女兒？噢，對，我也知道她。妳待在這裡愈久，她消逝得愈快。不再有妳的聲音念故事給她聽、告訴她有人愛她、求她回到妳身邊。她以為自己沒人要，是個妳寧可拋棄的累贅。」

「沒那回事！」

「就算別人不信，」女獵人說：「我也相信妳。但，妳的女兒困在凍結的軀體內，是誰要去告訴她，她的恐懼都不是真的？妳不在，誰還能像妳一樣愛她，誰又會像她一樣愛妳呢？在妳的世界，妳是一個母親，而她是妳的女兒；然而在這裡，妳毫無用處。這話不好聽，但也絕非謊言。」

女獵人所說的每字每句都割傷了席瑞絲。其中若有不實，那些話語就傷不了她。

「那我再問一次，」席瑞絲說：「妳要我怎樣？」

「我給了我的森林之子機會，而我想要獲得相同機會，」女獵人說：「與動物的軀體融合，然後獲得自由。我將接受成為獵物的危險，或是死於矛或箭、尖牙利爪之下的命運，但我希望這種痛苦畫下句點。」

席瑞絲聽見身後有聲音，守林人隨即走進小屋，熊男和獾女也跟著一起來了。守林人發現她安全無虞後鬆了一口氣，兩隻混種卻對她咆哮，不僅是因為席瑞絲擅闖，更因為她竟然和害他們變成這樣的罪魁禍首交談。

「我分明要妳別到處亂走。」守林人說。

「我沒到處『亂走』，」席瑞絲回道：「我是跟著一個聲音。她的聲音。」

她指著女獵人被割下的頭顱；女獵人這會兒不說話了，等著看事態發展，以及有沒有機會轉為對她有利。

守林人細看屋內四牆以及牆上的諸多戰利品頭顱。

「她只是為了狩獵就造成那麼多痛苦，」他伸出一隻手指著那些看不見的迷失者，「這難道不是很剛好的懲罰嗎？」

席瑞絲接下來並不是對他說話，而是對熊男和獾女，並透過他們傳遞給其他混種。她說話時滿懷敬意，而且無比謹慎，但並未動搖。

「這個女人對你們做的事很可惡，」她說：「而你們的苦難還在繼續。我可以從你們的眼中看見，因為我每次照鏡子也都會在我自己的眼裡看見。一個男人對我做了很糟糕的事。在一瞬間的愚蠢與自私之下，他奪走了我的女兒；她的生命本該由她掌控，卻被他剝奪了。我無法原諒他；然而，儘管他鑄下大錯，造成種種不幸，我並不希望他承受像我女兒和我一樣的痛苦。我不希望任何人遭受相同的痛苦。如果我懷抱那樣的希望，那我成了什麼樣的人？

「只要你們讓女獵人維持這種狀態，只要你們繼續延長她的折磨，你們就依然是她的俘虜。你們被迫每天聽她叫喊，你們也每天為她塗抹藥膏，好讓她的痛苦持續下去。不過在折磨她的同時，你們也加重了自身的苦痛。她對她帶來此處的孩童和動物作惡，迫使那些受害者感受她的刀刃切割、弓箭戳刺，而你們的所作所為無論看似多正當，事實上都與她相差無幾。但你們不是她，你們應該更善良才對。別讓她的墮落害你們忘記這件事。」

熊男沉默不語，獾女也是。席瑞絲擔心自己說得太超過，立刻開始後悔開口。她憑什麼指責他們做錯？誠然，她可以說出自己的煩惱，但那與他們的痛苦並不相同。這就是不幸的其中一個詛咒：所有活物都注定要受苦，因為受苦就是生命的一部分，而從來就沒人能真正理解他人的痛苦，因為我們每個人都以自己的方式在受苦。但那並不代表我們不該嘗試，而且就算是在失敗之中，也要試著給予安慰。

「我們聽到妳跟她之間對話的最後面，」守林人說：「除非妳也幫助她，否則她不會幫妳。」

席瑞絲的肩膀垮下。她好累，超越肉體的累，那是靈魂的耗竭。真是遺憾啊，她和女獵人之間的那部分對話竟被他們聽見，但之所以遺憾，只是因為她已心不在此。

「我不在乎她是不是承諾幫我，」席瑞絲說：「就算她永遠不再對我開口，我的想法也不會改變。這樣是不對的，這必須畫下句點。」

「妳要他們怎麼樣？」守林人問：「把她變得跟他們一樣，獵捕她直到她死去？把一隻動物放到刀口上，好做出女獵人的新化身？」

「不，不過我會要他們毀掉那瓶油膏。無論它曾發揮什麼功效，也無論它擁有什麼療癒的力量，總之都被此處發生之事永遠玷汙了。沒了油膏，女獵人會死，而這一切就結束了——並非遭遺忘，也不該遭遺忘，而是終於畫下句點。」

年老的熊男從守林人身旁擦肩而過，在席瑞絲面前以後腿人立，而她看見他的牙齒有多巨大（更可以好好啃咬她），他的爪子有多巨大（更可以好好撕裂她）。守林人握緊斧柄，因為就連他也不確定接下來事態會如何發展。席瑞絲退開，但他也從她身旁經過，接著大掌一揮，將油膏瓶掃落壁爐架，在地上摔個粉碎。女獵人在牆上的高處長長嘆了一口氣。她頸部的傷口立刻開始變乾，她的皮膚也開始起皺、肉體開始腐爛。她的眼睛蒙上白翳，所有頭髮轉白，隨即脫落。

「駝背人，」她在她的舌頭永遠靜止之前說出最後一句話，「他回來了。」

32
Galtar（高地德語）
歌曲或咒語

隨著女獵人逝去，由她創生後受她支配的生物也獲得自由。在席瑞絲和守林人的協助下，他們恭敬地取下小屋牆上的所有頭顱，在火把照耀下將它們埋入他們剛剛才在柳樹下掘出的墓穴。老雄鹿的屍體也一起長眠，他和他們或許能互相照看。第二個墓穴則放入女獵人收藏的器官和肢體，因為，這些也是人類和動物的一部分。女獵人的頭現在只剩下一顆光溜溜的頭骨，被丟進小屋後方一塊不毛之地的洞裡；此處將不會留下任何記號，任其最終隱沒於野草與荊棘之中。她的刑具，那些刀、鋸、解剖刀和她一起下葬。最後，守林人的斧頭將她的手術桌砍成碎片，殘骸和小屋的全部家具與其中的所有其他物品都拿去坑裡焚燒。屋頂移除了，生長快速的常春藤移植過來了，之後森林或許很快就會收回小屋，將其永遠隱藏。

為了所有這些工作，席瑞絲和守林人忙到深夜，期間沒什麼時間說話，終於交談時，也只有他們倆；他們待在溫暖的火邊，和焚燒女獵人所有物的坑離得遠遠的。火葬柴堆味道濁臭，而且席瑞絲覺得她可以在火焰中看見鬼魂。

「駝背人怎麼可能還活著？」席瑞絲問守林人。「大衛分明看見他自我毀滅了呀。」

「女獵人有可能說謊。」

「但她沒理由說謊。」

守林人顯然想反駁，但沒開口。他並不想相信駝背人竟有可能還活著。

「但他想對妳怎麼樣呢？」守林人問：「如果他有意讓妳成為女王，我不認為妳會同意。」

「席瑞絲女王。你這麼一說，聽起來好像也沒多糟糕。」

守林人對著她挑起一邊眉。

「開玩笑啦，」席瑞絲說：「我一直覺得身為王族要嘛無聊，不然就辛苦得要命。」

她一點一點啃咬一顆野草莓。森林動物為他們送來堅果和水果，熊男還從朝南方流淌的溪流抓來一條新鮮鱒魚。動物和混種在他們四周的火光下睡著，只有熊男醒著，火映在他黑沉沉的眼中，不過守林人要席瑞絲放心，夜行性動物依然保持警戒，並在獾女的帶領下穿梭林木間。他們被嚴密守護著。

「你還是沒告訴我雄鹿是怎麼死的。」她說。

「因為我不確定。」

但他拒絕迎上她的目光。

「其他獸沒看見事發經過嗎？」

「就我所知，他們醒來時就只看見屍體。」

「他們不可能在雄鹿死去的過程中一直睡著吧。你自己也說有些是夜行性動物，就算事情是發生在天黑之後，他們肯定也還醒著。」

「他們偏偏就是莫名沉睡不醒，」守林人說：「無論是什麼將君主凌遲致死，總之他們不希望有人干擾。」

「咒語嗎？」

「不只是咒語，或並非一般咒語。」

「無論是不是咒語，駝背人有可能是始作俑者嗎？」

「他還真做得出這種事。」守林人的語氣不含評價，席瑞絲聽了之後卻忍不住將剩下的草莓丟入火中，任其嘶嘶熔去。

「你為什麼對我說謊？」她努力壓低音量，以免吵醒睡著的獸，但壓抑得很辛苦。「你為什麼不能誠實相對？」

「我沒對妳說謊，」守林人平靜地說：「我有些懷疑，但在我確定自己沒錯之前，我不想說出來。我必須向更睿智、對我們目前所見種種更有見識的人請教，進一步了解此地發生的一切：死去的布萊絲夫人母女，消失的孩子，被殺的雄鹿——還有妳手臂的傷，因為那也是其中一部分。」

席瑞絲伸出一根手指輕碰傷處；她感覺得到那碰觸，但只有一點點痛。她敷上了糊藥，到目前為止都還有效。她回想起她對熊男和獾女說的話。感覺她好偽善，因為只要有丁點機會，她很樂於用卡利歐的頭去撞牆，然後任由牠們原地腐爛。

席瑞絲躺下，以大地為床，一只鞍袋為枕，背對守林人。

「好，」她說：「隨你高興。你就繼續守著你那些蠢祕密吧。」

她想不起自己上次說話這麼幼稚是什麼時候的事了。

33
Sefa（古英語）
意識、內心；理解

席瑞絲和守林人向森林居民們道別。熊男將席瑞絲壓向自己的胸口，獾女則是用鼻子磨蹭她。貓頭鷹男孩站在她的肩膀上用輕柔的呼呼聲說再見，樹懶女孩蜷縮在席瑞絲腳邊，並立即入睡，她的同伴還得把她叫醒、抬走她，而她馬上再度睡著。獸組成的隨扈們護送他們回到道路上，他們由此重新展開旅程。席瑞絲設法睡了幾個小時，但在破曉前不舒服地醒來，因為糊藥徹底乾了，傷口又變得一碰就痛，低燒也捲土重來。

「很快就到了。」守林人說。

啟程後，他們之間的交流幾乎不到五個字，就算席瑞絲已再度放棄對守林人生氣也一樣。沒意義。他人的憤怒對他而言只是耳邊風。感覺就像在跟牆上的人物肖像吵架。但她之所以保持安靜，也因為她說話時喉嚨會痛，就連腸胃也在跟她作對。卡利歐的毒似乎夾帶煥然一新的報復心攻擊起席瑞絲的全身，藉此懲罰她竟魯莽得試圖反抗。席瑞絲在馬鞍上搖晃，當守林人將她從她的小馬背上一把抱起，挪到他的馬上，讓她側坐在他身前，她也沒有抗議。確定她坐穩之後，他隨即將小馬的韁繩放長，綁在他的鞍橋上，好讓牠能與他們並肩小跑。

「好痛，」席瑞絲低語。「真的好痛。」

她的眼皮顫動，而他看得出她正慢慢凋萎。

「我知道。」守林人說。

然而她說的並不只是樹精刺傷造成的痛苦。

「我想要她回來，」席瑞絲說：「我想要她回到我身邊。」

守林人將席瑞絲抱得更緊一些，但沒回答，因為無論說什麼都於事無濟。接著，她忽然緊緊揪住他的襯衫，眼神驚慌。

「他應該已經死了才對啊，書裡是這麼說的！」

那麼，那本書也許一直以來都錯了，守林人心想。

席瑞絲眼前一黑，靠著他軟倒。

❖

「壓住她！」

「我在努力了。」

席瑞絲在意識有無之間飄浮。一名膚色非常深的美麗女子低頭凝望她，因為用力而表情扭曲。席瑞絲手臂的疼痛感忽然變得尖銳。她試著找出原因，發現她的前臂居然被剖開了，露出內在的血紅。暗膚色女子正在用鑷子處理那部位的肉，以緊咬的金屬拉扯一條像蟲一樣不停蠕動的黑線。

「住手，」席瑞絲說：「拜託住手。」

「她醒了。」

守林人的聲音。

「那就再給她一劑。」女人下令。

「妳確定？」

「快給！」

另一個聲音：比較年長的男性。「要是下太多藥，我們會失去她。」

「下太少，」女人說：「手術的過程也會害死她。」

一條溼布覆蓋席瑞絲的口鼻。聞起來有股酸味，而她掙扎，因為她感覺這塊布害她快窒息了。

「呼吸，」守林人說：「呼吸就對了。」

席瑞絲照做，隨即失去意識。

⟡

光，但時有時無，閃爍、微弱，對抗著陰暗。

對抗，落敗。

死去。

席瑞絲置身地底深處的地道。光來自前方的一個洞穴。這時有了聲響：一個小小孩的哭聲，而那孩子就是那光，四周有形體變動，在光下扭曲。它們在歌唱，對彼此歌唱，唱來安撫它們正在享用的嬰兒。它們好美啊，美如蜘蛛，美如鯊魚。

美如死亡女神。

席瑞絲也在那裡，站在一邊，只是看著，沒有參與，而且席瑞絲知曉樹精有關傷痛與排拒的種種感覺。發生了某件事，某件令席瑞絲覺得淒涼，同時也怒氣沖天的事。

歌唱停止。一切改變。進食者警覺起來，意識到有闖入者，四處搜索；孩子死去的同時，卡利歐也在試著找出某個看不見、若有似無的存在。席瑞絲努力辨認出臉孔，但徒勞無功。嬰兒死去，光也跟著消逝，不過在陷入全然黑暗之前，席瑞絲察覺到分歧、盛怒、憎恨。

這些生物心存報復，而它們就要來了。

◈

「席瑞絲，席瑞絲，醒醒。」

「她沒動。」

「不過她有在呼吸。這樣我就心滿意足了。」

「就跟妳說藥下得太重了。她只是個女孩。」

「才不是，她不只是女孩。席瑞絲！席瑞絲！」

◈

森林中，席瑞絲坐在一棵樹的大樹枝上，身旁有隻夜鷺，卡利歐在下方的地上，依附著幽暗。席瑞絲看得見牠們頭上的傷：樹精的腦袋有一處凹陷，依然滲出樹液，而潮溼的傷口清楚可見。卡利歐在樹旁停下，抬頭細看，目光落在夜鷺身上，而非席瑞絲。

啊，我看得見你，你卻看不見我。你的直覺很敏銳，但沒有敏銳到能看見看不見的事物，或時候未到。

夜鷺展翅飛走。

非常明智。他們一逮到機會就會殺了你。為了看你死去而殺死你，然後在你的生命涓滴流逝時大啖你的血肉，其他東西對那孩子和老雄鹿也是這樣——因為那就出自他們之手，不是嗎？

卡利歐搖頭，彷彿想甩開什麼煩人的嗡鳴，接著繼續前進。

只不過他們並不像你們，對吧，卡利歐？所以他們才排拒你們。因此你們才如此滿腹仇恨。他們不一樣，他們比較優秀，而且他們決定要提醒你們這件事。不過他們實際上並不比你們優秀——或許有所不同，但並沒有比較好。

不，他們比你們差太多了。

❖

「席瑞絲。」守林人的聲音。「席瑞絲，妳必須回到我們身邊。」

再一下下。我喜歡這個。

❖

一個迷宮，一座圖書館。層層疊疊的書本，其中都是曾被講述以及等待被講述的故事。裝滿巨大的書架，如此高聳，高處都看不清楚了，而且時時有書本加入，因為每個人的人生都由故事構成：無盡堆疊的故事。我們並不只是血肉之軀，就好像書本也不只是油墨、紙張和卡紙。我們是故事與寓言的生物。我們以故事的型態存在。我們就是藉此了解世界，也必須以此方式被了解。

一縷幽魂飄過迷陣——不是迷宮，因為迷宮有許多選擇和方向，迷陣則只有一條通往中心處的路徑。它沒有形體，或說沒有固定的形體，再也沒有了，然而它依然堅持著。迷陣反映它的意識，書本則是體現它的記憶，而它就跟這迷陣一樣真實。

你可以摧毀一本書，可以燒了它，把它撕成碎片任風吹散，泡在水中直到它回復紙漿或是油墨將水染黑，然而你無法摧毀書中內容，或是書中概念，只要還有人在乎、有人記得……或是還有人閱讀。

你也無法摧毀故事，不把人先摧毀就不可能——而有些人還真嘗試過。故事的迷陣：被講述的故事，開展的故事，即將誕生的故事。

我現在看清了，席瑞絲心想。

「而我看見妳了。」駝背人說。

◈

席瑞絲一睜開眼就看見守林人。他對她微笑，握緊她的右手，為她重回人世而心懷感激。

席瑞絲躺在床上，而她的左手臂在被單外，整條前臂都裹上了白色亞麻布。那個部位陣陣鈍痛，但還受得了。深膚色女子在守林人身旁。席瑞絲感覺好累，而那女人看起來疲累程度和她不相上下。女子雙手捧著一個碗，覆蓋其上的布染上紅色和黑色。

「歡迎回來。」守林人說。

席瑞絲跟他們討水喝。守林人幫著她從一只陶杯小口啜飲，並幫她抹掉溢出的水。

「我看見它們，」席瑞絲喝光那杯水後說道：「在地底。我看見一個小孩，聽見他在哭。它們吃他，吸食他的生命，直到丁點不剩，然後他就死了。它們是什麼？」

守林人的笑容消逝，和女子互看一眼。

「再休息一會兒吧，」他說：「我保證我們之後會談這件事。」

他想放開她的手，但她不鬆手。

「我會休息，」席瑞絲說：「不過先回答我。那些是什麼東西？」

她的語氣不容爭辯。

「仙靈，」守林人答道：「隱匿一族回歸了。」

34

Dökkálfar（挪威語）

暗黑精靈

小女孩席瑞絲坐在父親膝上，火在他們前方燃燒，他嘴裡叼著菸斗，一團團的煙顯示出他有多滿足。她小時候很喜歡他的菸味，喜歡這味道瀰漫房間內，薰染她的衣服，因此無論她走到哪，都會帶著他的一部分。他是個自信的人，無論人在戶外，或是置身圖書館書櫃之間，他都像在家一樣自在，而他的味道因此賦予她些許相同的力量和自信。

一直要到後來，他遭病魔纏身，她才對菸味產生矛盾情緒。菸斗——他一天總要抽上六、七管，若是正在進行需要格外專注的工作，抽得就更多了——害他得口腔癌和咽頭癌；他愛說故事，但他的聲音首先遭到剝奪，然後腫瘤緩慢、無情地侵蝕他全身。他離世後，一部分如孩子般的她依然將菸味與他連結，也將永遠如此，她的記憶卻因為憤怒與失落而變得複雜。真好笑啊，她的人生竟然有那麼大一部分受那些情緒玷汙。好笑，但也一點都不好笑。

然而，此時此刻，她回復五、六歲的年紀，與他重聚；他正值盛年，身上穿著他最愛的長褲和毛衣：後者稱不太上一件衣服，頂多只是一連串用線串起來的洞，若問蜘蛛毛衣是什麼，牠的回答可能就會像這樣；前者的材質是棕色厚磨毛布，裁縫工藝的奇蹟——或者，更可能是她母親有多辛苦的證據，因為無論他出門弄得多髒、多泥濘，褲子都會在一兩天後恢復剛買時的潔淨，重回她父親手中，他則會評論這年頭再也沒人以這種手藝做褲子，並提醒席瑞絲和她母親，他過世後要穿著這條褲子下葬，還有那件毛衣，因為他想不出他該穿哪件衣服展開他來世的研究才更恰當。噢，還有，她們也要確定他腳上穿著最近一雙被他馴服後變得合腳的靴子，因為他不想要腳踩不舒服的鞋度過來世。她們或許可以看看要不要也把他的舊皮革背包放進去，附加全新的筆記本和幾盒自動鉛筆。到這個時候，席瑞絲的母親會說，照他這樣說下去，他的棺木裡就沒他自己的位置了，她們就只能把棺木捆在他背上下葬。不過到頭來，她們還是幫所有物品和他都找到空間，因為他在病痛和死亡折磨之下變得如此嬌小。

不要把我拉到那段時間。讓我跟依然是他的他待在一起，就算只有片刻也好。

火，菸斗，他腳上的拖鞋，還有小狗靠在拖鞋上的頭。這是可可，牠花了一年多才學會吠叫，而一旦牠掌握這項技能，牠就對自己小小的肺竟然能發出如此宏亮的聲音持續懷抱敬畏之情，而且溺愛牠的飼主總是給予大量讚美，因為對主人來說牠永遠不可能犯錯，因此牠覺得自己必須好好享受每次吠叫的機會。他的任何一條狗都不會犯錯，其他人的狗也都不會，因為責任總在人類身上，而非動物。在她父親心中，這世上沒有壞狗這種東西，而且他可以說出一連串他心愛的混種狗兒證明他的論點。在他最愛的一首詩中，J．阿爾弗雷德．普魯弗洛克[12]以咖啡匙計算人生，她的父親則是以狗計算自己的人生。每當狗兒離世，他會坦然且深刻地為其哀悼一天（並把牠放在心裡一輩子），隔天早上再勇敢出門領養下一隻，也總是帶著對的小狗回家——至少是對他來說對的小狗，席瑞絲和她母親只能適應這些快速的變化，以及每隻小狗的種種小缺點；牠們先前或許流浪，或許被棄養，而她父親選擇將牠們帶回家裡的壁爐前，也納入他的心裡。

「妳必須愛所有狗，不能只愛其中一隻，」他會這麼對席瑞絲解釋。「妳瞧，妳只擁有牠們短短一段時間。對牠們而言是一輩子，對妳來說則總是太短暫。因此妳愛牠們原本的模樣，因為沒有兩隻狗是一樣的。但妳也愛『狗質』，也就是牠們存在於妳人生和這世界的這件事，於是在一本橫跨妳有生之年的書中，牠們各自成為獨立的篇章，而妳將這本書命名為『狗』。」狗對他而言也是一則故事，儘管他不得不看著牠們太快老去，這則故事依然需要被記下、時時回憶。

> 就好像隱匿一族看著我們，驚嘆於我們如此快速就年華逝去。

「跟我說仙子的故事。」席瑞絲說。

「跟妳說過一百次了。」他說謊。他說過不下十次，但她從來就聽不膩，因為他讓她覺得那都是真的。他說得像真的，因為對他來說確實是真的。

「我忘了。」席瑞絲說，而他以默劇的方式呈現他對她的失誤有多震驚。

「但妳絕對不能忘！」他把她拉近，壓低音量，以免被偷聽。「妳永遠不能忘，也不能懷疑他們的存在，因為如果妳忘了，或是心生懷疑，他們會——**來找妳！**」

他一把緊緊抓住她，而她又是害怕，又是好玩地細聲尖叫。不過他很快又轉為正經。

「但我們不稱他們為仙子，」他說：「他們不喜歡，而如果他們不喜歡某個事物，那我們最好放在心上，並注意自己的言行，以免觸怒他們。妳也不想當那種蠢小孩吧？聽見『仙子』兩個字，就幻想出有蜻蜓般翅膀的小生物：天性狡猾但親切，有心的時候甚至還樂於助人——揮動魔杖變出玻璃鞋，或是應允皮諾丘的願望，讓他變成真正的小男孩——但不對他們造成任

---

12 出自知名詩人T・S・艾略特（Thomas Stearns Eliot）的詩作《J・阿爾弗雷德・普魯弗洛克的情歌》（*The Love Song of J. Alfred Prufrock*）。

何傷害。不對，他們從來就不是那樣，也從來不想要那樣。他們不像我們，思考方式不同於我們，也不喜歡我們，一點也不喜歡。因此只要一有機會就會殺死我們。

「所以我們不稱他們為『仙子』，就好像我們也沒必要區分精靈、棕仙、小精靈，諸如此類，因為他們都是同一種東西，都是一樣的，只是同一個種族的各個面向，至少我是這麼想的。想跟他們維持良好關係的人稱他們為『和善一族』或『善民』，還以為說他們善良，他們就會真的變善良，或是以為能夠安撫他們，讓他們變友好。我向來比較喜歡『隱匿一族』，或是更好的說法，『仙靈』。不過比較明智的作法是根本別提起他們，也不要有理由給他們一個名稱，因為他們或許會視之為召喚，那妳就得面對後果了。」

菸斗亮起，煙裊裊上升。他在她身邊，同時也距離她如此遙遠，行走於祕密國協的荒僻小路。

「有些學者相信他們是自然元素，」他說：「由水和空氣，火和土壤構成，但若他們真的是，那他們身上也有血，只不過他們的血色藍而冰冷。其他人說他們是古神，自然之神，但大自然的神不該對生物如此殘酷。還有人認為他們是魂魄，源自最初過世的男男女女，這些鬼魂太執著於嫉妒活人，也為自身的遭遇忿忿不平——這樣的陰影不曾碰觸其他人，為何偏偏落在他們身上——他們拒絕接受自己的命運，並設法反抗。就某些層面來說，我認為仙靈存在的時間早於人類，若非如此，我也接受亡靈本身就棲居他們之身。亡者是地下國度的居民，仙靈則住在他們的冥界，而他們對死亡有種半是愛戀的情感，或許這就是他們如此偏愛黑暗的原因——還有如此難以擺脫的原因，除非用上火和鋼。」

「為什麼要用火和鋼？」她問道。

「火是因為所有生物都怕，至於鋼，因為那出自人類之手，並非大自然的產物。仙靈打獵時使用青銅和銀、燧石和寶石製作的武器。若你在生命涓滴流逝之際還有心情欣賞，仙靈所打造、揮舞的武器可是無比美麗哪。」

狗動了動，在睡夢中奔跑；追逐，或是被追逐。

「我有沒有跟妳說過騎士與蒼白死神女士的故事？」她父親問道。

席瑞絲搖頭。她知道他的所有故事，或自認為自己知道，甚至包含她只聽過一次的那些。相較之下，這個故事倒是沒聽過。

她父親回頭看了看，不過她的母親正專心講電話。她父親說的部分故事令她母親擔心，覺得會害她作噩夢，不過席瑞絲的噩夢大都是有關於學校，或是父母可能無法繼續陪在她身邊的未來。真實世界的恐怖無論是潛在的，或是真實的，都遠比她父親選擇說給她聽的任何傳說駭人多了。

「好吧，」他說：「妳年紀夠大，可以聽這個故事了。如果仙靈是擁有自我意識的生物中最早死去的那一批，那麼死神或許就是以他們的形象建構出她自身的外貌。妳瞧，那就是一般人不了解的地方了：對我們而言，遇上仙靈就是死路一條，不過死神也是仙靈。」

於是他開始講述。

父親的故事

從前從前，有個騎士，他在國外征戰多年，這時終於要回自己的土地了。他長途跋涉，想在戰場上贏得聲譽與光榮，然而就像在他之前的許許多多前人，他只學到，聲譽與光榮是老人推銷給年輕人的神話，好讓年輕人為他們而戰，要想找到前者，機會是微乎其微，後者更是完全不可能。騎士在戰場上流下鮮血——他自己的，以及其他人的——他的侍從也在沙場上捐軀，除此之外，他還交出他的一點點靈魂，因為他比過去少了些什麼，並且這個世界對他而言也變得有如鬼魅。

歷經數月徒步旅行，他來到一座邊緣結冰的湖，一名女子獨坐岩石上，正在用一把黃骨梳梳她那頭紅色長髮。剛開始，他以為她很年輕，肯定比他年輕，不過她有一雙蒼老的眼，有如那些太早看過太多事的人，而他猜想自己的眼睛應該跟她相去無幾。她身穿藍色連衣裙，外面罩著綠色斗篷，他可以看見她映在靜謐湖面上的倒影，衣裙和斗篷與湖水和野草的色調相互應和，因此她有可能是屬於這個陰沉而覆蓋冰霜之地的生物，以她能從其中深處獲取或打撈的任何東西建構自身。

她很美，但無比蒼白。要不是他看見她在梳頭髮，他可能會以為她是一具從湖中拖上岸、丟在那邊腐爛從而回歸自然的屍體。除了身上的衣服之外，她再無其他裝飾品：手指上沒有戒指，頸子上沒有項鍊，頭髮上也沒有珠寶。騎士愈是看，就愈覺得她不需要任何首飾。那些東西無法增添她的美，因為她的美麗無需其他渲染，她也不渴望將這世上的寶物納入她的財富之中，因為她並不屬於這個世界。騎士猜想，這是隱匿一族的一分子，她是仙靈。

梳子停了下來，她的目光落在他身上。他發現她的眼睛顏色並不固定，而是持續變化著，色調由淺轉深，再由深轉淺，有如大海回應陽光的戲耍。他聽過詩人描述溺斃於女人的眼，原本相信那只是一種修辭，但在那兒，在那個地方，他這輩子首度了解了那說法的真正含意：有如破浪的聲音襲向他，死神的低語藏匿其中。

她的嘴唇開合，她對騎士說話，然而嘴型與他聽見的字句並不相符，擾亂了他的知覺；她的聲音令他想起遠方的鈴聲，話語與樂音並無二致。這就是古老故事說來警告聽者的魔魅，仙靈的言語魔法，藉此讓人屈從於他們的意志，如蛛絲那般強韌、黏手。

「別害怕。」她說，不過在騎士腦中，警告的聲音卻說：**要害怕**。

「我不害怕。」騎士回道，不過她聽見的是**我害怕**。

她示意他上前，拉扯那條緩緩纏住他的隱形線，而他走向她。

「我想要你送我禮物，」她說：「而我也會回送你禮物。」

「我才剛離開戰場，」騎士回道：「沒有禮物可送。我有我的馬，還有裝著金幣的小錢包。我有一把劍和一雙強壯的手臂。這些東西之中有妳想要的禮物嗎？」

「我要的禮物不是這些東西。我只要一頂荊棘冠好讓我戴在頭上，一條藤蔓短項鍊好讓我掛在頸子上，還要一條花蕾手環讓我戴在手腕上。」

「那妳要給我什麼當回禮呢？」騎士問。

「我將送你兩份禮物，」她回答：「第一份禮物是我的愛，但只有一夜；第二份禮物則是讓你能逃離人世，因為我看得出這個世界為你帶來巨大的痛苦；就好像它已經拋下你一樣，你也想拋下它。」

騎士無法否認。他身上最美好的部分都已埋在異國原野的汙物之中，永遠無法恢復。他現在還能怎麼活？

「我會帶來妳要的禮物，」他說：「換取妳的禮物。」

於是騎士蒐集荊棘、藤蔓與花苞，在太陽開始西沉時動手加工，直到為她的頭做出一頂頭冠，為她的頸子做出一條短項鍊，為她的手腕做出一條手環，然後一一為她戴上；她的肌膚剛開始摸起來冰冷，不過在他固定頭冠、繫上短項鍊、綁好手環的過程中，她漸漸變得溫暖，於是她的臉頰轉為紅潤、容光煥發，在此之前毫無動靜的脈搏也在他的拇指下搏動起來。

她將騎士拉向她，然後親吻他。

「這是我的第一份禮物。」她說，這時黑夜籠罩他們，雲朵也遮住了星辰。

❖

騎士醒來時站在一處荒涼的山坡，但他並非孤單一人。蒼白的國王和王子密密麻麻在他面前排列而立，面容枯槁，眼神憂煩，他身旁則是他那改頭換面的愛人，所有顏色、暖意與生氣都已從她身上褪去，這個支配一切的冷酷統治者，蒼白死神女士。

「現在，」她對騎士說：「是我的第二份禮物。」

於是騎士走向前，在受詛咒者中找到自己的位置。

35

Cumfeorm（古英語）

款待陌生人

一張擺滿食物的桌子：烤蔬菜、撒上焦黑洋蔥的長粒米飯、綠色和紫色菜葉的沙拉，接著是盛宴的核心，一鍋濃稠的燉物，從那味道判斷，席瑞絲知道肯定是以羊肉為基底。她坐在長桌的一端，身旁是守林人，其餘的椅子和長凳上則是坐著家族成員和其他賓客。幫席瑞絲治傷的深膚色女子坐在主位，她現在知道她名叫薩達。薩達是村長，不過截至目前，除了這間席瑞絲在其中休養的屋子內部，她還沒能看見村子的其他部分。

席瑞絲從守林人那兒得知村子裡有大約四百人。從餐桌旁的人判斷，居民主要是黑人，以及零星的其他人種，大家都對薩達唯命是從——尤其是她的丈夫，塔巴西，由他負責監督料理和上菜，他們的孩子，兒子巴可和較年幼的女兒依美則從旁協助。塔巴西幾乎完全沒碰他的餐點，反倒是密切監視著他的妻子，無論她伸手想拿什麼，他都立刻拿給她，有時甚至在她動手之前就先幫她拿好了，幾乎如心電感應般掌握著她的需求。薩達的左手微微一動，一片麵包隨即出現在她盤中，她的頭略略一歪，她的杯子便立刻重新裝滿水。

不過席瑞絲發現，塔巴西的行為和態度實際上一點也不恭順，也不奉承，他單純只是了解，比起空杯、麵包可能在哪，他的妻子還有更重要的事要思考。如果這村子的力量存在於薩達身上，那麼塔巴西就是負責確保她能更專心發揮那力量。

用餐過程中，談話如潮水般起起落落，全部由薩達主導、過濾，不過大多數都是席瑞絲聽不懂的語言。除了確認席瑞絲和守林人對食物滿意，薩達都讓他們不受打擾安靜吃喝，不過從同桌者不時投向他們的視線看來，他們無疑是賓客的談資。

「你聽得懂他們在說什麼嗎？」席瑞絲低聲問。

「都聽得懂，」守林人說：「他們也知道我聽得懂，不過如果我開始為妳翻譯，那我們兩個都會顯得無禮又討人厭。無論如何，妳應該猜得出他們在聊什麼——我們，以及我們為何在此——不過細節就要等到吃完飯才會比較明朗了。」

席瑞絲希望大家吃快點，不要只顧說話。她現在滿腦袋都是仙靈和布萊絲家那個被偷走的女兒。他們愈慢採取行動，嬰兒倖存的機率就愈低——前提是她還沒死，因為席瑞絲無法確定她看見被吃掉的那個小孩是否就是她。她先前再次瞥見陰影般的形體從襁褓嬰孩身上吸取絲絲縷縷的光。守林人彷彿猜到她在想什麼，碰了碰她的左手臂。

「耐心點，」他說：「這裡有進展，而且比妳所想還快。」

席瑞絲注意到他故意將手指直接放在卡利歐刺傷的包紮處，不過她幾乎完全沒畏縮。經過手術，再搽上薩達準備的油膏，席瑞絲的腫脹和僵硬感都消失了；自從遭受樹精攻擊，她的腦袋也不曾比現在更清醒。她尚未完全恢復——遭侵入和玷汙的淡淡感覺仍在，除此之外，傷處周遭也依舊有些敏感——但她確實感覺大有改善。

若說塔巴西將他的全副注意力投注於他的妻子，那麼他兒子對席瑞絲的密切關注也不遑多讓，事實上，因為席瑞絲的存在太令巴可無法抗拒，他的湯匙不只一次錯過他的嘴，以致他的襯衫都沾上燉羊肉了。

「我相信妳有愛慕者了。」守林人用湯匙朝巴可一指。而巴可領悟自己被逮個正著，突然發現自己碗裡有個東西好有趣但又怎麼都撈不到。

「噢，好噁，」席瑞絲說：「他肯定不到十四歲吧。」

不過巴可的耳朵就如同他的眼睛那般銳利。

「我十五歲，」他說：「快十六了。」

席瑞絲成功在吸收這資訊的同時忽略其來源，這項青春期技能顯然原本一直在冬眠，等待著完美時機再次發揮作用。

「呸，」她的視線避開這位年輕人，膠著於桌面。「更噁了。」

「他可能喜歡年長的女人。」守林人低聲說。

「你好噁。我就連坐在你旁邊都覺得尷尬。」

但她忍不住露齒而笑。無論她希望他們多快離開此地，她都不想要他在他們滯留期間總是含情脈脈看著她，但是很難對這男孩說明為何他的關注不太可能獲得回應。若是他堅持不放棄，她會去找他母親談，女人對女人，讓薩達負責說明，因為守林人已對她透露席瑞絲的處境。薩達會試著對她兒子解釋。請注意，要是她的解釋只是火上加油怎麼辦？席瑞絲甚至不願去想一般十五歲男孩的腦袋裡都是什麼模樣——「齷齪」或許是最仁慈的形容詞——然而，成熟女人受困於大約與他同齡的少女軀體之中，如此概念對他而言或許是貓薄荷，這也並非不可能。

所有人都吃飽後，塔巴西和兩個孩子隨即收拾桌面，用熱水抹淨，再用布擦乾。結束後，一壺壺略帶酒精的氣泡飲料取代了水——守林人告訴席瑞絲，飲品是以發酵馬奶製成。巴可和依美倒完飲料後，薩達便吩咐他們離開，儘管席瑞絲看得出來，無論接下來要討論什麼，前者都不樂意被排除在外，而依美也不是太高興。這對兄妹多半覺得生氣，他們不能留下，席瑞絲卻可以；畢竟在他們眼中，她又沒比他們大多少。巴可甚至張口想抗議，不過他母親用凌厲的瞪視送他上路。

可憐，席瑞絲心想，晚點再跟老大談吧，祝好運。

門一在巴可和依美身後關上，薩達和其他賓客立即將注意力轉到守林人身上。

「我們之中有些人，」薩達示意跟她一起圍坐桌邊的男男女女，「很不想相信仙靈有可能已經回歸。樹精是一回事——我們以為牠們絕種了，不過刺傷的證據又無可否認——但隱匿一族已經消失超過一千年。很久以前，曾經有一段時間，有人可能看過他們在每一季節開始時於仙塚之間移動，因為據說他們是靜不下來的生物，但也僅止於此。這裡的大多數人都相信他們已經死了，早就在他們的洞穴中凋零，太害怕人類以至於不敢現身，也太衰弱，無法面對我們。」

薩達的語氣，還有她的表情，在在暗示她並不像部分人一樣懷疑守林人，或者應該說，她比同桌的其他人更有意願相信他。因為這樣，席瑞絲忍不住猜測起守林人和薩達共享著什麼樣的過去。其中有些親密感，一種陳年的尊敬，甚至感情，但並不是會讓薩達的丈夫吃醋的那種，塔巴西也不會想公開承認。

「仙靈從來就不畏懼人類，」守林人說：「頂多只有戒慎而已。他們恨人類，不想與他們共享世界，但仙靈並不畏懼。他們的隱退並非投降，或是示弱，而是一種深思熟慮的策略；如果他們曾喜歡四處走動，那可能也是過去的事了。他們的策略深謀遠慮，而且向來如此。」

「但已經過了太久，」桌邊的其中一名男子微笑著說：「策略已然失敗。」

他的頭髮全白，眼睛也因為白內障而接近全盲，但視力仍足以拿起他的發酵馬奶喝，不曾灑出一滴。用餐過程中，薩達花最多時間和他低聲爭論，要是反對陣營也有一個領袖，那肯定就是他了。

「你是以人類的方式在思考，亞班西，」守林人說：「而非仙靈。你八十歲了，在這個地方是受人敬重的長者，不過對仙靈而言，你比孩子還不如，只能算是剛出娘胎吧。他們的時間移動緩慢，而他們耐性十足。人類的十代，甚至二十代，幾乎不足以讓仙靈從嬰兒成長到青春期。」

「就算確實如此，」亞班西說：「從幾個人被殺、林地魔咒，到遠古威脅重新浮現，那可是跳了很大一步哪。」

守林人的回應是攤開右掌，將他原本一直握在手中的東西放在桌上。火炬的光映照其上，在樹林中折射出絲絲光線，只不過這光已被染上綠色：一只經過草草切割、打磨的玉箭頭。席瑞絲沒概念這樣的箭頭在英國或甚至這裡有什麼價值，只知道她這輩子沒見過這麼大顆的寶石。

「我在老雄鹿的臀部發現這東西，」守林人說：「它肯定出自仙靈之手。」

守林人將箭頭經塔巴西傳遞給薩達。薩達細細研究，小心避開尖端和箭刃，接著放在桌上朝亞班西推去。老者拿起箭頭湊近他的右眼，彷彿正在估價的珠寶匠。

「這東西出自隱匿一族之手，」亞班西不情願地說：「帶著他們的寒氣。」

他將箭頭放回桌上，然後推開，不想離它太近。

「或許有其他人拿它來殺死君主。」坐在亞班西身旁的年輕女子說道。

「真的嗎？」守林人問：「獵人們從什麼時候開始變得那麼富裕，竟用得起玉製武器，只為了在完事後留在獵物身上？至於魔咒，對一隻動物，一個人，或甚至一整家子施法是一回事，但若對象是大半片森林——其中有各種生物，而各種生物各有其能力——需要的可是非常強大的魔法。」

他拿出第二個箭頭，這個是以燧石打造，就像她父親挖掘時偶爾會找到而後加入私人收藏的那些。

「這一個也在老雄鹿體內。殺死牠的兇手並不認為這兩種石材有何不同，對他們而言都是相似的價值，也因此同等沒價值。人類不會以這種方式思考。」

他將第二枚箭頭直接朝亞班西滑去，後者接到後將其放在另一枚箭頭旁。席瑞絲看得出老人的懷疑岌岌可危。

「是仙靈殺死布萊絲夫人和她的女兒嗎？」薩達問。

「很有可能也帶走她們家的孩子。」守林人回答。

他知道多久了？席瑞絲思考這個問題。至少是從他將箭頭從老雄鹿身上挖出來後開始，但他肯定早有懷疑。她回想在他小屋第一夜時他對她說的故事，關於摩吉亞娜和仙靈王子。或許從卡利歐現身的那一刻起，守林人就在擔心樹精的到來或許是一種預兆。

「一個月前，距此一天路程的村子裡，有個女人的孩子被偷走，」亞班西說：「搜索過後依然找不到那男孩的蹤跡。」

「他們為了這樁犯罪吊死兩個男人，」薩達說：「都是流浪者。他們或許是無辜的。」

亞班西聳肩。「他們都是遊手好閒的人。就算他們沒擄走那孩子，他們過去肯定也幹過同樣糟糕的勾當。他們被吊死的時候我也在場，而你看得出他們雙手染血。說到底，他們是活該上絞架。」

全體發出附和的喃喃低語。席瑞絲本身是國際特赦組織的成員，還曾投書報紙抗議死刑，她這時只能努力壓抑自己的舌頭。感覺得出來，她應該改變不了此地任何人的想法。

「如果仙靈再次出現，」薩達對守林人說：「為何是現在？有什麼不一樣了？除非對他們有利，否則他們不會回歸。」

亞班西的下巴朝席瑞絲的方向一努。

「這一位啊，」他說：「她就是不一樣之處。」不過聽起來他對此並不十分贊許。

守林人將一隻手放在席瑞絲肩膀上，讓所有人都清楚看見這動作的意義。她受他保護。

「席瑞絲或許在所發生的事件中占有一席之地，但她並非肇因。她的到來是個意外。我不認為仙靈對此有所預期。」

「除非把她帶來這裡的就是仙靈，或是仙靈與始作俑者有關。」

這一次，開口的是塔巴西。在此之前，他都只有點頭、微笑，讓他的妻子負責說話。他的聲音輕柔——不是那種會讓人遭忽視的軟弱，而是一種經過深思熟慮的溫和，會讓機敏的聽者湊近，以免錯失他說的話。對於他的發言，守林人似乎毫不意外或反對，薩達也一樣，然而席瑞絲捕捉到她的一絲興味。席瑞絲成年後有相當的時間與成雙成對的人相處，因而看得出他們之間的動態，也辨識出這是塔巴西和薩達關係中的一個元素：他太清楚她的腦袋是如何運作，而或者是出於謹慎，也或者是一種外交手腕，他有時也許會大聲說出她不能說的話。

「自從我上次來找你們，這個國度最重大的變化是什麼？」守林人問道。

「駝背人死去。」薩達答道，一秒也沒遲疑，其他人則點頭附和。

「就連仙靈也不敢跟他作對，」亞班西說：「光是他自己，聰明和殘酷的程度就已勝過他們。」

「所以仙靈退避的對象不只是人類，還有駝背人，」守林人說：「他們不願挑戰的兩個敵人，或是不願同時挑戰。不過後來駝背人死了，他們或許感覺情勢轉為對他們有利，足以冒險突擊，藉此判斷更大型的行動是否可能成功。」

「因此他們帶走孩子，」薩達說：「若是在黑暗中蟄伏，仙靈不需要太多食物。若是要在外活動，他們就需要進食。」

「確實如此，」守林人說：「但或許他們，或我們，在某個重要之處弄錯了。」

「是什麼呢？」

「駝背人還活著。」

這六個字引發軒然大波，薩達努力讓大家冷靜下來，最後被逼得一拳捶在桌上，這才恢復秩序。

「駝背人死了，」她說：「被他自己的雙手撕成兩半。男孩大衛親眼目睹，我們自己也看見了證據：倒塌的城堡、崩毀的地道、靈魂重獲自由與安詳。而且，從此之後再也沒人看過駝背人。要是他還活著，他會試圖找回他的力量，一切重新開始，但自從我小時候起，他就不曾再侵擾這個世界。」

席瑞絲覺得薩達看起來應該年近四十，而大衛書中描述的事件距今已八十年。或許薩達的實際年齡比看起來還老，也或許並非只有仙靈的時間以不同速度流逝。

「你有什麼證據可以證明駝背人沒死？」塔巴西問。

「我讓席瑞絲來回答這個問題，」守林人示意她發言。「請對大家描述妳是如何來到此處。」

席瑞絲照做。她說起菲比、老宅，以及藤蔓中的臉。她講述女獵人的遺言，並描述她在薩達的麻醉劑藥效影響下看見的書本迷陣，以及在那裡對她說話的那個聲音。說完後，桌邊眾人衡量她的證詞，令她覺得自己有如罪犯，正在等待不友善的陪審團裁決。

「女獵人有可能說謊。」首先對席瑞絲方才所言提出意見的是亞班西。

「目的呢？」席瑞絲問：「說謊對她沒任何好處。」

「因為她天性邪惡？」薩達試著回答。

「她確實是，」席瑞絲說：「我都看見了。但我認為她只是為終究能死去而感到寬慰。」

「我的想法和席瑞絲一樣，」守林人說：「女獵人臨終之際並無欺瞞。」

「但駝背人會想從她身上——從妳身上得到什麼？」薩達糾正自己，將詢問的對象由守林人轉向席瑞絲。

「我不知道，」席瑞絲坦承，「但我很確定我在神遊的時候闖入了他的世界。就算我看不見他，他還是看得見我，而且說話聲跟我在老宅聽到的一模一樣。」

「若果真如此，」亞班西說：「他可能想換張寶座，也換個新女王，再次透過傀儡統治這裡。」

「我認為這個世界已經改變太多，不可能再那麼做了，」薩達說：「駝背人存在的時間或許跟這片土地一樣久遠，不過他在世期間所建立的一切都在大衛反抗他之後分崩離析。如果他的目的是立席瑞絲為女王，席瑞絲也只會徒具虛名，那對他能有什麼好處？」

席瑞絲不喜歡成為陰謀中的棋子，尤其沒人想得通那些陰謀到底可能涉及什麼。

「他行事迂迴，」亞班西說：「應該說他**在世時**行事迂迴，因為我實在很難相信他可能再次潛行於這片土地。」

「儘管如此，我們還是必須假設他不知為何並沒有死，」守林人說：「我們必須保持警戒。如果我們錯了，我也真心希望我們錯了，我們的精力也只是浪費在謹慎提防而已，但若我們是對的，無論他有何打算，我們都會做好更萬全的準備——這在面對仙靈時也能派上用場。」

「假設你是對的，」亞班西說：「這也可能只是一群仙靈拾荒者，對下面的世界厭倦了，意圖搗蛋。」

不過席瑞絲發現他那雙蒙上白翳的眼一直不願望向就擺在他面前桌上的箭頭。她推測，亞班西這男人之所以看不清，不只是因為白內障，也因為他蓄意不去看見。

「婦女遭殺死、孩童遭綁架，無論遇害的人數多少，都遠不只是搗蛋而已。」薩達反駁道。

「我無意表現得像是無關緊要，」亞班西說：「但襲擊和攸關生存的威脅是兩碼事。」

「如果不處理，那有一很快就會有二。」守林人說。

「你想要我們怎麼做？」薩達問。

「我們各有各的任務。席瑞絲和我必須警告鮑溫危險將至。如果他渴望成為領導者，而他所謂的守護不只是屠殺衰弱的駭比而已，我們就給他證明的機會。至於這裡，在這個村子，最重要的是妳，薩達。」

「怎麼說？」

「我認為仙靈之所以殺死布萊絲夫人母女，是因為她們是遠古醫術的最後高手，有辦法對付仙靈的毒藥和魔法。妳在治療席瑞絲的過程中已證明妳也擁有相同能力，這代表少了妳，仙靈才更安全。我也給了巨人戈格瑪格和他的家人相同警告，因為長久以來，大家都知道巨人鍛造的鋼有特別的力量，而仙靈會樂於看見他的火熄滅，他的身軀也跟著一起變得冰冷。」

「我們要準備多久？」塔巴西問：「幾天？幾週？」

守林人搖頭。

「幾個小時。」

36

Frumbyrdling（古英語）
初生鬍鬚的男孩

在村民的認知中，薩達的村子名為薩拉瑪，意即「安全之地」，受北方一片陡峭岩坡保護。這片山坡由鬆散碎石構成，一踩就滑落，因此若是有人從那方向來，村民總能察覺。除此之外，一條深而湍急的河流包圍村子的南、東、西三面，就算是最健壯的馬兒，也得奮力泅水，才不會被急流沖走。一條橋橫跨其上，寬度僅容一輛二輪馬車，兩端皆有人看守。一條路從橋延伸而出，直通村子的大門，門所在的牆則由木樁與棘刺構成。入夜後，橋上的守衛便退回安全的牆內，大門也隨即關上。

然而，自從路波仍橫行的那段日子之後，薩拉瑪就不曾遭受襲擊，也與鄰居維持良好關係。因此村民過得愈來愈安逸，甚至變得輕率，守衛在值勤時打盹也不會覺得不好意思。薩拉瑪是一座等著被攻破的堡壘。

❖

席瑞絲到外面呼吸夜晚的新鮮空氣；少了她，其他人繼續討論迎戰仙靈的最佳作法。薩達或許是村長，不過幾乎全盲或相反的亞班西才是真正負責大部分日常運作的那個人，包含維修、補給，以及防禦。換言之，儘管最終決定權落在薩達身上，他依然握有相當權力以及影響力。任何需要完成的事務都需要亞班西合作，若是亞班西不配合，事情或許就做不成了，就算做了也會做得很差。只要他堅持不相信仙靈回歸——更確切地說，還有駝背人沒死——無論再怎麼努力想對抗他們的威脅，都注定將遭受阻撓。

空氣中有燃燒的味道，來自照亮村子的火炬，也來自村內圓屋的火爐；這種圓屋和戈格瑪格的環形堡有點相似，由岩石或木柱構成，再搭上籬笆和塗料，有些則是稻草捆和短圓木築成的牆，最後覆上圓錐形的茅草屋頂，形式有點類似在鐵器時代之前都一直為大不列顛人遮風避雨的房屋。席瑞絲可以想像下雨的週末午後，和父親一起探訪位於迎風荒地的原始房屋擬真仿製品，母親則是窩在車上聽收音機，若位置許可，就去最近的酒館避難。席瑞絲心想，父親若來到薩拉瑪會多麼高興啊，煙從茅草屋頂的縫隙滲出，主要碎石道路上的小石頭有如墜落星辰的碎片般反射月光。少女時期的她經常覺得悲哀，他人生中如此大量的時間竟都埋首於往昔歲月，總是試圖想像、重建過去。她擔心這會害他錯失當下的美好。後來，隨著她慢慢長大，她自己的人生也有更大部分在她身後延展，她體認到與過去和解的重要性，因為生命終究會走到記憶成為最珍貴財產的階段。到頭來，對於菲比，她現在只剩下記憶了，而且可能最終也只剩下記憶？

有個聲音驚擾了她，她發現是薩達的女兒依美，正若有所思地觀察著她。

「妳好。」這是席瑞絲到目前為止對這女孩說的第一句話。

「妳好，」依美回道：「妳自己在外面做什麼？」

「思考。」

「思考什麼呢？」

「我家、我父親、我女兒。」

依美困惑地皺起鼻子。

「妳這年紀就有女兒，也太年輕了吧。」她說。

「我實際上比外表看起來老。」

「那妳女兒多大？」

「沒比妳小多少。」

「不，妳騙人。不可能。」

「真的。這麼重要的事，我不會說謊。」

依美靠近。

「妳的女兒叫什麼名字？」

「菲比。」

「好名字，是什麼意思呢？」

「意思是明亮，像是發光的燈。」

「妳不在的時候誰照顧她呢，她父親嗎？」

「我跟她父親分開了。只有我們兩個相依為命。」

「妳自己的母親和父親呢？他們在照顧她嗎？」

「我父親死了，我母親住在另一個國家。」

在依美所屬的社群，基本上每個家庭成員、每個朋友都住在附近，因此她無法想像席瑞絲描述的景況。她惱怒地嘆了口氣。

「所以**到底**是誰在照顧妳的女兒？」

「菲比病了，」席瑞絲說：「她在醫院裡——在那種地方，像妳母親這樣的人會照顧孩子。他們代替我照看她。」

「那她會好起來嗎？」

「我也不知道。」

席瑞絲略略哽咽，不過依美的注意力已轉移到更迫切的事物。

「我哥哥喜歡妳。」她說。

「真的嗎？那我有些壞消息要給他。」

不過依美沒那麼好打發。

「他想跟妳結婚。他打算早上的時候跟守林人談婚事。」

「他**什麼**？」

「要談妥很多細節才能定下婚事，不過哥哥很確定不會花太多時間。他認為守林人應該會覺得妳值八頭牛，但他不想給超過六頭。」依美啃起指甲。「六頭就很多了。我覺得他應該給四頭就好。」

席瑞絲覺得大受冒犯。

「我值超過六頭牛好嗎。」她說。

依美聳聳肩，表示她個人認為席瑞絲在牲口指數方面大大高估了自己。

「我應該會喜歡跟妳成為姑嫂，」她接著說：「你們生下第一個女兒之後，可以以我的名字為她命名。」

席瑞絲判斷這場對話的轉折太令人不安，需要喊停了。

「不會發生那種事。」席瑞絲說。

「為什麼不會？依美是個好名字啊。」

「這是個很可愛的名字，但我不會跟妳哥哥結婚，所以不會發生那種事。妳有沒有聽過父權？」

「應該沒有。」

「好，那我來告訴妳吧，父權依然存在於妳哥哥腦中。守林人完全沒立場把我嫁掉，就算拿出基督教國家的所有牛也沒用，所以巴可只能去其他地方找尋他的幸福婚姻了。等到他覺得自己找到了，我強烈建議他先去找這名女子弄清楚她對他是否懷抱相同感覺，然後再去背著她跟人討價還價她值幾頭牛。」

「不成的，」依美說：「順序都錯了啊。」

「那妳母親呢？她肯定不會接受那種狗屁倒灶的事吧。」

「說到結婚這檔事，她可是非常傳統的。而且，她知道牛的價值。」

她沒把「不像妳」這三個字說出來。

「天啊，住在青銅時代的房子不代表真得活在青銅時代耶。」席瑞絲憤怒地下結論——不可否認地，除了憤怒之外也有點缺乏說服力。

「青銅時代是什麼？」

「噢，不用真的——」

就在這個時候，火把忽然全部熄滅，她們陷入黑暗之中。

37

Wæl（古英語）

大屠殺

稍後，在殺戮停止之後，席瑞絲不得不逼自己拼湊出事發經過；整個過程感覺如此詭異，如此血腥。眼下，置身黑暗中，她感覺到一股冷風壓制距離她們最近的火把，呼地一聲熄滅火焰，有如生日蛋糕上的蠟燭被吹熄。風帶來丁香的味道，焚香，還有——對，她很確定——番紅花，不過蓋上了一點比較討厭的氣味，腐爛味，彷彿有人試圖以香料掩飾肉已腐敗，端上桌款待不受歡迎的賓客。她也想著，她將光滅與吹來的氣息連結是對的，因為她聽見近處傳來吸氣、吐氣的聲音，由左到右，彷彿發出聲音的無論是誰、是什麼，都在繞著兩個女孩打轉。

席瑞絲將依美拉向她，短劍出鞘。她希望村民注意到火把熄滅，出來查看，但沒人來。他們都安全地置身各自家中，在自家火爐旁溫暖身子。席瑞絲對著陰影瞇起眼，試著辨明潛伏其中的威脅，然而夜晚變得愈來愈陰暗，就算少了火把照明，也不該如此漆黑才對。一圈圈影子盪過黑暗，行經之處又進一步加深那黑，她聯想起水中的墨汁：改變、遮蔽、殖民。她感覺這是真正的黑，日月星辰都不曾碰觸過的那種；深淵以及墓穴的黑。

席瑞絲張嘴想叫喊示警，但無論再怎麼努力都發不出聲音。童年一再出現的噩夢化為現實；在那樣的夢境中，她被房內的入侵者驚醒，那是一個就算你看不見、碰不著，卻依然存在，而且滿懷惡意的鬼魂。然而當她試著喊父母來救她，她甚至連最低微的耳語也發不出來，而那東西愈靠愈近，沒有形體，卻體現她恐懼的一切，包含所有她說得出或說不出的恐怖事物：生命的痛、即將到來的失落。

依美緊攀著她。席瑞絲冒險朝下一瞥，看見依美正張大嘴無聲尖叫著。觀看者終於現身。

那是一個男人，或是類似男人的東西：非常高，黑髮在頭頂紮起髮髻，顯露出他少了外耳。他那雙狹長的眼睛恍若貓眼，位置較接近頭的兩側，而非朝向前方，因此他的外表也有點像鷹，彷彿一隻由多種動物構成的掠食者。他身穿森林綠色的束腰短袖上衣，苔蘚色和棕色的長褲，無跟皮靴，不著裝飾品，衣物也不附金屬鈕釦或鉤夾，沒有任何會發出多餘聲響或反射光線的物品，因此獵物不會察覺他的到來。就連他手上的長劍也是黯淡的灰色，劍柄纏上黑布，握劍的手指則戴著手套，只露出指尖。隨著他進逼，席瑞絲看出他為何戴這樣的手套：他的指甲長而黑，而且非常尖銳，本身就是一種武器。

他雖然有種恐怖的感覺，但乍看下也很美，就好像他舉手投足都帶著一股致命的優雅。接著，他那充斥香料和腐敗的氣息又飄向她，他來到伸手可及的距離，席瑞絲也更加清楚看見他那毀滅的本質。他的臉上有一道道裂痕與皺紋，看似一幅描繪年輕人的古老油畫，清漆老化、乾燥導致肖像龜裂、變形，他因而成為俊美和醜陋的古怪混合體。她發現他的鞏膜泛黃，牙齦萎縮，頭髮漸稀，隱約可看見部分頭皮。他看起來就像在盛年時期死去的活屍，本該消亡，卻仍對抗著必然的腐朽。她腦中響起父親說的話——他們對死亡有種半是愛戀的情感——因此她知道眼前就是仙靈。

席瑞絲依然叫不出聲，也動彈不得。劍握在手中沉甸甸的，恍若凍結。她只能眨眼、呼吸——很快地，若是仙靈得逞，那就連這兩個動作也將停止。她聽見他說話，但一個字也聽不懂，而且她覺得她多半從火把熄滅的那一刻起就聽見他說話了，他的魔法籠罩她和依美。他的低語聲有如美妙的音樂，他的暗紅色嘴唇——詭異地飽滿，像是剛飽食一頓的水蛭——吐出帶有異國風情又迷惑人心的話語，儘管她已拼湊出話語背後的目的：迷惑她，好讓他殺她時省些力。

然而仙靈伸出手的對象不是席瑞絲，而是依美。他抓住那孩子的頭髮，將她扯向他，利劍高舉，眼看就要朝她的頸子致命一擊。他深吸一口氣，準備劈砍，詭異的舌頭探出嘴外；但那並非血肉構成的器官，而是雪松與鋼。箭從後方射入仙靈的腦袋，箭尖在強大的力道之下從他脣間刺出約莫六英寸，滴下藍黑色的血。仙靈維持直立片刻，短暫露出困惑的表情，接著跪倒，一臉栽入泥土中，箭羽被震得不停顫動，彷彿曾為鳥身一部分的最後短暫記憶依然縈繞不去。

隨著仙靈死去，魔法隨即消失，被封印在席瑞絲喉嚨裡的示警叫喊隨即獲得釋放。

「他們來了！」她尖叫，「仙靈來了！」

一直要到依美也加入叫喊，席瑞絲才注意到那個拯救她們的弓箭手。他彎弓搭箭，正在找尋下一個目標。他看起來比他最後的照片年輕，但她依然一眼就認出他。

「大衛？」

「晚點再說，」他回道：「妳會用劍嗎？」

「我不知道，」席瑞絲說：「還沒試過。」

「嗯，妳最好趕快掌握竅門。」

她還來不及回話，他已經走了。四面八方都有村民從自家屋子衝出來，拿著手邊找得到的任何武器，跟在後面的人則手持火把驅散黑暗。守林人從中央的圓屋走出來，薩達、塔巴西和亞班西尾隨在後。守林人拿著他的斧頭，其他人則是帶著鋼矛尖有一英尺長的長矛，隱約可見他們後方還有更多男男女女，每個人的手上都有武器。

守林人衝到席瑞絲和依美身旁，薩達和塔巴西緊跟在後。

「有沒有受傷？」他問。

她們搖頭，同時塔巴西將入侵者翻面仰躺，過程中折斷了仙靈腦袋上的箭。

「肯定是仙靈，」塔巴西說：「但這不是我們的箭。」

「殺他的是大衛。」席瑞絲告訴守林人。

「大衛在這裡？」

席瑞絲沒機會說明，因為原本在她身旁的亞班西忽然開始上升，發出噎住的叫喊。套在他脖子上的繩索將他拉離地面朝屋頂而去，一個駝背、毛茸茸的身影蹲踞其上，在遭仙靈下咒的黑暗中幾不可見。下面的人試著抓住亞班西的腿，但已搆不著他，他的上半身被整個拉到屋頂上，看不見了。有人朝黑暗射箭，但薩達要他們住手，以免誤傷亞班西，直到最後也不用麻煩了，因為他的身體又落回地面，只不過頭已不見蹤影。現在不用再擔心對他造成其他傷害，下方的人矛箭齊發，但無論殺害亞班西的是什麼，那東西都已然離開。

守林人一把抓住薩達。

「我們必須把妳送回屋內，」他說：「必須保護妳不受傷害。」

「但這些都是我的人民，我不能讓他們去戰鬥、去死，我自己卻躲起來。」

「仙靈是來殺妳的。若是他們得手，少了妳，受苦的就不只是妳的人民了。」

「他說得對，」塔巴西說：「少了妳，我們的力量將大大削弱——還有我，」他補充，「也會迷失方向。」

薩達接受了第一個論點之中的智慧，以及第二個論點之中的深沉情感，點頭同意。一群戰士立即包圍她和依美，高舉矛與劍，成戰鬥隊形朝安全的主屋撤退。

「妳應該跟她們一起去。」守林人對席瑞絲說。

「不要，我要跟你一起待在外面。」她實驗性地揮了揮短劍。「不然，這東西除了裝飾之外沒其他用處。」

守林人沒費心跟她爭論。沒時間了。村民一個接一個死在仙靈手下。

「我們無法在黑暗中跟他們戰鬥，」守林人對塔巴西說：「我們需要更多光。」

「拿火把來！」塔巴西下令。「有多少就拿多少。」

他們四周很快便亮起新點燃的火焰，仙靈的黑暗隨即退卻，有如害怕被燒傷的動物。

「維持小隊形式，」守林人下令。「記住，火把對你們而言就跟鋼一樣有用。火是武器，火光就是你們的優勢。」

有人把一堆沒點著的火把放在席瑞絲身旁。她拿起一根，在火盆點燃。困惑和驚慌的叫聲從四面八方傳來，來源佚失於仙靈的黑暗之中。他們右方傳來尖叫聲，然後是女人哭喊著「不！不！」聽起來非常近。席瑞絲望向守林人，他們隨即和塔巴西以及他們後方的其他人一起前去救援那個女人。有如強健肌腱般的黑暗從他們前方退開，偶有捲鬚退得不夠快，被火焰燒焦，留下恍若火藥燃燒過的味道，席瑞絲也清楚聽見燃燒的嘶嘶聲。

一名年長男性躺在小屋門口，身子一半在內，一半在外，其中一個仙靈跨立在他上方。相較於方才攻擊席瑞絲的仙靈，這一個的身形較小，膚色也比較白皙，臉和軀體兼具男性和女性的特徵，右手提著一個嬰兒的一條腿，而孩子已因為血液湧向頭部而臉色發紫。仙靈想掙脫一名女子的拉扯；她多半就是孩子的母親，已用魚網罩住仙靈的左側身體，他從肩膀到腿都纏在網中，因此手上的劍無法施展。同時間，女人試圖以左手制住仙靈持劍的手，一邊用一把小刀徒勞地劈砍仙靈的皮甲，但仙靈設法扭轉劍鋒劃破魚網，從中掙脫，接著由下而上揮劍，意圖將方才困住他的人開膛剖肚——

席瑞絲雙手高舉自己的劍，用盡全力劈下，砍斷了仙靈的手腕。仙靈在劇痛中放聲尖叫，聽起來就像一支沒調音的管弦樂團試圖彈奏同一個音，不過慘叫聲被守林人的斧頭喀嚓一聲消音，以另一具無頭屍體好好地為亞班西之死復仇。仙靈一死，捉住嬰兒的手也鬆開了，母親連忙撲到嬰兒下方，以雙手接住了孩子。席瑞絲查看門口的老人，但他遭受的折磨幾乎已經結束，很快將投入大地的懷抱。女人緊緊抱著孩子，也來到他身旁。

「我來照看他，」她說：「去吧，其他人需要你們幫忙。」

席瑞絲跟上其他人，而他們的注意力已鎖定一群女人，她們手持木棍、長槍以及乾草叉，將其中一名入侵者逼到陡峭的山坡邊。守林人穿過人群，席瑞絲看見村民們困住的是一頭毛茸茸、蹲伏著的野獸，體型肯定比山裡的大猩猩還龐大，一身棕色粗毛，頂著一顆蒼白無毛髮的頭骨，臉因為增生的瘤狀物而變形。

「顱怪，」守林人對席瑞絲說：「一種妖怪。」

顱怪一雙黃眼，彰顯出牠那詭異而空洞的惡意，但為了避免你對此還有所懷疑，牠一掌捏著亞班西的頭，那是牠就算被殺氣騰騰的女人包圍也不願放手的戰利品。席瑞絲懂這是為什麼：顱怪的盔甲肩膀部分是燒黑的人類頭骨，皮革乍看之下像是嵌入無數珍珠，不過仔細看就會發現，那些實際上都是人類的牙齒。先前套住亞班西脖子的細繩掛在牠的肩膀上，牠的右手拿著布滿石英與玉石尖刺的鎚矛。

隨著守林人逐漸靠近，顱怪辨識出更危險的新敵人，朝他露出尖牙，不過守林人只是障眼法。顱怪轉為專注於守林人，舉起鎚矛，易受傷害的腋下隨即暴露。這時塔巴西踏出一步脫離人群，將長矛刺入牠的身側，直到鋼製矛尖找到牠的心臟。顱怪一震，隨即喪命。

「他們在撤退了。」遠方有人喊道，而席瑞絲這才發現黑暗消散，夜晚漸漸轉亮。仙靈開始移動。

「守住大門！」另一個人喊著。「孩子在他們手上。」

席瑞絲也加入奔向圍牆的村民之列，但警告來得太遲，損害已然造成。大門洞開，徒留村民凝望著黑夜，臉孔被橋照亮；正要離去的仙靈為了確保能安全撤退，遂放火燒橋，冰藍色的火正熊熊燃燒。

仙靈，以及他們偷走的孩子，則已不見蹤影。

38

Wæl-Mist（古英語）
籠罩戰場與亡者屍身的薄霧

薩拉瑪陷入混亂。七人死去，傷者則有兩倍之多，另外還有一男一女共兩個嬰兒失蹤。有些村民已在備船，準備渡河追趕仙靈，但守林人試著勸退他們。

「不能在黑暗中追捕仙靈，」他說：「就算是在日光下，他們也很難追蹤，如果殺死布萊絲夫人母女的凶手也是他們，那更可能完全沒留下足跡。他們的視力和聽力也比你們之中的任何人都好，因此你們會成為容易下手的獵物。」

但他們不聽，尤其是孩子被偷走的那些人家。席瑞絲幾乎無法責怪他們。這些是孩子被從他們身邊搶走的母親和父親。他們心知仙靈會把握這段時間帶著俘虜遠走高飛，萬萬不可能什麼都不做，只是一邊絞扭雙手一邊等待天明。就連薩達也無法說服他們等待才是明智之舉。

「讓他們去吧，」她悲傷地對守林人說：「我們沒辦法勉強他們留下來。」

「**妳**可以，」守林人糾正她。「妳可以命令他們等到天亮。」

「要是他們因此而失去孩子，你覺得他們這輩子還會原諒我嗎？」

「孩子沒有立即的危險，」守林人說：「仙靈會想讓他們活著，一次一點吸食他們的光。仙靈自給自足，因此才能持續移動。」

「但若他們決定要狼吞虎嚥呢？」薩達問：「那又該怎麼辦？」

「他們不會的。他們費盡千辛萬苦才抓到這兩個孩子，仙靈自身也有傷亡。而且這場攻擊沒有達成殺死妳的這個目標，除此之外，還賠上了出其不意的優勢。」

「無論如何，我還是不會阻止孩子被搶走的那幾戶人家立即追上去。」

於是他們站在一旁看著三艘滿載武裝男男女女的船渡河到對岸。村民手腳並用下船，爬上河岸，被黑夜吞沒。薩達和其他人回到牆後照料傷者、埋葬死者，獨留守林人抱怨他的挫折。

「你不懂，」席瑞絲低聲說：「你沒有孩子。」

「妳又知道了？」守林人回道，閃現的怒火令席瑞絲猝不及防。眼看他就要繼續說下去，但他又硬生生忍住，踩著重重的腳步走進大門，姿態清楚表明他不在乎席瑞絲是否跟上。

另一個聲音發話。

「妳錯了，」那聲音說：「他們都是他的孩子。」

是大衛。自從第一個仙靈被殺死之後，席瑞絲就不曾再與他說話，倒是曾看見他和守林人短暫密切交談。大衛此時坐在河岸，正在包紮左手的傷口。席瑞絲走到他身旁坐下。

「什麼意思？」她問。

「他是這地方的總管——所有這些地方，因為我認為這裡只是許多世界之中的一個，更正確的說法，應該是同一個世界的其中一個變體。他感受著所有失落。」

「但那終究有別於身為人母或人父。」席瑞絲說。

「是嗎？」大衛在繃帶上打結，握拳、鬆開以測試包紮是否牢固。「妳或許是對的吧。對他來說可能還更難捱。」

「怎麼說？」

「噢，我只是在放聲思考。妳知道《聖經》裡的那句話吧，『人世間最偉大的愛莫過於為朋友犧牲生命』。我曾以為這句話是錯的。最偉大的愛是為陌生人犧牲生命才對。我們因為孩子是我們的孩子而愛他們。若是他人的孩子受苦，我們也感同身受，但其中有所不同，沒那麼深切，不可能一樣。但守林人不是那樣，也不像我們。對他而言，眾生平等。」

「仙靈除外。」席瑞絲說。

「就算是仙靈，他也寧可不傷害他們，但他不會袖手旁觀，放任強者欺凌弱小。」

大衛從身旁的背包拿出小酒瓶遞給她。

「裡面是什麼？」她問道。

「白蘭地，算是吧。自家釀的，還不差，剛開始有點燒喉嚨，但妳很快就不會有感覺了。」

「我不喜歡白蘭地。」

「喝就對了。妳一直靠腎上腺素支撐，身體很快就會要妳付出代價。白蘭地對妳有幫助。」

席瑞絲接過酒瓶，試探地輕啜一口。大衛沒說謊。酒嘗起來有櫻桃味，她不喜歡，而且入喉果然一路灼燒，但不得不承認，喝下之後感覺溫暖些，她也平靜了些，雖然她還是寧可來杯甜滋滋的濃茶。她和菲比都愛這口味。

「順帶一提，我是席瑞絲。」她說。

「我聽說了。妳多大啊，十六歲嗎？」

「三十二。我有個八歲大的女兒。」

大衛笑了，但並非因為不相信她。

「妳第一次進來就變了嗎？」他說：「肯定大受震撼吧。」

「我討厭重回十六歲。我覺得這是我青春期之中最糟糕的一年。」

她又喝了一大口白蘭地，這次成功嚥了下去，沒噴出來。

「你待在這裡的時間比我長很多，」席瑞絲說：「所以這裡確切來說到底是哪啊？」

「確切來說？這裡牴觸那種確定性。我再次看見妻小的時候，以為這裡可能是天堂，但若這裡容得下像仙靈那樣的殺人凶手，那肯定跟天堂差遠了。不過，如果我們吃了很多苦，也夠努力作夢，我們有些人或許就可以來這裡體驗我們無法如願以償的人生。也或許這**就是**夢境吧，我們腦中的小小神經元在我們瀕死之際最後一次火力全開，但這樣想就沒那麼有趣了，是不是？我的意思是，我不認為妳會很想接受自己可能快死了，對吧？」

「不太會，」席瑞絲說：「但我確實懷疑過。」

「跟我一樣。但不，這並非死亡，只不過很接近，比尋常人生還接近，若是踏錯一步，妳很快就能得知死去是什麼滋味。這裡也並非永恆。我就跟我的妻子和兒子一樣，我們都在慢慢變老。我們終有一天必須離開此地，前往無論在哪裡的下一站。我們或許能夠自己決定要在哪一天走，也或許不能，但無論如何，該走的時候就是得走，而我希望過程短暫無痛。但我不會留下任何遺憾。我在我的舊人生有遺憾和悲傷，但在這裡沒有。我愛我置身此地的每一分鐘。」

「你的妻子和兒子現在在哪？」

「我的妻子在小屋，森林會確保她在那裡安全無虞。至於我的兒子，他已經跟愛他的女人展開自己的故事，他們的兒子也即將誕生。當世界變動，我立刻拋下他們所有人。世界為我而閃爍，而我感覺到妳的到來，因此前來查看。」

「為什麼？」

「好奇吧，還有不安。最近幾週以來，我的心裡一直有一片陰影，我說不出那是什麼，也無法解釋。就當作預感吧，而且我不只感覺到我的時日無多，還覺得應該跟仙靈也有一點關係，但又不只是他們而已。不只如此。」

席瑞絲思考著自己的人生變得多麼詭異，她竟然在跟一個就任何邏輯推論來說應該都已經死去的男人交談，而且不管他提出什麼理論說明自己還沒死，他很可能就是已經死了。這會兒她即將把他再次推入他年少時的苦難之中。不過話說回來，大衛在《失物之書》的開頭不就已經寫下了真理了嗎？無論好壞，我們總是帶著我們的童年走入成年人生。那樣一來，我們就永遠不會離曾經身為孩子的自我太遠。

「我可能知道那是什麼，」席瑞絲說：「是駝背人。」

39

Choss（登山術語）鬆石，攀登時具危險性

守林人正試著將菸草填入他的菸斗，但失敗了——明白顯示出他有多心神不寧。

這個國度就跟所有其他國度一樣，由幾乎無法計數的意識構成，每個意識都必須面對自由意志帶來的後果，不只是他們自己的自由意志，也包含他者的自由意志，無論是已知或未知的他者。少有人會想主動傷害他者，不過有時候，不管是出於愛、恐懼、嫉妒、憤怒（無論正當與否），或是羞愧——可能短暫主宰行為的任何情緒——他們確實傷害了他者。我們不可能活過這一輩子、與人互動，而不偶爾傷害他者或受傷。心很柔軟，容易受傷，但有些人復原的速度快得讓你難以置信。

只是我們很少遇上蓄意、預謀性的惡意：為邪惡而邪惡。這種事確實存在，但只是例外，而非常態。守林人知道，儘管仙靈有能耐作惡，但就算是他們，也並非天生邪惡。他們相信這世界理當屬於他們，他們比人類更適合管理它——誰又能說他們錯了呢？薩達更加詳細地跟他說了鮑溫動爵是如何將東方的森林化為不毛之地，他挖了多少坑以為他的熔爐開採燃料、為他的金庫增添黃金，還有他朝溪流倒了多少汙物。守林人自己也曾站在鮑溫殺死的駭比前；這個種族至少與人類一樣悠久，只因為一個傲慢自負的貴族拒絕服從有違他利益的古老盟約，牠們

就遭到屠殺，現在只剩下為數不多的倖存者。沒錯，仙靈綁架孩童，以他們為食，但仙靈視人類為低等物種，就好像人類對於自己屠宰、食用的動物也幾乎不曾多想。

現在，除非人類與仙靈能達成某種休戰協議，否則只可能走上進一步濺血一途，然而守林人不覺得雙方有和解的可能。仙靈太古老，他們太堅定相信自身的優越感，這種信念在他們的自我認知之中也太不可或缺，不可能有所退讓。至於人類，雖然較年輕，在那方面卻相差無幾，而且人數勝過仙靈，每一天都擴散得比前一天更遠。仙靈的時代過去了。所有邏輯與道理都如此顯示，然而他們卻不知為何確信這並非實情。

他們為何如此輕易放棄進攻村子？他為此滿心憂慮。確實，他們帶走俘虜——而村民必將救回孩子們；不能讓他們的光只為了餵養仙靈就熄滅——但仙靈的主要目標肯定是消滅薩達，還有她的女兒，就像他們對布萊絲家的所作所為一樣，但他們這次失敗了。事實上，他們幾乎沒有發揮全力……

守林人停止裝填菸草。他看見薩達，塔巴西也跟在她身旁。他們正焦急地在找人，但人群中遍尋不著，又害怕在亡者之列找到。他聽見他們兒子的名字。巴可不見了。

守林人顫抖。危險將至。村子後方的陡坡矗立上方，他的目光掃過陡峭的碎石坡，往上，再往上，直到看見一片不自然的陰暗；這片黑遮蔽了山頂。他察覺其中有股節奏，有如鼓聲，而他終於知道仙靈為何在達成目標之前就終止襲擊：因為他們並非襲擊薩達的主力。

「薩達，」他喊道：「進屋！」

三個形體如箭般從山的暗處落下。其中兩個轉向引開薩達四周的戰士，讓她孤立無援，同時第三個年老、銀髮的駭比，也就是曾在橋上挑釁守林人與席瑞絲的那一個，則直朝薩達而去，有如俯衝的獵鷹，速度令人咋舌。駭比的腳以可震碎骨頭的力道撞上薩達，爪子深深掘入她的血肉之軀，同時再度一飛沖天，垂死女子的重量幾乎毫無妨礙，山頂的黑影降下迎接他們。另外兩隻駭比撤退，跟上姊妹，也進入黑影之中；牠們朝山頂高飛，黑影則包覆牠們，在峰頂化為捲鬚，而後融入夜空。

40

Aelfscyne（古英語）
美如仙靈

仙靈到來時，巴可正獨自走著，沉浸於思緒中。他想著那個女孩，席瑞絲，她居然在餐桌上如此出乎意料地打發了他。他本可能因為她的拒絕而惱怒，但他還沒準備放棄希望。媒妁婚姻在他們這裡很常見，他也認識好幾對，剛開始看是配對錯誤，但在幾年後找到共通點；也有幾對的其中一個人剛開始百般抗拒，後來慢慢愛上——或是接受——自己的伴侶。當然了，他也知道有些婚姻從頭到尾都不幸福，毫無緩刑，痛苦隨著他們共度的每一天而日益明確，不過最好還是樂觀點：後者只是少數，因此他和席瑞絲的結合還是比較可能幸福快樂。

應該特別提及，巴可花太多時間跟很快就要喪命（更確切地說，應該是很快就要沒頭）的亞班西在一起，這男人總認為自己比女人見多識廣，而身為男性的部分重責大任就是偶爾必須將女性導向正途，就算她們總是堅持己見，覺得該走另外一條路才對——不能說全部，但絕大多數男性也都抱持相同想法。亞班西給予巴可忠告，一旦女人領悟自己選的路錯得多離譜，她們獲得的男性指引又是多麼正確，一般而言她們都會進入一種平靜滿足的狀態，未來若出現相似狀況，她們也不會再屢屢不受教。

亞班西是個獨居的鰥夫。他的妻子數年前過世了，而儘管亞班西有財有權，依然沒有其他女人有意承接她的位置。而且，大家都知道亞班西怨恨薩達，對她丈夫也欠缺尊敬，視其為在妻子拇指下蠕動的蟲子。巴可來到尷尬的年紀，這時期的年輕人有些會討厭自己的父親和母親，並因此易受奸詐的年長者影響；巴可沒意識到亞班西在操弄他，試圖藉此暗中削弱薩達的權威。

不過就目前而言，巴可滿腦子都在思索該如何讓這名詭異、超脫世俗的女孩成為他的新娘。巴可知道，若是能說服守林人將席瑞絲許配給他，她很快就會看見他那些更優秀的特點，而他的優點可多著呢，他自己清楚得很。他在沉思中經過打盹的守衛，走出村子大門。河對岸有些夜晚綻放的花傳來陣陣香氣，他受花香吸引而過了橋。他想，或許可以摘下最芬芳的花送給席瑞絲，放在她的門前。若是機會送上門，他說不定還可以親手把花交給她，不過根據村落生活的苦澀經驗，他知道每當有人要做一件一定程度隱私的事，附近的每個人都會立刻出現在現場。他想著，小村居民嘲弄起人來恍若無底洞，而且還擁有同樣深不見底的記憶力。

巴可沿河岸而行，邊走邊摘採春白菊和茉莉、捕蠅草和月見草，湊到足以做成花束的花草後，他便在水邊坐下著手整理，好讓他能輕鬆帶著走，不至於碰傷。他略一思考，若是守衛剛好醒來看見他捧著一大束花，那會造成什麼後果，他隨即脫下斗篷、對摺，打算將花藏在裡面。

這時，一道影子掠過水面，巴可聞到混雜焚香和腐敗的味道。他在原始的生存直覺之下保持絕對靜止，而且，這並非他第一次對自己的膚色心懷感激，因為有助於他在夜晚隱匿行蹤。他伏在高草中，再加上水流和水面上搖曳的月光轉移注意力，只有最銳利的雙眼才看得見他，而且前提是他自己動了。就連他原本的體味也被遮掩：他在母親屋子裡的用餐室待了太久，以至於一身燒柴的煙味，而夜晚這時間的村子周遭總是瀰漫相同味道。他靜止不動，努力看清是什麼東西在水面映下倒影。

就跟他這代以及長久以來許多代的所有人一樣，巴可不曾見過仙靈。然而他的童年充斥他們的故事，大人說這些故事來遏止惡習，也用來嚇人或提供娛樂。入夜後不要去儲藏櫃拿東西吃，不然總是在夜裡進食的仙靈會聞到食物的味道，連帶也聞到你。不要對父母撒謊，否則仙靈會喀嚓剪掉你的舌頭。別丟著分內工作不完成，否則厭惡事情做一半的仙靈會幫你做完，然後把你偷走，要你做他們的奴隸，讓你在漫長、辛苦的歲月中學會不該偷懶。不要這，不要那：他父母說的話若能信，仙靈花那麼多時間導正行為不端的小孩，居然還做得了其他事，那可真是奇蹟哪。

隨著他一年一年長大，他開始質疑仙靈到底是否真的存在，不過就連村裡最多疑、膽子最大的年輕人也不敢走入蘑菇圈，或是攪擾據說仙靈於其下沉睡的古塚。然而多虧那些故事，他們都知道傳說中的仙靈是何模樣：位於兩側的雙眼、沒有外耳。這一個仙靈的腦袋一根毛髮也沒有，不過紋上了精細複雜的變形臉孔。仙靈戰士如此靠近，巴可甚至能就著月光看清圖案的細節，那些臉也在月光的把戲下動了起來，眼珠轉動，嘴巴開開合合。仙靈在柳樹下停步，黑色長弓在手，尖端為石的箭搭在弦上。並非只有他而已。他的手離開弓弦，手指打了個暗號，另外兩個仙靈隨即溜了過去，朝橋的方向前進。另外還有一對頭骨變形、弓著身子的東西在他們身旁一起奔跑；巴可也聽過牠們的故事：顱怪，性喜蒐集人骨的妖怪。

巴可知道他必須警告村子。若是他喊得夠大聲，或許能喚醒睡著的守衛，要是牆後剛好有人到屋外透氣，或許也能聽見。不過這裡有兩個問題。首先，巴可太害怕了，他不確定自己有沒有力氣發出比嘎嘎叫更響亮的聲音；第二，一旦他發出聲音，仙靈就會來找他。他的選擇是保持安靜、活下去，但犧牲他所愛的所有人、所有事物；或是出聲示警，但為此犧牲自己。

巴可略略遲疑後便做出決定。他等到光頭仙靈走出一段距離了，才改變姿勢放鬆肺部的壓力，好讓他能吸入朝河對岸叫喊所需的空氣。他吸氣，不過還來不及吐氣，他便聽見一個音符，彈奏得尖銳又不和諧。前方，光頭仙靈完全靜止：他後腦的其中一張刺青臉方才出聲示警，這會兒正直勾勾瞪著巴可。仙靈腳跟一旋，同時放箭，不過滑溜的河岸辜負了他，箭以毫米之差錯失目標，射中巴可左腳不遠處。仙靈從箭袋抽出第二枝箭，而男孩把握機會。

「有——」

一聲耳語，幾乎稱不上一個音節。一隻冰冷的手罩住他的嘴掐熄了剩餘的部分，一隻強壯的手臂從後方抱住他。

「噓，孩子。」女性的聲音。巴可沒聽過這麼可怕的聲音，因為自從人類出現以來，那聲音總在每一個瀕死之人的最後哭喊中迴盪。寒意從他的臉和頸部蔓延，快速擴散到他的肩膀和胸口，逐漸靠近其目標。

「閉上眼，」女人命令道：「不要看我。」

巴可的眼皮合上，既是聽從她的命令，也是出於自己的意願。

我失敗了，巴可心想，*我在關鍵時刻失敗了*。

女人似乎讀出他的心聲，說道：「對，孩子，你失敗了。」同時一股強烈而冰冷的灼燒感攫住巴可的心臟，慢下其跳動，讓他墜入無意識之中。

而這幾乎稱得上一種仁慈。

41

Uht（古英語）
即將破曉的那段期間

塔巴西長劍在手，雖然劍在這時候可能也沒多大作用就是了。手持武器的男男女女在他身旁集結，準備行動，儘管他們仍繼續凝望著山；山頂有如天空中的一個切口。其中一個女人靠近守林人和席瑞絲，她的表情因悲痛而扭曲。她的裙裝前襟染血，但那不是她的血。

「是你們害的，」她說：「你們引來仙靈。他們追著你們來到這裡，現在因為你們，我們得為亡者下葬。」

守林人沒回應。他太睿智，也太滿心同情，知道不該回應。說話的工作留給仍在處理自身失落的塔巴西。

「不對，瑞希瑪，」他說：「他們只是來警告我們。無論後續發生什麼事，都不該歸咎於他們。」

名叫瑞希瑪的女子看似準備爭論，但又放棄了，或許是因為知道爭論毫無助益，也或許是因為塔巴西所言為真。無論原因為何，當怒火消散，她的臉隨即變得空洞。這變化太過突然，她差點暈厥，全靠席瑞絲扶了一把才沒倒下。瑞希瑪鎮定下來，看著席瑞絲扶著她前臂的右手；她剛剛才將自身的哀痛歸咎於席瑞絲，這名年輕女子這會兒竟如此冒失，她因而大感震驚。

「抱歉。」席瑞絲收手。一群女人立即團團圍住瑞希瑪，她們的斗篷如花瓣般保護性地包圍著她，為她阻隔任何其他可能導致她痛苦的事物。

「我們要把薩達救回來。」塔巴西說，不過席瑞絲在他的聲音中聽見斷骨般的絕望。

「薩達死了。」守林人盡可能溫和地說道。

「我們還不知道。」

不過席瑞絲覺得他其實知道。當駭比抓著薩達飛起，從她的身體榨出最後的生命，他們都看見她眼中的光輝熄滅了。當薩達的脊椎折斷，甚至可能還發出了沉沉的爆裂聲，但席瑞絲無法確定，或者她是這麼告訴自己的。

「塔巴西，」守林人說：「看著我。」

那個哀痛的男人轉身面對他。

「她走了，」守林人接著說：「而之前所說依然成立：仙靈和駭比在外橫行，夜晚冒險外出只會造成更多傷亡。」

「我聽見了，守林人，但我必須確定，」塔巴西回道：「如果薩達死了，那就必須取回她的屍體，並為她舉辦合乎體統的葬禮。我不會讓牠們將她的骨頭撒入峽谷，但我會等到破曉。」

席瑞絲不知道塔巴西打算如何從雛鳥的巢穴取回薩達的遺體。就算用上繩索，垂降也依然危險，而那還只是在駭比開始捍衛自家領土之前。但塔巴西需要一試，就算只能帶回碎片，他也非試不可。太可怕了，只有這兩個字能形容。

「先等我們恢復精神吧，」守林人說：「雖然我不認為仙靈會回來，我還是建議派人看守。」

他用不著補充，多虧駭比的攻擊，仙靈出動的目標已完成部分。他也無須提及駭比自身；這會兒有了一具屍體可忙，牠們也沒必要再次進犯村子。

「那巴可呢？」塔巴西問。他環顧四周，但在在場者之中沒找到兒子。「還沒找到他嗎？」

眾人搖頭。

「我們一樣在天亮後出去找他。」守林人說。

「我想殺死他們，」塔巴西說：「我想殺死他們全部。」

守林人沒說話，但席瑞絲輕而易舉就能猜出他的想法：*那你跟仙靈就有一個共通點了。*

大衛站在近處。這個國度如此危險，如此不幸，他怎能愛像這樣的地方呢？不過席瑞絲想起她自己的人生，在——她差點稱之為「現實」世界，但誰還能說孰為現實、孰為虛幻？那就稱其為「舊」世界吧，舊世界的舊人生。那個世界也充滿超過任何人應得的不幸：菲比就是明證。對有些人而言，那樣的世界變得太難以承受，而席瑞絲漸漸也有相同感覺。她之所以能繼續前進，靠的是對女兒的愛，以及不能拋下她的責任感，不過也仰賴每個人都能享有的祥和、美好時光；那些歡樂片刻無論再怎麼短暫，人生都因而變得能夠忍受，我們也才能持續前進。大衛學會接受這個國度，這個他方的可怕之處，因為他在這裡能夠與妻兒重聚。若你只專注於存在最惡劣的面向，那麼你眼裡也只會有那些面向，然而就算是在一切最嚴峻的時候，也會存在些許美好。

塔巴西淒涼而心煩地站在那兒，這時依美來了，正在為逝去的母親而哭泣。男人擁抱孩子，兩人的痛苦合而為一。席瑞絲走開，讓他們與他們的心碎獨處，然而又並非全然孤獨。

*我們繼續前進，*席瑞絲心想，*這並非唯一能做的事，但我們最多也就只能這樣了。*

席瑞絲舉步維艱地走向薩達為她張羅的房間，試著在他們再次出發前睡一會兒，就算只有一、兩個小時也好，這時屋外傳來叫喊聲。

「巴可！是巴可！」

人群在塔巴西和守林人的帶領下朝河邊而去，席瑞絲也加入他們。巴可就站在對岸，在燒毀的橋邊。一艘有四位村民的小船已經出發渡河接他，兩人負責搖槳，兩人警戒。很快地，巴可被扶上船，帶了回來。船首觸及河岸時，第一個上前迎接的是他父親，他涉水過去擁抱兒子，但巴可幾乎完全沒回應父親外顯的情緒，手臂鬆鬆地垂在身側。席瑞絲覺得，若巴可沒受其他傷，那他多半處於無比震驚的狀態。有人拿來毯子給他保暖，巴可在父親的攙扶下茫然地朝自己家走去，其他人跟隨在後。來到家門前，依美正在那裡等著。她喊哥哥的名字，但他沒有反應。

「他病了。」一名年老男子對依美解釋道。席瑞絲覺得他們或許是親戚，因為她聽見依美吃飯時喊他「叔叔」，不過守林人也曾對她說明，在這村子裡，年輕人通常以「叔叔」、「阿姨」表示對長者的親暱，甚至也會以此稱呼親屬之外的人。「他看見太可怕的事物，導致他失了魂。他需要休息，也需要家的安全。有了這些，他的魂魄終究會回歸。」

不過依美看似並不接受這個說法，守林人也一樣，他正憂心忡忡地觀察著巴可——席瑞絲甚至會說他滿腹懷疑。這時的席瑞絲幾乎都睜不開眼了，她正準備再次試圖走回床邊，這時守林人握住她的手肘，將她帶到角落，以免其他人聽見他們說話。

「妳的房間裡有門閂嗎？」守林人問。

「應該有吧。」

「那就把門閂上。」

42

Utlendisc（古英語）
陌生

席瑞絲被門上的刮擦聲吵醒，此時天色仍未明。她不知道自己睡了多久，但感覺像頭才剛沾枕而已。她聽從守林人的建議，上床前將門上了閂，只留下小窗子開著保持空氣流通。

「讓我進去，」女孩的聲音，聽起來像依美。「拜託，席瑞絲，讓我進去。」

席瑞絲回答來了，但過去開門前先抽出短劍靠著身側。她拉開門閂，但開門時用右膝和右腳頂著，從而稍稍讓外面的人更難闖入。不過當她從門縫朝外看，只看見依美一個人。席瑞絲將依美拉入房內，隨即關上門、拉上門閂。

「依美，怎麼了？」

「是巴可，」她說：「他變了。」

席瑞絲在女孩面前跪下。

「我們不知道他在河邊發生什麼事，」席瑞絲說：「或是看見了什麼。巴可不太舒服，但他會好起來的。」

「妳不懂，」依美說：「他不是巴可。」

席瑞絲困惑地看著她。

「什麼意思？他不是巴可？他有點恍惚，但那不代表他不會好起來，給他一點時間吧。」

「妳不懂。巴可是左撇子，做什麼事都用左手，但這個巴可用的是右手。我看見他在房間裡看自己的東西，他都用右手拿，而且都像從來沒看過一樣目瞪口呆。」

因為有和醫師、治療師討論如何照顧菲比的經驗，席瑞絲對創傷頗有一些了解。頭部受傷之後，人有時會發展出新能力，她猜想在某些案例中或許就涉及慣用手改變。不過就任何人所能判斷，巴可都沒受任何傷；而經歷了先前發生的一切，依美也有可能難以適應。她免去了親眼看見母親遭劫持，但這也稱不上什麼安慰。眼前是一個精神受創的少女。

「我們去找守林人談談，」席瑞絲說：「但是我需要再睡一會兒，不睡的話我會四分五裂。妳睡在我這裡會不會比較有安全感？」

依美點頭。床夠大，擠一下還容得下她們兩個，因為依美只是個小孩。依美蜷縮在席瑞絲身旁，頭靠在她胸口，很快就睡著了，席瑞絲則醒著；依美方才有關巴可的那番話儘管令人不安，但她並非因此而睡不著。她想要享受小女孩偎著她的感覺，因為這讓她想起菲比，還有菲比也是喜歡擠在同一張床上、頭靠著席瑞絲，讓她從置身子宮時起就熟悉的心跳聲伴她入睡。於是席瑞絲想像這就是菲比，她回到她身邊了。她對著睡著的小女孩哼唱自己編的曲子，關於愛與失落，一段沒有歌詞的旋律，聽在席瑞絲自己耳裡，她的聲音比她印象中更甜、更高。她向來不是特別擅長唱歌，總是走音，但她現在唱得又好、音又準。這讓她想起仙靈魔法。

她的短劍就在床邊。她想過是不是要聽守林人的話收劍入鞘（「劍，有意拿來用時才出鞘，否則就將劍身的鋼收好。」他如此勸告），不過她又想起巴可，眼神茫然，在自己的房間裡，拿起他本該認得的物品重新檢視，從頭到尾都用不對的那隻手。

「他變了……他不是巴可。」

席瑞絲任由劍身暴露，嘗試入睡。

43

Cræft（古英語）

技藝

席瑞絲看見自己在床上，依美在她身邊。她站在酣睡的自己之外，因此她既是觀看者，也是被觀看者，她身為超然的觀察者，走過自己的夢境。

或者不是夢，因為太真實了。她又進入幻覺狀態，上次這樣是在手術中，正要去除卡利歐在她體內種下的毒：她在飄浮、窺探、發現。她瞥見巴可，他在深深的地底，而卡利歐也在那兒，除此之外還有更多仙靈，但包含巴可在內，所有生物的注意力都集中在一個席瑞絲看不清的形體，那東西彷彿被霧氣籠罩一樣模糊，就連在睡夢中，也讓席瑞絲起雞皮疙瘩，呼氣時吐出陣陣白煙，就連嘴脣也轉藍了。所有仙靈在那東西之前屈膝。動作太慢沒跟上的巴可遭受重擊，被迫跪下。

但巴可不可能在地底，因為巴可在這裡，在村子裡。

幻覺中，卡利歐皺眉。牠們的銳利眼睛在陰影中搜索，席瑞絲覺得她看見樹精喃喃輕呼她的名字。

44 Hamfaru（古英語）登門進攻敵人

要命，席瑞絲都忘了跟小孩同床而眠是什麼滋味！依美翻來覆去、滾動、四肢亂甩，隨機朝席瑞絲的臉和身體出拳、出腳，和她一起睡感覺更像是穿越拳擊場，而非只是在床上。要不是席瑞絲如此疲倦，她或許會因為自己稍早竟然渴望這種親密感而覺得好笑。最後，她放棄了，若是繼續跟依美同床，她根本不可能睡，於是她抓起一顆枕頭，盡可能在地板上躺得舒服點——換言之，就是並不特別舒服，但也夠了，再加上她是如此筋疲力竭，終於睡著了。

吵醒她的並非聲響，因為此時鴉雀無聲，也不是任何感官受到刺激，或者不是她說得出來的刺激。不過在她睜開眼的那一瞬間，她知道危險逼近。席瑞絲躺在床和最近的牆之間，腳朝門，醒來時面對著床，毯子從頭頂蓋到腳趾以阻隔寒氣，因此若非靠近看，她可能會被誤認為是一團棄置在地的床單。

房內的窗子位於床後方的高處，長度不到十八英寸，寬度一英尺。儘管窗口狹小，一名男子竟然正試圖從中硬擠進來，兩手緊抓著牆，後面跟著頭和肩膀。席瑞絲認為他不可能擠進來而不弄斷骨頭或脫臼，但她沒聽見斷裂的聲音，也沒有出力或不適的哼聲。感覺就像他的身體或者像蠕蟲一樣沒骨頭，或者像某些魚類一樣柔軟、可調整。窗框擠壓著他，然而他一通過，身體又再次展開。現在已可看見他的赤裸軀幹正垂吊而下，同時他的肌肉繼續伸展、收縮，身體剩下的其他部分一吋一吋擠入房內。他的肚臍以下一片平坦，因此只能從他的臉和軀幹判斷他的性別。

但他沒有往下掉，就算在重力應該發揮作用的時候也沒有。他的身體反而黏在牆上，因此他就這麼頭朝下，攀在乾燥上漆的泥牆上。他扭頭望向床，不過席瑞絲到這時候已經知道他是誰；瞥見他的長手指攀住窗框那一刻，她就知道了：巴可，也不是巴可。他的眼睛是泛綠的黑，有如受汙染的池塘，位置已從前方移動到兩側。他的嘴變寬，因此嘴角跑到臉頰中間，咧嘴露出的牙又長又黃，牙齦嚴重後縮，牙根都外露了。他發現只有依美在床上時看似並不意外。真要說有什麼不同的話，他咧開的嘴拉得更開了，全部的注意力都集中在那孩子身上，他無聲地滑落地板，在她身旁站起來，攤開右掌，指甲延展，準備抓握、刺穿。

就在這個時候，席瑞絲拋開床單，右手持劍。巴可，或是那個盜用他外貌的東西停止攻擊，首度發出聲音，聽起來像蛇在警告與驚詫時的嘶嘶聲，後來忽然又加入了另外一個摩擦聲，因為席瑞絲的劍以毫米之差嗖地由依美的臉上方劃過，從指節的位置砍斷了那些長錐般的手指。巴可的嘶嘶聲隨即化為驚駭的嚎叫，吵醒了依美，而她立即爬開，掉下床，落在席瑞絲身旁的地上。

巴可被切斷的部位滴下藍黑色的血，手指殘肢冒泡、冒煙。他用沒受傷的左手朝席瑞絲揮去，但這是在防禦，意在不讓她和她的鋼靠近：他已經在退後，正設法逃離。他的左手臂延展，長度變為原本的兩倍，探向窗框準備攀上去，不過席瑞絲跳上床，一劍劈下，將他的手臂從緊臨手肘下方的位置切斷。巴可再次嚎叫，這時有人用拳頭擂起房門；儘管受了兩個傷，巴可依然危險。他認清已不可能撤退，決定若要命喪於此，那他絕不孤身上路。他一躍而起，嘴巴大張，準備咬穿席瑞絲的臉。他的動作好快，他的嘴在轉眼間就來到距離席瑞絲的鼻子幾吋之處，潮溼的氣息吐在她的臉上。

不過他最近就只能到這裡了，那氣息也是他的最後一口氣。席瑞絲的短劍已埋入他的體內直至劍柄，刺中他的心臟。隨著他死去，巴可的痕跡也如蛇蛻皮般褪去，露出底下的仙靈。蒼白的光在那雙貪婪的眼睛裡短暫一閃。席瑞絲起初以為她看見自己在其中的倒影，不過那張臉雖然是女性，卻不屬於她。那張臉更古老、更聰明，也更致命：另一個東西暫時棲身於這名死去的仙靈，窺探著殺死他的凶手。接著，那張臉如出現時般倏忽消失，仙靈殘存的生命也隨之而去。席瑞絲放開劍柄，仙靈隨即癱倒在床，頭落在枕上。

這時房門朝內爆開，守林人衝了進來，塔巴西和他的戰士成群跟在後面。依美奔向父親，而塔巴西還在小心戒備床上的東西，便將她交給兩個手下照料。

「沒事，」守林人說：「他死了。」

他的注意力轉向席瑞絲。

「我沒事。」她告訴他。

然而她並沒有看著守林人，而是凝視死去的仙靈。是她幹的。

而為了依美，為了任何一個孩子，我都會再做一次。

守林人用斧頭的尖端從屍體上挑起一層灰黑色的膜，膜上有失蹤男孩的痕跡。

「到最後之前看起來都像巴可。」席瑞絲說。

「替換兒，」守林人說：「他們派他來殺依美。」

塔巴西檢視守林人斧頭上的殘渣。

「我們現在知道巴可在他們手上，」守林人說：「而且他還活著，否則替換兒無法奪取他的形貌。仙靈無法假扮亡者。」

「但他們在這之後還會讓他活著嗎？」塔巴西問。

「他活著對他們來說更有用。無論如何，他還年輕，既是孩子也是男人。」

「所以他們會以我兒子為食？」

「他很強壯，就跟他的父母一樣。他撐得過他們的吸食。」

「但能撐多久？」

「幸運的話，」守林人說：「可以撐到我們找到他。」

45

Skyn（古挪威語）

感知

薩拉瑪一片繁忙，有些地方陷入狂熱，其他地方則較為壓抑。狩獵隊將嘗試取回薩達的遺體，他們正在收整食物和裝備，其他村民則在整理屍體準備下葬。

席瑞絲綜觀全局。卡雅受命接替亞班西成為資深顧問，塔巴西正在確保她會保持警戒，並指派值得信任的人在他離開時守護依美安全。前一晚站哨時睡著導致入侵者如入無人之境的守衛命喪仙靈刀下，因此他們的懲罰徹底而絕對。若是他們倖存，塔巴西也不會太嚴厲教訓他們；他、薩達和亞班西就跟所有人一樣都要負起責任，竟容許他們的防禦在這些年來鬆懈至此。塔巴西和妻子有好幾個夜晚都從打盹的守衛眼皮子底下溜出村子，跑去河邊散步。他們回來後或許會說說守衛，或是在隔天要亞班西多加注意，但頂多也就這樣。他們都變得太自我滿足，而仙靈在駭比的相助下讓他們付出了代價。

確定薩達離世之後，他們需要決定該由誰來接下她的村長一職。就算塔巴西與她有婚姻關係，他也無權繼承妻子之位，因為村子向來都是母系社會。他覺得村民應該會選擇卡雅，而這是個好選擇，不過就目前而言，卡雅還是聽塔巴西的命令行事。

村民們前一晚派出善跑者去追蹤仙靈，現在有人回來了。儘管仙靈徒步時幾乎不留蹤跡，像巴可這樣的人類卻會留下較深的腳印。追蹤者在河邊發現他的足跡，跟著走數小時後，確認仙靈正朝峽谷而去。這消息帶給塔巴西和其他人希望，也包含席瑞絲和守林人在內，大夥兒認為還有可能救回巴可。搜救隊終於出發時，更加覺得此行意義重大；他們現在打算跟先行出發、正在等待他們的隊伍會合，集結成更大的力量後一起進攻駭比和仙靈。

大衛選擇不加入他們。自從席瑞絲對他提起駝背人之後，他就一直悶悶不樂，他現在決心要走自己的路。他輕拍面前的小馬，而席瑞絲已坐在馬背上，守林人則在她身旁。除了守林人原本的補給品和武器之外，他的行囊增添了一個布袋，裡面裝有一個約莫甜瓜大小的物品。布袋綁在他的馬鞍上，而席瑞絲盡可能不讓那東西碰到她。

「你要去哪？」席瑞絲問大衛。

「去終結之處，」他回答道：「或是我以為終結的地方。回到城堡去，回到我看見駝背人死去的地方。」

守林人沒試圖勸退他。

❖

兩組人馬沒幾個小時就會合了，整併後的搜救隊總人數大約四十。他們召開了一場會議，因為仙靈似乎有可能在他們會合之處兵分兩路，一群往東北，另一群——帶著巴可的那群——則繼續朝峽谷前進，不過第一組足跡才不過半英里就漸漸不見蹤影。

「我們繼續往西。」塔巴西告訴他的人民。

「那孩子們怎麼辦？」守林人說：「你們村子的兩個孩子？我們不確定他們是不是也被帶

往峽谷。」

「若是有其他足跡可循，我就會分頭行動，但實際上並沒有。」

這似乎無可辯駁，只因為如塔巴西所說，並沒有其他路可走。

「那其他仙靈就這麼不見了嗎？」席瑞絲問守林人。

「駭比或許幫了他們，」他回答：「也或許——」

他搖頭，不願說下去，於是席瑞絲幫了他一把。

「也或許他們留下了他們想讓我們跟隨的足跡。」

「我們或許把他們想得太狡詐了。」守林人說。

「有可能嗎，對方可是仙靈呢？」

村民已經動身。守林人以腳跟輕踢牝馬。

「凡事總有第一次。」他說。

❖

他們待在追蹤者後方，以免後者錯失巴可的足跡需要折返；只要不偏離追蹤者的路徑，他們就不會不小心抹掉任何痕跡。只有席瑞絲和守林人騎馬，其他人則徒步，但他們不停奔跑，就算經過很長時間，太陽也過了中天，他們也不疲累。地形起伏無樹，不過草很長，有些地方很泥濘，因此巴可的腳印無比清晰，席瑞絲自覺她或許也能追蹤他的形跡。薩達為治療刺傷所做的手術殘留的疼痛漸漸減緩，不過又有新的傷痛加入，從這天的任務開始後就籠罩著席瑞絲，她也一直在思索夢中所見。

他們上方的高處有一隻孤鳥飛過，但距離太遠，看不出鳥的品種。無論牠有何目的、欲往何處，牠也正朝西方而去。就在席瑞絲打算將注意力拉回地面的當下，一隻體型較大的鳥——鷹或隼——從高處俯衝而下，利用太陽掩護其下降，鎖定獨旅者為目標。牠下降得太快，席瑞絲幾乎跟不上牠飛行的路線，牠的翅膀緊貼著身軀，藉此盡可能降低空氣阻力。牠直到最後一刻才改變姿勢，雙翅大展，爪子探出襲向獵物——

然而第一隻鳥已不在原本的位置。牠在最後一秒朝旁邊疾射，不只是躲過死神，此時還盤旋在猛禽之上。原本的掠食者因為攻擊失敗而畏縮，成為獵物。搜救隊全體停下來觀看結局，小鳥朝大鳥猛撲，接著是一段短暫的搏鬥。最後，猛禽筆直落在距離他們所站之處不遠的地上。席瑞絲策馬前去查看鳥屍。牠的胸口遭尖銳的鳥喙一再穿刺，脖子斷了，兩隻眼睛也沒了。獲勝者在席瑞絲上方盤旋，但依舊太高看不清楚。

「應該是渡鴉，或白嘴鴉。」塔巴西來到她身旁。「但沒看過牠們戰勝老鷹，至少沒看過單打獨鬥。就算鳥數較多，牠們也只能成功驅離掠食者，而非殺死牠。」

席瑞絲沒說話，但和塔巴西一起回去找其他人時一路在思考那隻盤旋的鳥兒。她一直等到身邊只剩守林人時才開口。

「看起來像是我的間諜朋友又回來了。」

「妳覺得牠是在代替他者偵察？」

「你不覺得嗎？」

守林人朝天空一瞥。

「對於這麼不屈不撓的動物，」他說：「我不做任何假設。」

過了中午不久，巴可的腳印沒了，無論追蹤者再怎麼搜索，就是找不到任何足跡。其他人休息、吃東西，守林人和塔巴西以及偵察隊長墨西聚在一起討論，席瑞絲坐在他們旁邊。

「我聞到駭比的味道，」墨西說：「很淡，但牠們的味道最是獨特。」

「這解釋了腳印何以消失，」守林人說：「以及為什麼足跡帶著我們朝峽谷的方向走。」

塔巴西不開心，這也難怪。他的妻子已經喪命於雛鳥，現在可能就連兒子也要遭受相同命運了。

「那我們加快速度，」他說：「不用再慢慢走，因為我們知道牠們把巴可帶去哪了。」

席瑞絲說話了。

「我不認為巴可在駭比手上。」

墨西寬容地微笑，但顯然因她的言論而覺得受到冒犯。

「駭比來過這裡，」他說：「我沒弄錯。」

「我沒懷疑這部分，」席瑞絲說：「我也無意小看你的能力。我看見你是如何看出對我而言形同隱形的足跡和線索，帶著我們走了這麼遠。你的技術讓我大開眼界。」

守林人嘴角一抽，對席瑞絲的手腕表達認可。和追蹤者產生嫌隙對他們沒好處，而席瑞絲撫平了墨西的怒氣。

「那妳為什麼說我們走錯路？」塔巴西問。

席瑞絲先理了理思緒，而後才開口。

「首先，我們知道仙靈能夠模仿巴可。他們做過一次了，有可能做第二次，讓我們相信我們正在跟隨他的足跡。此外，自從我被卡利歐刺傷，我就一直能看見仙靈的幻象。最強烈的一段出現在薩達幫我移除體內毒素的時候，不過我在那之後還看過其他片段，最近一次是昨晚。我也看見巴可，但他人在地底，其他孩子，被偷走的那些，也跟他在一起。」

席瑞絲等著墨西和塔巴西斥責她這是在說蠢話，不過他們認真地聽著。

「我認為，」席瑞絲接著說：「卡利歐刺傷我的時候，也把牠們的一部分留在我體內，因此我們現在彼此相連。」

「第二視覺，」墨西說：「有些人曾與仙靈和他們的同類交手，並活下來講述自身經歷，這種能力在他們之中並不少見。」

「如果是這樣，那卡利歐也有。我靠近時，我知道牠們也感覺到了，不過牠們或者不了解發生什麼事，或者不知道該怎麼辦。無論是什麼原因，卡利歐可能都不想對仙靈坦承。樹精錯在對我下毒但沒能把我擄走，我感覺牠們在擔心，若是事跡敗露，仙靈會要牠們付出代價，因此卡利歐會想加以隱瞞，而這是我們的優勢。」

席瑞絲又停了下來。就算只是提起卡利歐，被牠們刺傷的地方就又開始陣痛，而她納悶著，無論樹精置身何處，牠們是否也一樣，只要提起席瑞絲的名字，也會產生牠們自己版本的痛。

「我以前——我**常常**——跟我女兒玩一個遊戲，」席瑞絲說：「叫作冷冷熱熱。一方把某個東西藏起來，對方要去把它找出來，而你可以給對方的唯一線索是在他們走遠的時候說變冷了，在他們靠近時說變熱了。自從我們離開村子之後，我就感覺離卡利歐愈來愈遠：可以說是變冷了。我們離他們愈來愈遠，而無論他們究竟在哪，孩子們和巴可也會在。駭比和峽谷或許在西方，但我確信卡利歐和俘虜肯定在其他地方。」

「妳覺得妳可以像玩遊戲時一樣，用這種方法找出樹精嗎？」守林人問。

「可以，」席瑞絲說：「我確定我做得到。」

塔巴西望向墨西尋求指引。

「你做的任何決定都有風險，」墨西說：「如果我們放棄趕去峽谷，我們可能就是拋棄了巴可和另外兩個孩子，任由他們被駭比帶走；若是我們繼續前進，我們就要盡可能帶上所有戰士。我們的人手本來就不太夠，沒辦法在我們嘗試救援的時候抵抗雛鳥。」

「墨西說得對，」守林人說：「說白了，塔巴西，就算薩達已死，你也有責任取回她的屍體；要是巴可跟她在一起，你還有可能將他平安救回。若是你因為席瑞絲的一番話改變計畫，你的心中會存有疑慮，而這也理所當然。因此，席瑞絲和我將單獨行動，一起試著找到卡利歐。」

「若是找到，」塔巴西說：「那接下來呢？光憑你們兩個對抗仙靈：你們能有什麼勝算？」

「若有必要，我們會尋求協助。」

「你聽起來很有把握。」

「正義受正義吸引，而且向來如此。除了相信正義終將戰勝，還有什麼稱得上希望呢？」

他們道別時雖短暫但真誠。席瑞絲和守林人掉頭朝東，塔巴西和村民則繼續朝西，但速度加快了，因此才過幾分鐘就已不見蹤影。

「我們的方向正確嗎？」守林人問：「就算只是稍稍偏離，也可能害我們浪費寶貴的時間。」

「我會知道的。」席瑞絲說。

說來也怪，離開卡利歐或許減緩了她身體上的疼痛，卻造成情感上的某種不適。她想起與菲比分別超過一夜時的感覺。席瑞絲最多只受得了她到朋友家過夜，就那麼一晚不在家，然後她就會開始想念女兒，尤其是她的聲音。車禍過後的幾個月之所以那麼難捱，就是因為那寂靜。

而席瑞絲還知道了其他事。要是此時此刻一棵樹出現在她眼前，樹皮裂開，露出一扇門，走進去就能回到她自己的世界，回到菲比身邊，她也不會進去，還不會。無論她再怎麼努力、再怎麼渴望或祈禱，她或許終究無法帶回自己的孩子，但透過她的行動，她或許能夠救回其他人的孩子，他們的父母就不用承受像她一樣的痛苦。

太陽在他們後方落下，席瑞絲和守林人騎著馬繼續前進。

46

Attercope（古英語）
毒頭、蜘蛛

他們持續前進，而儘管席瑞絲追蹤卡利歐並不需仰賴日光，他們還是在即將入夜時停下。她現在了解了幻覺的本質，以及傷處和心臟時起時落的陣痛，她感覺到一股久違的自信。席瑞絲視無法保護女兒為自身的失敗，而這改變了她的自我觀感，只是並非變得更好。現在她有一種承擔重責大任、人生更有意義的感覺。或許她就是因為**這樣**才被召喚來此：找回失蹤兒童，並知道自己做得到，有能力拯救、恢復——

不，她得意忘形了。其中或許有部分事實，但她並非自願來此。如果女獵人說的話能信，那麼席瑞絲的到來就是出自駝背人之手。然而隨著日子一天天過去，仙靈的威脅更迫切、更實際，占了上風，駝背人的危險就淡去了。他真的潛伏於某處嗎？若是，他為何不現身？倘若他還活著，他肯定想從她這裡得到什麼，否則就不會從她自己的世界一路糾纏她到這裡——如果守林人說的沒錯，那她根本就是被他逼著從一個世界逃到另一個。

第一滴雨，冰冷而扎實地落在她的臉上。他們已將平原拋在後方，此時再度進入林地。

「我們應該找地方過夜。」守林人說。

「我不累，」席瑞絲說：「而且我在黑暗中也可以找到卡利歐。」

「妳或許能夠追蹤樹精，但我們兩個在黑夜中看不見其他威脅，牠們卻能看見我們。」

他策馬走到一塊有遮蔽的空地，下馬。席瑞絲跟上，他們將馬繫於樹上，再綁起牠們的前腿。他們都不擔心馬會亂走，綁馬只是預防牠們在夜裡受驚奔逃。一隻鳥兒飛入昏暗中，只聞聲，看不見在何處；席瑞絲跟隨聲音，試著找出來源，但沒找到。她回想起那隻死掉的鷹，以及打敗牠的白嘴鴉。雨雲在她和守林人跟其他人分道揚鑣後大約一小時開始聚積，不過她覺得那隻鳥還跟他們在一起，只是藉愈來愈昏暗的天色而躲著不讓他們看見。

「我們不用一有風吹草動就大驚小怪。」守林人說。

「愈來愈常聽見某雙特定翅膀的聲音，感覺真討厭，」席瑞絲說：「我想問被一隻白嘴鴉糾纏是否不太尋常，不過我們目前置身一個樂佩剛剛用十字弓射我們的國度，而且正在追蹤行凶的仙子，所以應該稱不上不尋常吧。」

「就跟渡鴉一樣，白嘴鴉向來因替狼追蹤獵物以分一杯羹而聞名，」守林人說：「從前路波曾利用牠們，我也遇過有人馴養牠們好用於相同目的。我甚至認識一位旅店老闆，他聲稱自己訓練了一隻烏鴉玩紙牌——事實證明牠還會作弊。有人為他惹的麻煩而殺了他。」

「烏鴉嗎？」

「旅店老闆。烏鴉飛走了，真是隻聰明的鳥兒。」

「嗯，一樣，無論你對那隻白嘴鴉的智慧有何看法，如果你剛好弓箭在手，我真心覺得你應該射下牠。」席瑞絲說。

「但我怎麼知道是不是同一隻鳥？」守林人問道。

「因為，」席瑞絲回答：「牠只會有一隻眼睛。」

在一個古老的地方，那裡既深且黑，穿過對人類而言彷彿無底的洞穴才到得了，那東西等待著。牠在石室和地道內徘徊不去，這些地道隔絕於上面的世界之外，儘管牠知道牆的何處有裂縫，何處的碎石堆放方式可容碎步疾行的小動物來去，表層的何處夠薄，若是老鼠或鼬鼠堅定地刨抓即可突破——

或是白嘴鴉。

豎井與坑穴之網太過錯綜複雜，容不得光從地表射入，本該一片漆黑才對，但實則不然，下面有種陰鬱的光：仙靈送給那東西的禮物，以此彰顯彼此間的盟約。因此，要是有大膽的探勘者找到方法進入這片地下王國，進入這個由一千個石室構成、每個石室各有其故事的地方，他們或許能獲准見證這個國度的祕密過往，一段由駝背人寫下的歷史。不過此時沒有旅人，只有一隻獨眼白嘴鴉沿著熟悉的路徑前進。

白嘴鴉滑翔穿過一個滿是玻璃箱的地下洞穴，箱中各裝有混濁、泛黃的防腐劑，可以看見有屍體浸泡其中。化學物質在幾年前開始失去作用，於是屍體漸漸腐爛，但臉依然清楚，還明顯看得出都是人類，儘管身分早已被從記憶中抹去。

旁邊的洞穴滿是覆蓋灰塵的蜘蛛網，織出這些網的蛛形綱動物已成乾枯殘骸，掉在洞內的地上——前提是那些確為殘骸，因為面對蜘蛛，誰也說不準。蜘蛛巢以北，一條傾斜坑道通往一間更衣室，其中有張椅子，一把以孩童股骨打造的華麗梳子置於其上，還有兩顆大小剛好能夠塞入骷髏眼窩的鏡面珠子。椅子以及下方的地磚覆蓋一層粉末與灰燼；一名女子曾以這兩顆珠子充當她的眼球，而她最後也就只剩這些骨灰而已。鏡面珠子仍有魔法，若是凝視它們，你會看見死亡那瞬間的自己映照其中，並因而知曉自己將在何時以何種方式離世，在你殘存的一年年、一月月、一天天、一分分投下陰影。當時，該女子是否也知曉了自己的死亡？誰說得準呢？無論如何，她是沒辦法的，因為駝背人奪走了她的眼睛，也奪走了她的舌頭。當她最終化為塵土，對她來說或許是好事，然而大家都知道，當駝背人逼他的受害者凝視她，她總是面帶微笑，所以可能也未必真那麼好。

隔壁石室內的物品甚至還更加單薄，只有一面在岩石上摔得粉碎的鏡子。這面鏡子會揭露謊言與欺瞞——並非照鏡者自身的謊言與欺瞞，而是他們所愛之人，因此那愛遭到汙染。駝背人總是喜歡能映照事物的物品，無論是以玻璃或靜水構成。他懂倒影本身可能即為一個世界，而鏡子的表面，或是池塘的水面，其作用或許等同窗子或門。因此他最愛的其中一個石廳裡面只有一個又一個池塘，各自映現出這個國度中的一個角落，只要潛入其中，駝背人就能夠出現在那個地方。不過池塘現在都化為發臭的死水，覆蓋厚厚的浮渣。

白嘴鴉逐漸靠近地下墓穴的核心。不過牠在一個房間裡遲疑了；這裡面裝滿失蹤孩童的小小顱骨，每個都刻有一個名字，因為就連駝背人也難以將其區分，然而他應該要能回想起他們，這對他來說相當重要。他施加於受害者的折磨有如他的瓊漿玉液，而孩童尤其甜美。白嘴鴉站在其中一顆顱骨上，而且這並非第一次了，因為牠的尖銳爪子已在骨頭留下塗鴉般的細緻刮痕。為何偏偏是這顆顱骨呢？它被塞在較低矮的層架上，因此又不是說站在上面視野比較好。刻在它額骨上的名字——**彼得**——也稱不上特別，而就連駝背人也很難想起這男孩和他的死是否有任何特殊之處。

不過白嘴鴉記得：善意、友誼；教牠說的話、對牠說的話。白渡鴉非常年老，活著的年歲長過牠的父母、牠的孩子、孩子的孩子、孩子的孩子的孩子，族繁不及備載：八段壽命或更多，而且牠依然拒絕死去，或是這世界決定不要讓牠死，還不要。這麼多年來，牠不曾忘記那男孩，他從牠還只是隻剛學會飛的受傷幼鳥起將牠一手養大：對駝背人而言微不足道，卻是白嘴鴉的一切。

原本在休息，在沉思的鳥兒展翅飛起，繼續飛入有個巨大沙漏的石廳；這個沙漏標示出駝背人的壽命，底部已然破碎，充當沙粒的顱骨撒落一地，其力量也隨之消失。就算換上新玻璃，修好的沙漏也只會是原本那一個的遺跡。這地方屬於亡故的事物。

就大部分而言是這樣。

白嘴鴉落在一堆發黃的骨頭上。牠前方有一面常春藤構成的牆，葉片上的紅色多過綠色。沒有陽光，常春藤不該能於此生存才對，但靠照亮洞壁的相同光芒提供養分，它就是活下來了。

藤蔓蕩漾、扭曲，葉片構成一張臉。

「說。」它們窸窸窣窣地說，而白嘴鴉呱呱回報。

47

Draumur（古挪威語）

夢

守林人生起火，正在烤兔肉。席瑞絲特別注意他殺死小兔子的過程，那枝箭在牠跳到半空的時候射中目標，因此牠離地時還活著，落地時已然死去。牠抽搐了一下，鼻子微乎其微地一顫，彷彿在永遠離開這個世界之前最後一次聞聞它的味道。儘管席瑞絲很餓，烤肉的香味弄得她口水直流，她還是堅持只吃水果，以及他們離開前村民為他們準備的麵包和水煮蛋。兔子沒受太多苦，但牠的死沉甸甸地壓在她的心上，因為她這幾天看見太多死亡了。

森林深處傳來狐狸求偶的喧噪聲，聽來像孩子的哭嚎，而席瑞絲聽見後立刻又陷入身為年輕母親的回憶中；當時的她獨力照顧菲比，希望著、祈求著這個嬰兒能夠閉、嘴、別、哭、了。剛當上母親的頭一年或頭幾年，她是多麼筋疲力竭啊；她生下這個哭哭啼啼的小東西，然而怎麼會那麼難跟她建立連結？在某幾個夜晚，若是有陌生人在夜裡找上門，無論這是幸或不幸，他們提議帶走寶寶，好讓母親能夠休息，席瑞絲都會毫不猶豫地答應。監牢裡被剝奪睡眠好幾天的囚犯有可能簽下虛假的自白書坦承殺人，這她完全能夠感同身受。只要有可能允許他們閉上眼，他們會願意在任何供詞上簽名，什麼都簽。

然而，她現在又會願意付出什麼，以換取再次聽見菲比的哭聲？她有什麼**不能**給？

有時，席瑞絲擔心，就算只是想像那樣的事——將菲比交給別人，以換取一夜好眠——她也可能種下了未來的因：那場車禍，她的孩子陷入永無止境的沉睡，就好像童話故事中的睡美人，她的床遭荊棘隔絕於世。宇宙中是否有股力量會聽見我們最黑暗的願望，只為了將其惡意曲解後加以實現？妳想要妳的女兒安靜下來？來嘍，妳要的安靜。這難道不就是童話故事的另一項慣例嗎？小心你許下的願望，注意你的措辭，就好像起草文件的律師，不留下能遭人利用的漏洞，也不寫下其中含意能供對方質疑、轉而對付你的字句。換言之，留心仙靈的交易。

不過當然只有在故事裡才會那樣。願望，無論其形式為何，終究並不構成契約，而我們在懷疑的時刻也才更像人類。她和菲比的遭遇稱不上公平，但也沒什麼不公平。無論是大發脾氣，還是感到絕望，都改變不了任何事。過去並沒有禁錮我們。我們或許可以自願受縛，不過同樣地，我們也可以選擇打開監牢的門，不受約束地走出去。就算門上鎖了，鑰匙也在不遠處，因為我們就把它放在身上，片刻不離，關鍵只在於找到正確的口袋。

「妳看起來像神遊到另一個世界了。」守林人打破回憶的魔咒。

「這不是很好笑嗎？」席瑞絲原本並沒有打算這麼言簡意賅。「抱歉，」她補充道：「但我**就是**在另一個世界，不是嗎？而且——」

她停頓。

「請繼續。」

「我認為我正慢慢失去自我——我的意思是以前的自我。我在這裡待得愈久，好像就跟以前的我距離愈遠，但我不再害怕失去那個自我了，不知道這樣說不說得通。過去的我瀕臨放棄。我愈來愈少去探望菲比。我會喝個一兩杯酒，以此當作不能開車去醫院的藉口。有時候，當我非常低落，我會想像沒有她的人生，我可以哀悼，不過我們兩個都不用再困於命運。我現在稍微瞥見那個版本的人生會變成怎樣，而我不想要。就算我永遠無法再聽見菲比的聲音，我也必須相信她能聽得見我。我不想要她孤單，我也不想要沒有她的人生。

「因此當我回到她身邊——**如果**我回去——我知道我必須做什麼。聽起來或許很怪，但是我認為我透過待在這裡的這段時間找到了某種平靜。有人或許會說那是屈服，但不只是那樣而已。我不再憤怒，也不再痛苦。我依然悲傷，但這沒關係。如果不悲傷就太奇怪了，而我能夠與悲傷共存。然而憤怒、痛苦、後悔呢？我覺得這些情緒最後會毀了我，我的女兒也會因此而受折磨。」

火光在守林人的臉上閃動。他把兔肉烤到他覺得滿意的程度，隨即退離火堆，舒舒服服地坐在苔蘚上用餐。因為距離再加上搖曳的火焰，他變得朦朦朧朧；她覺得他的五官彷彿改變了，而她在其中再次瞥見一個她在另一段人生中曾深愛的人。

「往往得在最艱苦之中才能學到最珍貴的教訓，」守林人抹掉嘴上的油脂，「無論在哪個世界，這個道理都不會改變。妳確定妳不想來點烤兔肉嗎？意外美味呢。」

「我對你掏心掏肺，」席瑞絲說：「你卻問我要不要吃兔肉？」

「很好的兔肉。」

「難怪你沒朋友。」

「我受傷了。」不過他聽起來顯然好得很。席瑞絲用堅果丟他，但沒丟中。不只沒丟中，堅果還調整了彈道以避開他，因為席瑞絲發誓原本絕對會命中他的額頭才對。更過分的是，守林人攤開左手，其中赫然有一顆堅果，而席瑞絲相當確定就是她剛剛丟出去的那一顆。

「你怎麼做到的？」

「說了就洩漏祕密了。」他將堅果丟回去給她，放下啃得乾乾淨淨的兔腿，轉為嚴肅。「卡利歐呢？」

席瑞絲舉起手，指向東方。

「根據我們回頭後我手臂陣痛的迫切性判斷，牠們在那個方向的某個地方。我會說不超過一天的腳程——或者我希望沒超過，因為這個該下地獄的刺傷已經害我很不舒服了。」

「夢見牠們的時候要小心。」

「我無法控制夢境。」

「以這情況而言，我認為妳可以，也必須控制。如果現在卡利歐有一部分在妳體內，那麼如妳推測，妳也有一部分在卡利歐體內。妳的血與牠們的血混合，牠們對妳暴露的同時，妳也對牠們暴露。若是牠們做得到，牠們就會用這點對付妳。」

針對她能洞悉卡利歐的這件事，席瑞絲感覺相當矛盾。那些畫面如此栩栩如生：嬰兒遭俘虜、生命最純粹的本質漸漸消逝，這令她燃起正義的怒火，就跟她在新聞畫面中看見孩童挨餓或難民逃離戰區時一樣。從另一個角度來看，他們之間的連結也代表她有能力介入。事關及時找到卡利歐和仙靈以拯救俘虜，包含巴可在內。

「如果我說我同情卡利歐，」她問：「你會覺得愚蠢嗎？」

「我沒那麼容易因為任何事而覺得妳愚蠢。」守林人回道。

「我感覺到牠們的寂寞，而我慢慢能夠體會牠們為何要用複數代名詞自稱，而非單數。卡利歐承載著牠們的許多同類，或說那些同類的記憶，就好像承載著鬼魂的人。逝去的每一個樹精都在卡利歐之中，但那些魂魄無法說話，因此牠們無法解釋自己發生了什麼事。牠們就像一個個創傷的小泡泡，全部棲宿於一個身體，不過這些泡泡都被刺破了，隨著時間慢慢滲漏，於是創傷便感染了宿主。我想卡利歐因而陷入瘋狂。」

「別因為同情就忽略了牠們的危險，」守林人說：「卡利歐與仙靈結盟，而仙靈一心只想傷害他者。」

「不對，卡利歐不是他們的盟友了。卡利歐也對仙靈滿腔怒火。卡利歐對所有人事物都滿腔怒火。」

「那麼牠們就更危險了，因為牠們不會講道理。」

「駝背人呢？」席瑞絲問：「我們為什麼還沒看見他？」

「若是在過去，他確實在這之前就會現身。如果大衛在，他也會這麼告訴妳。但若妳對白嘴鴉的觀察正確無誤，那麼駝背人有可能一直以來都在監視我們、等待著。」

「等什麼呢？」

「等時機到來，等到妳最虛弱、最憤怒或最發火的時候。那些都是他能夠趁虛而入、妳也可能屈從於他人意志的時刻。我想這就是為什麼妳以成人之身離開妳的世界，來到這個世界時卻變成青少女。駝背人就是要妳困惑、半大不小、自我認同變化不定；就是因為這樣，把握住最好的自我才那麼重要。不過要記住：如果妳真遇上他，他會在大量真實之中隱藏一個謊言，因為最聰明的騙子都是這麼做的。」

「那如果他告訴我回家的方法呢？」

「那肯定會需要付出代價，至於要不要付，就只能由妳自己決定了，我幫不了妳。」

席瑞絲仔細思索守林人說的話，他則是從烤肉叉取下剩餘的兔肉，用馬鞍上的皮水袋將一只凹痕累累的金屬盆裝滿水，再將水盆拿到火上煮。開始沸騰後，他往水裡加入一種暗色的粉末，拿起一根木棍攪拌。確定粉末徹底溶解後，他跟席瑞絲要了她的杯子，將煮好的飲品分一半給她。席瑞絲喝之前先懷疑地嗅了嗅，喝下後滿足地嘆了口氣。聞起來像熱巧克力，喝起來也沒太大差別；有點苦，加點糖會更好——加棉花糖也不會有什麼害處，再來點鮮奶油——不過現在這樣就已經溫暖了她，也讓她愉快地回想起少女時期待在家的那些夜晚，因為她只在那個時期才喜歡熱巧克力。而這會兒她又成了少女，坐在不同的火邊，回想起她曾是她現在這模樣的那段時光。其中的複雜害她頭昏腦脹。

她喝完後放下杯子，隨即躺下。地面堅硬，而馬鞍和摺起來的毯子做不成像樣的枕頭。而且，她害怕她的夢，也擔心不知道會在夢裡看見什麼，因此沒抱多大希望能好好休息。

幸運的話說不定能打一會兒盹，她想著，總好過完全沒睡。

而她立即睡著。

❖

席瑞絲看見卡利歐站在五個嬰兒前。其中一個孩子完全看不出性別，此時變得像個老人一樣，臉無比乾枯皺縮，有如被吸乾汁液的水果，額頭和臉頰的皮膚片片剝落，呼吸非常輕淺，正一點一點消失在陰影中。席瑞絲覺得這有可能是布萊絲夫人的孫子，或是從其他村子偷來的寶寶；距離薩拉瑪不遠的那一個——兩個男人因為孩子遭竊而蒙冤上了絞架。其他小俘虜看起來健康些，紅潤的膚色大致尚未消退，不過他們遲早會變得跟第一個嬰兒一樣。仙靈在其中走動，偶爾停下來啜飲，從孩子身上吸取絲絲縷縷的光，透過每一次呼吸而削弱他們的獵物。

卡利歐邁步離開，席瑞絲跟上，隨牠們穿過地道，來到一條以火炬照明的走廊，繡幃和畫作妝點此處的牆壁。席瑞絲聽見說話聲，看著卡利歐躲進一個凹處以免被發現。三名僕役邊聊天邊走了過來，手上的銀托盤裝有水罐和碗。僕役走遠後，卡利歐才繼續上路，而席瑞絲與牠們共享鬆一口氣的感覺。我傷了牠們之後，牠們就無法再隱身了，不過這能力正在慢慢恢復。卡利歐似乎完全沒察覺席瑞絲的存在，或許是因為太全神貫注於牠們想做的事了吧。不對，牠們感覺得到我就在附近，只是假裝不知道而已，感覺像牠們**想要**我看見這些。

卡利歐在一個凹室前停下腳步，其中有一幅真人尺寸的男子肖像。畫中人身穿黑金雙色的騎馬裝，背景是一片血紅色布幔，可以瞥見布幔之間有一扇窗，而窗外已然入夜。就在席瑞絲看著的當下，一雙手出現在畫中的窗台上，隨後是暗色雙眼分立兩側的腦袋。仙靈——女性，纖細危險如短劍的劍刃，她從畫中男子身後爬進房間，從他身旁溜過，朝畫框的邊緣前進，接著跨出畫框，來到走廊。一直到這個時候，卡利歐才回過頭看，似乎直勾勾凝視著席瑞絲。

卡利歐彈指，幻象隨即結束。

◈

守林人也在樹邊睡著，但他沒有作夢。他睡得不深，一聽見馬兒嘶鳴或席瑞絲輕柔呼吸之外的聲音就會立刻醒來，不過除非伴隨著腳步或是駭比振翅，否則樹葉晃動不太可能攪擾他，因此他沒看見覆蓋他這棵樹的常春藤形成了一張臉，也沒看見它那雙葉子眼隔著他凝視靜靜睡著的席瑞絲。

這東西利用它保留下來的部分珍貴力量，親自來確認這個女人少女即將到來。

48

Leawfinger（古英語）

食指，或是交叉的手指

為了了解人和他們的動機，以下是你必須掌握的重點：就像人生一樣，故事裡沒有配角。我們每個人都是各自宇宙的中心，其他人則是繞著我們轉動的行星和衛星，在我們的重力作用之下，這些天體或者被推開，或者受到吸引，除此之外，偶爾還會有些明亮的恆星，而或短暫或永恆，它們成為我們的孿生星。

改變一個故事的焦點——例如這一個——主角隨即轉變：巨人戈格瑪格，已故薩達的女兒依美，親切、熱忱的小溪小精，或甚至女獵人。對他們而言，守林人和席瑞絲只是他們人生的小小過客，偶然來到他們為唯一主演的這場戲中。假設我們周遭的人不如我們重要，或是他們的恐懼、抱負與渴望不如我們的值得關注，那都是不對的。我們的種種計畫無論再怎麼深謀遠慮，都可能因為一開始就建立在這個錯誤的前提上而日益耗損：我很重要，其他人沒那麼要緊，所有相關人等都接受事件的這個版本。

因此我們姑且放下睡著的席瑞絲、打盹的守林人，甚至那個藏身於藤蔓、密切監視的東西；就像我們志同道合的獨眼白嘴鴉一樣，我們穿越黑夜，來到一座城堡下方的地牢。這座地牢已遭廢棄，地板不穩，牆和天花板破裂，在更久遠之前曾為要塞的一部分，建造者是一位女王，她在好久好久以前離世，早已屍骨無存，就連名字也不復記憶。她的繼位者繼續使用地牢，直到——多虧大衛；在他自己的故事中，他也是個主角——國王與女王的世系畫下句點，駝背人落敗；他的每一個傀儡在各自統治期間持續增建這座龐大要塞，而它終於分崩離析。

不過位於深深地底的地牢和相鄰的幾個房間保留了下來，被人不太完善地加以密封；若是封門的人沒放在心上，只要那些不該獲准進入的人稍微用點腦袋、用點心，就可重新打開一扇上鎖、上閂的門。當然了，訣竅在於確保沒人知道你剛好有鑰匙。

地牢的其中一塊石板遮蓋了一條地道的入口；此處機關如此複雜，在這間牢房依然發揮其作用的時期，就連最絕望的囚犯也難以找到，就算找到了也打不開。就跟地底深處的許多其他事物一樣，這個機關同樣出自駝背人之手。隨著他逝去，地道的所有祕密應該也隨他而去，不過舊城堡倒塌時，地牢的結構也受到損害，祕密石板因而抬高了一英寸。數十年後，意志堅定的手指因而能夠從下側鑽進去，發現機關的原理，將其解除，因此又可輕易進入地道——若是將石板放回原本的位置，入口也將再度隱蔽。

地牢中，此時只仰賴一根蠟燭抵抗黑暗，而卡利歐獨坐其中：身為牠們族類的最後一個成員，牠們是如此珍貴，然而當仙靈轉身背對這個世界、退回安全的仙塚中，卡利歐遭到遺棄。仙靈維持半睡半醒的狀態，只有抓小孩的時候才外出，因為總有仙靈擔任哨兵，傾聽著上方的原野是否有年輕人漫不經心的腳步聲，或是有哪個分心的母親稍稍忽略了自己的孩子、嬰兒哇哇哭。不過最好的是遭遺棄的新生兒，他們的父母養不起小孩，也或許有哪個少女沒讓家人知道自己懷孕，她們害怕丟臉或是遭到放逐，因此獨自在樹木和岩石間生產，嘴裡咬著木棍以忍住生產的巨痛，隨後將寶寶交給大自然處置。對仙靈而言，這樣的棄嬰是容易到手的獵物。偶爾，若是孩子的母親夠年輕、夠疲累，那就連她們也能一起帶回。

卡利歐也偷孩子，但只是為了作伴。牠們並不像仙靈一樣吃掉小孩，因為牠們不喜歡吃人，感覺不對。非常沒力氣的時候，牠們會喝母牛或母種馬的奶，一邊唱歌安撫牠們；若是遇到絕望或生病的時候，牠們會汲取老鼠或田鼠的生命，不過牠們的掠食最多也僅止於此。

說到牠們偷走的孩子，卡利歐都會試著滿足他們的需求，像種植花草一樣給小傢伙們食物和水；嬌弱的生物需要照料才能成長茁壯。不過無論卡利歐怎麼餵，第一個孩子都沒活下來，因此牠們得到一個結論：人類嬰兒比灌木難照顧。卡利歐為孩子的死而難過，因此牠們後來都只把孩子留在身邊一段時間，然後就把他們放在他們的同類可能會無意間發現的地方。

只是到最後，就連像這樣的短期借用也變得太危險。卡利歐不想被人類捕獲。就像仙靈一樣，樹精最好也消失於人類的記憶之中，以免他們決定要加以獵捕。只要跟仙靈有關，任何人、事、物都會在人類心中引發恐懼與憤怒，而卡利歐腦中最可怕的一段記憶，就是躲在隱密之處看著一個姊妹被拿著火把的村民活活燒死。卡利歐太害怕了，不敢插手，心知若是真插了手，牠們也會被投入火焰中。樹精遭烈焰焚身之時，人類在旁邊哈哈大笑；然後，在太過漫長的折磨之後，那位姊妹也加入了卡利歐的靈魂重負，而或許瘋狂就是在那一刻支配了牠們——若真如此，誰又能責怪牠們呢？

儘管有重複的危險（不過重要之事本該重複），這裡是另一個你該記住的教訓：無論你是人類或樹精、羊男或仙靈，你都不可能全然邪惡。這些生物可能做出糟糕的事，有些事甚至不可原諒，不過你的**所作所為**不等於你的**本質**。到頭來，如果都只以我們最糟糕的作為來評判我們，我們之中有很多人都該關進牢裡，剩下的那些人則會沒朋友。

若是你想對卡利歐有丁點了解，那這點至關重大。樹精已經孤單太久，見證了自己的種族逐漸消亡，而肇因既可直接歸咎於人類之手，也可間接歸因於樹精也為其中一分子的環境遭人類玷汙。仙靈本該是樹精的同盟，卻拋棄了牠們，視牠們為低等生物，獨留牠們在八方受敵的世界勉力求生。卡利歐有許多良善之處——對大自然如此溫柔，對棲宿於牠們身體中的靈魂如此關懷——然而哀傷、孤獨、害怕、悲痛與恐懼毒害了最後的樹精，將甜美轉化為酸腐，將曾經美好的一切變得汙穢。

卡利歐在地牢中扳著手指計算敵人。首先是人類，不過他們太多了，難以計數，因此只能以一根手指代表他們全體，只有幾個人除外，他們自己就值得整整一根手指的憎恨。於是來到第二根手指，席瑞絲，重重傷了牠們的那個人類；卡利歐分明只是想跟她一起在地底消磨一些時間，因為牠們認為比起嬰兒，她或許能撐得更久一些。無論對錯，卡利歐自那時起就得到一個結論：一些年輕女子害牠們的姊妹在尖叫中燃燒、化為光與熱的人形火球，而席瑞絲很像她們。對卡利歐而言，所有人類都一個樣，因此樹精受到的傷害就該歸咎於每一個人類。卡利歐若無法懲罰協助殺害牠們姊妹的那個女孩，那麼與她相像的席瑞絲或許是很恰當的替代品。

下一號敵人就是仙靈了。在卡利歐眼中，仙靈沒比人類好到哪裡去。人類或許毀滅了卡利歐深愛的大地——砍樹、燒樹，挖深深的洞以開採財富，以他們的汙物將溪流化為死亡區域——然而仙靈毫不抵抗，反倒選擇匿跡隱形，任憑這一切發生。隱匿一族或許說服自己，他們是在等待恰當的時機，但他們實在拖得太久，卡利歐已經不耐煩了，而且因為他們猶豫不決所造成的損害無法輕易修復。卡利歐擔心已經太遲，人類一心毀滅世界。世界會復原，但它得先背棄人類，將他們永遠從時間的長河中抹除。

或許更重要的是——就算是在內心的安靜角落，卡利歐也不願承認——仙靈早已拋棄了**牠們**，回歸後依然視卡利歐為奴僕，可加以利用，必要時也可割捨。然而仙靈並不知道卡利歐正慢慢死去，而且牠們自己甚至在遇上席瑞絲之前就已經意識到這件事了。石頭那一擊不只傷了牠們，也加速了牠們的死亡，因此牠們要盡快找到機會，為牠們自己和同類所遭遇的一切復仇。

其中一個仙靈飄過，這東西如此衰老，臉部的皮膚都已從顱骨凋落，外露的骨頭覆蓋一層泛綠的骨苔。儘管他知道卡利歐在這裡，但並未屈尊和牠們打招呼。他對卡利歐的怠慢令牠們滿腔怒火。帶仙靈來到這個地方的是卡利歐，對人類耳語的卡利歐，排除障礙的卡利歐。然而仙靈滿腦袋只有暗殺和毀滅。

於是卡利歐來到最後一根手指，最後的敵人：駝背人。一如所有擁有自保直覺的生物，在駝背人統治這個國度的期間，卡利歐都努力避開他。他的邪惡無邊無際。他存在的唯一目的是創造故事，並為了他的故事而操弄他人，不過每個故事都有個空洞的核心與壞結局。卡利歐知道其他人相信他死了，然而扎根於大自然的樹精辨識出一股反覆出現的混亂，彷彿遙遠的板塊變動，也發現小爬蟲動物與成團常春藤的異常行為，就好像，雖然只是短短數秒，它們展現出自我意識的跡象，而這令人不安。卡利歐沒表現出自己注意到這些改變，只是將其存放於記憶，但牠們在這些改變之中察覺駝背人的某些回音。此時此刻，在這座地牢之中，他的存在如此深刻而不可分割，卡利歐要是醒來時發現他就像過去一樣站在牠們前方，牠們也不會感到訝異。

卡利歐不知道駝背人為何想要席瑞絲。無論他的動機為何，確保她落入他手中正合仙靈心意，因此他們才會下令在攻擊村子的過程中不得傷害她。不過卡利歐有意和所有人作對：人類、仙靈——一旦牠們查明駝背人想要什麼，以及為何想要，那牠們也要跟他作對。

最棒的是，卡利歐也為席瑞絲制定了一些計畫。等到樹精的所有目標都達成，卡利歐會回到牠們的小巢穴等死，但牠們不會孤單上路，牠們離開、回歸大地時將有人作伴。席瑞絲會陪在牠們身邊，而卡利歐會等到她呼出最後一口氣，才最後一次閉上牠們的眼睛，永遠放下牠們的痛苦。

49

Herrlof（古挪威語）

戰利品

席瑞絲和守林人早早起床，快快吃早餐，隨即繼續找尋卡利歐。席瑞絲對守林人說了她前一晚所見。仙靈從畫中鑽出來的畫面害她作噩夢，她覺得她未來無論去任何一間美術館都會心裡發毛，至於掛在自家牆上的畫，她可能也都得處理掉才行。

「但我沒辦法打包票說那個仙靈確實從畫中鑽出來，」席瑞絲下結論。「感覺像是有人讓我看了一些並未真實發生但依然包含真相的事：算是一種隱喻吧。」

「而卡利歐想讓妳看見？」守林人問。

「牠們猜是我在糾纏牠們。」

「然而牠們並未試圖隱瞞妳，或是設法阻擋妳。」

「就我看來是沒有。卡利歐可能希望我找到牠們。」

「如果是那樣，牠們有可能設下陷阱想逮住妳。」

「我們別無選擇，只能繼續前進，」席瑞絲說：「卡利歐讓我看見那些孩子。他們快死了……」

快中午的時候，他們看見一名騎馬者朝他們而來。席瑞絲還看不清他的臉，就已經知道那是大衛，只因為他胯下那匹美麗的白馬席拉。根據《失物之書》，席拉曾屬於一位名叫羅蘭的騎士，一名最終找到平靜的心碎男子，在那之後，席拉就成了大衛的馬。見到大衛，席瑞絲和守林人都很高興，他們停下來伸伸腿，順便交換資訊。

「村子裡沒什麼能做的了，」大衛說：「亡者已下葬，守衛人數也加倍了，依美受到嚴密護衛，每晚她的床四周都撒了麵包屑；她還戴上一條防護性質的鋼製短項鍊。我正要去舊城堡，遠遠就看見你們。我還以為你們會跟塔巴西和其他人一道，結果你們卻在這裡，騎馬朝峽谷的反方向而去。」

「席瑞絲認為那一切只是調虎離山，」守林人說：「而巴可和其他失竊的孩子依然在仙靈手上。她可以帶領我們找到他們。」

「妳怎麼做得到呢？」大衛問席瑞絲。

「因為被卡利歐刺傷的地方，」她回道：「愈靠近牠們就愈痛，而且我還在夢裡看見牠們，但那不只是夢境而已。我與卡利歐同在，我看見牠們所見。」

「我聽過更怪的事。」大衛說。

席瑞絲毫不懷疑。就《失物之書》的標準而言，和樹精之間的心電感應根本不值一提。

「問題在於，」守林人說：「卡利歐或許也意識到席瑞絲的存在。眼前是一場遊戲，但我們至少知道實際上在玩什麼。主動玩和被耍著玩是兩回事。」

席瑞絲不確定自己是否完全認同這番說法。若是不熟悉規則，那遊戲很難玩得下去，只不過就卡利歐而言，席瑞絲不認為存在任何規則。

「卡利歐恨我，」她說：「牠們散發敵意，而且不只是因為我傷了牠們。感覺更像是古老的怨仇，雖然我們在此之前不曾見過面。」

「妳代表人類，」守林人說：「人類和隱匿一族之間的對立由來已久，而卡利歐是仙靈的親族。」

「但是卡利歐的惡意感覺是針對個人，而非整體。牠們恨的是我，而非我所代表的族群，或者，牠們恨的不僅僅是人類整體。」

討論至此畫下句點，問題懸而未決。該繼續前進了，但現在他們有三個人。守林人走在前面，讓席瑞絲和大衛能夠好好認識彼此。席瑞絲試著對大衛解釋世界在他缺席的這段時間有何變化，但他興致缺缺。就算他依然確信自己很快將離世，現在這裡才是他的世界。

「守林人曾經告訴我，」大衛說：「大多數人最後都會回來這裡。我花了好長時間才勉強體認他是什麼意思。他不只是說他們**來**這裡，而是他們**回來**。他們回歸了。或許我們的起源都在這裡，但我不想假裝自己知道怎麼會這樣。」

「你有沒有試過問問他？」

「當然有啊。」

「那他怎麼說？」

「他說所有問題都獲得解答的人生是乏味的人生。他興致一來也有可能愛微言大義，算是他個人特質中比較不討喜的那一塊。」

席瑞絲不確定微言大義確切是什麼意思，不過從大衛剛剛說的話來判斷，意思應該是不直接回答直接的問題；自從她來到這個國度，她已對此習以為常。

「意思是還有其他像你——像我們——一樣的人在這個世界遊蕩嗎？」

「不一定是這個世界，有可能是相似的世界。剛回來不久後，我有一次和我妻子、兒子一起出去探險，想更加認識我們周遭的事物。我們第一晚在湖邊紮營。他們睡著後，我獨自站在水邊賞月。不過當我跪下來喝水，水中倒影竟然不是我自己的臉，而是另外兩個人：一對年輕女子，依我看應該都年近三十。她們像愛人那樣雙手交握，哭著，但那是歡喜的淚水，我猜想，她們在她們描繪出來的他方團聚了，她們以夢想將這個版本的他方化為現實；我猜她們其中一方芳華早逝，然而她們現在找回了失去的相聚時光，就好像我也找回了我的快樂時光一樣。

「我們都來到這樣一個地方，在這裡，世界之間的牆如此纖薄，彷彿化為透明，儘管那樣的片刻轉瞬即逝。她們看著我，我也看著她們，而我們對彼此微笑，因為我們是同類，而我們也知道我們是。我們遺忘了我們曾遭受的所有痛苦、所有悲傷，也擁有了本該屬於我們的時光。她們揮手道別，而我不曾再見過她們。

「我想這裡就是這樣運作的吧。失去的找到了，悲傷的年歲則倒帶回去。有些人得到幾十年，例如我和我的家人，有些人只得到一小時或片刻，但總是足夠讓人彌補過錯，或是終於說出沒說出口的話語。」

「然後呢？」席瑞絲問。

大衛攤開雙手，擺出天知道的姿態。

席瑞絲凝視他。就算他們只分別短短時間，他的頭髮已變得更稀疏、更白，眼角和嘴角的細紋也加深了。最後的沙粒正從他的沙漏悄悄落下，但他毫無懼色。他與妻子重聚，並一起看著他們的兒子長大成人。很快地，他們將拋下失落，攜手繼續前行。不過大衛首先要盡他所能確保這個變化不休的古怪世界留存；就算不安全，至少也要得以保全。在仙靈最糟糕的狀況下，他們象徵掠奪、強欺弱的原則，以及某一種族可能因為顏色或血統而比其他種族優越的信念；不能容許他們和他們所象徵的事物主宰萬物。

地貌改變。他們來到一條寬闊的道路，他們成了眾人之中的三個人，夾在貨車、騎馬者以及步行的男男女女之中，一點也不起眼。煙飄過未開墾或雜草蔓生的原野，整片整片的森林變得光禿禿，殘存的樹根等著腐爛。有一股壓過所有其他氣味的臭味，那味道令席瑞絲想起童年時期空氣遭煤煙和工廠煙囪汙染的城市，她也發現路邊的小溪被骯髒的黃色泡沫玷汙，不再清澈。她不認為有什麼生物能在其中生存，而且再次想起她第一個碰見的生物，歡樂的小溪小精。這樣的汙染會害牠陷入水深火熱。

他們來到山丘頂。一座要塞矗立於南方的山下，高高的堡壘有如靶心，呈同心圓的環形城牆一圈圈朝外擴散，每一圈各有其菜園、馬廄、住家，以及商店，從屬區域距離城堡愈遠，其中人口就愈密集。北方是一座巨大的礦場，煙霧從熔爐和煙囪滾滾湧出，從大地鑿出的水道和水池則負責疏導開礦過程中的逕流，帶狀林地再加上丘陵地形藏起礦場不讓城堡的居民看見。守林人看得驚駭不已，不過席瑞絲認為比起礦場，要塞的存在或許更令他憂慮，儘管她覺得後者其實相當美麗。大衛看似也大吃一驚。

「當然了，」守林人說：「鮑溫除此之外還會怎麼做？」

席瑞絲問他這是什麼意思，不過回答的是大衛。

「鮑溫把他的城市直接蓋在舊城堡的位置，駝背人藉以暗中統治的舊城堡。我們最後一次看見城堡的時候，它已成廢墟，但現在新要塞取而代之。」

「為什麼要浪費好石材呢？」守林人說完又追加一句，「或是壞石材。」

他們身後響起喇叭聲，還有人喊著淨空道路。兩隊騎手策馬前進，兩邊佩戴不同的徽章，不過一樣不耐煩，也一樣對同在路上的旅人疾言厲色，若是拉貨車的馬兒沒乖乖聽話，他們便揮鞭將其驅趕到路邊，並驅使坐騎擠開女人與小孩。他們後方跟著兩輛裝甲四輪馬車，窗簾一概拉下，以阻隔老百姓豔羨的目光，保護乘客不受民眾的視線侵擾——很可能也阻絕他們的味道，因為就連席瑞絲也必須承認，周遭有些人聞起來實在很刺鼻。話說回來，她已騎馬旅行兩日，因此她也不確定上流社會是否會毫不保留地歡迎她，或是她得先洗澡換上乾淨衣服。

席瑞絲、大衛和守林人讓路給馬車和跟在後面的更多士兵，然後才繼續前行。下山途中，他們看見更多騎馬者和四輪馬車由北方和東方朝城堡而去。

「這位鮑溫肯定很受歡迎。」大衛說。

「看起來像他召開了地方統治者的會議。」守林人說。

「因為仙靈嗎？」席瑞絲問。

「允許嬰兒被宿敵偷走的領主統治不了多久，除非他有些作為。這對我們來說是好消息，因為代表我們無須浪費精力說服鮑溫和他的盟友採取行動。」

一小隊髒兮兮的礦工步履艱難地走上山，他們的衣服和皮膚都被煤灰染黑了。其中有些人類，但大都是矮人；儘管沒人用口哨吹行進曲，兩個種族依然不分階級、毫無分別地混雜在一起。他們太累了，沒心思想那些。席瑞絲發現大衛在細細查看矮人的臉，希望，或者不希望在其中看見他的熟人，但所有臉孔都很面生，他們對他的注目也顯露敵意。

「看什麼看啊？」其中一名矮人問。他的帽尖有個小鈴，只不過被壓扁了，沒發出叮噹聲，或確切來說，刺耳的噪音。

「我在找朋友。」大衛回道。

「你在這裡找不到朋友的。如果你的肺裡裝了夠多煤灰，那就會有兄弟，不過沒有朋友。」

「如果你想找工作，」另一名矮人說：「礦坑裡總是有空間多收一個人。今天已經死了三個，所以如果你們都加入，那就扯平了。」

「不過不建議你們加入就是了，」第一名矮人說；他一看見席瑞絲，態度隨即軟化。「一旦在合約上畫押就擦不掉了。這種日子不好過，而且會導致比較糟糕的死法。」

「那你們為什麼要做呢？」席瑞絲問。

矮人左右看了看，確定不會被旁人聽見，不過就在他要接著說下去的時候，一名人類警告地把一隻手放上他的背，並問：「你們正要去見爵爺，是嗎？」

「對。」守林人答道。

「跟他認識？」

「我們沒那榮幸。」

「嗯，見到他之後，請務必代我們向他致意。告訴他這裡只有快樂的工人。」

然而他的語氣和疲憊的表情說的卻是另外一回事。他輕拍矮人同伴，礦工們隨即繼續上路——去用餐、休息。

「強迫勞動嗎？」他們一離開，大衛立即問守林人。

「就算在最好的情況下，也是不情願的勞動。」

這時，他們已匯入進城的人群，男男女女以推車、驢子和馬運載自己的所有物，若是這些都沒有，那就馱在自己背上。很多人帶著孩子或是成群牲口，並用繩子牽著狗。席瑞絲時不時聽見旁人談論仙靈。這是人民受驚後的集體出逃，都來尋求高牆的庇護。衛兵細細盤查每一個人，之後或者放行，或者建議他們移往他處碰碰運氣。在城內無處落腳是遭拒絕的主要原因。不得進城的人隨即加入一個日益龐大的群體，他們在牆外紮營，有些人已埋鍋造飯，或是在火邊取暖。

席瑞絲發現自己在抓手臂的傷口，力道大到都見血了。

「卡利歐嗎？」守林人問。

「像發瘋似的又癢又刺痛，代表牠們肯定就在不遠處。如果繼續惡化，我有點想乾脆把這條手臂砍掉算了。」

「希望別走到那一步，」守林人說：「要是實在太不舒服，妳還有藥膏可搽，不過要謹慎。如果感覺不到痛，我們就沒辦法追蹤樹精了。」

「牠們就在城裡的某個地方，」席瑞絲說：「必須是，雖然我得承認，我看不出牠們怎麼會在。這裡固若金湯，就連老鼠也難以穿過這些牆。」

前方的衛兵下令所有人下馬。席瑞絲和其他人乖乖聽話，牽著自己的坐騎走過吊橋。

「除非卡利歐沒費事穿過牆。」來到護城河對岸後，大衛如此說道。

「什麼意思？」

大衛輕踢泥土地。他比任何人都清楚這地方的地形，這塊中空之地。

「樹精有可能——」他說：「往地底去了。」

他們來到大門前，發現一道鑲有鉚釘的木屏障擋在前頭，降下來封住了通往要塞的入口。八名衛兵在城堡元帥的監督下站崗，城裡的士兵都由這位元帥指揮。

「今日不再放行進城，」元帥說：「離開門前，明日再回來。」

「我們是來見鮑溫勳爵的。」守林人說。

「所有人都是，」元帥疲倦地說，但語氣還算客氣。「去找個地方休息吧，明天早上再來問問看。不過我現在就可以告訴你，就算我們同意讓你們進城，爵爺大人也沒有那個榮幸歡迎你們的光臨。若你們試圖打擾他，你們還來不及說出他的名字，就會回到牆的另一邊去。」

「噢，我認為他應該會想見我們。」守林人說。

「怎麼說？」

「我們有東西要給他看。」

「你可以先給我看看，我來決定值不值得爵爺大人花時間看。」

守林人解開自離開薩拉瑪起就掛在他馬鞍上的布袋，從中取出仙靈替換兒的頭顱，這顆頭的主人曾一度化身為巴可，聞起來仍有淡淡香氣，而且沒有腐爛。

「所以，」守林人說：「你覺得鮑溫動爵現在會見我們嗎？」

元帥細看這個令人發毛的戰利品。席瑞絲猜想這還是頭一遭有人捧著仙靈存在的實體證據來到他跟前。他凝視頭顱，對其又是著迷又是反感。他作勢想碰，但又打消念頭，彷彿就算這顆頭已經與身體分家，也依然有能力傷人。

「既然你都這麼說了，」元帥說：「我想你們最好還是進來吧。」

50

Wyrmgeard（古英語）
巨蛇的巢穴

由元帥帶領的四名衛兵小隊護送他們穿過城市；他自稱丹漢，是名老兵，身上有疤痕可為證，而且走路的姿態也像舊傷沒有好好癒合的人，他踏的每一步都在提醒他，他終有死去的一天。

城牆內瀰漫繁忙的氣氛，不過，儘管愈靠近城堡本體就愈多軍隊，席瑞絲並未看見有人在為抵禦攻擊做任何工作。僕役將他們的馬牽去有乾草也有水的馬廄，他們則是被帶到主廳旁的接待室。食物在幾分鐘後送上來：凍肉、葡萄、麵包、甜蛋糕，以及裝在玻璃瓶裡的酒。除此之外，窗邊擺著三盆水和一塊剛做好的肥皂，好讓他們能在獲准晉見鮑溫勳爵之前梳洗一番。兩個男人脫去上身衣物，而席瑞絲無論和他們共度了多少時間、與他們相伴變得多自在，她都不打算比照辦理。她在窗簾後淨身，接著換上最後一套乾淨衣物；現在感覺自己比較像人了，她不想又穿上髒衣服。她也在傷處塗上薄薄一層藥膏，用量只剛好足以讓疼痛和不適感不再那麼強烈。

打理好後，她和守林人一起吃東西，但大衛沒吃。他們的視線跟隨他在房內徘徊，他心不在焉地以手指輕敲牆壁。最後，他回到窗邊，但沒開窗，他也沒有朝外眺望，而是看著房內。

席瑞絲放下盤子走到他身旁。

「你還好嗎？」她問道。

「很久很久以前，我剛來到這個國度時，」他回道：「這裡曾是我的房間——或者應該說這個接待室蓋在另一個房間之上，而那個房間屬於我。誰知道呢，說不定牆裡的有些石塊就是以前留下來的。尖頂窗也很像，它們甚至有可能撐過城堡崩塌。」

他的視線越過席瑞絲，飄向坐著聆聽的守林人。

「我覺得我們不該留在這裡。」大衛說。

「我沒打算把這裡當成家，」守林人說：「我們必須找出卡利歐，並說服鮑溫幫我們找回孩子。一旦達成目標，我們立刻離開。」

「我就連我想不想待到那時候都不確定。你沒感覺到嗎？」

守林人仔細地打量他。

「感覺到什麼？」他問。

「你說得對。石塊不該重複使用。它們就該維持原樣，剩下的交給大自然。現在反倒是所有曾注入其中的邪惡都得以再次茁壯。我聞得到，舌頭也嘗得到，因為我記得從以前留下來的氣味和滋味。這座城堡在這裡多久了？」

「從堡壘的規模看來，應該有幾十年了吧。」

「而在那整段期間，」大衛說：「要塞的居民呼吸著要塞內的空氣，他們的皮膚擦過要塞的牆，這裡的毒素滲入他們的毛孔。就算駝背人確實已死，我也不會想住在建立於其巢穴之上的地方。不過事實上他的某些部分或許留存下來，而這又讓我更加擔憂。」

有人敲門，門打開後，可以看見一名家臣立於門外，身旁兩名衛兵。衛兵很緊繃，各有一隻手放在劍柄上。家臣則是一名消瘦陰沉的男子，眼睛潮溼，看起來好像吃得不夠多，或是就算吃得夠，他也沒有從中獲得樂趣。他一身褐灰色衣服，掛在頸部的華麗官職佩鏈因此顯得更不協調，而由於他顯而易見地駝著背，就連佩鏈也看似沉甸甸壓在他身上。他沒費心自報姓名，或許是因為他不夠重要，不過更有可能是因為他把自己看得太重要。重要的是他在家族階級中的頭銜和地位，而非社交細節。

「我是鮑溫勳爵的總管，」他說：「他答應現在接見你們。你們應該帶著——」他停頓，伸出右手食指比畫了一下，想召喚出正確的用詞，最後決定採用「殘餘物」。

守林人拿起裝在布袋裡的頭交給他。

「可以麻煩你拿嗎？」守林人問。

「我相信你肯定完全能勝任。」他厭惡地打量布袋，但他除此之外還有其他情緒。他有一種特別的小心翼翼，席瑞絲在城門的元帥身上並未感覺到相同的氛圍；經過數十載跟男人交手、被迫在一個他們總是占上風的世界設法求生，她已培養出一種直覺，而這直覺現在告訴她，總管有所隱瞞。

眾人沒繼續交談，席瑞絲和同伴與總管同行，兩名衛兵一前一後包夾，他們走進城堡的核心。行進間，席瑞絲愈來愈認得出周遭，甚至就連牆中石塊的顏色、窗子的形狀，以及火把的托架都無比熟悉。她知道她正跟隨著卡利歐的腳步，也知道這座城堡以及居住其中的所有人都深受仙靈擺布，她的傷彷彿是在印證她的想法，也開始堅定地陣陣發疼，令她回想起最初刺傷時的尖銳痛楚。卡利歐就在近處。

「就是這裡，」她低聲對守林人說：「我在夢境中看見卡利歐走過的走廊就是這裡。」

守林人微微點頭，而席瑞絲注意到總管朝他們的方向歪頭，試圖聽清她在說什麼。不用擔心，她心想，你很快就會知道。

他們來到一扇門前，此處另有兩名衛兵駐守，門開著，准許他們進入鮑溫勳爵的晉見室，其中的角落有張長形會議桌，一張雕刻精美的巨大寶座擺在主位。幾張臥榻和鋪著毯子的椅子圍繞巨大的火爐，構成一個沒那麼中規中矩的區域，三條獵犬在此處的火焰暖意下打盹。主要的光源是牆上的火把和壁爐架與桌上的蠟燭。這個晉見室位於城堡底部，採光不佳，因此窗戶的裝飾功能重於實用性。席瑞絲覺得這太奇怪了。她若是位於鮑溫勳爵的身分地位，她可能寧可選擇更高處的房間，可以俯瞰她的領土。或許在較高的樓層其實有個相似的房間，樓下這裡只是第二晉見室，因為仙靈的威脅才暫時啟用。若是要從較高樓層逃走，很難不被看見或抓住，席瑞絲認為這裡的牆壁後面可能有其他門，以及逃生路線。

一名男子背對訪客站在最大的窗子前。他氣宇不凡——高䠷、體格健壯——黑色長髮及肩。他身穿天鵝絨束腰上衣和長褲，外面披著猩紅色無袖短罩袍，腳下是一雙磨損的及膝長皮靴。他的雙手在身後交握，光裸的手指交纏。一直到僕役通報他們到來，他才轉過身，而且動作緩慢，彷彿不願放棄眼前的石牆美景。無論席瑞絲先前看見的肖像如何拙劣，她依然認出這就是畫中人，而她半是預期看見一名仙靈戰士從後面的窗子爬進來，只不過窗戶依然緊閉，唯有絲縷散射的光透過蒙塵的玻璃照入。

鮑溫勳爵年近五十，銀絲攙入他的黑髮和修剪過的鬍鬚中。他無疑容貌英俊，不過就算是初見，你也感覺得到他對自己的樣貌太過滿意，而且他的眼睛儘管明亮，其中卻沒有絲毫暖意。在席瑞絲的世界，他有可能是個工業領袖，或是某跨國企業的老闆，只為了股票漲個幾分錢，他大爺筆一揮、按鈕一按，幾千人隨即失業。

席瑞絲這輩子不曾面見貴族，也沒學過禮儀。要鞠躬、下跪、握手嗎？她決定參照守林人的作法，但他只是猜疑地細細審視鮑溫，就好像有人要賣他一匹馬，然而他懷疑只要他一走出馬販可見範圍，馬兒可能就會突然倒下。席瑞絲不認為她比照辦理也死盯著貴族看是恰當之舉，於是把握機會欣賞起晉見室裡的裝潢。一座占據左側牆的巨大木雕吸引了她的目光，而她發現大衛也對其頗感興趣。木雕描繪那場大衛還小的時候確切發生於此地的戰鬥，路波和狼盟友潰不成軍。其中有個細節頗引人注目，那就是大衛本人並不在其中，同時間，帶頭掃蕩敵人的騎士看起來驚人地像年輕時的鮑溫。大家常說，歷史是由勝利者來書寫，不過書寫者也有可能有錢有勢，足以創造自己版本的歷史，真相則成為附帶損失。

鮑溫開口，而席瑞絲彷彿看見有個人正朝尖銳的刀鋒倒糖漿。

「守林人回歸，」他的語氣略帶一絲嘲弄，至於不滿的情緒，那可就不只一絲而已了，「總是代表這片土地又要陷入麻煩。你的出現次次證實麻煩的存在，旁人可能會斷言你根本就是那個掃把星。」

「你走了很長一段路呢，鮑溫**勳爵**，」守林人回道：「我之前認識你的時候，你還沒有頭銜，你的生活環境也比較收斂自守——不過你向來雄心萬丈就是了，因此你現在步步高升也不令人意外。頭銜是你自己選的嗎？」

鮑溫不習慣那麼快屈居下風，或是被人提醒他那較卑微的背景，而且顯然並不樂在其中。臉皮較厚的人或許會忽略像這樣的猛烈攻擊，不過此時位高權重的鮑溫不僅太驕傲，也太沒有安全感，無論是確確實實的羞辱，或只是他個人覺得受辱，他都不會放過。

「我的頭銜獲得其他貴族一致認可，」他說：「前任國王殞落後，我們需要新的統治階級。」

「礦場的勞工對於如此高貴階級的誕生是否有置喙的餘地呢？」守林人問：「因為我推測

地上的骯髒洞穴應該是出自你之手。」

「潘德莫尼[13]礦坑由六名貴族共同持有，」鮑溫說：「每位貴族的投資與享有的權力都均等。至於工人，他們以勞力換取報酬。這裡沒有奴隸。」

「但報酬高嗎？」

「夠高了。」席瑞絲視其意指對鮑溫勳爵和他的共犯而言夠高，至於工人本身的想法，經過與那些筋疲力竭的礦工短暫交談，已可清楚看清他們的處境。

「他們在挖什麼？」席瑞絲問道。

若說鮑溫面對守林人如此直接地質疑，而且缺乏應有的禮節，原已頗不開心，這會兒被一個女孩兒質問，那更是令他加倍不快；不過席瑞絲懷疑，就算她是以三十幾歲的模樣站在他面前，她得到的依然會是爵爺大人的傲慢態度。他原本可能很想徹底忽視她，但她是守林人的同伴，而無論鮑溫抱持何種異議，守林人的同伴還是連帶有一定程度的權威性。

「金、銅和鐵，」他略一停頓後又補充，「你們看到的開放洞穴只是整體礦業的一部分。旁邊還有好幾處次要的地下礦坑，我們最近開始從後者開採出煤礦和鑽石。不過，除非你們有意投資或購買，否則細節與你們無關。」

鮑溫的注意力轉向截至目前都尚未開口的大衛。

「你曾經是男孩大衛，戰勝駝背人的那個人，」鮑溫說：「老了些，不過那個孩子依然與你同在。」

「我喜歡你的雕刻，」大衛說：「非常有張力，但我不記得你也參與了那天的事件。」

鮑溫快步走到木雕所在的牆邊，站在那兒，彷彿想擋住大衛的視線，席瑞絲覺得就一座如此巨大的木雕而言，他的舉動實在徒勞無功。

「你比較希望看見你自己被描繪成英雄嗎？」鮑溫問。

「只有符合事實的時候。說實在的，我一直努力遺忘此處發生的事。如果這裡是我的城堡，我不會想被提醒城堡的過去。」

鮑溫示意壁爐旁的椅子，邀請他們過去那裡坐。而席瑞絲發現，這麼一來，他們就得背向木雕了。她試著弄清楚鮑溫到底急著想隱瞞什麼，但看不出來——除非，當然了，他只是單純因為說謊被抓包而感到羞愧。

「但這並不是你的城堡，對吧？」他們坐下時，鮑溫如此反擊。「而我們其他人被迫完成你開頭的未竟之事。路波敗亡之後，我們殺掉我們找得到的每一隻共犯狼，以此當作牠們謀叛的懲罰。只有幾群狼逃過一劫，撤退回古老的森林。不過無論要花多長時間，我們會找到牠們，並將牠們的屍體掛在城牆上。」

「就好像你把駭比掛在橋上，」守林人說：「用木樁釘住齙爾好把牠們變成石頭？」

「沒辦法跟齙爾講道理：要嘛殺，要嘛被殺。至於駭比，牠們對任何想跨越峽谷的人而言都是威脅。在我們想出辦法將牠們趕盡殺絕之前，必須對牠們嚴加控管。」

「這是一種毫無必要的挑釁，破壞了和諧，雛鳥因而從峽谷獲得解放。駭比原本只會攻擊沒付過路費的人，而那種機率很低，但牠們現在想要復仇。牠們也是世界秩序的一部分，而你意圖篡奪這樣的秩序，必將面對相應的下場。」

「世界的**舊**秩序，」鮑溫糾正守林人，同時彈指召喚僕人，送上裝在托盤裡的酒和甜食。「如你所見，新秩序即將取而代之。」

---

13 pandemonium，騷亂之意。

「如果我記得沒錯，建立新秩序也是路波之王勒華的目標。旁人或許會以為現在只是一群狼取代了另一群狼。」

這一次，鮑溫並未覺得受到冒犯，真要說的話，他反而因為被拿來與勒華比擬而高興。

「我欣賞勒華的雄心壯志，」他說：「他也厭倦了過去的統治模式——而你，守林人——則是過去的孑遺。」

鮑溫從托盤拿起裝在高腳杯中的酒，不過也只有他拿。

「你們不渴嗎？」他問。

「我們想保持腦袋清醒。」守林人回道。

「說到腦袋，」鮑溫被他的笑話逗笑，示意守林人腳邊的布袋，「我相信你有東西要給我看。」

守林人用靴尖將頭顱推向鮑溫，而後者並沒有拿起來，而是等僕人代勞。

「拿出來，」鮑溫下指令，「展示給我看。」

僕人聽令行事，只是不帶絲毫熱忱，臉色在頭顱露出來後刷白。相對而言，鮑溫則是久久凝視，彷彿頭顱提供了某種值得細細思量的智慧見解。

「你下的手嗎？」鮑溫問守林人。

「我寧願看見這顆頭和身體的其他部分一起下葬，不過我想或許需要實證來說服你相信仙靈確實已經回歸。」

「我原本就知道了，也採取了一些應對措施。我召集貴族來此商議，就在今天晚上。會議結束後，我確信我們會擬出接下來的策略。」

鮑溫再次令席瑞絲想起她過去認識的可憎商人。鮑溫只缺一輛ＢＭＷ和一套高爾夫球桿。

因此，守林人也沒聽信鮑溫的大話。

「我不認為仙靈會多看重人類的策略。」他說。

「那對他們來說只是更加不利。他們離開的期間，這個國度已改頭換面，有更多鋼、更多人類，遠多過他們所能想像。」

「他們沒有離開，」守林人說：「他們一直以來都在這裡。」

「在他們的仙塚裡沉睡，」鮑溫輕蔑地說：「距離死亡僅一步之隔。」

「在他們的仙塚裡**聆聽**，」守林人接著說：「因為他們的睡眠有別於我們。就算是在那時候，他們也輪流保持清醒、監視。選擇不被看見不代表對外界毫無知覺，或是毫無準備。而且，」他補充，「仙靈並不是我們面對的唯一危險。駝背人也回來了。」

聽到這裡，鮑溫放聲大笑。

「你老了，守林人，而且就跟仙靈一樣，我擔心你也睡太久了。駝背人？駝背人已經不在了。你的同伴就能證實他的死。說到底，讓那騙人精自我毀滅的就是他。」

鮑溫等著大衛出言證實，但落了空。

「有可能他比我們原本所想的還難擺脫。」大衛說。

鮑溫搖頭。「不，仙靈已經來到門前，我不會被幽靈和老媽媽的故事轉移注意力。有什麼不對嗎？」

席瑞絲過了一會兒才意識到鮑溫是在對她說話，也發現原來自己一直在按摩痠疼的手臂。

「最近受的傷，」她說：「現在還是不太舒服。」

「如果妳想，我可以請我的療者過來看看。」

「不用了，謝謝。這傷正在慢慢復原。」

「怎麼受的傷呢？」

不過回答的是守林人，在此之前還先朝席瑞絲掃去凌厲一瞥，警告她讓他來說就好。

「她遭受攻擊，」守林人說：「攻擊者是樹精。」

「樹精？」鮑溫說：「太奇怪了，我以為牠們已經滅絕。」

「顯然還有一個活蹦亂跳。」

「牠們或許不喜歡陌生人。」鮑溫越過酒杯上緣打量席瑞絲。「因為妳就是陌生人，不是嗎？妳來自何方？」

「遠方。」守林人說。

「這女孩自己有嘴。」鮑溫厲聲說。

「如同守林人所說，」席瑞絲說：「我來自遠方。」

接下來是一陣尷尬的停頓；其間，席瑞絲看見自己在不同情況下被丟進鮑溫的牢房，好叫她學會一點規矩。

「那麼，」鮑溫說道：「妳最好還是回去妳來的地方方為明智之舉，然後也帶上他。」他猛地朝大衛的方向一指。「你的外來感害我神經緊張。至於你，守林人，你來此該說的話已經說完，接下來就是我的事了。留下頭顱，我會叫人把它處理掉。儘管我很想把你們趕到路上、在你們身後鎖上城門，但天色很快就要暗了，而且仙靈潛伏在外。總管會為你們備床，今晚你們可以留下來當我的客人。」

他將酒杯放回托盤，起身，大衛和席瑞絲也跟著站起來。他們晉見鮑溫爵爺的時間結束了。

「還有一件事。」守林人依然坐著。

「什麼？」

「仙靈抓走小孩。必須把他們救回來。」

「這種時候，我騰不出人手去搜索。」

「可能也沒必要搜索，或是用不了多少人。我們相信小孩就在附近。」

聽見這個消息，鮑溫連眼睛都沒眨一下。從他表現出來的驚訝程度看來，守林人剛剛可能只是告訴他樹上有葉子。

「何以見得？」

「你懷疑我的能力嗎？」

「涉及獵捕人類或動物的時候就不會懷疑，」鮑溫答道：「但仙靈不一樣。除非他們想，否則他們不留足跡，而只有傻子才會跟隨他們的足跡。你是傻子嗎，守林人？」

「跟所有人一樣，偶爾是，但這種時候不是。你應該要擔心，鮑溫。如果他們潛伏在外，那麼他們最先想到的會是身為一隅之主的你。而被他們想到，我打賭，也就意味著危險。」

「我不怕他們，」鮑溫說：「我們的所有情報都顯示我們面對的只是一小群鬧事者，並非軍隊，也不是入侵，只是某個瀕亡種族的最後一搏。」

「他們以孩童為食。」

「他們向來以孩童為食。他們就是這樣的東西：偷小孩的賊。他們的膽量和數量都不足以對抗人類，因此只能捕食最容易得手的獵物。不過他們靠幾個孩子撐不了多久，而仙靈愈是暴露自己的行蹤，我們就愈容易殺死他們。至於那些嬰孩，他們很可能都已經死了。就算還沒，我們也難以設法找到他們，仙靈也會了結他們以惹惱我們，只留下皮和骨讓我們下葬。」

席瑞絲來不及阻止自己，話語就脫口而出；思緒與言語完全同步。

「如果他們是你的孩子，你可能就會急著想救他們吧。」

「但他們並不是，對吧？」鮑溫瞬間看起來像老了好幾歲。「我的女兒都死了，我的妻子也是。她們的車隊遭強盜襲擊。我的家人設法逃進森林，不過狼緊接著也來了，由一位擁有狼性的女性領袖帶領。我認為牠一直都在尾隨車隊，等待時機。畢竟，我殺了牠的伴侶和小狼，而牠決心對我還以顏色。牠依然在某個地方，不過我會在我死之前了結牠。」

席瑞絲看著憤怒和哀傷結合，改變了他的容貌，顯露出過去的他以及原本可能的他。她眼前所見無法讓她稍微喜歡他一點，但她確實稍稍了解了他一些。

「妳以為妳懂我嗎？」鮑溫說：「妳只是個孩子。妳怎麼可能懂大人的悲傷？」

「我懂得可多了，」席瑞絲說：「我為你失去親人而感到遺憾，真心的。就算沒有你的協助，我們也會找回那些失蹤孩童，但我覺得你的妻女會為你而感到羞愧。」

鮑溫抬起右手，而席瑞絲準備好要承受那一擊。這時守林人站到他們之間，鮑溫隨即退後。

「出去，」他說：「我希望我再也不用看見你們。」

總管快步上前，帶他們朝門走去，而門在他的噓聲之下打開來。門在他們身後關上前，席瑞絲冒險朝鮑溫投去最後一瞥，然而他正凝視著牆上的雕刻，沉浸於狼滅亡的幻夢之中。

51

Ofermod（古英語）
傲慢、過度自信

幾名訪客在安全返回房間前都不曾再開口；他們發現房內已備好三張床，床上鋪了硬床墊，搭配更硬的枕頭和一張薄毯；從毯子可能提供的暖意看來，它們可能都是用紙做的。只剩下他們後，守林人伸出一根手指抵著嘴脣，示意四牆，然後以同一根手指碰了碰他的右耳。他走過去打開一扇窗子，讓下方庭院的聲響流入房內。他開口時只是耳語，席瑞絲和大衛也如法炮製。

「就某些方面而言，鮑溫改變了許多，」守林人說：「不幸的是，都是變得更壞。他並沒有好好守護這片土地。」

「他有所隱瞞，」席瑞絲說：「總管也是。」

「鮑溫隱瞞的部分總是多過他透露的那些，他天性如此，不過很多人都這樣。至少中的至少，他會設法將仙靈帶來的危險轉為對他的有利條件。我們得以在他的屋簷下待一晚，盡可能調查，同時間，妳也可以帶我們找到卡利歐和那些孩子。」

席瑞絲縮起手臂。

「離開鮑溫之後就沒那麼痛了。我剛剛一度得咬住嘴脣，才沒有在那裡放聲尖叫。」

「我們剛剛在地面層，」大衛說：「再低的話，就是地窖或地牢了——或更糟。」席瑞絲知道他又回想起自己曾於駝背人的地道行走。

「如果席瑞絲對卡利歐的感覺變得更加強烈，那似乎就證實樹精找到方法在城堡底下來去自如，」守林人說：「又如果卡利歐在下面，那麼仙靈——或至少部分仙靈也會在。」

「我不知道駝背人的地道延伸到多深，也不知道那網絡有多廣，」大衛說：「不過光是城堡下方肯定就有好幾英里。城堡崩塌可能導致某些地方也坍毀，但完好無缺的部分肯定更多。」

「那我們就得找到路進去，剩下的交給席瑞絲。」

「但他們為什麼要來這裡？」席瑞絲問：「偷了那些孩子，肯定有其他更安全的藏身之處吧。城堡內滿是守衛和士兵，對仙靈而言，這裡肯定是最危險的地方。」

「因為如果他們能夠殺死飽溫，他們就能種下恐怖和混亂，」大衛答道：「其他貴族會爭奪權力，彼此爭執、戰鬥。分散的敵人比較容易攻克。」

「飽溫肯定已把那種可能性納入考量，」守林人說：「然而他卻不露絲毫擔憂。權力和貪婪可能蒙蔽了他的判斷力。」

「我覺得他的心思頗顯而易見，」席瑞絲說：「滿腦子只想著殺狼。你為什麼不跟他說我們正在利用卡利歐追蹤仙靈？」

「妳又為什麼不說？」守林人反問。

「因為我不信任他；更精確來說，我不喜歡他，因此我**不想**信任他。但這樣不對，對吧？並不是非得喜歡某個人，你才能信賴那個人的能力。世界上有各種討人厭但對自己做的事非常在行的人，就算他們最擅長的事就是討人厭。」

「所以，如果我們接受飽溫就是一個聰明、討人厭、但不能信任的人，」大衛說：「那問題依然存在：他到底在玩什麼把戲？」

52

Screncan（古英語）導致他人犯錯，蒙蔽

鮑溫獨自一人待在晉見室。他的總管和家僕們在他處忙碌，確保貴族會議的最後準備工作一切就緒。大廳將設置六席，由鮑溫居首位，屆時不會有衛兵和顧問。接下來發生的事只容許血統最高貴的貴族聽見、看見。

「出來吧。」鮑溫說完，木雕隨即動了起來，體型最大的狼身體鼓起，彷彿即將生產的動物，接著一塊近似人形的木頭掉在地上。一陣閃爍，卡利歐隨即現身。

剛開始，樹精只是蜷縮在鮑溫腳邊。長時間隱匿耗費牠們大量精力：樹液血從牠們的口鼻流下，也從牠們手指和腳趾的甲床滴落。卡利歐慢慢恢復後，牠們終於跪立起來，但沒辦法進一步起身，只能像在懇求鮑溫一樣跪在他面前。

「怎樣？」鮑溫說。

卡利歐決定說謊。有別於牠們的親族仙靈，牠們很擅長說謊。

「肯定如同守林人所說：是我的表親，他們倉卒行進，留下足跡，而他跟著足跡走。」

卡利歐不打算告訴鮑溫——這個短命的東西，蜉蝣般的生物——實際上是牠們把席瑞絲引來此地，還帶來守林人和大衛。也不能讓仙靈知道。要是他們任一方起疑，卡利歐就小命休矣。

「他們太不小心了。」鮑溫說。

「如果你想當面表達你的不悅，我們可以安排會面，」卡利歐說：「我們相信你肯定會發現蒼白女士是個富同情心的聆聽者。」

鮑溫心存懷疑，但他不喜歡被樹精嘲弄，因為樹精象徵回顧逝去的過往。仙靈值得尊敬，但這生物只配拿去烤。一旦他跟仙靈的合作定案，鮑溫或許會想以獻祭來確立盟約，而卡利歐再適合不過。終於讓這物種徹底滅絕應該能帶給他不小的滿足感，緊接著樹精之後，狼、駭比，以及最後仙靈他們自己，都將跟著煙消雲散。新時代即將到來，屬於人類的時代，而人類不可能再與那些古老種族共存。

「總之先確定你的親族已準備妥當，」鮑溫說：「還有他們的目標明確。我可不想要處理什麼混亂狀況。」

卡利歐注意到鮑溫完全沒提起他的良心。他的受害者名單可以短而慎選，或是長而詳盡，端看他的野心需要哪一種，不過無論如何，名單上的每個人都可以快速、乾淨、安靜地處理掉。鮑溫不想讓任何人受折磨，也無意弄成什麼大屠殺。他並不殘忍，只是務實，而且，該死的人之中還有孩子。

「蒼白女士在等，」卡利歐說：「我該走了。」

鮑溫示意裝有仙靈頭顱的布袋。

「帶走吧，辦場恰當的葬禮，或是無論仙靈怎麼對待他們的亡者，總之就去做吧。」

「他們長眠他們之中。」卡利歐說。

卡利歐進過仙塚，親眼看見過龐大的骨陵。

「用來做什麼？」鮑溫問。

卡利歐聳聳肩。

「他們死的時候感覺才不會那麼陌生。」

鮑溫噁心地皺起鼻子。

「那就解釋了他們的香料味底下為什麼臭得像藏骸所——你可以告訴你的蒼白女士我說了這句話，但我不認為她會介意我如此兩相比較就是了。」

「仙靈也認為你們有死亡的味道，」卡利歐說：「每個人類。你們稍縱即逝，幾乎還沒出生就斷氣了。人的一生對他們而言就像一天過去而已。他們眨個眼，你們就不在了。」

「然而我們在日光下坦蕩行走，他們卻龜縮在地底。」

「他們不再龜縮了。」

「對，」鮑溫承認，「但這片土地也不會再次屬於他們。他們可以擁有自己的仙塚，我們會容許他們跟他們的祖先共眠，不受打擾，不侵犯他們的墓穴，直到睡眠化為死亡。如果他們想進食，他們可以選擇以弱者為限。弱者稱不上好選擇，但總好過什麼都沒有。」

「蒼白女士很清楚契約的條款，」卡利歐說：「仙靈不受人類侵擾，獲得安寧，而你——」

「獨占潘德莫尼，」鮑溫接話，「同時蒼白女士交出殺死我家人的狼女。」

「蒼白女士已經為你準備好狼女首領了。我看見牠被關在籠裡。」

卡利歐碰牆，牆上的石塊隨即在牠們的碰觸之下縮回，一只櫥櫃移動，露出後方的門。樹精正準備離開，這時鮑溫問了最後一個問題。

「守林人提起駝背人，其中有絲毫真實性嗎？」

卡利歐搖頭，輕鬆吐出另一個謊言。

「沒有，」卡利歐說：「一點也沒有。」

53

Heortece（古英語）

心痛

席瑞絲很累，但守林人勸她先別躺下。

「如果妳睡著，」他說：「妳會看見卡利歐，但這對我們來說毫無用處。太多人走來走去，如果我們行動時透露丁點急迫性，就會引人關注。還是等到貴族會議即將開始的時候比較妥當，因為所有人的注意力都會集中於會議場地。在那之前，妳可以稍微閉眼，等等看妳的夢境會對妳透露什麼。如果卡利歐就在近處，我希望妳能找到牠們，我們就能行動。眼下，我建議我們盡可能探索城堡內對我們開放的區域。妳或許可以先認識妳稍後在夢中會看見的地方。」

兩名無聊的衛兵雖然沒直接部署在房門外，但就在那兒遊晃。守林人呼喚他們。

「我的年輕同伴是個棄兒，她沒見過那麼宏偉的城堡，」他解釋道，一邊輕拍席瑞絲頭頂；這舉動差點害他脛骨被踢一腳。「我們是否可以伸伸腿，四處逛逛呢——當然是在你們陪同之下？」

衛兵簡短討論了一會兒，之後其中較年長者要較年輕者待在「客人」身邊，但除非他們進入未開放的房間，否則不要干預他們。席瑞絲、大衛和守林人因而能夠相對自由地閒逛，而這也有助於席瑞絲稍稍甩掉她的疲憊感。衛兵保持謹慎的距離，看似也同樣高興能走動，而非只是站在無窗的走廊看著灰塵飄落。

他們開始繞著城堡的外圍走，只是空氣並非那麼清新，因為貴族的隨從都在庭院設立起非正式的營地，處處充斥馬和士兵的味道。攜帶武器的男男女女閒晃、打盹，或是三三兩兩圍坐火堆旁吃東西、抽菸，不過只喝水和淡啤酒，而且談話的內容全部圍繞著仙靈。然而不同的營地之間壁壘分明，對彼此的態度落在漫不經心的不在意和幾乎毫不掩飾的敵意之間。如果這反映出他們的大人夫人內心想法，席瑞絲認為即將展開的會議應該會相當熱烈。她不只一次逮到士兵毫不羞窘地盯著她看，儘管她明顯看起來年紀還小，那些人依然用眼神將她扒光。她心想，不知道他們之中多少人自己也有妻子、姊妹和女兒，他們又可能如何殘忍地對待其他男人的妻子、姊妹和女兒。

席瑞絲遠遠繞開一片忍冬，因為守林人告訴她，那叢植物一般而言都是用來掩蓋公共廁所的味道。忍冬也會出現在城堡內的廁所，在室內還有點作用，不過那麼多人使用外面的廁所，即使有整叢整叢的忍冬，惡臭也無從掩蓋。就算看見忍冬、聞到因風暫時改變方向而猛烈襲來的示警臭味，還不足以促使席瑞絲迴避，那也還有蒼蠅飛舞的持續嗡嗡聲。無論席瑞絲再怎麼急，就算給她一袋黃金，她也拒絕進入那些廁所。說實在的，她寧可脹破膀胱。

席瑞絲從城牆可以看見外面也有營火，無法在城內安全過夜的人只能盡其所能在城外藉由火焰和人數優勢自保。她知道在這個國度的各個角落都可以看見同樣場景，或是規模比較小的版本；村民在圍籬、牆與大門後方尋求安全感，門窗上閂，因為害怕仙靈而禁止小孩外出。不過就算是防禦最差的茅屋也可能比飽滬的大要塞安全，因為它蓋在錯誤的地方；若是大衛的懷疑無誤，敵人就是透過這裡往來。

在她看不見的後方，而且也被落日投下的陰影隱蔽，城堡牆上的常春藤動了。一張臉從綠葉中窺探，空洞的眼睛打量席瑞絲，然後是大衛。藤蔓臉看見大衛後張開了嘴，準備一等到他不小心靠太近就將他一口吞下。不過臉隨即消失，一切又恢復原狀。

雨開始落下，將三個人和他們的護衛逼回室內。他們現在盡可能觀察城堡內部，而因為他們看似無意做任何不該做的事，想打開任何關上的門或大膽鑽進有趣通道之前，也都會特別留意先徵求衛兵許可，他現在對他們的舉動興致缺缺。他們來到城堡的廚房區，領主廚房正在準備盛宴——肉湯、烤肉、派、酥皮點心、水果餡餅，一般廚房則是為他們的隨扈燉煮好幾大鍋的肉。席瑞絲發現，除了釀酒女之外，工作人員清一色都是男性；烹調的味道之下則可聞到酵母、酸醋和血。

他們沒有久留，因為無論他們站在哪，總剛好會擋到廚子或打雜小弟的路。就在他們離開之際，其中一名釀酒女剛去送酵母給麵包師回來，硬塞了幾個熱騰騰的司康給他們，因為這樣，衛兵在他們身邊又顯得更放鬆了。席瑞絲原本邊走邊吃，津津有味地開心大嚼，但轉過一個轉角後隨即停下腳步，嘴裡的點心化為塵土與砂礫。眼前是飽滿的肖像，一隻手放在書上，另一隻手扶著劍，身後的窗子洞開。

「就是它，」她對守林人低語。「我在幻境中看見的就是這幅畫。」

她站在畫前，伸長手碰觸，半是預期她的手指會融入畫中，但畫布依然硬實。

「別碰。」這是衛兵第一次開口，除此之外，他都只用點頭和搖頭表達允許與否。

「不好意思，」席瑞絲說：「我只是好奇而已。」

「就算勳爵大人最近幾乎無法承受看著這幅畫，這依然是他最珍愛的物品。」

「為什麼呢？」

「因為畫家是已故勳爵夫人。」

所以她眼中的鮑溫就是這個模樣：英俊但嚴厲，甚至有威脅性。從他的下顎就可清楚看出他的魄力，從他的眼睛則可看出他的剛硬；他手下那本攤開的書之中可見一行行數字：帳目，而非詩句。不尋常的是，畫中的他並非直視畫框外，而是低頭望向一側，暗示比起畫家本人——也就是他的妻子——他覺得帳冊中的數字更有趣。這幅畫是一則婚姻故事，而且並非幸福快樂的婚姻。

鮑溫身後就是那扇打開的窗，窗外一片黑暗：仙靈戰士就是從如此黑夜中現身。但是仙靈不可能真從一幅畫中爬出來，對吧？不過話說回來，如果其中一個仙靈能夠化身為一名青春期男孩，像條蛇一樣鑽進狹窄縫隙，完全只為了殺死一個女孩，那誰能說利用一件藝術作品超出他們的能力範圍？

「會議即將開始，」衛兵說：「你們該回房間了。」

他帶路離開廚房，回程走後梯和較安靜、較少人走的走廊。席瑞絲猜想，他現在可能開始後悔自己太放任他們，而當他們終於平安回到房間，他明顯鬆了一口氣，不過席瑞絲依然特別向他道謝，感謝他的協助。門在他們身後關上，他們也再次來到窗邊交談。

「嗯，」守林人說：「剛剛那趟大有助益，尤其是回程。可以走那些地方，比較不會引人注意。」

「我們得先出得了這裡。」大衛說。

「城堡裡的所有人很快就會因為會議而忙得不可開交。他們還要留心仙靈，表示他們會朝牆外看，而非牆內。但若我不幸說錯，我也有很多方法可以分散他們的注意力。」

守林人轉向席瑞絲。

「現在是妳睡覺的時候了，」他說：「睡，然後作夢。」

54

Hel（古挪威語）死亡女神

席瑞絲躺在其中一張床上，昏昏欲睡，用意志力要自己去到卡利歐和失蹤孩童身邊。她回想他們先前走過的走廊、從門縫瞥見的房間內部，在腦中描繪城堡的格局。然而，當她終於開始作夢，幻境並未帶她來到石造走道或是泥土地道，而是來到燈籠之家的一個房間，房內的窗簾拉下，阻擋漸漸轉弱的日光。菲比躺在床上，除了胸膛的輕微起伏之外毫無動靜。床邊的燈亮著，席瑞絲平常夜裡都利用這盞燈讀書給她聽。這是房裡唯一的光源，此外一片昏昧。

一個人影潛伏在暗處：女性，只是一道剪影，一個由其他影子構成的影子，以片片黑暗臨時拼湊，壓縮起來，實際上並不屬於這個世界的東西因而獲得實體。女子的頭部扭曲變形，以致玻璃或木頭碎片彷彿穿透她的顱骨。席瑞絲花了些時間才看清，那其實是由骨頭生長而成的尖刺王冠。

「妳認識我嗎？」女子問，同時房間內的溫度下降。「因為我認識妳，也認識那孩子。並不是只有妳能穿越不同世界。」

「妳離她遠一點。」就像這名女子一樣，一部分的席瑞絲也現身房內，有如生者的靈魂，因此席瑞絲知道她擁有自主行動的能力。不幸的是，這名掠食性女子也一樣。

「為什麼呢？」女子說：「比起活著，她現在更像死去，因此比起屬於妳，她還更屬於我一點，她和我如此靠近，我們之間的距離只剩不到一步──或是一次呼吸。她殘存的生命力好少，幾乎不值得我花力氣拿取。」

「那就別來煩她。」

「妳在求我嗎？」

「不，我是在命令妳。離她遠一點。」

女子的笑聲有如冰破碎。

「妳能怎麼辦呢？無數人嘗試過都失敗，妳又能怎樣？當最後的時刻到來──當**我**到來，妳知道有多少人懇求或大放厥詞嗎？至少妳的女兒會在無聲中逝去。」

「我會為她奮戰。」

「但妳召喚了我。妳以妳的意志力將我召來此處。妳希望她死──也希望自己死。妳陷入絕望，而我是那首歌的必然終曲。」

「沒那回事。我只希望終止這場悲劇，而且那是在我軟弱的時候，在我覺得無力繼續下去的時候。」

「真是狡辯。不過，我聆聽，我也回應。現在，說出我的名字，承認我的存在。」

「我拒絕。」

「因為妳害怕妳放聲說出來後可能會發生的事。」

「對。」

「不用害怕。她只會感覺到一點刺痛，就像妳先前經歷過的一樣；接下來對妳們雙方而言都是一種慈悲。我總是慈悲，就算只在最後的時候才展現。」

「我不覺得妳慈悲，」席瑞絲說：「我只覺得妳飢渴。」

「妳的恐懼使妳看不見前者，然後又放大了後者。但我並不否認我的胃口令我苦惱，它永不饜足，我也不希望它饜足。我降臨於所有事物，因為這是必然的結果。我從他們誕生那一刻起就在他們之中，也是他們的一部分。我在他們此生都與他們同行，他們最後看見的臉孔也會是我。」

「妳享受死亡。」

「不，我**就是**死亡。」

女子上前，行進時放射出黑暗；隨著她朝床而去，黑暗有如燒焦的葉子般從她身上落下：死神蒼白女士，以其全盛之姿現身。她嘴脣輕啟，俯身親吻菲比。

「不！」席瑞絲說：「我不准。」

而後她撲向死神。

簡陋小床上，在守林人與大衛的目光下，席瑞絲痛苦地叫喊。大衛俯身想喚醒她，但守林人阻止了他。

「別。」守林人說。

「但是她很痛苦。」

「她在她來到這裡，以及更久遠之前就一直很痛苦，就跟你第一次來到這裡的時候一樣。你是個孩子，正在找尋消失的母親；她是個母親，正在找尋迷失的孩子。」

大衛不情願地退後。席瑞絲咬著牙，身體因為承受巨大的痛苦而扭曲，頸部的肌腱鼓起，裸露的左手臂上被卡利歐刺傷的部位也再次紅腫發炎。腫塊在他們眼前明顯膨脹，感染導致的白色膿液聚積。

「但她可能快死了。」大衛說。

「有一段時間的她或許會因為能夠死去而感到慶幸，」守林人說：「不過，無論活著可能帶來什麼樣的憂傷，我覺得她現在想活下去。」

他將一隻手放在席瑞絲的額頭上，而她發出既是痛苦也是解脫的哭喊，彷彿分娩時的最後一次出力，將女兒帶來這個世界時孤注一擲的最後一推。她手臂上的腫脹組織爆開，散發過期牛奶的味道，膿液湧出，隨後則是一股亮紅色的鮮血。席瑞絲身體放鬆，輕輕嘆出一口氣。一分鐘過去，而後她開口。

「飽溫。」她說。

◈

席瑞絲再度立於藏在廚房附近的城主肖像之前。她不太記得自己撲到菲比和蒼白女士中間之後發生了什麼事，但她對女兒的擔憂不再迫切，因為她擋下了死神——雖然只是暫時的。她聽見頭頂上方有動靜，抬起頭，發現卡利歐攀在天花板，正在注意前方的走廊，以及攜帶長弓的仙靈戰士愈走愈遠的背影。卡利歐爬行跟上，留下席瑞絲獨自一人。

有時候，在現實人生中——在夢境中也一樣，世界試圖告訴我們某個真相，但用的方法如此幽微，我們得花些時間才能想通。

肖像，她心想，他們爬出肖像。

我可懂了。

◈

席瑞絲睜開眼，看見守林人和大衛。他們已經以一段撕下來的乾淨床單為她重新包紮，布上染血，而她感覺煥然一新。

「我知道要怎麼找到孩子們，」她說：「不過，你們必須先警告鮑溫。仙靈已經在這裡了。」

55

Swicere（古英語）

叛徒

貴族們在城堡的大廳議事；雖然稱作大廳，可是這個場地實際上並不如其名所暗指，雖可容納五十人的宴會尚有一定的舒適度，但在鮑溫勳爵的妻子逝世之後，就不曾見證那般慶典，現在完全只剩下管理方面的用途：會議、開庭，以及以文明的方式解決不滿；或是在此以絕對不文明的方式——例如劍、匕首或斧頭——解決不滿，在某人的要求或命令下執行懲罰。因此大廳曾不止一次響起判處死刑的命令，只不過受刑者都是無錢無權之人。正義女神或許盲目，但她的長袍有祕密口袋，可以裝一大堆錢。同時間，無論法律再怎麼嚴酷、死板，窮人和弱勢族群都只能將就。

目前大廳內只有一張附六張椅子的桌子。兩個分枝燭台和架上的火把已點燃，火也在石造壁爐中燃燒。這座壁爐很高，足以容納一名成年男子直立，他的頭還不會沒入煙囪內。燈火如此設置，意味著一圈黑暗包圍主桌，而已多年不曾受音樂攪擾的樂師看台則陰影籠罩。

桌上只有兩壺紅酒，以及用來喝酒的樸素酒杯。鮑溫城堡內的大多數事物都很簡樸。鮑溫享受財富，因為財富意味權力，而權力意味生存，但他不吃招搖炫富那套。那種行為顯示出你欠缺安全感，因為只有私底下易受傷害的人才會覺得有需要炫示自己擁有什麼。而且，在這個通常都相當凶暴的世界，手上戴著昂貴的戒指不啻是在請人連戒帶指一起搶走。

此時此刻，五名貴族坐在桌邊等待鮑溫登場，他們依據各自的野心大小對其領主懷抱程度不一的忠誠、妒忌以及壓抑的怨恨，統治著王國的這個部分。其中最能幹，因此也最危險的，就屬克莉絲蒂安娜伯爵夫人，一般認為她毒死了自己的丈夫，漢斯伯爵——他同時也是她的外甥，一樁對誰都沒好處的複雜婚姻，尤其是伯爵夫人，因此她才認為應該解決掉他。她的左手邊是威廉男爵，他身旁是他的弟弟雅各：兩個貪婪、懶惰的男人，雖然他們最近對於潘德莫尼的分潤不甚滿意，正試圖與鮑溫重新商議合約，不過他們頗容易操弄。他們兩個人各自娶了同樣貪婪、差不多懶惰的女人，也開始生下看不出與父母有任何差別的孩子。

雅各對面是佩羅公爵夏爾[14]，和已故且一般而言無人哀悼的漢斯伯爵是同父異母的兄弟，他認為克莉絲蒂安娜是殺人凶手，但沒對他人提起，因為他不想連自己也遭毒殺。他目前聘請了一隊試毒師，負責在他坐下用餐前試吃他的餐點。最後，坐在夏爾身邊的是朵璇侯爵夫人，鮑溫的大姨子；就血緣和忠誠度而言，她理論上來說應該是和鮑溫最親近的一名貴族，不過論及貴族階級，血緣和忠誠都沒多大意義，有必要時鮮血可灑，忠誠則是資產，可以拿來換取利益。

「他遲到了，」克莉絲蒂安娜說：「守時是王者的禮節，還是說他沒聽說？」

「鮑溫不是王，」威廉說：「就連在他的夢裡也不是。」

他弟弟在他身旁竊笑。

「最後一位國王被狼吃了，」雅各說：「鮑溫則是拿自己的家人餵狼。或許他誤會了王室的必要條件。」

「不好笑，」朵璇侯爵夫人說：「而且品味很差。」

雅各停止竊笑，但他倒也不怕朵璇去跟她妹夫告狀，因為她並不比其他人喜歡他。妹妹過世後，朵璇原本預期多分到一份礦場的收益，因為鮑溫的妻子獲贈礦場的一部分作為結婚禮物，而根據她的遺囑，若是她亡故，她的所有財產都由朵璇為她的孩子們管理，然而孩子們跟著母親一起進了狼腹，鮑溫和他的律師群決定遺囑不再適用，剝奪了朵璇的額外分潤。因此，朵璇繼續支持鮑溫，不過完全只因為其他選項——也就是與另一個或其他幾位貴族結盟——並不具吸引力，或說尚不具吸引力。

只有夏爾公爵保持沉默。他的礦場持分最小，可能也情願自己一點都沒有，不過比起毫無影響力，最好還是有點參與感、對礦場的經營有點話語權。私底下，夏爾認為礦坑就像是大地染上枯萎病，尤其因為他的領地地勢低窪，礦場的逕流正逐漸毒害他的河流以及四周的原野、森林。他的佃農開始抱怨，因為汙染直接衝擊他們的收成，而他們的收入受影響，夏爾所能收取的租金也會受到拖累。雖然他已要求鮑溫對此情況採取行動，但是截至目前為止，他的請願一直石沉大海。

現在還要考量仙靈。夏爾不覺得他們會十分認同礦坑的存在。仙靈對環境的變遷敏感至極，並視保護大地為己任，尤其大地的純淨對他們的生存而言不可或缺。有些古老的故事描述仙靈將對大自然欠缺足夠敬意的農夫折磨至死，或是將放任廢棄物汙染溪流的地主淹死。在夏爾安全的家中，以及在他私密的內心角落，他其實猜想或許就是礦坑將仙靈從他們的仙塚和巢穴吸引至此。如果是這樣，他完全準備好提議關閉礦坑，而非冒險激化敵意，但他不覺得他的商業夥伴會願意就這麼放棄潛藏的財富，尤其是鮑溫。

---

14 夏爾・佩羅（Charles Perrault）是《鵝媽媽故事集》的作者，被視為現代童話故事的奠基者。

「該死的男人，」威廉說：「他人在哪？」

鮑溫就是在這個時候現身於樂師看台，右手端著一根蠟燭。看台占據大廳的三面，鮑溫立於正中央低頭凝望賓客，態度不含感激、不帶情感，其中的情緒更接近輕蔑。

「我在這裡，」鮑溫說：「而且已經待了一段時間。」

就算剛剛曾出言不遜的人感到羞愧或擔心，他們也隱藏得很好。仙靈回歸，他們有多需要鮑溫，他就有多需要他們。如果他選擇發怒，那也是他的事。他們其他人有更重要的事要處理。

「我不介意你坐主座，妹夫，」朵璇侯爵夫人說：「但若是會議期間都得抬頭仰望你，恐怕我們很快就會疲累不堪。」

「無須擔心，大姨子，」鮑溫說：「議事不會花太長時間。事實上，可以說在你們到來前就已經有結論了。」

朵璇沉下臉。雅各和威廉傻笑，他們在緊張或不確定的時候總是傻笑。克莉絲蒂安娜看似正在考慮重拾下毒的手段。夏爾公爵擁有強大的自保直覺，因此只有他的反應快速而堅定。他已經起身朝門走去，邁向安全的前景，這時一枝石箭尖的箭射中他的後腰，他在衝擊力之下繼續踉蹌前進了幾步，然後才倒地，而第二枝箭隨即了結他的苦難。

他吐出最後一口氣的同時，他的大多數貴族同伴也跟著他一起上路。

56

Dern（中古英語）
隱藏、祕密

席瑞絲、大衛和守林人離開房間時，走廊只剩下剛剛陪伴他們逛城堡的那位年輕衛兵獨自站哨。四周無人申斥，而且石地板再加上成弧面的牆意味著他早在長官靠近之前就能藉由聲音察覺，因此衛兵靠著牆，雙臂交抱，雙腿交叉。不過，受他看管的人忽然出現，也足以嚇得他站直、伸手拿長矛。

「你們必須待在房間裡，」他說：「鮑溫大人下令，會議召開期間須確保城堡內安全無虞。」

「城堡內並不安全，」席瑞絲說：「因為仙靈已經進來了。」

「不可能。」衛兵說。

「是真的，因為我看見他們了。」

這句話引起他的興趣，雖然席瑞絲決定不用說出她只是在幻象中看見他們，因為這有可能會破壞她身為目擊者的可信度。

「她所言為真，」守林人說：「他們利用城堡地底的地道和廚房的一個祕密通道進出。」

衛兵聽守林人說話時不像對席瑞絲那般多疑。席瑞絲心想，父權持續發威。若是她有天真能回到自己的世界，絕對不會把票投給任何男性候選人。

「確認一下能有什麼害處？」大衛問：「只需要幾分鐘就夠了。我們手無寸鐵，不可能造成任何威脅。」

「而且如果我們走後梯，」席瑞絲說：「那就不會被任何人發現。」

「我不該離開自己的崗位，」衛兵說：「不然會有人記錄我的違規行為回報給長官。」

「要是仙靈找到鮑溫，」守林人說：「那就沒人可回報了。但若事後發現你沒能阻止鮑溫受傷害——」

衛兵馬上同意確認一下不會有什麼害處，但還是堅持先搜他們身，以防他們暗藏武器——嗯，他搜了大衛和守林人，席瑞絲的話用眼睛檢查就夠了，因為她的表情清清楚楚告訴他，碰她是不智之舉。滿意之後，衛兵說他們應該走前面，他尾隨在後，長矛隨時準備刺出。他們從同一條滿是灰塵的樓梯下樓，穿過最近才剛探索過的走廊，避開所有人，只有幾名僕人除外，但他們太專注於自身任務，沒顯露丁點好奇心，因此一行人順利來到鮑溫的肖像前。

「所以那個祕密通道在哪？」衛兵問。

席瑞絲試探地碰觸畫框，手指插入鍍金的表層下，推擠、摸索著裝飾的部分。

「跟妳說過不能碰了。」衛兵說。

「只是畫框，」席瑞絲說：「我沒有真的撕破畫布。」她怒瞪三個男人。「喂，不要只是傻站在那裡。肯定有某種機關，找找看啊。」

守林人和大衛開始檢查牆壁，按壓石塊、火把架，甚至還重踩地磚。衛兵原本站在一旁，後來終於相信他們沒在耍花招，這才覺得有必要幫忙，但一無所獲。肖像依然在原位，沒露出任何祕密通道。最後，席瑞絲不得不承認失敗。

「我很確定，」她說：「我是那麼確定——」

就在這個時候，他們聽見一聲清楚的**喀**。席瑞絲身後，鮑溫的肖像脫離牆壁，就好像以鉸鏈為軸打開的門。他們退後躲在畫後，因此無論是誰從裡面走出來都看不見他們。

踏入走廊的女仙靈戰士疤痕累累，右眼沒了，這意味著在那關鍵的幾秒內，席瑞絲和她的夥伴並未被發現，而這段時間足供衛兵舉起長矛，但還來不及刺出，因為仙靈聽見木頭刮過石牆的聲音立即回應，致命的薄片從她的右手射出：一把匕首，刀刃以熟鐵打造、刀柄以黃骨雕刻後鑲上銀邊。席瑞絲把刀柄看得清清楚楚，因為匕首立刻就埋入衛兵的脖子直至護手。他的長矛落地，他跟著倒下，連帶把席瑞絲也撲倒，同時仙靈又抽出長劍，準備攻擊下一個最迫切的威脅；她認為這個威脅應該是三人中最高大、最強壯的守林人，而他也朝她逼近。

不過仙靈弄錯了。她跟衛兵一樣，都低估了席瑞絲。席瑞絲離開房間的時候將短劍塞進長褲後腰，靠襯衫的褶子遮掩。仙靈轉身面對守林人時，席瑞絲隨即抽出短劍，深深刺入仙靈戰士的右大腿，劍尖從另一側穿透而出。仙靈尖叫，碰觸到鋼的血肉嘶嘶作響，那條腿隨即癱軟，無法再支撐她的重量。她試圖刺殺造成她如此痛苦的始作俑者，但席瑞絲的動作太快，仙靈的劍只在地上砍出火星。守林人在仙靈後方舉起長矛，矛頭刺穿仙靈，當場殺了她。

席瑞絲起身，腳踩著仙靈的屍體拔出短劍。仙靈死去後，眼睛的顏色由暗色轉灰，席瑞絲看著自己在其中的倒影緩緩消失，有如被浮雲遮掩的月。

「她的兄弟姊妹應該已經聽見那聲尖叫，」守林人說：「他們會前來查看。」

肖像像門一樣打開後露出一個洞。這個暗門並非近期建置，因此不太可能出自仙靈之手，看起來反倒像畫像配合洞口的大小，或相反過來：鮑溫的另一條逃生路線，若是哪天他遭人密謀背叛即可派上用場。

「他們從這條路進來也太古怪了，」大衛說：「我的意思是藉由鮑溫的畫像。」

「或者不只是藉由他的畫像，」守林人說：「知道這通道的人肯定屈指可數，而鮑溫絕對名列其中。要是邀請仙靈進來的就是他呢？」

「他為什麼要那麼做？」

「因為只要他承諾給予回報，他們便可滿足他的願望。對他們而言，一切都是交易。」

階梯從開口朝下延伸，光源來自石牆內的一抹粉色冷光：席瑞絲猜想應該是紫方鈉石或類似岩石，一種礦物，在暗處發光，在日光下則平凡無奇。她的手臂又開始刺痛。下去地道就能找到卡利歐，或許也能尋回遭綁架的孩子；不過除此之外還有其他，因為無論駝背人還剩下什麼，也都將在地道中被找到，同時還有她被帶來此地的原因。

席瑞絲遲疑了。她向來不喜歡在地底待太久，就算是倫敦的地鐵也一樣。這並非幽閉恐懼症——她不害怕，也不會開始恐慌；她只是覺得不舒服——但也足以將地底視為厭棄之物了。

守林人牽起她的手。他面露哀傷，而她在他開口之前就已經知道他要說什麼。

「我不能陪妳一起去，」他對她說：「無論妳下去之後將面對什麼，妳都只能獨自面對。」

「我懂。」

她真的懂。這並非代表她不害怕，但這趟旅程永久性地改變了她，她變得更強大了。剛來到這個國度的那個席瑞絲沒辦法穿過這扇門——更正確的說法應該是，她不會相信自己有辦法做到，兩者有所不同。那個席瑞絲迷失而憂鬱，但暫時忘記身為人類就是如此：經常迷失、困惑，或是焦慮，但終究會在關鍵時刻領悟，我們會在**恰恰**該迷失的時候發現自己迷失；領悟在熟悉的日常中學不到什麼有用的東西——你或可從中獲得安適，但並非知識——只有在陌生新鮮的事物中才能真正學習；她也領悟，因為未知，最初接觸所有值得體驗或擁抱的事物時總是伴隨著恐懼。

「我可以跟她一起去，」大衛說：「畢竟，我也曾站在與此相似的門前。」

「你可以陪她走一段，」守林人說：「但結局依然得由她來寫。你們離開後，我會在上面努力。現在可能還來得及阻止鮑溫犯下滔天大錯——還有仙靈。」

守林人輕吻席瑞絲頭頂。

「無論發生什麼事，」他說：「我都將再次與妳相見。」

接著，在大衛的協助下，席瑞絲邁向未知。

57

Selfæta（古英語）

自食者，食人者；以同類為獵物者

大廳內，六名仙靈弓箭手分立樂師看台兩側，下一箭已搭上弦以備不時之需。克莉絲蒂安娜趴在桌上，一枝箭貫穿頸部，下毒的日子已然結束。雅各與威廉兄弟雙雙胸口中箭。怪異的是，威廉還在傻笑，彷彿那枝箭只害他發癢，而非致命地射中心臟。他的弟弟死了；仙靈拉弓的力道如此強勁，箭頭直接射穿他的軀幹，將他釘在椅子上。

目前只有鮑溫的大姨子朵璇毫髮未傷。血灑在桌上，她只是將酒杯拿開，也挪動椅子以免弄髒裙子。她的反應驚人冷靜，只有顫抖的手稍稍洩漏她內心的真正狀態。

「嗯，」她說：「看來這片土地上的權力平衡徹底改變了呢。」

鮑溫沒有移動，仍然從高處俯視朵璇，仙靈在他兩側。屠殺的過程中，他幾乎連眼睛也沒眨一下。

「如果不是因為我已故的妻子，」他說：「很多人都說我應該娶妳。她敬重妳的毅力和狡猾，但她不愛妳。」

「我也不愛她，」朵璇說：「她太溫和，太逆來順受。被狼包圍的如果是我，而且我懷中還抱著我的孩子，我想你到現在應該還會保有丈夫與父親的身分。」

「此話不假。我會說，狼對上妳沒什麼勝算，一堆男人就更不用說了。妳生錯軀體。妳的靈魂是為不同容器而生。」

「我一直有此懷疑，」朵璇說：「我可能就是因此才從不找個丈夫，找妻子的話則會引來太多關注，不過無論男人女人，都不足以使我快樂就是了。我還是孤家寡人比較好。」

她喝一大口酒，酒杯顫動，導致些許酒漿沿她的下巴滴落。她伸手抹掉，朝染紅的手指一瞥，然後再次細看噴灑於四周的血。儘管害怕，她依然算計著，找尋活路。

「這場屠殺之後，混亂將接踵而至，」她說：「我可以發揮平穩局勢的作用，理性發聲。很多人會為你的所作所為而憤怒；你需要盟友。」

飽溫攤開雙臂，納入左右兩側的仙靈。

「我有盟友。」他說。

「我的意思是人類盟友。」

「他們會跟隨的。我打算和平轉移政權，不聽勸的人後果自負。」

「由你的劊子手仙靈代你出手？」

「肯定不是我自己動手就是了。」

「不直接動手，但我也不覺得你會為以你之名而做的任何事輾轉反側。你和仙靈共謀背叛自己人，他們答應給你什麼？」

「妳以為呢？鞏固我的權力，終結狡詐女人與懶惰男人因勉強效忠彼此所造成的麻煩。由我一人獨享的財富，不必與那些將錢浪費在俗氣廢物的人分享。復仇：仙靈逮住了狼女，那個帶領狼群襲擊我妻女的首領。我打算好整以暇地殺死牠。我相信只要專心致志，我應該有辦法將此樂事延長為數年。」

「那作為回報，你承諾給仙靈什麼？」

「讓他們的仙塚神聖不可侵犯，限制人類的侵擾。安寧。」

「安寧？」朵璇差點沒笑出來。「你真以為經歷過這一切，你或他們有可能得到安寧？就算有可能達成一定的和諧，你難道真被騙得團團轉，相信他們會遵守他們那方的協議？或是——」她看了看仙靈的木然表情，「他們如此天真，竟相信你會言而有信？」

「仙靈無法說謊。他們言出必行，而我也是誠信之人。」

「誠信？你說**這**算誠信？至於仙靈，他們的承諾向來表裡不一。」

「因此我們的協議很簡單：潘德莫尼由我獨占，狼女將被帶到我面前。他們要花招的空間微乎其微，就跟妳一樣。」

鮑溫說話時彷彿當仙靈不在身旁，或是他們聾了，聽不見他所說的話。就某種層面而言，他們確實如此，因為蒼白死神女士已同意這份盟約。鮑溫不得直視蒼白女士的臉，他自己也不渴望有此體驗，因此由樹精擔任中間人。就跟所有人一樣，他也會有走到盡頭的一天，但沒必要匆忙趕路。

朵璇用盡交易的籌碼，現在只剩下懇求一途。

「看在我們共同失去的親人份上，」她問道：「你我之間難道不可能找到某種妥協的方法嗎？」

她雖然這麼說，但其實已經知道答案，因為那就寫在鮑溫的臉上。你可以輕易辨識出某些形式的精神失常，其中可能涉及撕爛衣服、徹底放棄保持潔淨，或是失去理性、行為不再合理。不過還有其他類型的精神失常，這些類型如此接近正常，因此幾乎完全看不出來，尤其在那些拋下道德與同情心的人身上更是如此。鮑溫的瘋狂就是這種獨特的類型，而就跟所有發瘋的人一樣，他自己也沒有病識感——或者他在一定程度來說有，但這只是讓他的行為更加不可原諒。

「我幾乎有留妳一命的衝動，」鮑溫說：「但妳太狡猾，我無法信任妳，妳也太心狠手辣，我無法放心背對妳。因此，大姨子，妳恐怕該上路了。妳盲目地走入陷阱，因此以相同方式進入來世似乎相當恰當。再會了。」

他的手在空中一扭，彷彿有個不受寵的朝臣帶來稍稍令人失望的消息，而他只是在命令那人退下。六枝箭射穿朵璇：一枝射中子宮，一枝心臟，一枝頸部，一枝額頭，然後是兩隻眼睛。鮑溫心想，仙靈的準頭真是神奇，尤其朵璇每中一箭身體就明顯猛然抽動。若非仙靈不幸有火和鋼這兩個弱點，統一王國的應該就會是他們了。鮑溫視其為另一個徵象，證明一直以來注定統治此國度的是人類，而非仙靈。

而他心裡所想的「人類」，就是他自己。

58

Beáh-Hroden（古英語）

頭戴王冠

鮑溫的總管從壁爐後方的暗門走出來，身後跟著四名樣貌粗獷的雜工，這些人不會因為丟棄屍體而良心不安，有必要時創造出需要被丟棄的屍體時也不會；仙靈弓箭手隨即放下弓。總管打了個手勢，雜工便開始搬運屍體：女士優先。雅各花了比較長的時間，因為他被釘在椅子上，他們還得先破壞那枝箭，而仙靈的武器韌性極強。鮑溫在看台監督整個過程，一直看到他們清洗桌上較顯眼的血跡。他滿意後，這才下樓來到總管身旁。

接下來的部分得謹慎完成。鮑溫只打算對外界透露，貴族們在會議開始前神祕失蹤，稍後的搜索才會揭露被仙靈之箭射穿的屍體。接下來將會宣布他前盟友的領土即將合併，並指派對鮑溫忠誠的監督者加以管理，同時王國團結面對仙靈造成的共同威脅，當然一切都以鮑溫馬首是瞻。

「持續監視五位貴族的隨從，」鮑溫指示總管，「但不要對付他們。時機成熟時，我會給他們機會效忠於我、宣示他們的忠誠。拒絕的人就送去地牢，給他們機會重新考慮。現在我想獨自哀悼。我剛剛失去了我的大姨子，還有幾個認識非常久的人。」

總管朝看台的仙靈恐懼地投以最後一瞥，隨即一溜煙離開。鮑溫在主座坐下，這是在場唯一沒濺血的椅子。他試著探究自己的感覺，但無物可供探究：沒有高興或寬慰，也沒有羞恥或憎惡。他只感到失望，因為他的野心一步步推進，他竟沒有從中獲得絲毫喜悅；而這股失望漸漸化為更全面性的抑鬱，使他的思緒蒙上陰影，因此他一時遺忘了周遭。他希望，當狼女被帶到他面前，他會發現自己終於有辦法表現出更深層的情緒反應。

近處傳來聲音——大廳內的其中一扇暗門打開，石頭互相磨輾——將他從愁思之中喚醒。儘管他沒請仙靈弓箭手過來，他們此時也來到大廳的樓下；他其實以為他們應該會回去向蒼白女士回報。然而就像許許多多其他事一樣，這件事他也料錯了。弓箭手無須回去找蒼白女士，因為她已經與他們同在。

鮑溫四周的溫度陡然下降，但他還沒來得及查明原因，冰冷的唇已吻上他的後頸，接著是尖銳的刺痛，彷彿有根針插進他的顱底。一股寒氣湧入他的胸腔，快速擴散到四肢。他試著喊人幫忙，但舌頭逐漸凍結，氣息也化為白煙，靜靜地從他張開的嘴吐出。就連他眼睛裡的溼氣也凍結了，他的視力因而變得模糊，然後蒼白死神女士現身，其頭顱的骨刺有如王冠，而她不過是薄霧中的薄霧，黑暗的代理人。

「鮑溫，」她低語，「來結算我們的交易吧。」

總管沒走遠。正當他匆忙穿過一條走廊，守林人攔下了他。除了守林人之外，還有一隊王宮衛兵，他們由丹漢元帥帶隊，剛剛被帶去廚房附近看過仙靈屍體和他們死去的同袍。

「鮑溫在哪？」守林人問。

「他正在召開貴族會議，」總管答道：「不得打擾。」

「情況有變。帶我們去找他。」

總管一路抗議，不過還是帶著他們來到大廳的主門，並預言一旦爵爺得知自家總管遭受如此粗暴對待，後果將如何可怕。守林人猛力擂門，一邊叫喊鮑溫的名字，但廳內無人回應。

「你的爵爺沒有回應，」守林人對總管說：「他的貴族也是。如果他們在裡面，那就是已經死了。如果他們不在裡面，你應該會急著想查明他們發生什麼事吧。」

守林人轉身面對丹漢。

「你是否有權破門？」

「我有，但我傾向不那麼做。」

「損壞尚可修復，死亡則不可挽回。」

「我也曾聽人這麼說過。」

元帥召來最強壯的手下，而他們隨即開始破門。木頭在人體的重壓下漸漸屈服，很快便聽見爆裂聲。

「再來一次，」守林人說：「推！」

衛兵退後，為了最後一推擠出全身力氣，結合眾人的體重用力推門。內側的門閂猛地折斷，門開了，露出空蕩蕩的大廳：沒有鮑溫，也沒有貴族。衛兵拔劍，散開搜索。守林人最後進來。他走到桌邊，雙手貼著木頭，感覺摸起來黏黏的；就在這個時候，總管驚惶地朝門奔去。

「抓住他。」守林人下令。兩名衛兵攔住總管，將又是踢腿、又是抱怨的他拖到守林人與丹漢面前。

「你無權這麼做，」總管說：「爵爺不在時我——」

「他不在，」守林人說：「就由你來回答我們的問題。首先——」他將髒汙的雙手舉至總管面前，「這是誰的血？」

59

Beheafdian（古英語）

斬首

席瑞絲和大衛穿過無比古老的地道網，其中只有一條經常有人使用——附照明的傾斜坑道。其餘的部分有些已崩塌，看起來不過是岩石構造上的凹陷，因此只有部分能通行，或根本完全阻塞，不過其中至少有一條最後能救人一命。

一如守林人預料，仙靈聽見了他們姊妹的叫喊，席瑞絲很快便注意到他們逐漸靠近。仙靈能夠無聲移動，因此他們在地底深處無須隱密行動。然而儘管謹慎方為明智之舉，他們急於前去救助危難中的姊妹，不得不快速移動。他們輕柔的腳步聲和武器的鏗鏘聲洩漏了他們的行蹤，席瑞絲和大衛得以躲進分支的地道迴避。不過，他們選的這條側道極淺，席瑞絲只要伸出手就能碰到經過的三個仙靈，她一直等到完全聽不見他們的聲音，才容許自己吐氣，她身旁的大衛也跟她一樣，然後低聲說：

「他們似乎數量不多。人類的人數遠勝於他們，他們還期望能達成什麼目標？」

「無論怎樣，可能總好過什麼也不做吧。」

他們繼續探索，愈來愈深入地底；因為知道仙靈從哪條地道過來，再加上席瑞絲的傷口持續發疼，令她不得安寧，他們才能確定該往哪邊走。卡利歐儘管害席瑞絲吃盡苦頭，這對他們的搜索而言卻無比珍貴。不過一旦找到孩子，席瑞絲丁點也不在乎樹精是會枯萎、死去，或是被折斷拿去做成火柴。

「妳有沒有聽見？」大衛問。

席瑞絲側耳聆聽。

「什麼都沒聽見。」她說。

「噓！」

席瑞絲怒瞪大衛。無論出於任何原因，她都不喜歡被男人指手畫腳，不過因為光線如此昏暗，她的死亡瞪視完全白費了。

「沒必要——」

不過有必要：她聽見幾不可聞的嬰兒啼哭聲。那寶寶如此虛弱、筋疲力竭，幾乎已經擠不出哭泣的力氣。席瑞絲和大衛循著嗚咽聲來到一個滿是鏡子的房間，每片玻璃都承載著某個人慘死的最後片刻，他們的臉因痛苦而扭曲，結局一再重播。每片鏡子都是相似的形狀——直徑約十八英寸的橢圓形，但鏡框各有不同，一如走向死亡的路徑各不相同，但目的地總是一樣。

「駝背人的房間之一，」大衛說：「感覺得出他的惡趣味。」

但席瑞絲專注於房間的一個角落；五張柳編嬰兒床擺在那兒，圍繞著煤炭燒紅的火盆。一個仙靈伏在其中一張嬰兒床上方，頭低垂，正在汲取如絲的白色煙霧，以某個可憐小東西的生命為食。哭聲就是來自那個孩子，但聲音就在此時漸漸淡去，最後再無聲響。席瑞絲覺得自己的怒火不曾比此時更加熾烈，或許就連那男人奪走她女兒的時候也比不上。那位司機並非有意傷害菲比。他的行為不含惡意，而且，要是他略知接下來將發生的事，那他會立刻放下手機，將他的注意力重新拉回路況。但這：以一個孩子為食，有意識地奪取孩子的生命力，以求自身的存續——而且仙靈本身已經如此長壽，活過了無數世紀，相對而言，這個小東西卻幾乎不曾被賦予機會享受陽光灑落肌膚的感覺。

大衛還來不及阻止席瑞絲，她已經跑了起來，短劍在手。那個仙靈太專注於進食，直到席瑞絲幾乎已經撲上他，才注意到威脅逼近，不過太遲了。仙靈抬起頭的時候，席瑞絲的短劍已經揮出，就在他轉頭的那一刻砍上他，因此當他的頭脫離身體，發出嘶嘶聲落地，把聚集成堆的小骨頭撞得四散，席瑞絲得以看見他的表情。

「看你逼我做了什麼！」席瑞絲喊道，對象是那具殘缺的屍體、被斬下的頭，或許還有這個世界以及被丟下的那個世界，兩者互為彼此的扭曲倒影。「看看我變成什麼樣子！」

因為這次殺戮有所不同。還在薩拉瑪的時候，仙靈替換兒撲向她，她還不知道發生什麼事，劍就已經刺中他，因此她無法確切說出自己是否意圖殺他。不過這一次她打定主意要奪取另一條生命，而那致命一擊背後的怒火是冰冷的。她並沒有因憤怒而失去理智，而是將其導向。

大衛來到她身旁，緊緊握住她持劍的手，以免她在奔流的腎上腺素驅使下也朝他的頭砍來。他在她的那兩句呼喊中聽見自己多年前的回音，當時他也奪取了他者生命，他不知道這是不是在這個國度學到教訓應付的代價，也不知道事實上死去的是不是他自己：過去的自我消逝，另一個更聰明但更悲傷的自我取而代之。他沒試著告訴席瑞絲沒關係，因為其實有關係，而且永遠不會變得沒關係。

「妳做了，」他只這麼說：「而且也非做不可。」

五張嬰兒床中的三張之中有孩子，三個孩子都不到一歲。第四個嬰兒床空無一物，第五張只有一個孩子的空殼，就好像從沼澤撈起的乾屍，以前她父親對其無比著迷，她則是為其深感不安。還活著的孩子面黃肌瘦而無神。未來的很長一段時間，他們都將身體孱弱；她認為他們永遠都會帶著印記，既可見，也隱密，訴說著他們在這些地道中經歷了什麼。

不過她無暇繼續思索，因為骨堆之中忽然傳來呻吟聲。席瑞絲一時之間擔心起那個仙靈不知為何竟然被砍了頭還沒死，正要叫喊求救。她不認為自己有能耐動手砍一顆脫離身體的頭顱。她的理智無法承受。不過靠近後，她看見一雙手被銬在骨堆後方牆上的環中，一名幾乎全裸的男子蜷縮在那兒。她將一隻手放在那名男子身上，而他彷彿被她的碰觸燙傷，立即退開。

「巴可，」席瑞絲說，因為這就是他沒錯，「別怕。」

巴可聽見她的聲音隨即轉過頭來；席瑞絲看見他的模樣忍不住一縮。他的眼眶深陷，皮膚下的顴骨尖銳突出，嘴裡有些空隙，因為那些地方的牙齒掉了。他形銷骨立，就連頭髮也染上絲絲銀白。仙靈的蹂躪把他折磨成這樣。

「我看起來有多糟？」他回應席瑞絲驚駭的表情。「因為我感覺非常糟。」

她掄劍砍向鏈條，藉此逃避回答。鏈條年代久遠，由駝背人親手打造，難以突破，因此當席瑞絲終於砍斷的時候，她已經上氣不接下氣。

「我們會讓你好起來的。」席瑞絲說。

「**那麼**糟嗎。」

「不知道這麼說會不會讓你感覺好一點，不過我反正不會嫁給你。」

她和大衛扶巴可站起來。他剛開始搖搖欲墜，不過很快就能不靠人攙扶自己站著。無論他的身體遭受什麼傷害，他的精神還在，還有深層力量的核心可供他汲取。席瑞絲知道他會長成一個值得尊敬的男人。

「我的母親和父親怎麼樣？」他問：「還有我妹妹？」

席瑞絲小心不洩漏蛛絲馬跡。

「我離開的時候，你父親和妹妹都很好，」她說：「你妹妹在村子裡，你父親則是去搜尋你母親。她跟你一樣，也遭綁架。這就是我所知的一切了。」

這說法至少就一定程度而言並不假，但不該由她告訴巴可他的母親肯定已經喪命——也不該在這裡。他眼下已經吃了太多苦，而她也無暇安慰他。

「我們該走了，」大衛說：「我們可以一人抱一個孩子，空下持劍的手。」

他們上方傳來振翅的聲音，獨眼白嘴鴉落在一個空火把架上；好幾條坑道從鏡子房延伸而出，這個火把架就位於最小、最暗的那一個旁。牠對著席瑞絲歪頭，嘎嘎叫了一聲。

「我沒辦法，」席瑞絲對他們兩個說：「我必須繼續前進。」

大衛凝視地道口，彷彿藉由看穿陰暗，他或許就能看見潛伏其中的威脅。他身旁的巴可用嬰兒床內的薄床單做了兩個背巾，把一個嬰兒捆在胸前，一個背在身後，另一個則抱在懷中。

「我太虛弱了，打鬥時派不上什麼用場，」他對大衛說：「不過我抱得了三個孩子，你就能放手做你能做的事了。」

大衛擁抱席瑞絲。

「記住，」他低聲說：「若真是駝背人，他會承諾給妳某個東西，妳真心想要的東西。他會誘惑妳、欺騙妳，不過他的提議會是真實的，而那才是最困難之處。妳會渴望得到，而他有力量給予。」

「但要付出代價。」席瑞絲說。

「對，永遠都有代價，」大衛說：「不過或許會是妳願意支付的代價。」

他放開席瑞絲，走到在主地道等待的巴可身邊。席瑞絲從牆上取下一根火把，用火盆點燃，藉此照亮前方的道路。他們沒再交談，三人就此分道揚鑣，留下無聲而靜止的鏡子房，其中只有新近與久遠前留下的亡者，或至少看似如此。

不過高高的地道頂有動靜，彷彿一塊岩石就要崩落，只不過這塊岩石有手臂、腿，還有頭，它並沒有掉下來，而是當地心引力不存在似地爬著，爬過鏡子時身體就變為鏡面，最後當它來到洞穴的地面，才又恢復為反射岩石。這東西一陣閃爍，卡利歐露出牠們的真實樣貌。牠們等到看不見席瑞絲的火把火光，才尾隨她一步步繼續深入這個地底世界。

60

Gwag（康瓦爾語）礦坑內的中空地帶

鮑溫陡然醒來。寒意滲入他的骨與肉，他無法控制地顫抖著。儘管他渾身麻痺，但仍可感覺得到脖子上的金屬項圈咬著他；雖然睜著眼，但四周的黑暗如此絕對，什麼也看不見。他坐在岩石上，也靠著岩石，試圖移動時，鏈條隨即鏗鏘作響——很短的鏈條，只有幾英寸長，因此他改變姿勢之後就被扯住。

他知道自己並非孤身一人。被剝奪了兩種關鍵感官——視覺與觸覺後，其他感官試圖補足欠缺之處，因此本就相當敏銳的聽力又變得更加銳利了。呼吸聲從兩個方向傳來。

「誰在那裡？」他問：「何以如此待我？」

在這種情況下，這原本是很好的問題，不過緊接而來的回應並不是他想要的，因為鮑溫聽見咆哮聲，也聞到不可錯認的動物味道。

光在黑暗中綻放：藍色，不過鮑溫還無法判斷其遠近。等到光變亮，持燈女子的面容也變清楚，他才看出光在約莫二十英尺外——幾乎與頸部被鏈在洞穴牆上的巨大狼女等距，因此在場的三個生物構成接近正三角的形狀：男人、女人與狼分別為三個頂點。

不過不對，不是狼，不完全是，但也不完全是女人。狼女首領，灰色口鼻，肌肉累累的身軀，牠是純種狼與半人路波的後代，擁有兩者的特徵。牠的頭顱構造明顯偏人類那方：包含大小以及耳朵的形狀，最顯眼者當屬牠那雙鮮綠色的眼睛，與人類的相似程度令人難堪。洞穴裡的另一個存在舉起燈；光源是一隻巨大的昆蟲，棲宿於球形的透明罐子內。昆蟲愈是激動，牠的下腹部就變得愈明亮，但是因為罐子的頸部細，牠無法逃離牠在其中誕生、被飼養長大的容器。牠的光芒照亮一張嘴脣異常紅豔的蒼白長臉，她沒有頭髮，骨刺包圍整顆頭顱，構成她的王冠。她的雙眼比仙靈更集中，因此就像狼女首領，她也顯露出兩個不同種族的特徵，她的牙齒尖而白，咬合時有如閉合的陷阱。

鮑溫知道她的身分。這是永恆的女王，蒼白死神女士。他希望自己不曾朝她望去，不過凝視死神的臉並不等於擁抱她。

「妳訂下協議，」鮑溫說：「那是發過誓的盟約。」

「而我們謹守誓約，」蒼白女士說：「我們幫你除掉你的競爭對手。礦坑也為你一人所有，我們現在交談之處就位於其最淺層的區域。我們也把狼女首領送到你面前——當然了，也把你送到牠面前。兩個協議並不必然扞格。」

「不對，我們說好的不是這樣——」

「我們說好的**就是**這樣，不過協議的精神和字面意義並非總是相同。至於你，你只要苗頭不對就會違約。我們因為本質不允許，無法說謊，也無法不遵循契約的條款，無論那契約是書面或口頭。然而只有道德和榮譽能夠阻止你違反合約條款，而你兩者皆無；我們無法得知這是你的天性或是出於你的意願，也注定永遠不會知道。至於狼女首領，牠唯一的要求是最後和你面對面，好讓牠也能復仇。牠快死了，也看過太多牠的狼群死在你的手下，或是你的命令之下。」

「因為牠殺死我的妻子和孩子。」鮑溫說。

「噢，但你的獵殺早在那之前就已經開始，」蒼白女士說：「牠的暴力是在回應你的暴力。你將牠的整窩幼崽串在木樁上，讓牠們在你的城門腐爛。你為什麼假定牠沒有像你愛你的孩子一樣愛牠的孩子，或甚至愛得更多？因為你的性格，鮑溫，恐怕從來都不偏向投入情感。高傲，沒錯，但欠缺情感。」

狼女首領的低沉咆哮在這段交談過程中不曾停歇，牠的目光也不曾片刻稍離鮑溫，但牠除此之外一動也不動。提及牠的幼崽時，牠一跳，這是牠面對刺激的反應，而這個刺激如此無可否認，牠的反應幾乎成了一種反射，只不過拴在牠頸部的鏈條就跟鮑溫的束縛一樣，給予牠如此微薄的自由，牠的後爪還沒能抬離地面，就已經被迫停下。但牠的企圖迫使鮑溫退到岩壁邊，然後他就待在那裡，因為就算狼女首領還沒發現，他也注意到一件事：牠的鏈條從岩石中的一個洞延伸而出，而在牠的拉扯之下，鏈條增加了一個環的長度；新的這段閃爍著銀色光澤，其他部分則因生鏽而泛紅。如果牠繼續使力，這頭狼很有可能就能碰到他了。

「妳在玩什麼遊戲？」他問道。

「一個如果你努力就有可能贏的遊戲。」蒼白女士答道。

她朝洞穴地面吹氣——蒼白女士的氣息並沒有像鮑溫和狼女首領一樣化為白煙，因為她的內在如此冰冷——一股黑色塵土隨之飄起，露出一把插在珠寶刀鞘內的匕首。匕首位在狼女和鮑溫之間。

「你的鏈條跟牠的一樣，都由岩壁內的機關控制，」蒼白女士說：「我看見你已經發現牠試圖靠近你時發生了什麼事，因此你已經知道鏈條並非固定不動。但牠很聰明，終究會看出牠能夠縮短和你之間的距離。如果你能在牠觸及你之前拿到匕首，你或許就能殺死牠，然後你就自由了。」

「如果我成功，妳會讓我活？」

「你肯定會懷抱復仇之心。如果你活下去，將這段經歷視為吃過苦頭才學到的教訓方為明智之舉，或者你也可以來找我，到時候我們會再談談。」

蒼白女士說完隨即離開，留下鮑溫和狼女獨處。

61

Scomfished（蘇格蘭語）
在地底窒息的感覺

白嘴鴉帶著席瑞絲穿過廢墟，這裡曾是駝背人的領域，有落石殘骸，不過也有完好未受損傷的房間，彷彿在等待其主人返回。席瑞絲讀過大衛的描述，因此認得出某些房間，而因為知道房內曾為何物，導致她愈來愈緊張，害怕她的到來會喚醒最好別去驚擾的記憶。

有時候，若是有人在一個地方嚴重傷害他者，或是在其中遭受諸多折磨，這樣的往事會永遠在這些地方作祟，就好像創傷會毀損人的身體或心理一樣。要是我們被迫待在這種地方，我們或許能察覺像這樣的作祟——一種不對勁、懼怕的感覺——因而渴望離開。就算是這樣，我們或許依然得花上好幾個小時，一天，或一生的時間甩掉如此經歷帶給我們的不良影響。駝背人的巢穴見證了他可能施加於他者的所有傷害，無論是身體或心靈；或巨大或微小的所有殘酷，或嚴重或輕微的所有背叛。而正如回音在最初的呼喊停止之後仍可能繼續留存，或是漣漪在卵石沉底之後繼續擾動池塘水面，這些空間也會持續與陳年悲傷共鳴。

席瑞絲在一個臥房門口停下腳步。一張雕花木床架占據其中，床單被人從床墊扒下，而床墊上依然留有兩個人的印痕。不只是印痕，或許還有他們的影子；至少她以為是這樣。眼前景象令她困惑，於是她將火把探入房內，看見原來是兩塊焦炭染黑了床墊，儘管經過了那麼長時間，空氣中依然聞得到肉類燒烤過的味道。她走近，無法理解何以床墊沒有整張燒起來，畢竟床墊內塞滿稻草，有些還從絲質外層已開始腐爛之處探出。她的右腳拇指踢到一塊石板，踉蹌了一下，她伸出手想穩住身子，便一把抓住其中一根床柱——

看見兩個人起火燃燒，一男一女，他們的手臂纏繞彼此，無法掙脫。火燒個不停，因為燒得愈旺，駝背人就愈滿意；他被兩人之中的其中一方拒絕。「所以你們熱情如火？嗯，我來讓你們看看真正的火是什麼滋味……」

席瑞絲的手彈開，仁慈的是，影像也跟著消失。如果一張床能夠承載如此恐怖事物，她不想去思考，要是她走進隔壁滿是灰塵的牢房，碰了裡面那張插滿尖釘的椅子，她會看見什麼；冷卻已久的壁爐旁，有一把鉗子掛在旁邊的鉤子上，好讓人可以把熱燙的鐵靴套到赤裸的腳上，若是她也碰觸了躺在灰燼中的那隻靴子，她又會看見什麼。

儘管害怕至極，席瑞絲並沒有想過回頭，而且不只是因為她確知回家的路就在這些地道之間。在臥房和牢房這條側道的底端，席瑞絲發現白嘴鴉停在一口幾乎滿溢的水井井口，不過滿溢的並非水，而是遭拋棄的孩童鞋子。她沒碰那些東西。她不認為自己承受得了這種痛——嬰兒自身的痛，還有父母的痛；她的孩子既存在又不在，活著但又不算活著。如果所有這些罪惡的始作俑者不知怎麼還活著，那就必須對抗他，正如同大衛也曾勇敢面對他一樣，因為若非如此，無論他未來可能造成什麼樣的痛苦，她都脫不了干係。但她必須逼迫自己不去想頭頂上的層層岩石、無法觸及此處的陽光、汙濁的空氣，以及黑暗——若是她的火把劈啪閃爍而後熄滅，那黑暗將吞噬她，讓她只能在這裡孤單死去——或者更糟，這裡並非只有她一個人。

白嘴鴉用牠僅剩的眼睛打量她。她有股衝動想找東西丟牠；牠是個奴僕，而牠的主人就會這麼做；但她還來不及伸手拿取適合的彈藥，白嘴鴉又飛了起來。席瑞絲踉蹌跟上之後才漸漸領悟，白嘴鴉竟引導她繞路避開主地道，又將她帶回井邊。白嘴鴉**想要**她看那些鞋，一如牠也沒試著阻止她進入床被燒毀的房間，或是催促她離開那個裡面有椅子和靴子的牢房。只要牠想，牠可以輕而易舉阻止她——牠體型巨大，擁有尖銳的喙和長長的爪子——牠卻特地帶她去看駝背人的頹敗王國之中最糟糕的部分。當然了，白嘴鴉有可能是想嚇唬她，削弱她的士氣，但這麼做一點意義也沒有，因為她原本就嚇得半死了。

那就是有貳心的奴僕，她心想，或是非自願的奴僕。

她身後的黑暗如此徹底，幾乎像是擁有實體，而席瑞絲除了火把的劈啪聲之外什麼也聽不見，但她確知有東西在看著她和白嘴鴉。鳥兒在不遠處好整以暇地整理羽毛，畢竟還有什麼能比牠的主人更不堪？白嘴鴉結束理毛，振翅飛在前頭，但留意不超過火把照亮的範圍。

席瑞絲跟上，而卡利歐尾隨在後。

62 Andsaca（古英語）

敵人

在這個岩石競技場內，唯一的光源是那隻在罐中激動振翅的昆蟲，鮑溫和狼女一步一步邁向最終對決。狼女已經想通了，只要對鏈條加壓，牠就能擴張可及範圍，但不能靠持續出力，短促的猛力拉扯才有用，然後也不是每次都奏效。鮑溫也陷入類似窘境：鏈條偶爾會放長一、兩個環的長度，但接下來再嘗試又都徒勞無功。他甚至一度感覺被往後拉了一、兩英寸，抵銷了他千辛萬苦才取得的進展——因為**真的**很痛苦：項圈令他無法呼吸，而他只能死命拉扯鏈條才能前進。鮑溫心想，這機關或者有缺陷，或者它本就如此。他突然想到，後者的可能性應該更高，因為如此一來，這場競爭對旁觀者來說才更有意思。或許群聚於蒼白死神女士身邊的仙靈都在等著看這道難題將怎麼解決。嗯，一旦鮑溫拿到匕首，他會給他們一場難忘的搏鬥。他計畫將狼女開膛剖肚，然後等到他重回地面，召集他的軍隊，他也會對仙靈如法炮製。至於抓不到的仙靈，他會將油倒入他們的巢穴點火燒死他們，然後夷平仙塚，在土裡撒鹽。

同時間，狼女也看出匕首的威脅。如果牠能在鮑溫得手前先用爪子把匕首掃開，那他就毫無勝算了。狼女那雙像極人類的眼睛曾遙望牠那些死去的幼崽，看見鮑溫手下的獵人將牠的狼群堆在柴堆上焚屍。因為鮑溫的種種罪行，牠打算慢條斯理地吃他，先從手指和腳趾開始，然後才是身體的其他部位。牠會留下他的頭。牠先前在這黑暗的地道中留下了自己的氣味，很確定牠能再次找到出路。牠會叼著鮑溫的頭退回樹林，把它掛在巢穴入口上方的樹枝當作圖騰，好讓牠在離世時能夠看著。

於是鮑溫猛拉，狼女猛扯，而罐中的昆蟲振翅時愈來愈痛苦，因為儘管牠是這樣的身形，置身這樣的處境，牠仍是一隻擁有敏銳觀察力的生物，還目睹了蒼白死神女士的準備工作。牠知道接下來會發生什麼事，只希望能在為時已晚前逃離牠的囚牢。

63

Dreor（古英語）
血，血塊

總管一開始拒絕說明在大廳緊閉的門扉之後消失無蹤的可能是什麼，不過丹漢先是將匕首刀尖貼上他下顎下側的柔軟處，再施以威脅，若是他還不說，就要把他的舌頭從匕首刺開的洞拉出來，這才說服他配合。鮑溫持續的失蹤成了最後一根稻草，因為總管擔心事實證明仙靈比他的主人更聰明，獲得保護和活命的最大希望只能靠和盤托出。就這樣，他們得知了五位貴族的命運，以及鮑溫和仙靈的盟約，和他為何選擇這麼做：為了鞏固他的財富與權力，仙靈還承諾將狼女交給他。無論鮑溫可能置身何處，他無疑正為自己訂下的交易而深深懊悔。

「所以，就像他背叛貴族們一樣，仙靈也背叛了他。」丹漢和守林人走在城牆上，他們才能私下交談。丹漢或許是鮑溫的元帥，但他並無意參與謀殺，或是和以孩子為食的怪物結盟。而且，身為衛兵統帥，他必須為城牆內所有人的安危負責。謀殺賓客對他而言是種冒犯。

「仙靈不會背叛，」守林人說：「他們欺騙，但也只騙粗心大意者。審慎者不會成為他們的獵物，他們只以輕率、擁有盲目野心的人為狩獵對象。」

「但他們希望從鮑溫身上得到什麼呢？幾名貴族亡故——甚至包含鮑溫自己，願他下地獄——無法造成什麼長久的改變。殺死爵爺或夫人，很快就會有人取而代之，不會有結束的一天。」

「說得好像真正的失意革命分子，」守林人說：「你可能入錯行了。」

「既然我誓言保護的人遭殺害，」丹漢說：「這可能代表你說得沒錯。但你還是沒回答我的問題：仙靈想要什麼？」

透過他們後方敞開的窗戶眺望，可以看見礦坑持續運作，遙遠的叢叢篝火照亮夜空。鮑溫說過要不斷往下挖，但也說過要擴大經營，還標示於他房間牆上的地圖，旁邊就是那幅大木雕；守林人看過標示起來準備用於未來開採的地點。

仙靈不喜歡人類東挖西挖。仙靈根本一點也不喜歡人類。

「接觸的機會，」守林人說：「我想我們需要淨空礦坑。」

64

Hell-Træf（古英語）

地獄殿堂

席瑞絲和白嘴鴉來到破沙漏所在的房間，碎片和顱骨沙粒撒落一地。這本是駝背人王國的核心。當最後一顆顱骨落下，本該代表他的生命終結。那為什麼還沒呢？

白嘴鴉在牆腳的一個洞旁等待。這個洞看似通往排水管，地板上的一條溝也確實以此為終點，火把照耀下，可見溝染上黑色。

但曾經是紅色，席瑞絲心想。那是陳年血跡。

她在白嘴鴉前方跪下，後者的回應是跳進洞口。

「我鑽不進去。」席瑞絲雖然這麼說，但很可能稍微擠一下就進得去，只不過她不想這麼做。就算經過那麼久，裡面聞起來依然像屠宰場的水溝。然而白嘴鴉只以一聲呱回應她的抗拒，事情似乎就這麼定了。如果聳肩有聲音，聽起來大概就會像那聲呱。

席瑞絲往後靠，深吸一大口只稍微清新那麼一點點的空氣，屏住氣息，然後開始鑽過洞口，伸長手將火把舉在身前，照亮岩石中一條微微下傾的地洞。她的肩膀通過洞口時感覺很緊，她在腦中看見自己在想出辦法掙脫前都只能這麼卡在這裡，或是她因為挨餓而消瘦，然後才得以繼續前進。儘管這根本就是噩夢的題材，席瑞絲用意志力要自己別驚慌。她不只置身深深的地底，現在雪上加霜，她還面臨受困此處的危機。她不想要以這種方式死去。

終於，經過大量的蠕動，還刮掉一點皮膚，她通過了。她被迫繼續爬行了大約十五英尺，這時地洞開始變寬，最後足以容她在其中行走；剛開始彎著腰，後來才能完全直立。岩壁也不一樣了，表面變得更加一致，不過有條條溝紋，彷彿槍管的膛線。席瑞絲想不通地洞如何建成，怎會如此平滑，不過當她來到目前為止最大的石室，答案隨即自行浮現。這裡的洞頂有最宏偉的教堂那麼高，光源一如較靠近城堡的坑道，來自岩石內部的柔和冷光，除此之外還有插在架上的火把。她面前躺著一條化為風乾薄膜狀的巨蟲或巨蛇，儘管已經腐朽，仍看得出其表皮有與傾斜地洞相似的紋路。席瑞絲完全沒概念牠已死去多久，但這是一隻曾掘穿岩石的動物。她可以看見石室的牆壁還有更多相似尺寸的地洞口，無比希望它們都是在久遠之前開鑿出來。無論巨蟲以何物為食，她一點也不想遇上全盛時期的牠們。蟲屍附近有一道伏流，其水道最初在世界依然年輕時就已刻下。

石室內的牆不像地洞那般平整。席瑞絲將手上的火把照向最近的一面牆，這才看出原因。她置身一個以骸骨裝飾的廳堂，成千上萬的骨頭，構成柱子和拱門，梁托與楣，甚至還包含華麗的樓座與階梯。骸骨王座位於高台上，十三張椅子圍繞著一張骸骨桌，每張椅子上各有一顆人類顱骨，還有股骨環繞四周，彷彿太陽的光芒，只不過太陽永遠不可能照耀此地。桌上有一隻完整的烤雞，一個水果缽，內有蘋果、梨與葡萄，還有一個水罐。桌邊為一人安排好座位，有個木盤、銀刀叉各一，以及一只空玻璃杯。

「吃吧，」不知來自何方但又似乎無所不在的聲音說道：「妳肯定餓了。」

席瑞絲左右張望，但找不到說話者。

「你是誰？」她問：「你在哪？」

「我想妳應該知道我是誰，不然妳就不會跟著白嘴鴉來到這裡了。至於我在哪，嗯，我就在這——就算身體不在，至少靈魂在。」

彷彿有股微風掃過席瑞絲面前，帶來舊書的味道。

「我沒辦法跟看不到的人交談。」席瑞絲說。

「妳在妳的世界一天到晚這麼做呀。為什麼在這裡就不一樣了？」

「那我換種方式說吧：我沒辦法跟我看不到的人談判。」

「啊，」那聲音說：「我們現在是要做這件事嗎？談判？」

「你帶我來這裡肯定有什麼目的吧。你想從我身上得到什麼，這表示你有某樣事物可以當作回報，否則你的起始立場就稱不上占優勢，對吧？」

席瑞絲聽見笑聲。

「就算是我，偶爾也會忘記妳只是看起來年輕、乳臭未乾。好啊，那就當作談判吧。」

「除非你先現身。」

「別得寸進尺！」那聲音怒斥。「妳困在地底、遠離妳的朋友。我有意與妳達成協議，不代表我不會只為了確認主導權在誰手上就傷害妳。」

席瑞絲軟化。有些方法可以對付難搞的男人。所有女人都知道。

「你願意現身嗎？」她問：「求你？」

「妳確定妳想要我現身？」

「確定。」

「那好吧，既然妳都禮貌地請求了——」

席瑞絲聽見四面八方傳來騷動的聲音——窸窣窸窣、喀嚓喀嚓、嗖嗖掠過——這時一隻巨大的馬陸匆匆爬過她的靴子。她將牠甩到陰影中，卻只見牠立即再次出現，這次是在牠的兄弟姊妹簇擁之下，同時還有甲蟲、蟑螂、螞蟻、蜈蚣、蚰蜒、衣魚、蠹蟲、蠍子——成百、成千、成萬的多足生物——都朝某個點聚集。牠們匯聚，而席瑞絲看見蟲群構成軀幹和手臂，頸子和頭，上面戴著一頂由黑色胖蜘蛛群聚構成的歪扭帽子，下方臉孔的孔洞大約近似眼睛和一張歪斜的嘴。

看啊，駝背人回歸了。

「高興了嗎？」

席瑞絲覺得反感，但她盡可能不動聲色。

「好過對著空氣說話。」她說，儘管事實並非如此。

「我們應該握手才對，」駝背人說：「象徵真誠相待。」他伸出由五隻胖蠍子構成的手；牠們的尾巴就是手指，毒刺則是指甲。

「我覺得沒必要。」

駝背人又笑了。

「我喜歡妳，」他說：「就算我們無法達成協議，我或許也會留下妳當作消遣。等到我不再覺得妳好玩——恐怕只是遲早的事，因為我猜想妳就跟許多年輕人一樣，天性倔強難馴；到時候我會將妳的骨頭加入我的收藏，妳的腦袋就可以永遠對著我咧嘴而笑了。」

一根蠍子手指指向食物。

「我的邀請依然成立，吃吧。」

桌上，無數昆蟲決定忽略駝背人的召喚，把握機會大快朵頤。結果雞肉最受歡迎。

「我沒胃口。」席瑞絲說，不過她也讀過夠多童話故事，知道只有蠢到極點的人才會答應品嘗像這樣的盛宴；她生怕中了魔法。

負責駝背人嘴脣部位的甲蟲重新整隊，組成失望的表情。

「蟑螂們特別從廚房偷來這些佳餚，」他說：「如妳所見，倒不是說妳不吃就會浪費掉，但我不希望我的夥伴開始每餐都預期有料理過的肉。」

說話的同時，駝背人的身體持續動個不停，但席瑞絲認為他的外表之所以如此不穩定，並不全然因為昆蟲和蛛型綱動物的天性。她看得出他要花多大力氣才能維持這個形體，控制這些較低下的心智，讓牠們一起成為某個意識的化身，只要稍有疏忽，他的上半身就會瓦解，下半身則從頭到尾就只是一群蠕動、困惑、好鬥的生物。

「如果好話說完了，」席瑞絲說：「應該可以談正事了吧。你想從我身上得到什麼？」

「解放。逃離這個世界。」

「那你又會給我什麼作為回報？」

「給妳的故事一個比較美好的結局，」駝背人答道：「這是我的承諾：我會把妳的女兒還給妳。」

65

Coffen（康瓦爾語）
又深又窄的開放式礦坑

鮑溫慢慢靠近匕首，幾乎已觸手可及，他的指尖剛剛還擦過刀柄，只不過前近兩步的代價是後退一步，因此匕首再度遠離他。另一方面，鏈條則是令狼女愈來愈挫折。牠體內的狼性支配人性，直覺征服理智，於是牠轉而試圖咬斷金屬，導致牠的牙齒斷裂，嘴巴也開始流血。

鮑溫試探地拉了拉鏈條，感覺放鬆了一個環，再一個，又一個。他的手指第二次觸及匕首。他吸口氣，放鬆，一點一點向前。這一次，鏈條沒有縮回，鮑溫一把握住刀柄。罐中昆蟲化為驚慌的一團模糊，散發的光從藍轉為刺眼的白。

鮑溫拿起收在刀鞘內的匕首。感覺出奇沉重，不過一直等到他將匕首拿到眼前，才看見刀鞘也鉤在另一端沒入岩洞內的鏈條上。他感覺到的並非匕首的重量，而是阻力。他扯出匕首，不再注意拉住刀鞘的錨，這時，隱藏的裝置和看不見的器械啟動了。

就人類的時間而言，仙靈已經花了好幾年的光陰為這一刻做準備——找出地底的脆弱之處，準備魔法——不過對仙靈來說，其時間流速如此緩慢，他們或許會認為這些行動很倉卒，甚至有些衝動。鮑溫的項圈破碎，他重獲自由，不過狼女的項圈也一樣，同時，潘德莫尼深處開始隆隆作響。

開始感覺到第一波震動的時候，守林人在鮑溫手下士兵的協助下，才剛成功淨空礦坑的上層區域，許多礦工聽見分程傳遞的號角召喚，還在努力從低層區域逃出來。有些人順著沿礦坑口層層彎繞的小徑徒步而上，其他人則是藉由工作梯系統往上爬，或是鑽進靠牛馬拉動的籠子被絞車拉上來。岩壁出現裂痕，碎石滾落，動物們被逼得加倍出力，礦工開始驚慌。

「我們來不及救出所有人了。」丹漢站在守林人身旁，看著災難顯露。

「我們原本可能一個也救不出來。」守林人說。

「所以你的意思是原本可能更嚴重嗎？」

一塊巨大的黑岩脫落，經過正在往上逃的礦工，帶著走道和起重架筆直墜入礦坑深處，原本藉此逃生的人類、矮人與動物也跟著一起墜落。

「不，」守林人悲傷地說：「不可能比現在更嚴重了。」

66

Angenga（古英語）孤單的流浪者，寂寞的存在

卡利歐經過排水管，沿著蟲穴來到洞口；牠們蹲伏在那兒偷聽席瑞絲和以前的主人交談。樹精知道這女孩自認聰明，但駝背人詭計多端，而詭計多端總會戰勝聰明，沒一次例外。狡詐有如血液在仙靈的體內流淌，而他甚至比他們還狡猾，因此蒼白死神女士才沒有試圖和他定下可能會被他動手腳的契約。他們之間的協議很簡單：駝背人會離開他方，而仙靈——就跟人類、路波和所有其他生物一樣，都曾遭受他迫害——則不會試圖阻止他，或是因為他對他們犯下的諸多罪行而在他虛弱的狀態下懲罰他。駝背人離開後，仙靈要對付的對象就只剩下人類了。

但若要駝背人離開，實現他那方的協議，看來他需要席瑞絲配合，而若是她死去，她就幫不了駝背人了。卡利歐的毒囊滿是新鮮的毒液，足以制服席瑞絲，再將她偷走，帶去乾燥的好巢穴，從而一箭雙雕，自己展開對仙靈和那女孩的復仇，同時還能阻撓駝背人；他偶爾一時興起就會跑來獵捕卡利歐，一邊揮舞燃燒的火把一邊呼喊牠們的名字，因此牠們不只一次驚險逃過，沒成為他手上的犧牲品。

這個生物原本溫和，現在卻承載著如此怒火，如此悲傷，因為這兩者總是息息相關，互相

滋養。卡利歐並非生來如此。牠們並非由腐木而生的樹精，而是在仙靈時代的早期，誕生自一棵年輕的白楊木，一種與韌性有關的樹木；或許就是因為這樣，牠們才會在同類都消逝之後獨自存活如此之久。然而身為種族的最後成員，牠們的詛咒就是孤獨，畢竟耐久有其代價。卡利歐感覺到同類一個接一個從這個存在空間消逝，而就算逝者的靈魂總會來卡利歐那顆小而悲傷的心棲息，每次只要有同伴逝去，這隻最古老的樹精也會跟著進一步削弱。與世隔絕，只有自己的思緒、懊悔與渴望相伴，卡利歐早已徹底忘記牠們曾經是什麼模樣——或者在久遠之前，牠們根本就是個她。

儘管卡利歐盡可能跟蹤駝背人和那女孩，找尋攻擊的機會，附近的一股臭味害牠們分了心：樹木燒焦的味道，伴隨著呼嘯聲；牠們愈是傾聽，就愈覺得那聲音聽起來像尖叫聲的遙遠回音。

牠們的左手邊是另一條蟲穴，蛛網如簾幕般覆蓋洞口。味道和尖叫聲就是從裡面傳來。牠們百般不願離開席瑞絲和駝背人，但未知的誘惑太過強大。萬物有其目的，正如同席瑞絲的最終目的有一部分是面對駝背人，卡利歐之所以來到這麼深的地底，也有一個目的。牠們或許以為那是因為牠們要破壞許許多多人的希望——就算在牠們進入隧道之時，牠們也依然念茲在茲——不過牠們的故事注定有截然不同的結局。

於是卡利歐往下走，味道愈來愈濃、聲音愈來愈響，直到牠們來到一座石室；這裡的大小和結構都類似小禮拜堂，只是沒有任何家具。卡利歐走進去，而後原地凍結。緩緩地、輕輕地，樹液淚水從牠們的眼睛湧出。

因為卡利歐現在知道牠們何以沒有任何同類了。

67 Wrecan（古英語）

復仇

洞穴內，飽溫和狼女的生死對決即將分出勝負。雙方都受了嚴重的傷。狼女遭匕首刺傷六次，但依然屹立，也依然威脅性十足。就像丹漢元帥一樣，牠也身經百戰，相較於隱藏於毛髮下的傷疤，可見的那些只是九牛一毛。不過飽溫的其中一次攻擊刺穿了牠的右肺，牠覺得呼吸困難。牠的時間所剩不多。

不過飽溫有半邊身體失去作用。狼女首領的利牙狠狠傷了他，他的左上臂從肩膀到手肘整個血肉模糊，前臂的兩根主要骨頭也都斷了。他的左大腿被硬生生咬下一塊拳頭大小的肉，傷口血流不止。他幾乎無法站立，但若他倒下，狼就會撲上來，因此他試著靠著岩壁，同時不碰到身上那些支離破碎的傷口。

四周陷入末日的騷亂，兩名戰士蒙上一層細細的塵土。飽溫覺得他聽見遠方傳來人類與矮人的呼喊與尖叫，以及動物遭遇危難的叫聲。他知道現在發生什麼事。礦坑系統正在崩塌，而他的行為加速了毀滅的到來，包含在洞穴內——鏈條的重量，拿起固定用的匕首——還有之前，當時他相信自己夠狡詐，足以操弄仙靈，卻只是被靈巧百倍地操弄。就算到現在，他依然無法主張他們沒有遵守承諾：他們除掉了五位貴族，把狼女送到他面前，潘德莫尼也為他一人獨享，最終也將成為他的墳墓。但若他非死不可，他也會先確知狼女首領已早他一步上路才死。

「來啊，」他煽動著。「妳打算就這麼讓我流血致死嗎，還是要了結妳開始的一切？」血和唾液從狼女的下顎滴落。牠試著靠近，但正如鮑溫害怕牠的牙，牠也害怕鮑溫的匕首，因此雙方都待在對方可及範圍之外。狼女退後，看似被自己的腳絆到，踉蹌了一下。鮑溫逮住機會。他撲上去，高舉匕首對準牠的心臟——

但那踉蹌只是誘餌，鮑溫的攻擊落空。他失去平衡，也相信自己應該會落在肉體與毛髮之上，實際上卻摔落石地。那痛苦無以名狀，他的心智試著幫他擋住劇痛，因而一時失去意識。鮑溫仰躺在地，不敢移動，甚至不敢張開眼，同時溫暖的液體湧上他的臉。他終於睜開眼，發現狼女首領跨立在他之上。鮑溫試圖用上他的匕首，但狼抬起左邊爪子，將他的右手釘在地上。

鮑溫鬥志全失。大勢已去。

「他們騙了我們兩個，」他對狼女說：「妳贏了，不過誰知道贏得這一場到底有什麼意義呢。」

狼女首領低頭，張開嘴，慢條斯理地撕開鮑溫的喉嚨。

68

Eaxl-Gesteallas（古英語）互相扶持的朋友、最親愛的同伴

席瑞絲無法開口說話。駝背人會把菲比還給她？

「妳不相信我，」駝背人說：「這我不怪妳。妳瞧，就跟妳一樣，她的故事也還在寫著。治療師、她的朋友——甚至還有陷入絕望時的妳——都忘了這件事，賦予她的故事一個她永遠不會醒來的結局，在其中，不會有王子來跪在她前方，或是放縱於稍微親密些的行為，藉此打破魔咒。」

在一隻蟑螂的協助下，充當駝背人左眼的洞擠出猥褻的眨眼。席瑞絲不假思索賞了他一巴掌，但她的手穿過一團腿、甲殼以及觸鬚，沒造成任何傷害；這些東西很快就重新整隊，不過在此之前還咬了她幾口，叮了她幾下，以此作為謝禮。駝背人快步退後，賠罪地舉起雙手。

「原諒我，」他說：「我踰矩了，這行為跟很多英俊王子遇上沉睡女孩時的行為舉止沒多大差別。男人啊，就是齷齪。假設我們達成令雙方滿意的交易，妳的女兒醒來之後，請務必警告她要小心他們。我在那方面可以幫忙。」

「你打算怎麼做到這一切？」席瑞絲終於找回她的聲音。

「我來展示給妳看，」駝背人朝蟲穴之中最古老、最深、最黑的地方移動。「來看看從來沒

人看過的東西吧。」

卡利歐也正在目睹於此之前只有駝背人知曉的事物，因為始作俑者就是他：一座禮拜堂，以變形、焦黑的木材為裝飾，每一塊奇形怪狀的木材都是一隻被火吞噬的樹精。儘管慘遭蹂躪，卡利歐依然認得出其中的一些：這裡是樹皮曾在夏季綻放粉色玫瑰的阿坎莎，還有月桂樹黛芬妮；那裡是來自沼澤的艾洛蒂、來自山區的歐瑞。其中許多樹精年老而成熟，不過其他的都才剛剛成形；如此年輕就逝去，牠們的手指幾乎都還沒抽芽。每隻樹精都經過仔細擺放，好讓牠們的臉朝外；牠們的四肢交纏，因此牠們底下的牆面連丁點也沒露出來，可以說整座禮拜堂完全都是由燒焦的木材構成。對卡利歐而言，就算這裡用的只是木材，那也是一種冒犯——樹是活物，無論生死都應該對其懷抱敬意；然而這並不只是木材而已，而是遠古靈魂的殘餘物——與大地密切連結的遠古靈魂。但牠們竟淪落如此命運：只為了逗某個活太久的東西開心，牠們就被活活燒死，然後被用來裝飾他居住的迷宮的其中一個房間，好讓他閒來無事時可以重溫牠們毀滅的片刻。

無論卡利歐心中還剩下什麼尚未毀壞，也無論是什麼支撐牠們撐過如此漫長的孤寂，那東西終於碎裂了。牠們有一瞬間什麼也不是，原有自我的最後微光消逝，新的自我準備取而代之——由匱乏、黑暗與死亡等無形之物中創生的自我。轉化完成後，卡利歐不再只是牠們自己，而是所有曾在更強大、更殘忍的他者手下受苦的弱者；每一隻只為取樂而遭獵殺的動物、每一位被男人侵犯的女人、每一個遭成人掠奪的孩子、每一個餓死的嬰兒、每一個因他者的殘酷而枯竭的生命。種族不再重要，因為痛苦舉世共通，對一個造成的傷害就是對全體的傷害。卡利歐的狂怒有一種純粹，甚至一種優雅，彷彿一道熾熱白光，如最可怕的地獄那般駭人且全面。

卡利歐望向在旁邊的牆上嘶嘶作響的火把。卡利歐這一生都在逃離火，一如所有兄弟姊妹，只不過火最終還是找上牠們，將牠們徹底毀滅，一個都不留。就算卡利歐已經改頭換面，牠們依然必須鼓起所有勇氣才有辦法做接下來要做的事。

牠們緊緊握住火把。

69

Ærgewinn（古英語）

宿敵

大衛和巴可從畫後的門回到城堡。他們運氣很好，路上沒再遇上其他仙靈，因為嬰兒們不喜歡被帶著走過地道的這段路程，以沒完沒了的低低嚎哭表達他們的不樂意。

他們在一扇窗前稍停，藉由月光看著川流不息的人與動物——工人、工人的親屬，以及他們所能拯救的牛馬——試著逃離即將崩塌的潘德莫尼與其姊妹礦坑。無固定節奏的鼓聲傳到他們耳裡，城牆也跟著顫動。他們在地道裡就感覺到地震，但不明就裡，但現在他們知道發生什麼事了。

他們從較低樓層往上走，一路上沒人多看他們一眼。每個人都專注於礦坑，以及礦坑崩塌波及城堡和周遭的可能性。儘管潘德莫尼在一段距離之外，大家都知道從駝背人時代留下的地道與洞穴迷宮遍布這片土地之下，其中只有部分在開礦以及建立新城堡時被發現。因此礦工逃離潘德莫尼的同時，要塞的許多居民也大舉出逃，努力遠離危險區域。城堡內部尚未開始恐慌，不過大衛感覺得出來，應該也快了。只要牆壁出現一條裂縫，庭院出現一個落水坑，恐懼便一觸即發。

因此，他們遇上守林人時略略鬆了一口氣；他懷抱著他們有可能找到出路的希望，因而重回城堡。他很高興他們安然無恙，也找回了嬰兒。至於席瑞絲，他坦承自己並未預期看見她跟他們一道，但並不是說他沒有暗暗希望她也一起出來。

「城堡暫時不會垮，」他們找到僕人照料嬰兒後，他對他們說道：「不過這取決於仙靈如何策畫摧毀礦坑。我猜他們弱化了開鑿處的關鍵位置，但可能時機沒抓好。現在已有傷亡，但要是崩塌得更突然，死亡人數會高上許多。就目前情況而言，許多礦工都順利疏散，其他也即將獲救。然而仙靈的首要目標是毀掉礦坑，而非殺死礦工。」

「如果是這樣，」大衛說：「那為什麼要謀殺布萊絲夫人和她的女兒，或是襲擊巴可的村子？」

「目的是除掉有能力應對仙靈魔法的人，代表眼下只是第一步而已，後面是更長期的戰役。失去那些知識造成的傷害遠大於任何礦坑崩塌。」

「那我母親呢？」巴可問道。

「我很希望我有消息能告訴你，」守林人說：「不過你只能等你父親和他的人傳話了。她被駭比劫持，而去搜索駭比的是他們。」

巴可點頭。

「順其自然吧。」他說。

接著，或許是因為筋疲力竭和受仙靈掠奪——也或許出於某種直覺，他知道母親已經離苦得樂——巴可癱倒在地，不省人事。大衛在守林人的幫助下將他攙扶起來，然後一起去為馬裝上馬鞍。是時候該離開城堡了。至於席瑞絲，他們只能懷抱希望。

70 Scima（古英語）光，明亮

駝背人帶席瑞絲走的蟲穴益見寬敞——周長二十英尺、三十英尺，最後高達四十英尺，而在一扇巨大的雙開木門前畫下句點。席瑞絲覺得木門的高度似乎超過地道頂，彷彿門與駝背人巢穴的其他部分並不位在同一個空間。

「妳喜歡書嗎？」駝背人問。

「喜歡，」席瑞絲看不出有什麼理由隱瞞。「我這輩子都是在書堆中度過。」

「也喜歡故事嗎？因為兩者並不相同，妳知道的。」

駝背人聽來熱切，像個孩子似的。他的外貌因而顯得更加猥褻，爬來爬去、東叮西咬的東西組成蠕動不休的一大團。

「對，我不覺得兩者相同。」

「書本就像房子，」駝背人接著說：「故事則是棲息其中的靈魂。沒有故事的書本就沒有靈魂。妳必須理解這一點，否則我等一下讓妳看的東西就沒有意義了，我們的討論以及妳的生命也將畫下句點。」

「我當然理解，」席瑞絲說：「我向來喜歡故事。」

「我也是，」駝背人說：「可以說故事是我的畢生志業。」

他伸出一根由糾纏的蜈蚣組成的手指，無比輕柔地碰了一下門，門隨即在他們面前無聲地慢慢打開。

「進去吧，」他說：「來認識這個世界。」

於是席瑞絲走了進去。

若說門就這個地道而言高得不可思議，那麼門後的事物更是混淆了距離與體積的所有概念，因為他們目光所及都是一書架又一書架的書，連綿不絕，甚至延伸到更遠之處——朝上下左右以及斜向堆疊，但都只在一個不比席瑞絲童年房間大的空間內。事實上，這裡**就是**她童年時的房間。她看得到房內的牆、磨舊的地毯、衣櫥、曾祖母的鏡子裝設其上的梳妝台，然後還有她的單人床，她從兒童時期到青春期都一直睡在那張床上，直到她離家上大學。甚至連用大頭釘釘在床邊牆上的海報都一樣：已成父親的俊美流行明星，和已經入土的帥氣演員。不過當她試著用手拂過牆，牆卻依然在可及範圍之外，她前進，牆就退後。無垠的房間，裝有數量無垠或接近無垠的書本。

「每本書都是一個世界，」駝背人彷彿讀出她的思緒。「這麼多世界，關在這麼小的房間裡。」

「但這不是我的房間，對吧？」席瑞絲問：「只是幻象。」

「妳寧可這樣嗎？」他一彈指，過程中害兩隻甲蟲掉了腦袋，房間隨即變成席瑞絲家附近的圖書館；一等到她年紀夠大，她母親立刻就帶她辦了借書證。館員給她兩張紙卡票，上面有她的名字，用來放入她借走的書留下的空位：提醒大家那些書暫時要去與她同住，去跟她自己的幾本書共享書架兩週。不過就算把書歸還圖書館，那些書的某些部分依然與她同在，因為就跟所有讀者一樣，席瑞絲也被她所讀的每一本書改變，她的生命因而成為閱讀過程的紀錄。要是有人在無光的房間用紫外光照她，可能會看見書名印在她的皮膚上，數量如此之多，因此就像駝背人召喚來賦予他形體的那些昆蟲和蜘蛛一樣，這些書名也彼此糾結、纏繞。

「還是這樣？」

又一彈指，席瑞絲轉眼來到大學圖書館的閱覽室，這裡比家鄉的閱覽室大上許多，充斥陳舊紙張的霉味；不過就某種意義而言還是非常小（因為曾被寫下的書本何其多，這裡怎麼可能裝得下千萬分之一？）。不過神奇的是，每當她進去找書，總會找得到她要的書，就算無法當下找到，也可以在幾個小時內從隱藏的書堆之中變出來。個人的存在、世界、宇宙，太多了，她這輩子，或一千輩子都絕對不可能奢望一一探索，但這些事物全部收納在一棟建築之內。就算是她童年時的臥房，在她離家的時候，裡面也有幾百本書，每一本書就是一個大千世界，收存在連第二張床都擺不下的小房間裡。駝背人的圖書館沒有義務遵循自然法則，因為說到底，又有哪個圖書館或書店真會遵循？

最後一彈指，她又回到她的房間，或是這個版本的她的房間。她碰不到牆，只能安於輕撫最靠近的書本，並感覺到它們在她的指尖下脈動。每一本書都是以皮革裝訂（或是皮膚，她心想），摸起來溫溫的。她從架上抽出一本書。封面是盧恩文，用來表示數字和字母：名字，或是書名。書被她拿在手上時脈動減弱，終至停止。席瑞絲聞到燃燒的味道，封面出現新鮮的盧恩文。

「有人死亡，」駝背人說：「生命終結，日期被記錄下來了。」

「什麼意思？」

「每個生命都是一則故事，因此就該在封面與封底之間緬懷。」

「所以這些都是——」

「生命的紀錄：有些已完結，有些才剛開始，還有一些暫停了，處於停滯狀態。」

席瑞絲滿懷敬意地將書放回書架上的原位，並祝願其靈魂一路平安。

「菲比的故事也在這裡嗎？」

「所有故事都在這裡。」

書架移動，不過席瑞絲方才短暫感覺到一陣噁心，源自出乎意料而突然的動作，她因而懷疑，改變位置的或許是她，而非書架。停止後，席瑞絲站在菲比房間的書架旁，這裡裝滿菲比的愛書——以及額外的一本淡藍色書本，她拿在手中時，這本書微微脈動著。

「這是她的故事？」

「她**就是**她的故事，」駝背人回道：「妳拿在手上的就是妳的女兒。」

席瑞絲將書本拿到面前，深深吸氣，聞到菲比的味道，明確得就像她剛剛是彎腰親吻躺在病床上的菲比。她甚至聞到醫院的刺鼻消毒水味。

「我可以翻開看看嗎？」

「請便。」

席瑞絲打開書，看見一頁又一頁的盧恩文，全部以乾涸血液般的紅棕色墨水書寫。她翻到有寫字的最後一頁，發現最後一個字並不完整，彷彿抄寫員被叫去處理什麼緊急事務了。

「如果妳想看，妳自己的書也在附近，」駝背人說：「不過因為妳的女兒被搶走，妳的故事讀起來很乏味。」

「那你呢？你的故事在這裡嗎？因為你的人生肯定也是一個故事吧。」

她再次感覺到移動，但這次持續較久，停止時，他們站在一本單獨放在讀經台上的厚書冊前，一本有好幾千頁的書，有裝飾繁複的銀釦和防撞護角保護書頁和封皮。這本書攤開在空白的對開頁。就在他們看著的當下，一行盧恩文自行燒在空白處，散發辛辣的味道。這個聖所位於某種建物內部，席瑞絲記得曾在她父親的書架上看過這個形狀：巨大的十二面體，每一個打開的面都是一扇窗，窗外的景色恆常改變。席瑞絲瞥見她自己的世界——戰爭、火、衝突、憎恨，不過也有歡樂、溫柔的片刻——還有其他世界：誕生的恆星、瀕死的行星；無物、虛空，萬物迸發生命的最初黑暗；接著是閃爍的光，然後光開始形成文字，因為太初有道。

「這是我的故事，」駝背人說：「我的書。」

「還真長呢。」

「嗯，我很老嘛。」他示意席瑞絲手中的書。「同時間，妳的女兒則非常年輕，還有空間裝訂更多書頁。」

席瑞絲將菲比的故事緊緊抱在胸口。

「我要怎麼讓她的故事繼續下去？」她問道。

「透過我啊，」駝背人說：「她只是需要一點點生命，而我有多的可以給她。」

席瑞絲皺眉。

「我不懂，」她說：「你要**給**她生命？」

駝背人繞著她緩緩走了一圈。

「我想離開這個世界，」他說：「這裡不愛我，也不愛我的故事。這裡是故事的成形之處，但它們在妳的世界才活著，才有人講述、分享、書寫、**記住**。我想生活在那裡。我厭倦這個國度了。我曾利用從你們世界逃離的人統治這裡，但那個時代已經結束。無論那些小孩在同類之中有多迷失，我總是羨慕他們。每當有迷失的小孩來到我這裡，我的羨慕就隨之增長。若我能夠行走於一個世界的光之下，我絕對不會想生存在另一個世界的陰影中。

「但我必須有軀體才做得到，所以我的提議如下：把妳的女兒給我幾秒，作為回報，我會留下一些生命力給她。允許我跟妳一道回去，在門再度開啟的時候進入她身體裡，但只要有其他人靠近，我就會離開；某個我能夠跳進去的人，年輕的人。如果那人生病，我會治癒他。如果那人瀕死，我會賦予他新生命。我會拯救那人，還有妳的女兒。」

「你保證會把她還給我？不會將她占為己有？」

「我保證。」

「這保證來自一個心臟由蜘蛛構成的東西，」席瑞絲可以看見黑忽忽的一團蜘蛛在駝背人的胸腔跳動。「也來自一個只為自己享樂就折磨、殺死他者的東西。」

「不對，這保證來自一個生來就是為了創造故事的生物，」駝背人說：「而有些最令人難忘的故事剛好很殘酷。告訴我一個沒有痛苦的故事，我就會告訴妳一個不值得講述的故事。」

「若是原本沒有痛苦，就由你來提供。」

「因為只有故事是重要的。衝突愈大，故事愈棒，但我並不反對幸福快樂的結局。有什麼結局好過妳的女兒在妳歷經千辛萬苦之後回到妳身邊呢？」

席瑞絲腳下的地面震動。她已經感覺到這股喧噪一陣子了，像是發生在數英里外的砲彈衝擊和爆炸，但這波地震更劇烈。

「時間所剩不多了，」駝背人說：「仙靈想讓礦坑消失，他們的願望很快就要實現。礦坑坍塌後，妳會跟我一起葬身此處，而我保證妳不會喜歡隨後發生的事。」

「但你也會受困。」

「只不過有別於妳，我並不會死。我的故事將繼續下去，直到我找到另外一個談判的對象，一個會接受我條件的人——而我**總會**找到他們。問題在於需要，或愛，因為只要妳留心看，兩者其實是同一個東西。或許妳只是不夠愛妳的女兒，不夠需要她，因此無法容許我幫她。」

「或玷汙她。我怎麼會想要她的身上有丁點你的成分？」

「妳有什麼選擇？」

「我有希望。」席瑞絲說。

「希望？」駝背人的愉悅令人反感。「看看妳四周吧。這是希望的終點，妳的希望即將在這裡消逝，而妳也會跟著一起。但並不是非得如此不可。我再次、也是最後一次邀請妳握住我的手。跟我握手，然後對著我大聲說出妳女兒的名字，這樣我們就達成協議了。如果妳不從，那就連妳那些支離破碎的骨頭也永遠無法獲得陽光的溫暖。我在黑暗中更能發揮，而苦難自會帶來光明。」

大地再次震動，書本在無垠的書架上擠成一團尋求慰藉。牆上的火把一根接一根自行熄滅，而席瑞絲真心感到害怕。她不想跟這個怪物一起葬身於此，而在那一刻，她動搖了。

一抹溫暖的橘光在她身後沿牆湧來，慢慢滲入她的邊緣視覺。席瑞絲轉身，看見一個燃燒的身影迅速靠近，直朝駝背人而來，距離拉近之後，儘管在熊熊燃燒的火焰之中，也能看清它的臉。卡利歐。所有活物都怕火，不過就像痛苦，有些生物最終也選擇擁抱火焰。

構成駝背人身體的蟲子四散、瓦解，以避開卡利歐，而儘管昆蟲爆裂、蠍子著火，牠們仍在樹精後方重新組成駝背人。

「如果想復仇，光是這樣可不夠哪，樹精。」他說。

不過就算卡利歐的皮膚燃燒，視線模糊，意識也漸漸消失，牠們心中確實還有其他計畫。牠們的目標不是駝背人，而是他的書。卡利歐最後一次奮力一搏，撲上駝背人的書，而書立即起火。駝背人幾乎來不及尖叫，他的無脊椎動物軀體登時陷入熊熊火焰中，較大隻的蟲子掙扎死去，較小隻的蟲子則直接乾枯化為炭渣。牠們掉落，留下駝背人的鬼魅般印痕，有如留在空中的烙印；他張大嘴尖叫，卻已沒有嗓子可發出聲音。他略顯驚奇地睜著雙眼，看著他的書被燒掉，他那漫長邪惡的人生故事終結於火焰中。卡利歐的軀體已和燃燒的書本化為一體，幾乎無法區別彼此。樹精歸於靜止，牠們的孤獨也畫下句點。

席瑞絲退開，因為目前為止最大的震動讓地底深處再次搖晃起來。她在燃燒的書本照耀下找到門，朝地道走去，不過她前腳才剛踏出去，中央石室就在她身後坍塌。她周遭的地道也漸漸撐不住了，只有骨廳本身依然完好——對她來說也沒多大幫助就是了，因為活埋在大洞穴裡並沒有比活埋在小洞穴裡好到哪裡去。

而席瑞絲並不孤單。有個形體坐在骨王座上，一名皮膚蒼白的女子，一張飢渴的嘴，頭上是畸形的王冠。蒼白死神女士總會找上每一個人，而她現在來找席瑞絲了。

「不，」席瑞絲說：「這不公平。我不讓妳帶走我的女兒，而妳現在反而要我？妳這天取走的性命還不夠多嗎？妳為什麼不能乾脆放我走算了？經過這一切，走了這麼遠——」

蒼白死神女士起身，前進，止住席瑞絲的舌。她無比纖瘦，也無比飢餓。當第一個生物出現，她也隨之存在，在最後一個生物消失、世界變得不毛、宇宙冷卻之前都會持續存在。

這時地面傳來一個聲音：「走這裡，快些哪，還請見諒我這麼隨便。」

席瑞絲站立的位置非常靠近地底溪流，腳跟基本上已經懸在水上。小溪小精在她的左腳旁仰望著她。

「升遷嘍，」牠說：「**諸溪**小精。重責大任哪，但可不能高升就不做事，對吧？」

一雙溼淋淋的手探向席瑞絲。

「往後倒進我懷裡吧，」諸溪小精說：「我會接住妳，我保證。」

蒼白死神女士繼續莊嚴地朝她走來，看似不打算因為諸溪小精的出現而加快腳步，對於牠的干預也不顯氣惱。

因為她的機會將再次出現，席瑞絲心想，有一天，當我病重、疲累或衰老得無法逃走，到時候將只剩下她和我，而我會接受她的吻，就好像我先前曾主動邀請她親吻我一樣。我甚至可能會欣然領受，但不是今天，所以就讓她有耐心點吧。

席瑞絲閉上眼，任自己倒下。

71

Anfloga（古英語）
孤單的飛行者

水流比席瑞絲預期溫暖、湍急，浮力也更強，有如鹽分重的水道，不過她猜諸溪小精多半脫不了干係，保護她不受寒，也不至於完全沉沒。他們穿過狹窄至極的裂隙，她仰躺著，原本就脫一層皮的肩膀再度擦傷；他們經過無比低矮的岩縫，她的鼻尖只差一英寸就會也脫一層皮。就算如此，她也不害怕。餘波愈來愈微弱，水愈來愈暖，她因而開始昏昏欲睡，慢慢了解在海上迷失的人怎麼會臣服於溺斃的誘惑。他們浮出水面，暴露於夜晚的黑暗之中，諸溪小精把她帶到一個小石灣休息。離開了水，席瑞絲隨即開始打顫。

「在我找到人來幫忙之前，妳必須保持溫暖，」諸溪小精說：「去撿些木柴來生火。」

河岸滿是樹枝，同時還有較小的枝條可充當火種。席瑞絲將後者堆疊起來，再用樹枝在火種四周疊起金字塔，但她沒有可點火的工具。就算是跟家人一起去露營，她每次鑽木取火的時候也都費盡千辛萬苦；有一次她父親又展開他那偶一為之的回歸自然實驗，她眼睜睜看著他耗費三十分鐘瞎搞一根紡錘和一塊平坦的木柴，過程中愈來愈挫折，直到最後說這完全就是在浪費時間，徹底放棄，改用打火機點火。不幸的是，席瑞絲沒有打火機，她也沒力氣試著鑽木取火，而諸溪小精暫時拋下了她，因此她無法尋求牠的指點。

接著螢火蟲來了，牠們似乎因為她的出現而動了起來，而隨著牠們飛舞，火種堆點燃了。席瑞絲加入更多樹枝，不久後便已坐在穩定的熊熊火堆前。不過當她凝視火焰，再次看見卡利歐臨死前的痛苦掙扎，也看見牠們纖弱的身體被大火吞噬。

席瑞絲的手指拂過被牠們刺傷的地方。完全不痛了，甚至連癢的感覺也沒有。席瑞絲不知道是什麼原因促使卡利歐做那些事。她只知道最後的樹精消逝了，而她心中充滿悲傷。她累極了，在火邊蜷起身子，隨即被拉入夢鄉。

◈

獨眼白嘴鴉看著溪流將女孩帶到安全之處，這才回到沙漏房，降落在男孩的顱骨旁。牠將頭縮在一邊翅膀下，女子的腳步聲逐漸靠近也不抬頭查看。男孩的聲音呼喚牠，一股寒意碰觸牠的羽毛，牠的心臟停止跳動。

不過到這時候，白嘴鴉已經回到所愛之人的身邊。

72 Unfaege（古英語）
命不該絕

一直等到席瑞絲的呼吸變得深沉、規律，兩個離群仙靈才現身。礦坑沒了，城堡的地基受損，六名貴族被殺害，人類的統治遭到暗中顛覆，而且，或許是最棒的一件事，三名睿智的女性過世——布萊絲母女和薩達，但仙靈只損失屈指可數的幾名戰士。更重要的是，仙靈知道這片大地很快將重歸他們所有。從礦坑的情況看來，人類一心一意只想毀滅這個世界，然後也毀滅自己，不過即使人類不會復原，世界總是會修復。而等到世界恢復原狀，仙靈就會回來主張自己的所有權。

此處這會兒有個睡著的女孩，渾身充滿多汁的生命。兩個仙靈心想，他們或許可以在回仙塚前再大啖一回。他們撲向她的時候甚至沒費心抽出鞘中刀劍。因為用不上；身體的力量就足以制服她。

就在仙靈即將撲上席瑞絲的那一刻，他們的身體被抬離地面，各自的手臂都被肉肉的巨大手掌握住，固定在身側。他們還來不及叫喊，隨即被一根指尖裝上鋼刺的手指刺穿心臟，離世時腦中的最後想法都是：**巨人**。

戈格瑪格和妻子英格伯格再度坐下看顧女孩。但他們走了好遠的路，肚子好餓，因此他們小口小口啃咬仙靈，直到丁點也不剩。

◈

諸溪小精找到已在水邊設置好營地的大衛、巴可和守林人，並告訴他們席瑞絲的情況。大衛和巴可立刻出發找她，守林人拒絕隨行，聲稱他寧可留下來，在他們離開時看著馬兒。諸溪小精也留下來，一直等到大衛和巴可走遠才再次開口。

「女士在附近。」諸溪小精說。

「我想也是。」守林人說。

「但她要的不是你。」

「對，我不在她管轄範圍內。」

守林人的手指劃過溪流的水面，就好像在輕撫忠心的獵犬一樣。

「謝謝你幫助席瑞絲。」他說。

「她的時候還沒到。」

「但若是沒有你，有可能已經到了。」

「或許吧，」諸溪小精說：「我要走了，你還有些事要了結。」

諸溪小精消失在水下，只剩下守林人獨自一人。他繼續待在火邊暖手，直到蒼白死神女士現身。

「妳今天大快朵頤了哪。」他說。

他得到的回應是一聲低語，她的氣息讓守林人的皮膚起雞皮疙瘩，就算在火堆旁也沒用。

「原本可以吃更多。」

「那為什麼不吃呢？為什麼在礦坑就停手了呢？城堡雖然只是勉強撐著，但終究還沒倒。為什麼不連那裡和其中的所有人也都拿下呢？」

「礦坑令人厭惡。」

「他們會在別處開挖其他礦坑，而且規模會更大。就算有妳帶頭，隱匿一族也不能把它們全部摧毀，一如他們也不能殺死所有人類。」

蒼白死神女士沒回應，守林人謹慎地打量她。

「啊！」他說：「但他們自己已經想明白了，對吧？」

「仙靈可以等待。無論需要多長時間，他們都將在仙塚之中沉睡。」

「無論什麼需要多長時間？」

「這個世界清除人類，恢復潔淨。然後，仙靈就會現身，重新主張自己的所有權。」

守林人可以看得很遠，涵蓋過去與未來，但他沒有提出質疑。

「然後發現妳，」他說：「站在骨堆之中。」

蒼白死神女士垂首表示認同，舌尖舔過紅寶石色的嘴脣。

「那個女人，席瑞絲。」守林人說。

「她怎麼樣？」

「我想要妳多給她一些時間。」

「我不給時間，只會讓時間停止。」

「這不是什麼可以依妳的意志任意扭曲的契約。她做了她的選擇。」

「她曾做出不一樣的選擇。」

「不對，她只是差點做決定，而且只是因為倦怠。兩者有差別。」

蒼白女士思考片刻。陰影在她四周波動，黑暗出現裂口以納入她。

「我可以等，」她做了決定。「至少，可以等她。」

守林人點頭接受。他知道，只要有生、有死，以及介於生死之間的過程，那就只能如此；過去是這樣，未來也將再次發生，直到永遠。

「對他們溫柔一點吧。」他說。

或許稱得上慈善的表情短暫閃過蒼白死神女士的臉。痛苦是她不可分割的一部分，不過痛苦的終結也是。

「他們什麼也不會感覺到，」她說：「甚至不會聽到我的腳步聲。」

然後就只剩下黑夜，以及火堆。守林人將臉埋入雙手中，哭了起來。

73

Cossian（古英語）

親吻

席瑞絲、大衛和守林人陪巴可回到村子。他們帶著身上有巴可族人紋身的兩個嬰兒，將第三個嬰兒託付給丹漢元帥，而他向他們保證，他會盡他所能找到她的父母。

低階貴族開始耍手段爭奪權位，以填補近期事件造成的空缺；針對鮑溫的城堡，以及包含潘德莫尼礦坑在內的土地，目前已出現兩種對立的主張。有人說內戰即將開打。

「你接下來打算做什麼呢？」守林人問丹漢。

「我是軍人，」他答道：「我會選邊站，然後戰鬥。」

席瑞絲聆聽，並陷入絕望；她深思，只有男人會這樣說話，但她無力改變他們。

抵達巴可的村子後，一列隊伍出來迎接他們，塔巴西和依美也在其中，身穿白色喪服，巴可因而確認他的母親已經不在了。駭比沒碰她的屍體，也沒試圖阻止他們取回：薩達的學識充滿她的骨與肉，因此牠們覺得她很難吃。盛怒中的塔巴西殺了牠們的首領，但壓抑對其餘雛鳥展開進一步復仇的衝動，任由牠們找尋合適的地方處理掉牠們姊妹的屍體。

既然薩達的兒子已經回來跟她道別，她可以前往另一個世界了；席瑞絲和其他人留下來致意，觀看薩達被放上火葬柴堆。之後，他們騎著馬，一路平安來到峽谷；人們又開始在過橋前留下食物作為送給駭比的禮物。他們也一樣。他們抵達另一邊的時候，食物已然消失。

他們在距離守林人的小屋不遠之處與大衛說再見。這時他的頭髮已全白；席瑞絲看過他最後的照片，覺得他現在看起來就像照片中的他。她沒針對他外表的改變發表看法，他自己也沒提起，除了到最後的時候，她擁抱他、跟他道別，發現自己正在為他而哭泣。

「別，」他說：「我知道這不可能持續到永遠，我也不希望那樣。我只想跟他們共度一段時間，而我也達成願望了。」

他們看著他騎馬離開，直到他消失在地平線才繼續前進。

◈

蒼白死神女士在大衛的家裡等他，但沒讓他看見或聽到，藉此允許他在臨終之時還能喊他妻子的名字——只不過到那時候，她早已全然不在乎了——然後蒼白女士才以她的脣輕輕碰觸他的頸根。

世界化去，光取而代之，於是大衛的故事畫下句點。

74

Hyht（古英語）
希望

席瑞絲站在樹幹前，樹皮和邊材、心材展開，露出木髓以納入她。她容許自己被守林人擁入懷中，等到她脫離他的懷抱時，她已經改變了：年長些、沉重些、睿智些，內在的孩童再度被成年的她覆蓋。她以成人的雙眼凝視守林人，卻看見她父親的幽靈，就好像大衛也曾在同一張臉上瞥見他父母的影子。而她聽見大衛說：他們都是他的孩子。

不對，她心想，**我們**都是他的孩子。

她到這時候才告訴守林人駝背人給她的提議。

「我差點就接受了，」她說：「要不是卡利歐插手，我可能已經一口答應。」

「那麼，我也有一個提議，」他說：「就算只是為了自己的良心，我也非提出不可。」

「是什麼呢？」

「妳可以選擇留下來，」他說：「先前說過，這邊的時間有別於那邊。再過幾個小時，或幾天，妳的女兒會來到這裡和妳團聚。就像大衛和他的家人一樣，無論妳們失去的時光有多少年，妳們都可以在這裡共度。妳可以免去妳回到自己世界之後可能遭受的任何傷痛：像痛苦的朝聖般去她病榻邊陪她、守夜祈禱。」

「因為菲比可能不會復原。」

「誰說得準呢？我沒辦法。」

席瑞絲再次心動：頂多再過幾天，就能擺脫所有心痛、跟恢復原狀的女兒團聚。然而對菲比而言不會只是幾天；不論她能否察覺席瑞絲的存在，都會有好幾年的時間沒有母親在她身旁看顧她；不論她能否聽見，都會有好幾年的時間沒有席瑞絲的聲音讀書給她聽。醫師不可能知道那尊雕像內部正在經歷什麼，但無論如何，席瑞絲都不會丟下菲比獨自承受，就算她只能在病榻邊耗上一輩子，她也做不到。

「不，」席瑞絲說：「我不能那麼做。我必須陪在她身邊。」

「因為總是有希望？」

「就算沒有也依然有。」

「那麼我未來或許還能再次見到妳，」守林人說：「跟妳女兒一起。」

「如果我說我寧願有不一樣的結局，請別放在心上哪。」

「一點也不會。」

他們最後一次擁抱，然後席瑞絲踏進樹心，半次也沒回頭，一點也不後悔。樹在她身後閉合，而她置身黑暗。

席瑞絲漫步穿過林地，她的頭在痛，襯衫滿是血跡。她努力走直線，但她的腳不肯聽話，最後終於徹底罷工。她的兩條腿纏在一起，她踉蹌打了個轉，然後摔倒在地。她的後腦撞在潮溼的泥土地，不過在她的眼睛閉上前，她聽見說話聲，有人喊了她的名字。

「我回來了，」她說：「告訴她我回來了。」

❖

席瑞絲醒來，她已不在樹林裡，而是在照護之家的輪床上，她覺得頭痛，手臂上插著點滴，一名護理師手忙腳亂地照料她，焦慮的奧立維爾從旁監督。

「歡迎回來，」奧立維爾說：「我們擔心死了。」

「我的頭好痛，」席瑞絲說，然後馬上接口，「菲比還好嗎？」

「跟妳今天稍早離開她的時候一樣。我剛剛去看過她，因為我知道妳一醒來就會問。至於妳的頭，幾乎可以確定妳腦震盪了，我們的伊蓮得幫妳的頭皮縫幾針。如果妳還沒後悔自己跑去探險，應該很快也會了，因為妳會痛一陣子。」

「我惹上麻煩了嗎？」

「欸，我們查出妳去了哪，所以擅闖和財產毀損？我們會狠狠責罰妳。六個月勞役，只給妳麵包和水。」

護理師朝奧立維爾噓了一聲。

「別理他，」她對席瑞絲說：「妳純粹是運氣好，那棟房子才沒直接倒在妳身上。說不定那樣一來，他們才會終於認清現實，趕快來整修。」

她裝填針筒，再噴一點出來以排除其中氣泡。

「現在我真的得處理傷口了。會有點刺痛喔。」

第一針刺下的時候，席瑞絲短促地喊了一聲；第二針也是。不過到了第三針，她的頭已經失去感覺。

「好，」護理師說：「我們該在妳的頭皮繡什麼圖案呢？我個人偏好愛心……」

❖

他們只允許席瑞絲短暫探望菲比，因為燈籠之家的待命醫師堅持應該將席瑞絲送去當地急診室檢查，以防萬一。她終於在數小時後獲釋，隨即搭計程車回到燈籠之家。奧立維爾陪她來到菲比的房間，然後就讓她們獨處。他離開後，席瑞絲哭了；自從車禍以來，她都不曾像這樣哭過。

「我以為我再也不能擁抱妳了，」她告訴菲比。「我以為我永遠失去妳了。」

她沒再說其他話，只是握著女兒的手，輕撫她的頭髮，同時熟悉而令人懷念的痛楚再次浮現。

75

Wyrd-Writere（古英語）
寫下事發經過者

傷口很快便復原，並在一週後拆線。席瑞絲太全神貫注於她的新計畫，幾乎沒留意時光的流逝。拆線後，她立刻來到菲比身邊。時值傍晚，剛過六點，但窗簾還沒拉下，因此房間的黃光映照著窗外的樹木和灌木叢。席瑞絲站在玻璃窗前，希望能看見那隻獨眼白嘴鴉，但外面一隻鳥兒也沒有。

「總之謝謝你，」她說：「你不會被遺忘。」

她將椅子拉到菲比的床畔，把她帶來的硬皮筆記本拿給菲比看；筆記本的前八十頁現在填滿細小整齊的手寫字。因為文筆如此流暢，所以其中僅有少數幾處修改的痕跡。一如平常，席瑞絲說話時握著菲比的右手。

「我寫了一些東西，」席瑞絲說：「一個故事，我認為它想成為一本書，不過還沒完結。說實話，我不知道故事將如何結束。開始寫的時候完全沒概念結局會長怎樣，到現在也一樣。我原本以為作家們應該會知道，因此我覺得我可能不是作家，或者不是夠格的作家。但故事還在開展，那就不會有結局，對吧？妳必須看它朝何處發展。所以我們一起來看這個故事怎麼走，妳和我一起。」

席瑞絲翻開書，但又停住。

「我應該先說，這是續篇，」她解釋道：「所以開頭有點怪，但我想妳會了解原因，因為妳確實向來喜歡童話故事。」

席瑞絲吸氣，開始朗讀。

「後來——因為有些故事就該這樣繼續下去——有位母親的女兒被偷走了——」

當筆畫過紙頁，她握在掌心裡的一根手指動了。

致謝

我從沒想要幫《失物之書》寫續集。每當有人提議我寫，我總回答，原本的書就是一個獨立完備的故事，沒什麼好增補的了。不過，我在那些年間創作了幾個發生在《失物之書》宇宙的故事，全部收錄在二〇一六年的十週年紀念版，同時我也稍稍打磨了一下原版。接著，在二〇二〇年新冠肺炎首度封城期間，我為了改編電影而編寫了劇本。電影並未通過——或說還沒通過——但我很享受回到那部小說的感覺，也享受以不同的眼光看待它、重新想像它。因為這個經驗我才領悟，儘管我屢屢抗拒，不過我其實在《失物之書》於二〇〇六年首度出版之後便一再重回書中世界。我沒辦法丟下它不管——或說它無法丟下我，看你們喜歡哪一種說法。

我向來喜歡蒐集有趣、晦澀的字詞，不過羅伯特・麥克法倫的《界石》（*Landmarks*）（企鵝出版集團〔Penguin〕，二〇一五年）以及漢娜・維迪恩（Hana Videen）的《字詞寶庫：古英語的日常》（*The Wordhord: Daily Life in Old English*）（側寫出版社〔Profile〕，二〇二一年）在擴展我用於這本書的詞彙量方面大有助益。

一如平常，我想對以下這些人表達我的感謝：陪伴我多年的英國與美國編輯，蘇・弗萊徹（Sue Fletcher）與艾蜜莉・貝斯勒（Emily Bestler），她們一起照看《失物之書》的出版，現在也繼續照顧它的續集；阿垂亞／艾蜜莉・貝斯勒（Atria／Emily Bestler）出版社的員工，他們是如此可愛、給予我大力支持，包含莉比・麥圭爾（Libby McGuire）、達娜・特洛克（Dana Trocker）、戴娜・絲隆（Dana Sloan）、拉拉・瓊斯（Lara Jones）、莎拉・賴特（Sarah Wright）、艾米・巴塔吉亞（Emi Battaglia）、格納・蘭茲（Gena Lanzi）、大衛・布朗（David Brown）、戴娜・強森（Dayna Johnson），族繁不及備載；樺樹（Hachette）及霍德與斯托頓（Hodder & Stoughton）出版社的每一個人，尤其是凱蒂・艾斯賓納（Katie Espiner）、喬・迪金森（Jo Dickinson）、卡洛琳・梅斯（Carolyn Mays）、斯瓦蒂・甘博（Swati Gamble）、蕾貝卡・蒙迪（Rebecca Mundy）、奧利佛・馬丁（Oliver Martin）、愛麗絲・莫莉（Alice Morley）、凱瑟琳・沃斯利（Catherine Worsley），還有多米尼克・史密斯（Dominic Smith）以及他的行銷團隊；愛爾蘭樺樹（Hachette Ireland）出版社的工作人員，包含布雷達・普度（Breda Purdue）、吉姆・賓奇（Jim Binchy）、伊蓮・伊根（Elaine Egan）、露絲・謝恩（Ruth Shern）和西奧布漢・蒂爾尼（Siobhan Tierney）；我的經紀人達利・安德森（Darley Anderson）和他的團隊；蘿拉・夏洛克（Laura Sherlock）；擔心很多事因此我都無須擔心的愛倫・克萊爾・萊姆（Ellen Clair Lamb）；以科學家的眼睛幫我抓出許多小錯誤的克莉奧娜・歐尼爾（Cliona O'Neill）；傑克・納利帕（Jake Nalepa），他在新冠肺炎期間的大約一年間逼我去戶外運動，風雨無阻，藉此幫助我不發瘋，然後又差點把我逼瘋，不停反覆問我難道不能重新考慮「不幫《失物之書》寫續集」這件事嗎；羅伯特・德拉蒙德（Robert Drummond）先生——不是醫師，他替我解答菲比病情與可能照護方式相關的醫療問題；多明尼克・蒙塔爾托（Dominick Montalto）的編審功力繼續拯救我免於丟臉；陪伴第一本書出版的珍妮（Jennie）、卡麥隆（Cameron）與亞禮思德（Alistair），以及後來在第二本書出版過程中也加入他們的梅根（Megan）、雅嵐娜（Alannah）

與利維（Livy）。

最後，感謝所有在這些年來支持、愛護《失物之書》和我其他作品的書店、圖書館員以及讀者：謝謝你們。

暢／小說
失物之國
118

●原著書名：The Land of Lost Things ●作者：約翰・康納利（John Connolly）●翻譯：歸也光 ●排版：張彩梅 ●校對：呂佳真 ●美術設計：之一設計 ●主編：徐凡 ●責任編輯：吳貞儀 ●國際版權：吳玲緯、楊靜 ●行銷：闕志勳、吳宇軒、余一霞 ●業務：李再星、李振東、陳美燕 ●總編輯：巫維珍 ●編輯總監：劉麗真 ●事業群總經理：謝至平 ●發行人：何飛鵬 ●出版社：麥田出版／城邦文化事業股份有限公司／115台北市南港區昆陽街16號4樓／電話：(02) 25000888／傳真：(02) 25001951 ●發行：英屬蓋曼群島商家庭傳媒股份有限公司城邦分公司／115台北市南港區昆陽街16號8樓／書虫客戶服務專線：(02) 25007718；25007719／24小時傳真服務：(02) 25001990；25001991／讀者服務信箱：service@readingclub.com.tw／劃撥帳號：19863813／戶名：書虫股份有限公司 ●香港發行所：城邦（香港）出版集團有限公司／香港九龍土瓜灣土瓜灣道86號順聯工業大廈6樓A室／電話：(852) 25086231／傳真：(852) 25789337 ●馬新發行所／城邦（馬新）出版集團【Cite(M) Sdn. Bhd.】／41, Jalan Radin Anum, Bandar Baru Seri Petaling, 57000 Kuala Lumpur, Malaysia.／電話：+603-9056-3833／傳真：+603-9057-6622／讀者服務信箱：services@cite.my ●印刷：中原造像股份有限公司 ●2025年2月初版一刷 ●2025年3月初版二刷 ●定價580元

國家圖書館出版品預行編目資料

失物之國／約翰・康納利（John Connolly）著；歸也光譯. -- 初版. -- 臺北市：麥田出版：英屬蓋曼群島商家庭傳媒股份有限公司城邦分公司發行, 2025.02
面； 公分
譯自：The land of lost things
ISBN 978-626-310-756-4（平裝）
EISBN 978-626-310-754-0（EPUB）

873.57　　113013704

城邦讀書花園
www.cite.com.tw